박안경기

拍案驚奇

❻

이 책은 (재)한국연구재단의 지원으로 학고방출판사에서 출간, 유통합니다.

한국연구재단
학술명저번역총서

동양편
625

박안경기

拍案驚奇

능몽초 저 ┃ 문성재 역

6

學古房

《박안경기》 초판본 ('닛코본') 표지

"즉공관주인이 평론하며 읽은 삽화가 있는 소설卽空觀主人評閱出
像小說"이라는 광고 문구(우)와 함께 소주의 서상 안소운安少雲이
쓴 발간사(좌)를 소개해 놓았다.

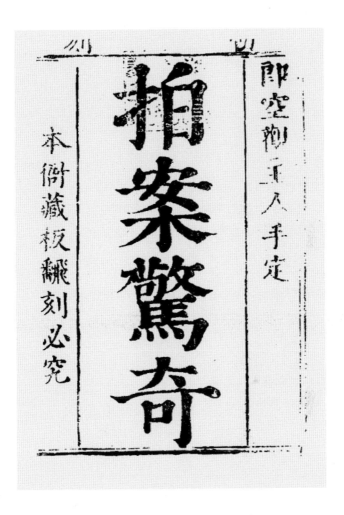

《박안경기》 중판본 ('히로시마본') 표지

제목 위의 '초각初刻' 두 글자로 《이각 박안경기》 출판 이후의 중판
본임을 알 수 있다. "즉공관주인이 직접 선정한卽空觀主人手定"이
라는 문구(우)와 "본 관아 소장 목판을 베낀 해적판은 반드시 책임
을 따질 것本衙藏板翻刻必究"이라는 경고문(좌)이 보인다.

목차

제34권

문인 선비는 취부암에서 격전을 벌이고
비구니 정관은 황사항에 금의환향하다

聞人生野戰翠浮庵　静觀尼晝錦黃沙衖

卷之三十四
聞人生野戰翠浮庵　靜觀尼晝錦黃沙術　해제

　이 작품은 세속적 명리를 초월해 순수한 사랑을 꽃피운 청춘남녀에
관한 이야기이다. 이야기꾼은 출전을 알 수 없는 자료에 소개된 상주부
常州府 원袁 이형理刑의 이야기를 앞 이야기로 들려주고, 역시 출전을
알 수 없는 자료에 소개된 문인가聞人嘉와 정관靜觀의 이야기를 몸 이
야기로 들려준다.

　명대 홍희洪熙 연간에 절강성 호주湖州의 과부 양楊 씨는 아들·딸과
서로 의지하면서 살지만 열두 살 된 딸은 몸이 허약해 잔병치레를 많이
한다. 하루는 항주杭州 취부암翠浮庵의 주지가 양 씨를 찾아와서 딸의
팔자를 봐주겠다며 '병치레가 잦은 것은 그런 팔자를 타고난 탓이므로
비구니가 되면 액땜을 하고 복을 누릴 수 있다'고 말한다. 양 씨가 하는
수 없이 딸을 맡기자 주지는 그 딸을 취부암으로 데려가 출가시키고
'정관靜觀'이라는 법명을 지어준다. 그로부터 사 년 후, 열여섯 살이 되
어 성숙해지고 미모까지 갖춘 정관은 암자 뜰을 거닐던 중 우연히 대문
틈새로 바깥을 구경하다가 마침 암자를 지나가던 수재 문인가聞人嘉를
보고 야릇한 감정을 느낀다. 얼마 후, 속가에 인사를 갔다가 암자로 돌
아오던 정관은 마침 향시鄕試를 보러 가던 문인가의 배에 우연히 동승
한다. 정관은 한 선창에서 잠을 청하던 중 호기심에 잠든 문인가의 몸을
더듬다가 갑자기 깬 문인가의 강요로 엉겁결에 동침을 한다. 운우의 정

을 나눈 문인가와 정관은 백년해로하기로 약속하고, 정관은 과거 공부를 할 처소가 필요한 그를 암자로 데려오지만 주지와 다른 비구니 둘이 경쟁적으로 문인가에게 동침을 요구한다. 그러던 칠월 어느 날, 주지와 두 비구니가 불사를 주재하려고 외출한 틈에 문인가는 장래를 위해 정관을 암자에서 빼돌려 자신의 고모 집에 잠시 숨어 지내게 하고, 자신은 도로 암자로 돌아와 정관의 탈출과 무관한 것처럼 꾸민다. 나중에 향시에 급제한 문인가는 우수한 성적으로 진사進士가 되고, 문인가 고모 수양딸의 신분으로 정식으로 혼례식을 올린 정관은 조정에서 하사한 화려한 관과 옷을 입은 채 금의환향하여 양 씨와 감격스러운 상봉을 한다.

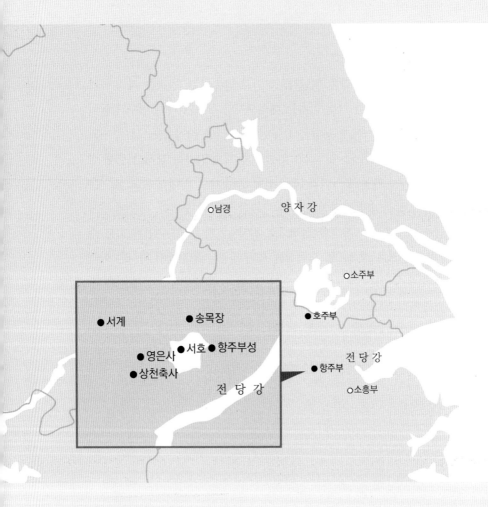

○남경　　　양 자 강

○소주부

●서계　　　●송목장　　　　　●호주부

●영은사　●서호　●항주부성

●상천축사　　　　　전 당 강　　　●항주부　전 당 강

○소흥부

이런 시가 있습니다.

술이 취하게 한 게 아니라 사람 스스로 취하고,　酒不醉人人自醉,
꽃이 홀리게 한 게 아니라 사람 스스로 홀린 것.　色不迷人人自迷。
삼생에 판결이 내려진 것이 아니라면,　　　不是三生應判與,
지혜의 검으로 삿된 생각을 잘라버려야 할 터!　直須慧劍斷邪思。

　이야기를 들려드리겠습니다. 세상에서는 밥상을 눈썹까지 들어올
리거나[1) 상투를 트는[2) 연분은 모두 삼생三生[3)에 걸쳐 정해진 것이라
고들 하지요. 엄청난 금은보화를 가지고 있고 온갖 방법을 다 써서

---

1) 밥상을 눈썹까지 들어올리거나[齊眉]: 후한의 학자 양홍梁鴻의 고사. 《후한
　서後漢書》〈일민전逸民傳〉에 따르면, 양홍의 아내 맹광孟光은 밥상을 차리
　고 기다렸다가 양홍이 일을 마치고 귀가하면 눈을 아래로 깔고 밥상을 눈
　썹까지 들어올려 바침으로써 남편에 대한 공경심을 나타냈다고 한다. 여기
　서는 부부가 서로를 공경하고 사랑하는 것을 두고 한 말이다.
2) 상투를 트는[結髮]: 중국 고대의 풍속. 중국에서는 남자가 성년이 되면 머리
　를 묶어 정수리에 상투를 틀었는데 이를 '결발結髮' 또는 '속발束髮'이라고
　불렀다. 남녀관계에서 상투를 튼다는 것은 성년이 되자마자 혼인을 한 초혼
　부부나 그 금슬을 두고 하는 말로 사용되기도 한다.
3) 삼생三生: 과거의 전생前生, 현재의 현생現生, 미래의 후생後生을 말한다.

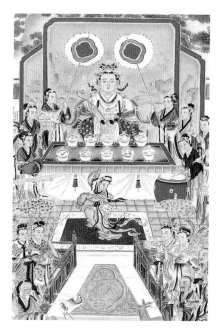

서왕모의 반도회

연분을 맺으려고 애써도 인연이 없으면 결국에는 허탕만 치고 맙니다. 씻은 듯이 가난해서 집에 있는 것이라고는 벽밖에 없었다는 사마상여司馬相如 같은 사람도 인연만 닿으면 굳이 매파를 찾아 예물을 보내거나 얼굴을 맞대고 이야기를 나눌 필요도 없습니다. 풍속이 다르고 종족이 달라 보통 때 같으면 평생 모르고 지낼 사이여서 전혀 상상조차 하지 못했던 사람이 배우자가 되기도 한다는 뜻입니다. 그래서 예로부터 이렇게 말했지요.

"연분은 본래 전생에 정해지는 법이라더니   姻緣本是前生定,
아마도 반도회4) 때 비롯되었나 보다."   曾向蟠桃會裏來。

이런 점을 본다면 결코 예삿일은 아닌 것입니다. 예로부터 지금에 이르기까지만 하더라도 그렇지요. 저 곤륜노崑崙奴5)·황삼객黃衫客6)·허우후許虞候7)8) 같은 사람들이 있지 않았습니까? 세상을 놀라게 하고 떠들썩하게 했던 그 영웅호걸들도 온갖 어려움과 시련을 다 겪으면서 여러 쌍의 부부가 인연을 맺게 해주어 미담이 오늘날까지 전해지는 것입니다! 그러나 평범한 사람들은 아름다운 여자만 보면 닭이나 개를 훔치듯이 어떻게든 엮어보려고 듭니다. 그렇게 사이가 뜨거워졌다 싶으면 거기다 영원히 부부가 되겠다는 헛된 생각까지 품곤

---

4) 반도회蟠桃會: 중국 도교의 명절. 전설에 따르면 하력夏曆으로 3월 3일 서왕모西王母의 생일이 되면 서왕모는 반도蟠桃를 차려 큰 잔치를 열고 신선들이 방문해서 장수를 기원했다고 한다. 반도는 고대 신화에 등장하는 신선계의 복숭아로, 장수의 상징으로 등장하곤 한다. 여기서 "반도회"는 서왕모와 신선들이 살던 아주 오래전의 옛날을 가리키는 말로 사용되었다.

5) 곤륜노崑崙奴: 당대에 배형裴鉶이 지은 전기소설傳奇小說《곤륜노》에 등장하는 주인공 마륵摩勒을 말한다. '곤륜'은 부족명이고 '마륵'이 이름이다. 당대에 최 선비[崔生]가 권문세족인 일품一品의 집에 가희로 있던 홍초紅綃를 사모하면서도 뜻을 이루지 못하자 그의 종인 마륵이 술법을 써서 두 사람이 사랑을 이루도록 도와주었다고 한다.

6) 황삼객黃衫客: 당대에 장방蔣防(792~835)이 지은 전기소설《곽소옥전霍小玉傳》에 등장하는 협객. 이야기의 주인공인 이익李益과 곽소옥霍小玉이 인연을 맺게 해준 인물로, 누런색 저고리를 입었기 때문에 '황삼객'으로 불렸다고 한다.

7) 【교정】우후[虞候]: 상우당본 원문(제1470쪽)에는 '우후'의 '후'자가 '제후 후侯'로 되어 있으나 '시종'이라는 뜻의 '우후'에 사용되는 것은 '시중 들 후候'이다.

8) 허우후許虞候: 당대의 소설가 허요좌許堯佐(9세기)가 지은 전기소설《유씨전柳氏傳》에 등장하는 허준許俊을 말한다. 가난한 선비 한익韓翊이 사랑하는 유柳 씨가 외국(백제)의 장수 사타리沙吒利에게 납치되자 우여곡절을 거쳐 재회하게 해주었다고 한다. '우후'는 이름이 아니라 관직명이다.

하지요. 그래서 해괴망측하게 온갖 꾀를 다 써서 하찮은 잇속을 좀 챙기려다가 괜히 남의 집안 분위기나 더럽히기가 일쑤입니다. 그러다가 유혹하는 데에 성공한다고 치더라도 열 사람 중 아홉은 죽어도 묻힐 땅조차 없는 딱한 신세가 되고 말지요!

"여보슈, 이야기꾼 양반! 당신 이야기대로라면, 어째서 요즘 세상에도 바람을 피우는 자들이 거꾸로 바른 깨달음[9]을 이루는 게요? 또 간음을 하고 남을 속이는 놈들도 그렇소. 끝까지 멀쩡하게 잘만 지내던데 어떻게 그런 놈들이 모두 비명에 횡사한다고 할 수 있겠소이까!"

손님들, 제 이야기 좀 들어보십시오. 여러분은 '물 한 모금 마시고 밥 한 입 먹는 일조차 전생에 정해지지 않은 것이 없다—飮一啄, 莫非前定[10]'라는 말도 모르십니까? 정식 부부인 경우는 말할 것도 없고, 설사 잡꽃 들풀[11] 같은 여인들도 마찬가지로 전생의 연분에 따른 결

---

9) 바른 깨달음[正果]: 불교 용어. 수행의 결과 얻는 올바른 깨달음. 외도外道, 불교 이외의 종교를 신봉하는 이의 깨달음과 구분하기 위하여 '정과正果'라고 불렀다.
10) 물 한 모금 마시고 밥 한 입 먹는 일조차~[一飮一啄, 莫非前定]: 명대의 속담. 물을 마시고 음식을 먹는 등 인간의 모든 행위는 전생에 이미 정해져 있는 운명에 따른 것이라는 뜻이다.
11) 잡꽃 들풀[閑花野草]: '한화야초閑花野草'는 들에서 피고 지는 이름 모를 꽃과 풀. 중국에서는 예로부터 남성의 시점에서 정식 혼인을 통해 맞아들인 정실부인이 아니라 화류계나 부정을 통해 일시적으로 관계를 맺는 여자를 빗대는 말로 사용되기도 한다. 여기서는 전자의 의미와 후자의 뉘앙스를 아우르는 중의성重義性을 가지고 있지만 전자의 원래 의미대로 번역해도 맥락에는 문제가 없다고 본다.

과일 뿐입니다. 만약에 바람을 피운 자가 올바른 깨달음을 이루었다면 그것은 전생의 연분에 따라서 자연스럽게 맺어진 경우입니다. 간통을 범하고 사기를 치는 자들이 자기 목숨을 지키면서 아무 일이 없는 것도 전생의 인연을 맺고 나면 딴마음을 거둘 줄 알기 때문입니다. 그래서 이런 부류라 하더라도 욕정에 빠져 포기하지 못하다가 결국 목숨까지 잃는 자들과는 경우가 다르다는 거지요.

이제 계속해서 한 남자가 여자인 척하면서 간통과 사기를 일삼다가 신세를 망친 이야기를 들려드리겠습니다.[12] 소주부蘇州府 성내에 어떤 부호가 소유한 장원이 하나 있었습니다. 아주 크고 넓었지요. 그 장원 옆에는 비구니 암자가 있는데 '공덕암功德庵'이라는 곳으로, 그 부호 집안에서 지은 것이었지요. 암자에는 젊은 비구니가 다섯 사람 있었습니다. 그중에서 딱 한 사람 빼어난 비구니가 있었는데, 성이 왕王 씨로, 외지를 떠돌다가 정착한 이였지요. 그녀는 아름다울 뿐만 아니라 바람기도 있었는데, 나이는 얼추 스무 살 정도였습니다.

그녀는 나이가 가장 젊었지만 부호가 눈여겨보고 암자의 주지로 추천했지 뭡니까. 그런데 알고 보면 이 비구니는 대단한 재주를 하나 가지고 있었습니다. 첫째, 입담이 보통이 아니었지요. 누런 것을 희다고 하고 동쪽을 가리키면서 서쪽이라고 둘러댔습니다. 그녀는 아예 작정하고 관리 집안만 드나들었습니다. 그래서 그 집안 여자들치고 그 감언이설에 놀아나지 않는 이가 없을 정도였답니다. 둘째, 다정다감한 성격이어서 사람들의 마음을 살피고 상황에 따라 적절하게 비위를 맞추는 데에 아주 비상한 재주를 가지고 있었지요. 셋째, 손재주도

---

12) *본권의 앞 이야기는 출전을 알 수 없는 자료에서 소재를 취했다.

좋았습니다. 글도 지을 줄 알고 자수도 놓을 줄 알았거든요. 그래서 대갓집 여자들 중에는 그녀를 자기 집에 불러다놓고 가르침을 받는 경우도 있고, 아예 그녀의 암자까지 찾아와서 가르침을 받는 경우도 있었습니다. 게다가 때로는 아들을 점지해달라고 빌러 오는 사람도 있고, 도량道場[13]을 열어 불행과 질병으로부터 지켜줄 것을 빌러 오는 사람도 있었지요.

　그녀는 대갓집이나 시골 마을의 부녀자들에게 가서 그들을 암자로 유인해 와서 밀회를 가지게 해주기도 했습니다. 암자에는 깨끗한 승방[14]이 열일곱 칸 있고, 방마다 침상과 요와 이불·베개가 다 갖추어져 있었지요. 그래서 자고 가려는 사람에게는 아주 편리했습니다. 그렇다 보니 그녀의 암자에는 여인네들이 드나들지 않는 날이 없을 정도였지 뭡니까. 어떤 여자는 암자에서 밤을 보내기도 하고 어떤 여자는 며칠씩 머물기도 했습니다. 또 어떤 여인들은 암자에 한 번 다녀가고 나면 다시는 오려고 들지 않았지요. 반면에 사내들의 경우는 한 사람도 함부로 암자를 기웃거리거나 얼굴을 들이밀 엄두를 내지 못했습니다. 부호 집안에서 경고문을 걸어놓고 행락객이나 외부인은 모두 출입을 금지시켰기 때문이지요. 부호 집안의 아내나 딸이 그 암자에 있을 때에는 그 남편 되는 사내들도 의심을 사거나 실례를 할까 봐서 섣불리 와서 방해할 엄두를 내지 못했지요. 그렇다 보니 여자들은 갈수록 오는 사람이 많아졌답니다.[15] 객쩍은 이야기는 그만하겠습니다.

---

13) 도량道場: 불교·도교 용어. 승려가 불법을 선양하거나 도사가 수련을 하는 장소. 또는 그 장소에서 거행하는 불교나 도교의 종교의식을 말한다.
14) 깨끗한 승방[淨室]: '정실淨室'은 깨끗한 방을 가리키지만, 때로는 비구나 비구니가 기거하는 방을 뜻하는 말로 중의적으로 사용되기도 한다.
15) 【즉공관 미비】便知有故。딱 보아도 이유가 있는 것을 알 수 있겠군.

한편, 상주常州 이형청理刑廳16)의 관리로, 찰원察院17)을 수행해 순시를 다니면서 소주부를 조사하는 이가 있었습니다. 그는 성이 원袁씨로, 관아를 조사하는 일 때문에 찰원과 가까운 곳에 지내기가 불편했습니다. 날씨도 찌는 듯이 덥다 보니 넓은 곳을 찾아서 잠시 쉬어 가려고 했지요. 그래서 현에서는 그 부호 집안의 저택을 빌린 다음 이형理刑을 보내 그 안에서 지내게 해주었지요.

어느 날 날이 저물 때였습니다. 원 이형은 뜰에서 천천히 걷다가 아주 높은 작은 누각을 발견했습니다. 그는 '사방을 굽어볼 수 있겠구나' 싶어서 발길 가는 대로 그 누각에 올라갔지요. 그런데 가만 보니 그 누각 안에는 먼지가 쌓이고 거미줄이 문을 다 덮고 있는 것이 아닙니까. 오랫동안 올라온 사람이 없는 장소 같았습니다. 이형은 산들바람이 멀리서 부는 것이 좋았던지 '바람을 좀 쐬어야겠다'고 생각했지요. 그런데 어느 사이에 그만 시간이 늘어져서 그 자리에 한참을 서 있었지 뭡니까. 그러다가 옆쪽을 멀리 바라보니 맞은편에도 작은 누각이 하나 보이는 것이었습니다. 그런데 그 누각 안에는 젊은 처자 서너 명이 웬 아름다운 비구니와 웃으면서 놀고 있었습니다. 이형은 몸을 숨겨 그쪽 처자들 눈에 자신이 보이지 않게 했습니다. 그러고는

<hr />

16) 이형청理刑廳: 명대에 주州 관아에서 형옥刑獄 관련 업무를 관장하던 관리. 민간에서는 '형청刑廳'이라고 부르기도 했지만, 정식 명칭은 추관推官이다. 여기서는 간단하게 '이형理刑'으로 줄여서 부르고 있다.

17) 찰원察院: 명대의 감찰기관인 도찰원都察院의 약칭. 도찰원은 좌·우로 각각 도어사都御史·부도어사副都御史·첨도어사僉都御史를 중심으로 예하 기관을 거느리고 절강浙江 등 13개 도道에 분소를 두고 내·외직 관리들을 감찰했다. 때로는 어사가 어명에 따라 외지로 파견되었을 때 현지에 임시로 구성되는 집무 장소도 '찰원'으로 일컬어졌다.

몰래 훔쳐볼 요량으로 안에서 살짝 창을 열었지요. 그런데 가만 보니 그 비구니가 처자들과 끌어안기도 하고 어깨를 걸거나 얼굴을 맞대고 입을 맞추기도 하는 것이 아닙니까, 글쎄. 이형은 한참을 훔쳐보고 나더니 도리질을 치면서 말했습니다.

"정말 해괴하구나! (…) 만약 비구니라면 어째서 저런 모습을 보인단 말인가. (…) 저기에는 수상한 곡절이 있을 것이다!"

그러나 말은 이렇게 하면서도 마음에만 담아 둘 뿐이었습니다. 이튿날, 원이형은 아전을 불러 물어보았습니다.

"이곳 왼편에 암자가 하나 있던데 … 무슨 암자인가?"

"아무개 나리 댁 공덕암입니다요!"

"암자에 따로 비구가 있는가? (…) 비구니만 있는가?"

"비구니만 다섯이 있을 뿐입니다요."

아전이 이렇게 말하자 이형이 말했습니다.

"불공드리러 온 참배객이나 비구도 드나드는가?"

"비구니만 안에 있고 결정권은 아무개 나리께서 가지고 계십니다. 해서 남자나 외부인은 함부로 안에 들어갈 수가 없지요. 하물며 비구들이야 더 말할 나위도 없습니다. 오로지 이 지역 관리 댁 여인네들만 드나드는데 … 사람이 날마다 끊이지 않습지요."

이형이 속으로 이상하게 여기고 있는데 마침 지현知縣이 업무차 들렀지 뭡니까. 그래서 이형은 어제 저녁에 본 광경을 지현에게 이야기했지요. 그러자 지현은 포졸들에게 분부하여 이형을 따라 이형의 가마를 암자 앞까지 메고 가서 그 주변을 단단히 포위하게 했습니다. 그리고 나서 이형이 직접 암자로 들어갔더니 비구니들이 허둥지둥 마중을 나오는 것이었습니다. 이형이 보니 비구니가 넷만 있고 어제 자기 눈으로 보았던 비구니는 그 속에 없었지요. 그래서 비구니들에게 물었습니다.

"내 듣자니 이 암자에 비구니가 다섯이 있다고 했다. 그런데, … 어째서 하나가 빠진 게냐!"

"주지스님께서는 공교롭게도 출타 중이십니다."

"너희 암자에 작은 누각이 하나 있던데, … 어디로 올라가느냐?"

그러자 비구니들은 머뭇거리면서 말했습니다.

"암자에는 … 방 몇 칸만 있을 뿐 누각 따위는 있었던 적이 없습니다."

"허튼소리!"

이렇게 말한 이형은 사람들을 이끌고 곳곳을 샅샅이 살폈습니다. 그러나 비구니들의 침실까지 다 살펴보았지만 누각은 정말 보이지 않지 뭡니까.

"거참 해괴한 일이군!"

이형은 즉시 비구니 하나를 불러 따로 한 장소로 가더니 일부러 엉뚱한 이야기를 한동안 했습니다. 그러고는 그 비구니는 데려가게 하고 나머지 셋을 데려오게 한 다음 버럭 성을 내면서 말했지요.

"너희가 감히 번번이 내 앞에서 거 짓말을 했겠다? (…) 방금 그 비구니가 벌써 다 실토했다. 이 안에 누각이 있 다고 하는데 너희는 어째서 없다고 둘 러대는 게야? 이렇게 간사하고 괘씸할 수가 있나! (…) 냉큼 찰자拶子18)를 대 령하렷다!"

손가락을 조이는 찰자.《삼재도회》

그러자 비구니들은 당황한 나머지 하는 수 없이 털어놓는 것이었습니다.

"실은 … 누각이 하나 있기는 합니다. 방 안 침상 옆 창호지문을 따라 들어가면 바로 거기입니다!"

"그런 것을 어째서 나를 속이려 든 게야!"

"감히 나리를 속이려 한 것이 아니오라 … 실은 이 지역 관리 부인

---

18) 찰자拶子: 고대 중국의 형벌의 일종인 '찰지拶指'를 가하는 형구. 헐겁게 엮 은 나무살들을 연결하고 조였다 풀었다 할 수 있는데, 죄인의 손가락들을 끼운 다음 힘을 주어 조임으로써 형벌을 가한다. 이 형벌은 주로 여성에게 가해졌는데 심한 경우에는 손가락이 으스러지기도 했다고 한다.

과 아씨가 몇 분 계셔서[19] ⋯ 그래서 말씀을 드릴 엄두를 내지 못했습니다요!"

추관推官[20]은 즉시 비구니들을 시켜 종이문을 열게 했습니다. 그러고 나서 포졸 너덧 명을 데리고 구불구불 한참을 걸어 들어갔더니 그제야 사다리가 나타나는 것이었지요. 그런데 가만히 들어 보니 누각 위에서 히히덕거리며 웃는 소리가 들리는 것이 아닙니까. 이형은 그 자리에 멈추어 서서 포졸들에게 분부했습니다.

"너희가 가서 보거라. 위에 비구니가 있으면 당장 내 앞으로 끌고 오너라!"

포졸들이 그 명령에 따라 우르르 누각으로 올라가서 가만 보니 규수 둘과 부녀자 셋이 웬 비구니와 같이 앉아서 한창 술판을 벌이고 있지 뭡니까, 글쎄! 그러다가 포졸들이 들이닥친 것을 보고 적잖게 놀랐는지 뿔뿔이 흩어져 몸을 숨기려 드는 것이었지요. 포졸들은 동시에 손을 써서 그 가냘프고 여린 비구니를 질질 끌다시피 잡아끌고 내려갔습니다.

자기 앞까지 끌려오자 이형은 그녀의 침실이 어디인지 물었습니다.

---

19) 【즉공관 측비】 可知矣。알 만하군.

20) 추관推官: 중국 고대의 관직명. 당대부터 설치되었으며 명대에는 각 부府에서 형옥 관련 업무를 담당했다. 그 품급은 북경과 남경 두 도읍의 추관은 종육품이고 나머지 지역에서는 정칠품이었다. 여기서는 앞서의 이형理刑을 가리킨다. 같은 이야기에서 호칭이 바뀐 것은 능몽초가 이 이야기를 각색하는 과정에서 원작의 원문과 자신이 창작할 당시의 호칭을 미처 통일하지 못한 탓으로 보인다.

그런 다음 그 방으로 가서 수색을 벌인 끝에 하얀 비단으로 만든 손수건 열아홉 장을 찾아냈는데, 거기에는 한결같이 여자의 원홍元紅[21])이 묻어 있는 것이 아닙니까. 거기에는 장부도 한 권 있었는데, 거기에 똑똑하게 적혀 있는 것은 죄다 그 방에 자고 간 여자들의 성씨와 날짜들로

> "아무개는 아무 날 처음 왔음
> 아무개는 아무개의 추천으로 왔음
> 아무개 처녀는 원홍[22])이 있었음
> 아무개 처녀는 원홍이 없었음."

하는 식으로 하나하나 똑똑히 적혀 있는 것이었습니다. 그것을 본 이형은 화가 머리끝까지 치솟아 비구니 넷을 전부 체포해서 관아로 끌고 갔습니다. 그러자 암자에 있던 여인네들은 비구니들이 붙잡혀가는 것을 보고 무슨 일이 벌어졌는지 영문도 모른 채 동시에 암자를 나와 가마를 불러 타고 각자 집으로 돌아갔습니다.

계속 이야기를 들려드리지요. 이형은 관아에 당도하자마자 큰 소리로 형리들에게 형벌을 가하게 했습니다. 그러자 비구니들은

"비구니의 몸으로 절대로 법을 어긴 일이 없습니다!"

---

21) 원홍元紅: 처녀가 처음 육체관계를 맺은 후 흘리는 피. '처혈處血'이라고 부르기도 했다.

22) 【즉공관 미비】如此等事如何記帳? 得意之故也。然非此不致殺身。 이런 일을 어째서 장부로 적어놓은 걸까? 아주 자신만만했던가 보군. 그러나 이것만 아니었더라면 목숨을 잃지는 않았을 것을!

하고 단호하게 말하는 것이었지요. 이형이 이번에는 산파를 불러들여서 한 사람 한 사람씩 검사를 하게 했더니 모두 여자이지 뭡니까. 이형은 도무지 납득이 되지 않아 생각해보았습니다.

'그렇다면 … 이 손수건과 장부는 어떻게 된 노릇인가?'

그는 산파를 부르더니 은밀하게 물었습니다.

"설마 의심할 만한 일이 전혀 없다는 말인가?"

그러자 산파가 이렇게 말하는 것이었습니다.

"헌데 … 나이가 젊은 이 비구니는 사내 모습은 아닌데 … 그렇다고 여자하고도 좀 다른 구석이 있습니다요."

그 말에 이형은 문득 속으로 생각했습니다.

'전에 듣자니 양물을 줄이는 기술이 있다고 하던데 … 이 비구니에게 정말 여자와 다른 데가 있다면 사내임이 분명하다. (…) 내 기억대로라면 이 방법만 쓰면 확실히 알 수 있겠지!'

그는 기름을 가져오게 해서 그 비구니의 음부에 바르게 했습니다. 그러고 나서 개를 한 마리 끌고 와서 그것을 핥아 먹게 했지요. 그러자 그 개는 기름 냄새를 맡더니 혀를 길게 뻗어 그것을 핥기를 멈추지 않는 것이었습니다. 알고 보면 개의 혀는 아주 따뜻해서 열 번 정도 핥고 나자 그 젊은 비구니도 몸이 뜨겁고 근질거려서 더 이상 버티지 못하고 몸을 부르르 떠는 것이었지요. 그 순간 '툭' 하고 양물이 튀어

나오지 뭡니까, 글쎄! 심지어 단단하고 꼿꼿하기까지 한 것이었습니다. 그러자 비구니들과 산파는 허둥지둥 얼굴을 가렸습니다.[23]

"이런 간특한 놈이 있나! 네놈은 목숨을 내놓아도 죄가 넘칠 것이다!"

이형은 노발대발하더니 큰 소리로 그 비구니를 끌어다가 엎어놓고 곤장 마흔 대를 치게 했습니다. 그러고 나서 주리를 틀면서 그 비구니에게 이번 일을 자초지종 사실대로 자백하게 했지요. 그러자 비구니는 하는 수 없어 이렇게 실토하는 것이었습니다.

"소승은 이 지역을 유랑하는 중입니다. 어려서부터 생긴 모습이 여자 같아서 사부님을 모시면서 절에서 '채전 신축술採戰伸縮術[24]'을 익혀 하룻밤 사이에도 열 명이나 되는 여자와도 즐길 수 있게 되었지요. 그 후로는 백련교白蓮教[25]를 전파하면서 여인네들을 모

백련교 경전

---

23) 【즉공관 미비】衆尼熟觀, 不必掩面矣。비구니들이 평소에도 보았을 테니 얼굴을 가릴 필요가 없을 텐데?

24) 채전 신축술採戰伸縮術: 중국 도교의 방중술房中術의 일종. '채전'은 정사의 기교, '신축'은 성기의 단련에 주목한 개념이다. 도교 일각에서는 정사를 일종의 전투에 빗대고 여성의 몸을 진단眞丹을 제조하는 정로鼎爐로 삼아 순수한 납과 순수한 수은[眞鉛眞汞], 즉 원기元氣를 캐내어 보양하는 과정으로 여겨서 '채전採戰'으로 일컬었다. 채전술은 도교의 방사들과 궁정·사대부들 사이에서 '삼봉채전三峯採戰'으로 일컬어지면서 장생불로의 비결로 유행했다고 한다.

아 간음을 일삼았습니다. 그렇게 구름처럼 유랑하다가 이 암자에 왔더니 비구니들이 저를 좋아하면서 머물게 해주더군요.[26] 해서 '양물을 움츠려 여자 행세를 하는 방법이 있다'는 이야기를 꺼냈더니 당장이 암자의 주지를 맡기는 것이었습니다. 그 바람에 각 집안의 부인이나 아가씨들하고 왕래하게 되었지요. 그분들이 오면 누각 위로 유인해서 동침해도 사람들이 전혀 의심하지 않았습니다. 음욕이 동해서 몸이 달아오르기만 하면 바로 양물[27]을 꺼냈는데 다들 마다하지 않더군요. 더러 완강하게 바라지 않는 여자라도 있으면 음행을 부추기는 주문을 외워 여자를 홀려서 마음대로 음욕을 채우고 그 일을 마쳐야만 풀어주곤 했습니다. 그러다 보니 하룻밤을 자고 가면 다시는 오지 않는 경우도 있더군요. 허나 … 나머지 여자들은 한결같이 서로가 자청해서 영원히 즐거움을 만끽하기를 바랐습니다. 헌데, … 뜻밖에도 나리께서 알아내시고 말았군요. 이제는 죽음을 감수하는 수밖에요!"

이렇게 막 자백을 하고 있을 때였습니다. 가만 보니 부호 집안에서

---

25) 백련교白蓮教: 중국 고대의 비밀 종교 집단. 송대에 불교와 명교明教·미륵교彌勒敎의 교리를 혼합해서 처음으로 만들어진 이래 원·명·청대에는 농민 봉기의 주요한 경로로 변질되어 탄압받는 일이 많았다.

26) 【즉공관 측비】宜愛。좋아할 만하지.

27) 양물[肉具]: '육구肉具'는 명대 강남 지역에서 남성 성기를 일컫던 속어이다. 참고로, 중국의 권위 있는 중국어 사전인 《한어대사전》에서는 '내구內具' 항목에 대한 설명에서 이 대목을 예로 들면서 "(2)남자의 생식기를 이른다."라고 소개했다. 그러나 중국의 학자 주지봉周志鋒은 《명청소설속자속어연구明淸小說俗字俗語硏究》(제311쪽)에서 명대 소설에서 '내구'에는 그런 의미가 없으며 사실은 글자를 잘못 적은 것으로 실제로는 '육구'라고 써야 한다고 논증했다.

삼오 지역을 그린 〈삼오도三吳圖〉. 《삼재도회》

아내와 딸로부터 '이형이 집안 암자의 비구니를 잡아갔다'고 한 말만 듣고 서신을 써 보내 용서해줄 것을 부탁하지 뭡니까. 이형은 벌컥 성을 내면서 답신은커녕 그길로 손수건과 장부를 밀봉해서 그 집으로 보냈습니다. 부호는 그것을 보고 얼굴을 붉히면서 어쩔 바를 모르는 것이었습니다.[28] 이형은 바로 다음과 같이 판결을 내렸습니다.

"심문 결과 왕 아무개는 삼오[29] 일대를 전전하면서 여신도들을

---

28) 【즉공관 미비】 妙着。 기막힌 방법이로고!
29) 삼오三吳: 중국 고대의 지역명. 원래 진晉대에는 강소성의 오흥吳興·오군吳郡 및 절강성의 회계會稽를 가리키는 지역명이었으나 나중에는 장강 하

간음한 자임이 밝혀졌다. 백련교를 전
파하면서 백성들을 홀리는가 하면 분
을 바르고 소녀들의 몸을 더럽혔다. 석
가모니를 섬기는 불가에서 본래 피안
을 지향해야 할 승려이거늘 황금 집에
미녀를 감추어 두고[30] 장막 속에 숨어
관세음보살 노릇을 했다. 양물을 드러
낸 채 선상[31]에서 두 손을 모으고 있
다고 한들 어느 누가 비구니나 비구라
고 믿겠는가? 고운 발 벗고 비단 금침

불승이 좌선을 할 때 사용한 선상

속에 누웠으니 계집인지 사내인지 누가 알겠는가? 비유하건대 구
관조가 봉황 둥지를 차지한 채 짝 찾는 〈관저關雎〉편의 아름다운
이야기에 영합하고[32], 뱀이 용의 굴을 휘젓고 다녔으니 어찌 정을
통하는 부정이 없을 수 있겠는가! 밝은 달은 본래 사심이 없건만
과부의 침실을 비추면 과부도 과부가 아닌 격이요, 맑은 바람은 본

류의 강남 지역을 두루 일컫는 이름으로 범위가 확장되었다. 여기서도 '강
남 지역'으로 이해하면 좋을 듯하다.

30) 황금 집에 미녀를 감추어두고[嬌藏金屋]: 한 무제漢武帝와 아교阿嬌의 고사.
전설에 따르면, 한 무제가 태자로 있을 때 무제의 고모인 장공주長公主가
딸 아교를 무제에게 출가시킬 작정으로 의향을 묻자 "아교를 얻으면 황금
으로 만든 집을 지어주겠다"고 약속했다고 한다.

31) 선상禪床: 불가에서 승려들이 좌선坐禪을 할 때 앉는 평상의 일종.

32) 〈관저〉편의 아름다운 이야기에 영합하고~[合關雎之好]: 세속적 육욕을 금
하는 불가의 승려이면서 남녀의 결합에 한눈을 판다는 뜻이다. 〈관저關雎〉
는 유가에서 중요한 경전으로 받드는 고대의 민요집인 《시경詩經》의 첫 번
째 시로, 군자君子와 숙녀淑女의 이상적인 결합을 예찬하는 내용을 담고
있다.

래 뜻이 있건만 부잣집으로 들어갔다면 외로운 여인도 외롭지 않은 격이다. 그 암자를 허물고 그 장부를 불태워야 비로소 그 범죄의 자취들을 없앨 수가 있을 것이며, 그 심장을 꺼내고 그 눈을 파내도 그 죄를 다 갚기에 부족하구나!"

深得王某係三吳亡命, 優僕奸徒, 倡白蓮以惑黔首, 抹紅粉以溷朱顔。敎祖沙門, 本是登岸和尙。嬌藏金屋, 改爲入幕觀音。抽玉笋合掌禪床, 孰信爲尼爲尙。脫金蓮展身繡榻, 誰知是女是男。譬之鶴入鳳巢, 始合關鳩之好。蛇游龍窟, 豈無雲雨之私。明月本無心, 照霜閨而寡居不寡。淸風原有意, 入朱户而孤女不孤。廢其居, 火其書, 方足以滅其跡。剖其心, 刳其目, 不足以盡其辜。

판결을 마친 이형은 사령들에게 분부하여 온갖 형벌을 다 가하게 해서 그 젊은 중이 끔찍한 고통을 톡톡히 당하게 만들었습니다. 그랬으니 인절미와도 같은 나약한 중이 어떻게 그 고통을 견디겠습니까? 금세 죽어버리고 말았지요. 네 명의 비구니는 각자 곤장을 서른 대씩 쳐서 관아의 노비로 팔고, 그 암자는 토대까지 완전히 헐어버렸습니다. 그리고 그 젊은 중의 시체는 관음담觀音潭 연못에 던져버렸지요. 이 이야기를 들은 사람들은 모두 시체를 구경하러 갔다가 축 늘어진 그의 양물을 보았습니다. 그런데 길이가 일고여덟 치나 되는 것이, 나귀나 말의 것과 매한가지이지 뭡니까, 글쎄! 사람들은 다들 입을 가리고 시시덕거리면서 말했답니다.

"여편네들이 웬일로 중을 다 좋아하나 했지, 쯧쯧쯧!"

평소 그와 내왕하던 집안의 부인들은 이 중의 행각이 들통 났다는 소리를 듣고 여러 사람이 목을 매고 죽었답니다. 이 중은 몇 년 동안이나 간음과 사기를 일삼더니 결국 죽어서도 몸 하나 묻을 땅조차 없는 신세가 되고 말았습니다! 만약 이 사달이 나기 전에 진작에 반성을 하고 스스로 근본적인 해결책이 아님을 깨닫고 마음을 바꾸거나, 아예 속세로 돌아와 아내를 맞아들여 여생을 보냈더라면 "간음하고 사기 치는 놈들도 멀쩡하더라"라는 손님들 말씀과도 딱 맞아 떨어지지 않았겠습니까? 그러나 사람이라는 것은 이 정도까지 가서 재미를 좀 보고 양심을 속이다 보면 죽고 나서야 멈춥니다. 그렇다 보니 평범한 사람은 이 길로 접어들었다가는 멈출 수 있는 경우가 드물지요. 그야말로

선과 악은 결국에는 응보가 내리기 마련이니,   善惡到頭終有報,

일찍 닥치느냐 늦게 닥치느냐만 다를 뿐이라네!33) 只爭來早與來遲。

지금까지는 남자가 여장을 한 이야기였습니다. 이제부터는 어떤 여자가 남장을 하고 정을 통했다가 올바른 깨달음을 이룬 이야기를 들려 드리도록 하지요.34)

홍희洪熙35) 연간에 호주부湖州府36) 동문東門 밖에 한 유학자가 살았습니다. 성이 양楊 씨로, 남편은 세상을 떠나고 어머니 혼자 어린

---

33) 선과 악은 결국에는 응보가 내리기 마련이니~[善惡到頭終有報, 只爭來早與來遲]: 원·명대의 속담. 사람의 선행이나 악행에 대한 심판은 반드시 내리게 되어 있으며 다만 그것이 닥치는 시기만 차이가 날 뿐이라는 뜻이다.
34) *본권의 몸 이야기는 출전을 알 수 없는 자료에서 소재를 취했다.
35) 홍희洪熙: 명나라 제4대 황제 인종仁宗 주고치朱高熾(1378~1425)가 1425년 한 해 동안 사용한 연호.
36) 호주부湖州府: 명대의 지명. 태호太湖의 남안, 항주杭州 북쪽, 상해上海 서쪽에 자리 잡은 절강성 호주시湖州市에 해당한다.

아들과 딸을 데리고 살았지요. 그 집 딸은 나이가 딱 열두 살이었는데, 외모가 꽃 같은데다가 총명하기까지 했습니다. 다만 한 가지, 어려서부터 걸핏하면 이런저런 잔병치레를 했지요. 그래서 어머니는 어디라도 달려가지 않는 곳이 없을 정도였습니다. 그녀가 다 클 때까지 지켜만 줄 수 있다면 무슨 짓을 시켜도 다 감수할 태세였지요.

그러던 어느 날이었습니다. 어머니와 딸이 그곳에서 한창 수를 놓고 있는데 가만 보니 웬 비구니가 걸어 들어오는 것이 아닙니까. 어머니는 비구니를 반갑게 맞이했습니다. 알고 보니 그 비구니는 항주杭州 취부암翠浮庵의 주지로, 양 씨네 어머니와는 알고 지낸 지가 벌써 여러 해나 된 사이였지요.

그 비구니는 감언이설에 능한 사람으로, 평소에는 오로지 연애에만 빠져 있었습니다. 암자에서 젊은 제자를 둘 데리고 있었지만 둘 다 그 비구니와 그렇고 그런 짓을 벌이는 사이였지요. 이날 주지는 대추 한 뭉치, 가을 햇차 한 병, 은행 한 판, 밤 한 판을 가지고 양 씨네 어머니에게 인사차 들린 길이었습니다. 몇 마디 안부 인사를 나누고 나서 그 비구니가 양 씨네 딸을 보니 그 모습이 어땠는지 아십니까?

몸짓도 날렵하고,	體態輕盈,
자태37)도 우아한데,	丰姿旖旎。
비를 머금은 배꽃같이 뽀얗고,	白似梨花帶雨,
바람에 살랑이는 복사꽃잎처럼 아리땁네.	嬌如桃瓣隨風。

---

37) 【교정】 자태[丰姿]: 상우당본 원문(제1483쪽)에는 '예쁠 봉丰'으로 되어 있으나 여기서는 '넉넉할 풍豐'의 약자로 사용되었다.

느린 걸음으로 사뿐히 움직이니,	緩步輕移,
드리운 치마 밑으로 새 죽순38) 둘 드러나고,	裙拖下露兩竿新笋。
수줍음 머금은 채 말을 하려 하니,	含羞欲語,
옷깃 위 한 점 빨간 앵두39)가 움직이는 듯.	領緣上動一點朱櫻。
봉척40)은 마음이 끌리지 않을지 모르지만,	直饒封陟不生心,
노나라 사내41)였다면 분명 관심을 가졌겠구나.	便是魯男須動念。

비구니가 그 말을 보고 물었습니다.

"아가씨는 올해 나이가 몇이지요?"

그러자 양 씨네 어머니가 대답하는 것이었습니다.

---

38) 새 죽순[新笋]: 미인의 다리를 두고 한 말이다. 껍질을 벗긴 죽순이 여자의
장딴지와 비슷하게 생겼다고 보았기 때문이다.

39) 빨간 앵두[朱櫻]: 미인의 입술을 두고 한 말이다. 여자의 입술이 앵두처럼
빨간 데에 주목한 것이다.

40) 봉척封陟: 당대에 문인 배형裴鉶이 지은 전기소설집인 《전기傳奇》에 등장
하는 인물. 당나라 경종敬宗 때 효렴孝廉이던 봉척이 소실산少室山에서 글
공부를 하고 있는데 밤에 선녀가 방으로 찾아와 짝이 되기를 원하자 단호
하게 거절하면서 받아들이지 않았다. 3년 후 병으로 죽은 그가 저승사자에
게 이끌려 태산泰山으로 가다가 상원부인上元夫人과 마주쳤는데, 알고 보
니 왕년에 자기 방으로 찾아왔던 그 선녀였다. 그 후로 봉척은 상원부인의
배려로 수명이 늘어나 되살아났다고 한다.

41) 노나라 사내[魯男]: 《시경詩經》〈항백巷伯〉에 대한 한대의 경학자 모형毛亨
의 해석에 따르면, 노나라의 어떤 홀아비는 이웃집 과부가 밤중에 폭풍우가
쏟아져 방이 허물어지는 바람에 몸을 둘 곳이 없어 그 집으로 찾아와 머물
게 해달라고 부탁했지만 끝까지 문을 열어주지 않았다고 한다. 나중에 "노
나라 사내"는 여색에 미혹되지 않는 사내를 가리키는 말로 사용되었다고
한다.

"열두 살이 됐습니다. 일마다 제법 똑똑하게 잘 해내기는 하는데 … 딱 한 가지는 어쩔 방법이 없군요. (…) 딸아이 몸이 허약하다 보니 걸핏하면 이런저런 병이 나서 여기 아프다 저기 아프다 그런답니다. 제 몸으로 딸아이 고통을 대신할 수 없는 것이 속상할 뿐입니다. 이 한 가지만은 늘 겁이 나고 걱정이 되는군요!"

"어머님, 치성을 들여서 액땜을 좀 해보신 적은 있습니까?"

그 말에 양 씨네 어머니가 말했습니다.

"휴, 무슨 일인들 안 해봤겠어요! 신령님도 찾고 부처님한테 절도 하고 소원을 빌며 기도도 해봤지요. 하지만 도통 병이 떠나질 않는걸 요. (…) 대체 무슨 액운이 팔자에 들었는지는 몰라도 당최 나을 생각 을 하지 않는군요!"

"그게 다 팔자에 타고난 것입니다! (…) 아가씨 사주팔자를 소승한 테 주시면 어디 한번 따져보도록 하지요."

"스님께서 이제 보니 운세까지 볼 줄 아셨군요? 여태 그런 줄도 몰랐다니!"

양 씨네 어머니는 당장 딸이 태어난 연월일시를 비구니에게 일러주 었습니다. 그러자 비구니는 허세를 부리면서 잠시 점을 쳐보더니 말 하는 것이었습니다.

"아가씨의 이 팔자는 … 어머님 곁을 떠나야만 좋아집니다."

"저야 딸아이가 제 곁을 떠나는 것이 섭섭하지요. 하지만 … 아이 병을 낫게 한다면 어쩔 수가 없습니다. 다른 집에 수양딸로 보내기라도 하고 싶지만 … 당장은 보낼 만한 곳이 없으니 원!"

"아가씨가 예물을 받은 적은 … 있습니까?"

"없습니다."

그러자 비구니가 말하는 것이었습니다.

"아가씨 팔자가 고신孤辰42)을 범했군요. 만약에 다른 댁에 출가시키기라도 하면 이 병은 갈수록 태산이 되고 맙니다!43) (…) 이런 방법이 있는데 … 아가씨 사주팔자하고 딱 맞아떨어져서 저절로 수명도 늘고 몸도 건강해지는데 … 하지만 어머님께서는 물론 아까워하실 테니 … 차마 말을 꺼내기가 민망하군요."

"딸아이만 아무 탈 없이 지킬 수 있다면야 아이가 어디를 가든 무슨 대수이겠습니까!"

---

42) 고신孤辰: 중국의 고대 점성술 용어. '신辰'은 지간支干을 뜻하며, '고신'은 어울리는 천간天干이 없이 지간만 있는 날을 말한다. 중국 점성술에서 이 날은 불길한 날로 여겼기 때문에 이 날에 태어난 사람은 '고신을 범했다犯孤辰' 하여 평생 동안 배우자를 만나지 못하고 외톨이로 고독하게 살다가 죽는다고 여겼다.

43) 【즉공관 미비】到不犯孤辰, 是犯紅鸞耳。고신을 범한 것이 아니라 홍란을 범한 거겠지.
'홍란紅鸞'은 홍란성紅鸞星을 말한다. 중국의 고대 점성술에서 홍란성은 혼인이나 경사를 관장하는 행운의 별로 여겨졌다고 한다.

그러자 비구니가 말했습니다.

"어머님, … 만약 그럴 각오가 되셨다면 … 아가씨를 불가에 출가시켜 속세 밖의 사람이 되게 하십시오. (…) 그렇게만 하시면 재앙을 없애고 복을 늘릴 수 있을 것입니다. (…) 이것이 상책이에요."

"스님 말씀이 정말 옳습니다! 그렇게 하는 것은 부처님께 공덕을 쌓는 셈이니까요.44) 제가 차마 버리지 못한다 해도 … 딸아이가 병을 많이 앓고 고통을 겪다가 죽을 팔자라면 … 이 상책을 따라야지 어떻게 하겠습니까. (…) 그래도 전생에 인연이 있었는지 스님과 잘 알고 지낼 수 있었습니다. (…) 만약 괜찮으시다면 딸아이를 스님한테 맡길 테니 제자로 거두어주세요."

그러자 비구니가 말했습니다.

"아가씨는 복덩이입니다. 만약 저희 암자에서 지낸다면 부처님 얼굴에도 더 빛이 날 테니 참으로 천만의 다행이지요! 다만, … 소승이야 어떻게 아가씨의 사부가 될 수 있겠습니까!"

"무슨 그런 말씀을요. 무조건 스님께서 딸아이를 이끌어주셔야지 저도 마음을 놓겠습니다!"

"어머님, 별 말씀을요! 아가씨가 어떤 사람입니까. 소승이 함부로 대할 수나 있겠습니까? 저희 암자가 변변치 않은 곳이기는 하지만

---

44)【즉공관 미비】女眷痼疾。여인네들의 고질병이다.

그래도 시주님들께서 보살펴주시는 덕분에 입고 먹는 것이 부실할 정도는 아닙니다. 그러니 어머님께서도 걱정하실 필요는 없답니다.”

“그렇다면 날을 잡아서 암자로 보내겠습니다!”

양 씨네 어머니는 달력을 보면서 한편으로는 자신도 모르게 닭똥 같은 눈물을 뚝뚝 흘리는 것이었습니다.[45] 비구니는 다시 한 차례 양 씨네 어머니를 위로했지요. 그러자 양 씨네 어머니는 날을 잡은 다음 비구니를 집에 붙잡아놓고 이틀을 묵게 했습니다. 그러고는 배를 한 척 불러서 딸에게 비구니를 따라 출가하게 했지요. 어머니와 딸은 서로 머리를 끌어안고 한바탕 대성통곡을 했습니다.

어머니에게 절을 하고 작별한 딸은 비구니와 함께 암자에 가서 다른 비구니들과 인사를 나누었습니다. 이어서 주지에게 절을 하고 스승으로 모셨지요. 주지는 날을 잡아 그녀의 머리를 깎고 ‘정관靜觀’이라는 법명을 지어주었습니다. 이렇게 해서 양 씨네 딸은 취부암에서 비구니로 지내게 되었지요. 그러나 이것은 모두 양 씨네 어머니가 생각이 없다 보니 벌어진 일이었습니다. 이 일을 증명하는 시가 있습니다.

> 약한 몸 아무리 병에 시달린다 하지만,   弱質雖然爲病磨,
> 저승사자가 왜 당장 와서 끌고 가겠는가.   無常何必便來拖.
> 괜스레 불가에 출가시키는 바람에,   等閒送上空門路,
> 제 발로 악의 소굴로 들어가게 만들었구나!   却使他年自擇窩.

----

45) 【즉공관 미비】自貽伊戚。스스로 불행을 불러들인 게지.

그 비구니는 어째서 양 씨네 어머니에게 딸을 출가시키도록 부추겼을까요? 알고 보니 그 비구니는 평소에 늘 부당하고 불법적인 짓을 벌이곤 했습니다. 그리고 그때마다 젊고 아름다운 제자들을 미끼로 삼아 사람들을 끌어들이곤 했지요. 그 비구니가 양 씨네 딸을 보니 용모가 아주 반반한 것이었습니다. 거기다가 또 그 어머니의 입장에서는 딸이 다 클 때까지 잘 보살펴주기만 한다면 무슨 일인들 비구니 말대로 따르지 않을 리가 있겠습니까? 그렇다 보니 그 비구니도 상대의 처지를 역이용하여 팔자를 봐준다는 핑계로 그 어머니를 부추겨 딸을 불가에 출가시키게 해 결국에는 그 딸을 제자로 거둔 것이었습니다!

당시 양 씨네 딸은 열두 살이었습니다. 성징이 아직 나타나지 않은지라 딸도 그 일을 마음에 두지 않았지요. 만약에 몇 살이라도 더 먹은 사람이었더라면 죽어도 출가를 하지 않으려고 했을 것입니다.

양 씨네 딸은 비구니가 된 뒤로 늘 스승과 함께 있으면서 자기 혼자 집에 어머니를 보러 가기도 했지요. 한 해에도 몇 차례나 오고 갔습니다. 어머니는 본래 딸을 애지중지하던 사람이었습니다. 그래서 곁에 있을 때에는 딸 몸이 조금만 불편해지기만 하면 사소한 증세라도 무슨 죽을병이라도 되는 것처럼 여겼답니다. 그렇다 보니 걸핏하면 걱정 근심에 휩싸이곤 했지요.[46] 그러나 딸이 곁을 떠난 뒤로는 딸에게 잔병이 생기더라도 눈앞에 보이지 않다 보니 도리어 괴로움이 많이 줄었습니다. 거기다 집에 들른 딸을 보면 늘 몸이 건강하지 뭡니까. 딸은 딸대로 어머니가 걱정이라도 할까 싶어서 매번 이전의 병이 조금도 재발하지 않았다고 둘러대곤 했습니다. 그러다 보니 그 어머니

---

46) 【즉공관 미비】姑息之愛每如此。 지나친 사랑이 늘 이런 식이지.

는 그럴수록 '진작에 출가시킬걸' 하면서 별로 걱정을 하지 않게 되었지요.

이야기를 다른 쪽으로 돌려보겠습니다. 다시 이야기를 들려드리지요. 호주湖州47)의 황사항黃沙衖에 수재秀才가 한 사람 살았습니다. 그는 복성複姓48)인 문인聞人 씨로, 이름은 외자인 가嘉였습니다. 원적은 소흥紹興이었는데, 조부가 오정烏程49)의 사숙私塾에서 학당을 하면서 호적을 옮겼지요. 문인가는 얼굴은 반안潘安을 닮았고 재주는 자건子建50)과 같았습니다. 나이는 열일곱 살로, 집에는 마흔 살이 된 어머니가 있었습니다. 그러나 형편이 가난하다 보니 아직 아내가 없었지요. 그는 나이가 젊고 영민한 데다가 기질이 고상하고 풍류가 넘치면서도 소탈했습니다. 게다가 학문에도 무척 정통해서 친구들 중에 그를 좋아하거나 존경하지 않는 사람이 하나도 없을 정도였지요. 그렇다 보니 늘 그를 도와주는 사람이 있었습니다. 산천을 유람하고 잔치를 열 때에도 더더욱 그를 빼놓는 일이 없었답니다. 또, 친구들이 만날 때에

---

47) 호주湖州: 중국 고대의 지명. 지금의 절강성 호주시湖州市에 해당하는 지역으로, 태호太湖의 남안, 항주杭州 북쪽, 상해上海에 자리 잡고 있다. 명대부터 고급 비단의 생산지로 유명했다.
48) 복성複姓: 황보皇甫·독고獨孤·남궁南宮·동방東方 등과 같이 두 글자로 된 성씨를 말한다.
49) 오정烏程: 중국 고대의 지명. 지금의 절강성 호주시 일부 지역에 해당한다. 원래는 고성菰城으로 불리던 곳으로, 기원전 223년 그 지역의 오건烏巾·정림程林 두 집에서 빚는 술이 유명하다고 하여 진나라 때 '오정'으로 개명했다고 한다. 《박안경기》의 저자 능몽초의 본향이기도 하다.
50) 자건子建: 후한·삼국시대의 문학가 조식曹植(192~232)을 말한다. 후한대의 권신이던 조조曹操의 셋째 아들로, '자건'은 그의 자이다.

도 문인가가 빠진 것을 아쉽게 여기곤 했답니다.

그러던 어느 날이었지요. 마침 정월 중순이어서 매화가 흐드러지게 피었지 뭡니까. 그래서 한 젊은 친구가 놀이배를 한 척 불러 문인가를 끌고 항주에 가서 놀고, 내친 김에 서계西溪[51]에 매화 구경까지 하러 가자고 하는 것이었지요. 그래서 문인가는 어머니에게 그 일을 이야기하고 친구와 함께 길을 나서 하루 만에 항주에 도착했습니다.

"우리 일단 서계로 가서 매화부터 구경하고 내일 성내로 들어가세."

그 친구는 이렇게 말하고 바로 사공에게 일러 배를 서계로 저어 가게 했습니다. 한 시진時辰[52]도 지나지 않아 목적지에 도착한 일행은 배를 강기슭에 댔습니다. 그런 다음 문인가와 친구는 걸어서 절벽으로 올라가고, 종복들에게는 술과 안주가 든 찬합을 지고 그 뒤를 따르게 했습니다. 대략 반 리쯤 갔을까요? 가만 보니 솔숲이 하나 보이는데, 한 아름이 넘는 큰 나무들이 빼곡하게 차 있지 뭡니까. 그 숲속에는 어렴풋이 암자가 하나 보였습니다. 그 주변은 회를 칠한 담이 둘러싸고 남향으로 여덟 팔자로 담장에 문이 나 있었습니다. 그 문 앞으로는 시냇물이 흐르는데 무척 고즈넉했지요. 두 사람은 암자

---

51) 서계西溪: 중국의 하천 이름. 지금의 절강성 항주시 영은산靈隱山 서북쪽에 있다. 청대의 시인인 공자진龔自珍(1791~1841)은 《병매관기病梅館記》에서 "강녕남경의 용반산, 소주의 등위, 항주의 서계에서는 다 매실이 난다江寧之龍蟠, 蘇州之鄧尉, 杭州之西溪, 皆産梅"라고 소개했을 정도로 매화와 매실이 유명했다고 한다.

52) 시진時辰: 고대 중국에서는 하루를 열두 시진으로 나누었으므로, "한 시진"은 두 시간에 해당한다.

서계의 매화를 즐기는 재자가인

문 앞까지 가서 느긋하게 둘러보았습니다. 그런데 암자 대문이 닫혀 있기는 한데 왠지 안에서 누가 바깥을 엿보고 있는 것 같은 느낌이 들었지요.

"참 청아하고 한적한 암자로군! (…) 우리 문을 두드리고 들어가서 차나 한 잔 얻어먹고 가세. (…) 어떤가?"

그러자 문인가가 말했습니다.

"아무래도 서둘러 매화를 보러 가는 것이 더 나을 것 같네. 돌아올 때 들어가도 늦지 않아."

"일리 있는 말이야, 일리가 있어."

두 사람은 걸음을 옮겨 그곳을 떠났습니다. 잠시 후에 목적지에 도착해서 두 사람이 매화를 구경하는데 그 광경을 볼작시면

온통 찬란하게 은빛으로 빛나고,	爛銀一片,
옥 부스러기가 천 겹으로 뿌려져 있는 듯,	碎玉千重。
그윽한 향기가 포근한 바람에 밀려드니,	幽馥襲和風,
가오의 기이한 향기53)조차 좀 처진다 싶고,	賈午異香還較遜。
하얀 빛에 아름다운 해가 비치니,	素光映麗日,
서자의 화사한 화장54)조차 못하다 싶구나.	西子靚妝55)應不如。
빼어난 재주로는 얼음이나 서리조차 능가하고,	綽約幹能傲氷霜,
삐죽삐죽 그림자는 바람과 달에 딱 어울리네.	參差影偏宜風月。
시인이 노래한다면 어디 끝이 날 것이며,	騷人題咏安能盡,
가객이 술잔을 기울인들 언제 끝이 나겠는가?	韻客盃盤何日休。

두 사람은 구경을 다 하고 다시 한동안 느긋하게 노닐었습니다. 그러고는 바로 종복들에게 술과 안주가 든 찬합을 가져오게 해서 마음

---

53) 가오의 기이한 향기[賈午異香]: 가오賈午(260~300)와 한수韓壽(?~300)의 고사. 가오는 서진의 권신인 가충賈充(217~282)의 막내딸이자 혜제惠帝의 황후 가남풍賈南風의 동생으로, 평양平陽 양릉현襄陵縣 사람이다. 가충이 사공司空으로 있을 때 그 수하의 젊은 막료인 한수와 밀회를 가지곤 했다. 한번은 가충이 한수의 몸에서 자신이 무제武帝에게서 하사받은 서역 향료의 향기가 나는 것을 이상하게 여겨 가오의 몸종을 문초한 끝에 가오가 몰래 훔쳐 한수에게 준 사실을 알고 두 사람을 혼인시켰다고 한다.

54) 서자의 화사한 화장[西子靚妝]: 춘추시대 월越나라 미녀 서시西施의 고사. 월나라 왕 구천勾踐(BC520?~BC465)이 오吳나라와의 싸움에서 미인계를 써서 서시를 숙적인 오나라 왕 부차夫差에게 바치자, 부차는 서시의 미모와 가무에 빠져 국정을 팽개치고 고소대姑蘇臺에서 방탕한 생활을 하다가 마침내 구천에게 멸망당했다.

55) 【교정】화장[妝]: 상우당본 원문(제1491쪽)에는 '중배끼(과자) 여粔'로 되어 있으나 전후 맥락을 따져볼 때 '꾸밀 장妝'이나 '단장할 장粧'의 별자로 사용되었다.

껏 술을 마셨습니다. 그러는 사이에 날이 뉘엿뉘엿 저물어가고 술도 거의 다 떨어졌지 뭡니까. 두 사람은 얼근하게 취해서 당초 온 길을 따라 배로 돌아가기로 했습니다. 그때는 날이 벌써 어둑어둑해져 있었지요. 그래서 길을 걷기에만 바빠 미처 암자에 들어가 둘러볼 겨를이 없었습니다. 그렇게 서둘러 배에 올라 하룻밤을 보냈지요. 다음 날 아침, 송목장松木場56)에서 배를 내린 것은 말할 것도 없습니다.

계속 이야기를 들려드리지요. 그 암자는 취부암이라는 곳이었습니다. 바로 양 씨네 딸이 출가한 곳이었지요. 그때 정관은 이미 열여섯 살이 되어 있었습니다. 그녀는 성숙해서 전보다 더 고운 절색이 되었고 성격도 조용하고 점잖았습니다. 그 암자에는 평소에 속세의 손님들이 좀 드나들었습니다. 그렇다 보니 그녀에게 눈독을 들이는 자도 있고 이런저런 말을 걸면서 추근거리는 자도 있었지요. 다른 비구니들은 시시덕거리며 비위를 맞추고 정성스레 배웅해주곤 했습니다. 그러나 정관은 내내 담담하게 쳐다보기만 할 뿐 그들을 털끝만치도 마음에 두지 않았지요. 간혹 다른 비구니들이 민망한 짓을 하는 꼴을 보더라도 그저 모르는 척 문을 닫아걸고 조용히 앉아 옛날 책을 좀 보거나 시를 좀 지을 뿐이지 가볍게 바깥을 나돌아 다니지 않았습니다.57)

그러나 인연이 닿았던 것일까요? 아까 문인가가 암자 앞을 한가하

---

56) 송목장松木場: 명대의 지역명. 절강성 항주시 서호西湖 동북쪽에 있는 곳으로, 송대에는 '시장柴場'으로 불리기도 했으며, 항주 방언 발음에 따라 '송모장松毛場'으로 부르기도 했다. 원·명대에는 가흥嘉興·호주湖州 등지의 불교 참배객들이 항주에 올 때 배를 대곤 했다.
57)【즉공관 미비】便是良人閨範。바로 양갓집 여인들의 미덕이지.

게 둘러볼 때 공교롭게도 정관도 무심코 밖에 나와 한가하게 대문 틈으로 밖을 엿보고 있었지 뭡니까. 그런데 가만 보니 그 문인가가 품위가 넘치는 것이 세속을 초탈한 듯한 모습을 가진 것이었습니다. 정관은 그를 예의주시하면서 자세하게 뜯어보았습니다. 그런데 문인가가 멀리 가버리는 것이 아닙니까. 그녀는 당장 쫓아가서 한참을 구석구석 뜯어보고 싶은 마음이 굴뚝같았습니다. 그러나 낙도 없고 기댈 것도 없이 방으로 들어오는 수밖에 없었지요.

"세상에 저렇게 아름다운 젊은이가 다 있다니! 혹시 … 하늘의 신선께서 내려오셨을까? (…) 사람이 한평생을 사는 동안 그런 사람을 한 분만 얻으면 평생토록 그분을 받들고 살 거 같아. (…) 그런 게 천생연분 아니겠어? (…) 하지만 난 이미 이곳에 얽매인 신세가 되고 말았으니 … 이제 그 일은 말도 꺼내지 말자!"

그녀는 속으로 이렇게 생각하면서 한숨을 푹 내쉬는데 그 눈에는 어느새 눈물이 글썽글썽하지 뭡니까, 글쎄! 그야말로

"벙어리가 무심결에 황백[58) 맛을 보았나?   啞子漫嘗黃栢味,
그 쓴 맛을 남들에게 표현하기 어렵구나!"   難將苦口向人言。

손님들, 제 이야기 좀 들어보십시오. 무릇 출가한 사람이라면 사대 四大[59)를 모두 헛된 것으로 여겨야 하는 법입니다. 자신에게 일어나

---

58) 황백黃栢: 한약재인 황벽黃蘗의 속칭. 그 뿌리와 껍질이 해독제로 사용되는데, 맛이 무척 쓰다.
59) 사대四大: 불교 용어. 세계를 이루는 네 가지 기본 원소인 땅·물·불·바람

는 온갖 잡념이 사라지고 세상을 달관하는 경지에 이르면 불가의 제자가 되어 아침저녁으로 수행을 함으로써 세속적인 욕망[60]이 조금도 생기지 않아야 합니다. 그래야 공덕을 이루었다고 할 수 있지요. 만약 지금 세상에서 소싯적에 부모의 독단에 따라 아무렇게나 불가에 맡겨졌다면, 처음에는 쉽지만 결국에는 곤란해진다는 이치를 누가 알겠습니까? 성장해서 욕정의 맛을 알고 나면 설사 억지로 자제한다고 하더라도 사실은 자신이 진심으로 바라는 바가 아니지요. 그렇기 때문에 본분을 지키지 못하는 중들이 선방이나 불전을 더럽히면 그런 경우를 '복을 짓는 것보다 죄를 피하는 편이 낫다作福不如避罪'[61]고 하는 것입니다. 세상 사람들에게 간곡하게 부탁드리오니 다시는 자기 자녀들을 이 길로 몰아 넣지 마십시오![62] 객쩍은 이야기는 그만하겠습니다.

다시 이야기를 들려드리지요. 문인가가 항주로 돌아오고 나서 어느 사이에 또 넉 달 남짓 지났습니다. 그 해는 바로 향시가 있는 해였는데, 문인가도 이미 그 도道에서 일등으로 급제한 상태였지요. 때는 바야흐로 유월이다 보니 날도 그다지 덥지 않아서 행장을 꾸려 항주로 갈 채비를 했습니다. 마침 그에게는 고모가 한 사람 있었는데, 항주 관내關內의 황黃 주사主事[63] 댁에서 과부살이를 하고 있었지요. 그래

을 말한다. 불교에서는 이 네 원소가 온갖 사물과 조화를 다 만들어내지만 따지고 보면 그 모든 것은 실체가 아니라 허상이라고 여겼다.

60) 세속적인 욕망[凡心]: 글자대로 풀면 '평범한 마음'이겠지만 일반적으로 세속적인 욕망을 뜻한다.

61) 복을 짓는 것보다 죄를 피하는 편이 낫다[作福不如避罪]: 명대의 속담. 신불에게 복을 비는 것보다는 아예 죄업을 짓지 않는 편이 훨씬 현실적이라는 뜻이다.

62) 【즉공관 미비】議論警世不淺。주장이 세상에 경종을 울리는 바가 적지 않군그래.

서 그 마을에 가서 시원한 집을 구해 한동안 조용히 머무를 생각이었습니다. 그가 출발할 날을 잡고 나니 친구들이 노자를 좀 모아주는 것이었습니다. 그래서 어머니가 편히 지내도록 손을 써놓고 항선航船[64]을 한 대 빌린 다음 가동 아사阿四를 데리고 책보따리를 가지고 길을 나섰지요.

그런데 막 동문東門을 나와서 배가 떠날 때였습니다. 강기슭에서 웬 젊은 중이 호주湖州 말투로 배를 부르면서 말하는 것이었습니다.

"그 배 … 항주 가는 겁니까?"

"그렇소. 과거 보러 가는 나리를 한 분 모시고 가는 길이라오."

"그렇다면 소승도 좀 데려가시지요. 뱃삯은 남들만큼 드리겠습니다."

"스님, 항주는 어째서 가신데요?"

그 말에 그 중이 말했습니다.

"저는 영은사靈隱寺[65]에서 출가했는데, 지금 속가俗家에 인사차 왔

---

63) 주사主事: 명대의 관직명. 명대의 육부六部에는 각 부마다 주사를 두었는데, 그 직위는 원외랑員外郎 다음이었다.

64) 항선航船: 명대의 정기 왕복선. 객선과 화물선을 겸한 배로, 앞의 선창은 객실로, 뒤의 선창은 화물칸으로 사용되었다고 한다.

65) 영은사靈隱寺: 1,600여 년의 역사를 가진 항주 최고의 명찰. 동진東晉 함화咸和 원년(326)에 인도 승려 혜리慧理는 항주의 빼어난 산수를 보고 신선의 정기가 깃들어 있다고 여겨 절을 짓고 '영은靈隱'이라고 명명했다고 한다.

항주의 영은사. 그 옆으로 서호와 항주성이 보인다. 《삼재도회》

다가 돌아가려던 참입니다."

"선창 안에 있는 나리한테 여쭈셔야겠습니다. 우리는 멋대로 결정
할 수 없어서요."

사공이 이렇게 대답하는 순간 가만 보니 그 아사라는 녀석이 뱃머
리로 튀어나와서 고함을 지르는 것이었습니다.

"이 상황 판단도 못 하는 젊은 까까중 같으니라구! (⋯) 우리 댁
나리께서 향시를 보러 가는 길이시다! (⋯) 좋은 결과를 얻으셔야 할
판에 너 같은 까까머리 재수 없는 물건을 만나다니! (⋯) 냉큼 꺼져라!
안 꺼지면 물을 한 바가지 끼얹어줄 테다! 난세를 부르는 네 대가리를
깨끗하게66) 씻어줄까?"67)

북송대에는 강남 지역의 여러 사찰 중에서 웅대한 기상을 가진 이 절을 "선
원 오산禪院五山"의 으뜸으로 손꼽았다.

아사가 어째서 '난세를 부르는 대가리'라고 불렀는지 아십니까? 옛날에 어떤 사람이 중을 조롱할 때 이렇게 말한 적이 있습니다.

"이 대가리는 태평한 세상의 대가리가 아니라,　此非治世之頭,
바로 어지러운 시대의 대가리로구나!"　乃亂代之頭也。

아마 '어지러울 난亂'과 '알 난卵' 두 글자의 발음이 서로 비슷해서였겠지요.[68] 아사는 자기 상전이 친구들과 우스갯소리를 주고받는 자리에서 그렇게 말하는 것을 본 거지요. 그래서 그것을 그대로 흉내 내어 그 중에게 욕을 퍼부은 것이었습니다. 그러자 그 중은 이렇게 말하는 것이었지요.

"태워줄지 말지 한마디만 물었을 뿐이요. 누구 비위를 거스르게 것도 아닌데 어째서 그렇게 소리를 지르시오?"

그러자 선창 안에서 그 소리를 들은 문인가는 창을 열고 그 중을 보았습니다. 그런데 제법 용모가 말끔하고 여린 것이 무척 사랑스럽

---

66) 【교정】 깨끗하게[潔靜]: 상우당본 원문(제1496쪽)에는 뒤 글자가 '고요할 정靜'으로 나와 있다. 그러나 이 글자의 '고요하다'는 앞 글자가 지닌 의미인 '깨끗하다'와는 의미상으로 상관관계가 성립하지 않는다. 따라서 전후 맥락을 고려할 때 이 글자는 앞 글자 '깨끗할 결潔'과 의미상으로 일치하는 '깨끗할 정淨'을 써야 옳다.

67) 【즉공관 미비】 小人見識如此。 소인배의 식견이라는 것이 다 이렇지.

68) '어지러울 난亂'과 '알 난卵': 두 글자의 원래 발음은 '란'으로 국내에서는 두음법칙을 적용해서 이 발음이 첫 글자에 사용됐을 때는 '난'으로 읽지만 뒤에 사용되거나 단독으로 사용되었을 때는 '란'으로 읽게 되어 있다. 그러나 여기서는 '난대두'와의 일관성을 고려하여 편의상 '난'으로 옮기기로 한다.

지 뭡니까. 게다가 '영은사 중'이라고 하자 이렇게 생각했지요.

'영은사라 … 거기는 산수가 대단히 빼어난 곳이 아닌가. (…) 내 저 중을 데리고 가서 서로 아는 사이로 지내다가 그곳을 거처로 삼는 것도 좋겠군!'

그래서 서둘러 나와서 호통을 쳐서 아사를 제지하면서 말했지요.

"네 이놈! 억지 부리지 마라! (…) 시골 스님께서 항주에 가신다니 배에 태워드리고 길동무 삼아 같이 가는 것이 어떻다고 이 난리냐!"

인연이 되려고 그랬던 것일까요? 사공은 그 말을 듣고 바로 배를 기슭에 댔습니다. 그런데 그 중은 문인가를 보더니 깜짝 놀라는 것이었습니다. 중은 배를 타면서 한편으로는 곁눈질로 계속 문인가를 쳐다보았습니다. 문인가는 문인가대로 이렇게 생각했지요.

'내 눈으로 이렇게 아름다운 스님은 여태껏 본 적이 없다. (…) 용모가 영락없는 여자로구나! 만약 여자의 몸이라면 어찌 절세의 미인이 아니겠는가! (…) 중이 되있으니 침 아깝구나!'[69]

문인가는 중과 인사를 나눈 다음 선창으로 들어가 앉았습니다. 일행이 탄 배는 때마침 순풍을 만나 닻을 올리자 나는 듯이 달렸지요.

두 사람은 선창 안에서 각자 이름을 묻더니 같은 고향 출신임을 알고 같은 사투리로 대화를 나누었습니다. 그러다 보니 더더욱 의기

---

69) 【즉공관 미비】與聞人所見正相反。문인가가 본 것과는 정반대지.

가 투합하는 것이었지요. 문인가는 그 중의 말투가 고상한 것을 보고

'예사 중은 아니구나.'

하고 생각했습니다. 그런데 가만 보니 그 중의 아름다운 두 눈이 쉴 새 없이 문인가를 위아래로 훑고 있는 것이 아닙니까. 날도 하도 무덥고 해서 문인가는 그 중에게 위의 홑저고리를 좀 느슨하게 풀자고 제안했습니다. 그러나 그 중은

"소승 ··· 선천적으로 별로 더위를 타지 않습니다. (···) 나리나 편한 대로 하시지요."

하고 말할 뿐이었지요. 이윽고 날이 저물려고 하자 저녁을 좀 먹고 나서 문인가는 바로 중에게 몸을 씻게 했습니다. 아, 그랬더니 그 중은 끝까지 그럴 필요가 없다고 거절을 하지 뭡니까. 문인가는 혼자 몸을 씻고 나자 벌써 노곤해져서 드러눕더니 바로 잠을 청했습니다. 아사는 아사대로 고물 쪽으로 잠을 자러 갔지요.

그 중은 사람들이 조용히 잠든 것을 보고서야 불을 끄고 옷을 풀더니 문인가와 함께 잠을 청했습니다. 그러나 몸을 엎치락뒤치락하면서 당최 잠을 편하게 자지 못하고 내내 한숨만 쉬는 것이었지요. 그러다가 문인가가 깊이 잠든 것을 보더니 살그머니 일어나 앉아 한 손을 뻗더니 그의 몸을 더듬기 시작했습니다. 그런데 뜻밖에도 끝이 꼿꼿하고 딱딱한 웬 물건이 잡히는 것이었습니다. 그래서 손으로 쥐어보려는데 바로 그때 문인가가 하필이면 잠에서 깨어 허리를 펴지 뭡니까! 중은 잽싸게 손을 놓고 잠을 자던 중인 것처럼 스르륵 돌아누웠습니다. 그러나! 문인가가 벌써 눈치를 챈 뒤였지요.

'이 중이 난데없이 사람을 유혹하는군? (…) 이렇게 멀쩡하게 생겼으니 … 그 사부조차 이 중을 그냥 내버려두지는 않았겠어. (…) 수법이 아주 선수야! (…) 어디, 이 중하고 남풍男風이라도 한번 즐겨볼까나? 고기가 입 앞에 있는데 안 먹을 수야 없지!'

문인가는 젊어서 혈기가 한창 왕성한 나이였습니다. 바로 기어서 다가오더니 중과 머리를 나란히 하고 누운 채로 손을 뻗어 더듬기 시작했습니다. 중은 문인가와 한 덩어리가 되어 잠을 자면서도 아무 소리도 내지 않는 것이었지요. 그래서 문인가가 계속 몸을 더듬다가 가만 보니 말랑말랑하고 봉곳한 젖가슴이 둘 잡히는 것이 아닙니까!

'이 젊은 중 … 살이 찐 것도 아닌데 젖가슴이 웬일로 이리도 탐스럽지?'

그래서 이번에는 그의 엉덩이 쪽을 더듬어보려는 순간 그 중은 놀랍기도 하고 두렵기도 했는지 잽싸게 몸을 돌려 반듯이 눕는 것이었습니다. 문인가는 그러거나 말거나 앞쪽부터 샅샅이 훑으려고 손을 내렸습니다. 그러다가 앞에 만두처럼 봉곳한 살이 잡히는데 … 아, 글쎄 양물이 없지 뭡니까? 문인가는 깜짝 놀라서

"이게 웬일이람?"

하더니 그 중에게 물었습니다.

"사실대로 말하시지요. (…) 당신 뭐야!"

"나리, … 제발 소리는 내지 마세요. 사실 … 저는 비구니입니다. (…) 다닐 때 불편할 것 같아서 비구라고 둘러댄 거예요."

"그렇다면 더더욱 보통 인연이 아니로군! 그대를 놓아줄 수 없군그래?"

문인가는 이렇게 말하면서 다짜고짜 그 위로 올라탔습니다. 그러자 그 비구니가 말했습니다.

"나리, 소승이 아무리 그래도 여자입니다. (…) 남한테 몸을 허락한 적도 없구요.[70] (…) 진정하세요, 제발!"

그러나 문인가는 이때 욕정의 불길이 활활 타오르고 있었습니다. 그러니 어디 그 말을 곧이듣기나 하겠습니까? 그는 양 다리를 벌리더니 그대로 양물을 밀어 넣는 것이었습니다. 꼼짝 못하게 된 비구니는 비바람조차 겪지 않고 피지도 않은 꽃봉오리였습니다. 그러니 문인가가 욕정이 발동해서 비바람을 뿌리려고 환장을 해서 설치는 서슬을 당해낼 수가 있겠습니까. 몇 번을 밀고 당기는 사이에 이내 동정을 잃고 말았지요. 그 비구니는 어쩔 수 없이 미간을 찡그리고 이를 악물면서 참는 수밖에 없었습니다.

그렇게 순식간에 운우의 정을 나누고 나서 문인가가 말했습니다.

"소생이 팔자에도 없는 선녀님을 만났으니 … 이게 꿈인지 생시인지 모르겠군요. (…) 꼭 거처를 상세하게 일러주십시오. 나중에도 뵐

---

70) 【즉공관 측비】 難得。 놀랍군그래.

수 있게 말입니다!"

그러자 비구니가 바로 이렇게 말하는 것이었습니다.

"소승은 다른 곳 사람이 아니오라 바로 호주 동문 밖 양 씨네 집 딸입니다. 어머니가 잘못 생각하시고 저를 절로 보내셨지요. 지금은 서계의 취부암에서 출가했고, 법명은 '정관'입니다. (…) 그 암자에는 드나드는 사람들이 있기는 하지만 한결같이 속물에 촌부들이어서 마음에 드는 사람이 하나도 없더군요. 그러다가 올해 정월에 대문 앞을 한가하게 거닐다가 마침 도령님께서 대문 앞에 서 계신 모습을 발견했습니다. 그런데 기품이 남다르시더군요. (…) 그때부터 마음이 싱숭생숭해져서 사모하게 된 지가 오래되었지요. 그런데 … 뜻밖에도 오늘 기대하지도 않았던 만남이 이루어졌고, 고기와 물처럼 사이도 잘 어울려서 오랜 소망과도 딱 맞지 뭡니까. 그렇다 보니 거부하지 못했던 겁니다. 절대로 제가 음탕하거나 상스러워서가 아니에요! 그러니 … 바라건대 나리께서도 부평초와 물이 우연히 마주친 것뿐이라고 여기지 마시고, 저와 꼭 … 평생 해로하는 연분이 되어주셨으면 좋겠습니다!"

그 말에 문인가가 물었습니다.

"아버님 어머님은 아직 살아 계시오?"

"아버님 양 아무개는 세상을 떠난 지 이미 오래되었고, 집에는 어머니와 남동생만 있답니다. 어제는 어머니를 뵈러 왔다가 뜻밖에도 나리를 만난 겁니다. (…) 나리께서는 … 부인을 두셨는지요?"

"소생도 아직 아내가 없습니다. 오늘 다행히 선녀님을 만나 뵙고 보니 나이와 용모가 잘 어울리는 것이 … 배필로 딱 맞는 것 같군요! 게다가 … 같은 고을의 유학자 집안 따님이시라니 어찌 여기에 묻혀 있게 내버려둘 수 있겠습니까? 기필코 오랫동안 해로할 수 있는 방도를 강구해야겠습니다!"

그 말에 정관이 말했습니다.

"저는 이미 몸을 당신께 맡겼으니 절대로 딴마음을 품지 않을 것입니다. 다만 … 오늘은 일이 창졸간에 벌어지는 바람에 갑자기 좋은 방도가 떠오르지 않는군요. (…) 저희 암자는 항주 성에서 멀지 않습니다. 거기다가 외지고 시원하기까지 하지요. (…) 나리께서 저희 암자로 오셔서 거처로 삼는다면 아침저녁으로 글공부에 전념하실 수 있을 것입니다. 게다가 본래 처사[71]가 절 밖에서 탁발을 해오니까 땔감을 하거나 물을 긷는 돈을 걱정하실 필요도 없지요. 거기다 … 서로 만날 수가 있잖아요. (…) 나중에 기회를 봐서 다시 방도를 강구하시지요. 나리 의향은 … 어떻습니까?"

"그렇다면 아주 좋지요마는, … 도반들께서 거두어주지 않으실까 걱정이올시다!"

그러자 정관이 이렇게 말하는 것이었습니다.

"암자에는 스승님 한 분만 계십니다. 마흔도 안 된 분인데 … 색욕

---

71) 처사[道者]: 불교 용어. '도자道者'는 사찰에서 잡일을 하는 사람을 말하며, 때로는 화공도인火工道人·향공香公 등으로 불리기도 했다.

이 좀 강하기는 하지요. 도반 둘은 스무 살도 되지 않았습니다. 그러나 둘 역시 깨끗한 이들은 아닙니다. 평소에 사람들과 드나든 일을 전부 제가 알고 있지요. 그러니 어디 나리 같은 의젓한 분을 따라올 수가 있겠습니까! 만약에 나리를 뵙고 나면 분명히 좋아할 것입니다. 나리께서 그녀들과 사이를 트고 나면 그 사이에서 일을 하시다가 한결 수월해질 것입니다. (…) 나리께서 머물기를 원치 않으실까 걱정이지, 어디 나리를 못 머물게 막는 일이 생길 리가 있겠습니까?"

문인가는 그 소리를 듣고 한없이 기뻐하면서 말했습니다.

"선녀님의 고견이 아주 그럴싸합니다! (…) 그렇다면 내일 아침 송 목장에 가서 아예 우리 집 가동 녀석까지 배를 따라 집으로 돌려보내고, 소생만 선녀님하고 같이 가면 되겠군요!"

이렇게 한동안 대화를 나누고 나서 두 사람은 끌어안고 있다가 흥분이 되자 또 그 즐거운 일을 벌였습니다. 그야말로

> 평생 동안 꽃의 관문 모르고 있었는데,　　平生未解到花關,
> 갑자기 꽃의 관문에 이르니 뼈까지 다 차가워졌네.　俟到花關骨盡寒。
> 지금은 참인지 꿈인지 모르겠지만,　　此際不知眞與夢,
> 언제 몰래 머리 끌어안고 다시 볼 수 있을꼬!　幾回暗裡抱頭看。

일을 마치고 가만히 들어보니 새벽닭이 요란하게 울지 뭡니까. 정관은 남들에게 들킬까 봐서 서둘러 옷을 걸치고 일어났습니다. 사공도 서둘러 일어나더니 배를 저어 가기 시작했지요. 아사는 아사대로 일어나 문인가가 머리 빗고 세수를 할 때 시중을 들었습니다. 그러고

나서 일행은 아침밥을 먹고 서둘러 관문을 통과했지요.

"어디에다 배를 댈까요? 황 씨 댁에 가서 지내실 곳을 여쭙기 수월하게요."

아사가 말하자 문인가가 말했지요.

"지낼 곳은 필요가 없느니라. 이 젊은 스님 절에 빈 방이 있다는구나. 우리는 곧장 송목장까지 가서 배를 대자꾸나!"

배가 송목장에 도착하자 문인가는 영은사로 가겠다는 말만 하고 짐꾼을 하나 불러 행장을 한 짐 지게 했습니다. 그러고 나서 문인가는 아사에게 분부했지요.

"너는 이 배를 타고 집으로 돌아가서 마님[72]을 뵙고 '염려하실 필요 없다'고 고하거라. 나는 이 스님 절에만 있으면서 글공부를 하겠다. 과거가 끝나면 내 알아서 돌아갈 테니 따로 사람을 시켜 기별을 보낼 필요는 없느니라."

그렇게 결정을 하고 사공이 배를 출발시키자 문인가는 그제야 정관과 함께 가마 두 대를 빌려서 취부암까지 타고 갔습니다. 그러고는 따로 짐꾼에게 일러서 뒤따라오게 했지요. 금세 목적지에 도착한 두 사람은 가마 삯과 짐 삯을 치렀습니다. 그러자 정관은 문인가를 안내

---

72) 마님[安人]: '안인安人'은 명대에 육품 관원의 아내나 모친을 높여 부르던 존칭이다. 여기서는 문인가가 자기 모친을 가리키는 존칭으로 사용했지만 뒤에서는 젊은 중과 정분이 난 관원의 아내에 대한 존칭으로 사용되고 있다. 편의상 두 경우 모두 "마님"으로 번역했다.

해 암자로 들어가서 말했습니다.

"이 나리께서 이곳을 거처로 삼겠다고 하십니다. (…) 과거를 보실
때까지요."

비구니들은 그를 보더니 얼굴에 웃음을 머금고 마중을 하는 것이었
습니다. 그러면서 문인가를 보고 또 보니 그럴수록 기쁘고 사랑스러
워 보이지 뭡니까. 비구니들은 정성을 다해서 같이 차를 마신 다음
깔끔한 방 한 칸을 치우고73) 행장을 갖다 놓았습니다. 문인가는 저녁
을 먹고 몸도 씻었습니다. 그러고 나서는 먼저 주지와 하룻밤을 보내
야 했습니다. 그다음에는 두 비구니가 앞서거니 뒤서거니 잠자리 시
중을 들었지요. 그런데도 정관은 천연덕스럽게도 아랑곳하지도 않고
그들이 원 없이 즐기게 해주었습니다. 그러니 비구니들이야 정관에게
고마워하지 않는 사람이 없었지요. 그렇게 한 달 넘게 지내고 나니
문인가도 더 이상은 버틸 수가 없었습니다. 그러자 그녀들은 인삼탕
·향유음74)·연밥·원안75) 같은 음식을 가져다가 문인가에게 챙겨 먹
이는 등, 보살피지 않는 것이 없을 정도였지요. 문인가는 덕분에 아주
호강을 했지 뭡니까.

그러는 사이에 벌써 바느질하는 칠석76)이 지나고 다시 칠월 중반인

---

73) 【즉공관 미비】不必另收拾房, 따로 방을 치울 필요가 없겠군.
74) 향유음香薷飮: 명대의 보약의 일종. 향유香薷는 한해살이풀로, 맛이 향긋하
고 진통·해열의 효능이 있어서 그 즙을 짜서 여름철에 청량음료처럼 즐겨
마셨다고 한다.
75) 원안圓眼: 아열대 과일의 일종. 여지荔枝와 비슷한 과일로, 원산지는 동인도
군도이며 때로는 '계원桂圓·여주驪珠·용목龍目·용안龍眼·여지노荔枝奴'
등으로 불리기도 한다.

우란분盂蘭盆77)의 큰 불재 날이 되었습니다. 항주에서는 해마다 사람들이 공덕을 지으려고 강물에 등불을 띄워 떠내려 보내곤 했지요. 그날도 칠월 열이틀이어서 한 대갓집에서 암자에 사람을 보내 스님들에게 불경 독송을 하고 공덕을 지어줄 것을 부탁했습니다. 주지가 그부탁을 받아들이자 비구니들이 방으로 들어와 상의를 하는 것이었습니다.

"우리 대중이 도량道場을 벌이러 가야 하니, 열사흘부터 열닷새까지 사흘 동안은 머물러야 할 겁니다. 그런데 문 나리는 여기 계셔야하니 모실 사람을 하나 남겨놓아야 합니다. (…) 누구는 땡 잡았네요!"

가만 보니 도반인 두 비구니는 너도 남을련다 나도 남으련다 하면

---

76) 바느질하는 칠석[穿針]: '천침穿針'은 바느질을 말하며, 여기서는 해마다 음력 7월 7일에 행해진 걸교乞巧를 가리킨다. '걸교'는 '빼어난 솜씨를 내려주기를 빈다'는 뜻으로, 중국에서는 고대에 견우성과 직녀성이 오작교烏鵲橋에서 만나는 음력 7월 7일 밤 부녀자들이 정원에 바늘·실·과일 등을 차려놓고 바느질과 길쌈의 솜씨를 향상시켜주기를 직녀성에 빌었다고 한다.

77) 우란분회[盂蘭盆]: 매년 음력 7월 15일 중원절中元節(우리나라에서는 백중날)마다 사찰에서 행하는 불교 법회. '우란분'은 산스크리트어인 '울람바나Ullambana'를 발음대로 한자로 적은 것으로, '거꾸로 매달린 자를 구한다[救倒懸]'는 뜻이다.《우란분경盂蘭盆經》을 근거로 지옥과 아귀보를 받는 중생의 구제를 목적으로 거행되었기 때문에 '우란분재盂蘭盆齋'로 불리기도 했다.《우란분경》에 의하면, 옛날 부처의 수제자 목건련目揵連이 죄를 짓고 죽은 모친을 아귀도餓鬼道에서 구원하고자 부처에게 간청하여 7월 15일 조상과 부모를 위해 부처와 승려에게 정성스럽게 공양을 올려 어머니가 천계의 복락을 누리게 되었다 한다. 온갖 음식과 과일 등을 부처와 승려들에게 공양을 올려 아귀에게 시주하고 조상의 명복을 빌면 고통에서 구제된다고 믿었다고 한다.

서 실랑이를 벌이느라 난리가 아니었지요. 그런데도 정관만은 아무 소리도 하지 않는 것이었습니다.

"남의 댁에 공덕을 지어드리러 가는 것이니 당연히 거절할 수는 없지. (…) 여러 말 할 것 없다. 문 나리는 원래 정관이가 모시고 왔느니라. 게다가 너희 둘은 그동안 정관이 덕을 많이 보지 않았느냐! 이번에는 두말할 것 없이 정관이가 여기서 모시는 것이 공평하다!"

"사부님께서 합당하게 결정하셨습니다."[78]

비구니들이 이렇게 말하자 정관은 속으로 기뻐하는 것이었습니다. 비구니들은 각자 법기法器[79]며 경상經箱[80] 따위를 챙기러 갔고 나이든 처사들까지 모두 그 집으로 향했지요.

정관은 문을 나서는 비구니들을 배웅하고 들어와 문인가를 보고 말했습니다.

"여기는 오래 있을 만한 곳이 아닙니다. 어떻게든 계획을 세우는 편이 좋겠어요. (…) 이제 과거 보는 날이 임박한 마당에 만약 여기에만 미련을 가지다가는 입신양명을 기약하기는커녕 몸도 보전하기 어려울 겁니다."

"내가 어떻게 그걸 모르겠소? 그대를 버릴 수가 없어서 억지로 어

---

78) 【즉공관 미비】庵主公道, 亦以楊媽媽故。주지가 공평한 것도 양 씨네 모친을 의식했기 때문이지.
79) 법기法器: 불교 의식을 거행할 때 사용하는 도구나 악기.
80) 경상經箱: 불교 의식을 거행할 때 낭송하는 불경을 담는 상자.

울리는 것이지 내가 바라는 바는 아니오."

"지난번에 당신을 처음 뵈었을 때에도 당장 당신을 따라 달아나려는 생각을 하지 않았던 것은 아닙니다. 그때는 제가 집에서 돌아오는 길이었기 때문에 도중에 사라지면 주지가 분명히 저희 집에 와서 저를 내놓으라고 난리를 칠 것이 뻔했지요. 그게 마음에 걸렸답니다. 그러나 … 지금은 여기서 지낸 지가 오래되었습니다. 그러니 암자에 아무도 없는 틈을 타서 제가 당신하고 도망을 치더라도 그 사람들이 모두 당신과 관계를 가졌으니 남들한테 밝히지 못할 약점이 드러날까 봐서 당신을 뒤쫓기가 곤란할 겁니다."

그러자 문인가는 이렇게 말했습니다.

"그건 아닌 듯싶소. 나는 수재의 신분이오. 거기다 집에는 노모까지 계시오. 그런데 당신과 같이 우리 집으로 도망을 간다면 노모께서 놀라고 이상하게 여기고 현실을 받아들이지 못할지도 모르오. 게다가 당신의 암자에서 나를 찾아내어 관아에 난리라도 난다면 내 앞날도 보장받기 어려워질 게요. 더구나 당신 몸도 어떻게 될지 알 수가 없지. (…) 그 방법은 안 되겠소! 내 생각에는 … 과거 시험에 응시해 급제하고 나서 당신을 아내로 맞아들이면 어려울 일이 없을 게요."

"설사 거인擧人으로 급제하신다고 쳐도 비구니를 아내로 들이는 법은 없습니다. 더욱이 만에 하나 급제하지 못하면 그때는 또 어떻게 하시게요? 그것도 근본적인 해결책은 아닙니다. 저는 출가한 후로 사람들에게 불경을 써주고 해설서도 써주면서 시주 돈을 받았지요. 그렇게 모은 돈이 백 냥 남짓 된답니다. 저는 이곳을 버리고 이 물건들을 노자로 삼아 몸을 의탁할 곳을 한 군데 찾아놓겠습니다. 당신이 공명을 이루시고 나면 그때 여유롭게 집으로 가면 되지 않겠습니까?"

정관이 이렇게 말하자 문인가는 생각을 좀 해보더니 말했습니다.

"그 말도 일리가 있구려! (…) 내게 고모님이 한 분 계시오. 이곳 관내의 향환鄕宦[81] 집안인 황 씨 댁으로 출가하셨지. 지금은 홀몸이 되었는데 부처님을 극진하게 섬기시오. 그래서 집안의 장원에 작은 암자를 지어놓고 아침저녁으로 불공을 드리고 계시오. 그 암자에서 향을 피우고 초를 켜는 일을 맡은 나이든 보살이 바로 내 유모라오. (…) 내 이렇게 되었으니 차라리 당신의 지금 상황을 고모님께 알리고 당신을 데려다 그 댁 암자에 머물게 하고 유모더러 당신과 함께 지내라고 부탁하는 편이 낫겠군! 고모님은 관리 집안 식구이시니 누가 감히 물고 늘어지겠소? 당신은 … 머리부터 기르도록 하시오. 내가 과거에 급제하면 그때 가서 예물을 갖추고 혼례를 치른다면 딱 안성맞춤이 아니겠소? 설사 급제하지 못한다고 하더라도 그때쯤이면 머리가 길어서 어디를 가더라도 거리낄 것이 없을 게요."

"그 방법이 좋겠습니다! 일을 지체하면 곤란하니 서둘러서 떠나시지요. 만약 사흘이 다 지나고 나면 그 뒤에는 방법이 없습니다!"

문인가는 즉시 고모 집으로 달려가서 고모를 만났습니다. 고모는 안부 인사를 하고 나서 묻는 것이었습니다.

---

81) 향환鄕宦: 벼슬살이를 마치고 고향에 내려와 현지의 유지로 지내는 관원이나 그 집안.

"내 오랫동안 여기서 네가 과거를 보러 오기만을 기다렸느니라. 헌데, … 어째서 이제야 나타난 게냐! (…) 거처는 있느냐?"

"그렇지 않아도 고모님께 말씀드릴 참이었습니다. 이 조카가 머물 곳을 찾다가 일을 하나 저지르고 말았지 뭡니까. 그래서 … 일부러 고모님께 도움을 부탁드리러 왔습니다!"

"무슨 일이기에?"

문인가는 거짓말을 지어내 둘러댔습니다.

"제가 있는 곳에 양楊 아무개라는 스승님이 한 분 계셨는데, 돌아가신 지가 꽤 되었습니다. 그 스승님께는 따님만 한 명이 있는데 어려서부터 저와도 잘 알고 지내는 사이였지요. 그런데 그 따님이 나중에 웬 비구니에게 납치를 당해서 행방을 알 수가 없게 되고 말았습니다! 지금 이 조카는 조용한 곳으로 거처를 구했는데 이곳 서계 땅에 있지요. 그런데 취부암에서 그 따님을 딱 마주친 겁니다. 게다가 인물도 나무랄 데 없이 생겼더라구요! 그 따님은 내심 출가하기를 원치 않고 저를 따라 나서기를 바라고 있습니다. (…) 그것도 전생의 인연이고, 또 돌아가신 스승님의 따님이기도 하니 물리칠 수가 없는 상황입니다. 다만 … 이 조카는 여기서 과거시험을 보아야 하는데 무슨 사달이라도 날까 싶어서 걱정입니다. 그렇다고 집으로 데리고 가자니 머리를 삭발한지라 그것도 여의치가 않습니다. 관아에 가서 진정을 넣고 싶어도 과거시험을 앞두어서 여유가 없는데, 거기다가 그 일에 쓸 만한 여윳돈조차 없군요. (…) 제 생각에는 … 고모님 계신 이 댁에 집안 암자가 있고 제 유모도 여기서 향과 촛불을 관리하고 있으니 … 제가 그 따님을 고모님 암자로 데려와 잠시 머물게 하고 싶습니다! 설사 만에 하나 취부암 쪽에서 알게 된다 하더라도 식구들만 있는 이 향화 암香火庵에는 큰 해가 되지는 않을 것 같습니다. 만약 그때까지도 찾아오는 사람이 없으면 이 조카가 향시가 끝나고 나서 그 따님과 연분을 이룰까 싶습니다. 그러니 … 모쪼록 고모님께서 꼭 좀 성사시켜 주십시오!"

그러자 고모는 웃으면서 말하는 것이었습니다.

"네가 진묘상陳妙常[82])이라도 찾은 게로구나?[83)] 이 고모까지 다 찾아와서 부탁을 하는 걸 보니! (…) 너희 스승님의 따님이라니 너를 나무랄 수는 없겠지. 너에게 연분을 맺을 의향이 있는 이상 이 암자에 머물게 하는 건 안 될 일이지. 너와 그녀 두 사람 다 젊어서 혈기가 왕성한데 만약에 드나

《옥잠기》의 여주인공 진묘상

---

82) 진묘상陳妙常: 명대의 극작가이자 장서가인 고렴高濂이 지은 전기傳奇 희곡 《옥잠기玉簪記》의 여주인공. 남송대에 속세를 등지고 한 도관道觀에서 도를 닦던 진묘상은 우연히 그 도관을 찾은 도관 주지의 조카 반필정潘必正과 사랑에 빠진다. 그 사실을 안 주지는 추문이 날까 두려워서 반필정에게 과거를 보러 떠나게 한다. 그를 포기하지 못한 진묘상은 추강秋江까지 쫓아갔다가 사공의 도움으로 반필정과 상봉하고 나중에는 마침내 부부가 된다. 여기서는 문인가의 고모가 자신과 문인가와 정관의 관계를 염두에 두고 정관에게 사랑을 품은 조카를 반필정에 빗대어 농담으로 한 말이다.

83) 【즉공관 측비】 姑娘妙人。고모가 참 멋있는 사람이군!

들기라도 했다가는 이 부처님의 정토淨土를 더럽힐까 걱정이다. (…) 이 장원에는 전부터 조용한 방이 있단다. 그녀가 머물 수 있도록 깨끗하게 치워놓을 테니 그녀더러 머리부터 기르게 하려무나. 나도 여종을 시켜 그녀의 시중을 들게 하고 … 너도 자주 와서 같이 지내도 되고 말이다. 만약 저녁에 왔는데 아무도 없으면 네 유모에게 그녀하고 같이 자라고 일러놓으마. (…) 이렇게 하면 두 사람 모두에게 편할 테지."

"그렇게만 해주신다면 고모님께서 저를 다시 살아나게 해주는 은덕을 베푸시는 셈이지요! (…) 제가 당장 가서 그 따님을 데려와서 고모님께 인사를 올리도록 하겠습니다!"[84]

작별 인사를 하고 문을 나선 문인가는 문 밖에서 가마를 한 대 불러 그길로 취부암으로 향했습니다. 그러고는 암자로 들어가 정관에게 방금 전에 고모가 한 말을 전했지요. 정관은 몹시 기뻐하면서 서둘러 물건들을 수습하고 자신의 소유물을 모두 골라냈습니다. 그러자 문인가가 말하는 것이었습니다.

"나는 당신만 숨길 생각이오. 나중에 그들이 암자로 돌아와도 나는 전처럼 그대로 드나들어도 무방하다고 보오. 그들이 나를 의심하지 않게 하자면 말이요.[85] (…) 내 행장도 아직은 가져갈 필요가 없지."

"설마 당신 … 그들과의 업근業根을 여태 끊지 못하신 건가요?"

---

84) 【즉공관 미비】此以轎往, 則不露矣。이때는 가마로 가도 탄로 나지 않겠지.
85) 【즉공관 측비】妙用。기막힌 방법이군.

"내 마음에는 당신뿐인데 또 누구한테 미련을 가지겠소? 다만 … 이번 일을 깔끔하게 해내려면 '금빛 매미가 허물을 벗듯이'[86] 해치워야 제격이지! 나를 연루시키기로 작정하고 나를 지목하기라도 하면 관아에서는 의심의 여지도 없을 게요. (…) 지

금선탈각

금은 과거시험을 앞둔 중요한 고비요. 만에 하나 그들의 송사에 발목을 잡혀 응시조차 못 하게 되면 어쩌겠소!"

그러자 정관이 말했습니다.

"저는 평소에 늘 혼자서 집에 가곤 했습니다. 그러니 그들이 혹시 물으면 당신은 무조건 '마침 암자에 없었기 때문에 정관이 어디로 갔는지 모른다'고 핑계를 대면서 시치미를 떼세요. 그러면 그들은 제가 혼자 속가로 돌아간 것으로 알고 더 이상 찾지 않을 겁니다. 나중에 제가 속가에 없다는 것을 눈치 채더라도 그때는 당신도 과거 시험을 다 마쳤을 테니 그때 가서 함께 새로 궁리를 하도록 해요. (…) 이곳만 떠나면 당신은 다른 고을 분이니 그들이 어떻게 당신을 찾겠습니까? 찾아내더라도 무조건 잡아떼면 그만입니다."

이렇게 계획을 정하고 정관은 그길로 가마에 올랐습니다. 문인가는

---

86) 금빛 매미가 허물을 벗듯이[金蟬脫殼]: 중국 고대의 사자성어. 매미는 애벌레가 성충이 되면 날개를 펴고 날아가버리고 허물만 남겨놓아서 그 이치를 모르는 다른 동물은 더러 그 허물을 진짜 매미로 알고 속기도 한다. 이처럼 꾀를 써서 어떤 위장으로 남의 눈을 속이고 그 틈을 타서 흔적도 없이 사라지는 경우를 가리킨다.

암자 문을 닫고 그 뒤를 따라 걸어서 고모 집까지 갔지요. 정관을 본 고모는 파르란 머리에 뽀얀 얼굴, 복사꽃 같은 두 뺨 하며 입으로 불면 터질 것 같은 여린 피부를 보고 속으로 무척 좋아하는 것이었습니다.

"우리 조카가 웬일로 아가씨한테 반했나 싶었지! (…) 아가씨는 장원의 내실에서만 지내구려. 이곳은 외부인은 함부로 찾아올 일이 없으니 안심하고."

고모는 웃으면서 이렇게 말하고 나서 문인가를 보면서 말했습니다.

"내 장원의 집에서는 너도 같이 지내도 된다. 허나, … 만약 정말 여기서 지내면 누군가가 찾아낼지도 모른다. 그렇게 되면 오히려 불미스러운 일이 벌어질 수도 있느니라. 게다가 … 과거 시험장에 들어가려면 아무래도 따로 거처를 구해야 할 게다."

"고모님께서 제대로 보셨습니다! 저는 그냥 … 잠깐씩 들러야지요."

이때부터 정관은 문인가 고모의 장원 안에서만 지냈습니다. 문인가는 이날 밤 정관과 한 방에서 잠을 자고 다음 날 작별한 뒤에 따로 거처를 물색한 것은 말할 필요도 없지요.

다시 이야기를 들려드리겠습니다. 취부암의 세 비구니는 사흘 동안 황 씨 댁에 공덕을 빌어주고 돌아왔습니다. 그런데 암자 앞까지 와서 가만 보니 암자 대문에 빗장도 걸리지 않은 채 살짝 닫혀만 있는 것이 아닙니까. 그래서 안으로 들어갔더니 고요한 것이 한 사람도 보이지 않았지요. 비구니들은 놀라고 의아해하면서 말했습니다.

閑人生野戰
翠浮盦

문인 선비가 취부암에서 격전을 벌이다.

"다 어디 간 거지?"

사실 그들에게 가장 절박한 사람은 문인가였습니다. 우습게도 정관은 그다음이었지요. 그래서 가슴을 졸이면서 문인가의 방으로 가서 보았더니 행장과 책 상자가 전부 그대로 놓여 있었습니다. 비구니들은 그제야 마음을 놓는 것이었지요.[87]

"그런데 … 정관만 보이지 않고 방 안도 깨끗하게 치워져 있으니 이게 무슨 영문인지 알 수가 없네!"

그렇게 판단을 못 내리고 있을 때였습니다. 가만 보니 마침 문인가가 느릿느릿 걸어서 들어오는 것이 아닙니까. 비구니들은 다들 환하게 웃으면서 말했습니다.

"왔다! 왔어!"

암자의 주지는 그를 와락 끌어안았습니다. 그러더니 정관의 일 따위는 물을 생각도 하지 않고 웃으면서 말하는 것이었습니다.

"사흘 동안 헤어져 있었더니 몸이 다 근질거려서 못 참겠지 뭐야! (…) 지금 일단 방으로 가서 즐겨요, 우리!"

그러더니 젊은 두 비구니가 옆에서 군침을 흘리는 것도 거들떠보지 않고 그길로 방으로 가서 그 일을 치르려고 들지 뭡니까.[88] 문인가는

---

87) 【즉공관 미비】 不出聞人生所料。문인 선비의 예상을 벗어나지 않았군.
88) 【즉공관 미비】 庵主忒極相。주지가 참 진상일세그려!

별 수 없이 억지로 기분을 맞추어주면서 실컷 즐기게 해주는 수밖에 없었지요. 주지는 그러고 나서야 물었습니다.

"당신은 … 정관이하고 여기 같이 있었잖아요. 그 아이 … 어디 갔어요?"

"어제 나는 하루 동안 성내에 마실을 갔었습니다. 그런데 날이 어두워져 돌아오기에는 글렀길래 친구 집에서 묵었지요. 이제야 돌아오는 길이어서 정관이 어디에 갔는지는 모르겠군요."

그러자 비구니들은 이렇게 말했습니다.

"선비님이 떠나고 나서 혼자 있다 보니 심심해서 혼자 호주에 돌아갔나 봐요. (…) 정관이가 예서 혼자 이틀 동안 즐겼으니 어차피 우리한테 양보할 차례이기는 하지 뭐. 그 아이가 다녀오면 다시 이야기해요."

비구니들은 문인가와 즐기는 데에만 관심을 가질 뿐 정관의 일은 아예 뒷전으로 제쳐놓는 것이었습니다. 그러니 문인가의 마음이 이곳을 떠난 줄은 아무도 알 턱이 없었지요. 그렇게 이삼일을 마구 어울려 지내다가 문인가는 '시험장 앞에 거처를 알아봐야겠다'는 핑계를 댔습니다. 그러자 비구니들도 막을 도리가 없었지요. 문인가가 짐을 지고 가자 비구니들은 몇 번이나 신신당부를 했습니다.

"틈이 나면 꼭 여기 와서 머무셔야 해요?"

그러자 문인가는 몇 번이나 그러겠다고 대답하면서 암자를 떠났지요.

주지는 며칠이 지났는데도 정관에게서 기별이 없자 마음을 놓지 못했습니다. 그래서 양 씨네 어머니 집으로 사람을 보내 물어보게 했지요. 그런데 집에는 돌아온 적이 없다지 뭡니까. 비구니들은 깜짝 놀라고 말았습니다. 그들은 양 씨네 어머니가 불안해할까 봐서 외부에 떠벌리지도 못하고 그 행방을 은밀히 알아볼 수밖에 없었지요. 그러다가 문인가도 떠나더니 다시는 오지 않는 것을 보고서야 조금씩 이상하게 여기기 시작했습니다. 그를 찾아가 캐어물으려 해도 떠날 때 거처를 제대로 묻지도 못했지 뭡니까. 하는 수 없이 참고 또 참으면서 과거시험을 보고 나서 다시 돌아오기만을 기다리는 수밖에 없었지요. 그러는 사이 세 번의 과거시험이 다 끝난지라 며칠을 더 기다렸건만 문인가는 그림자조차 얼씬도 하지 않았습니다.

사실 문인가는 과거에서 아주 만족스러운 성적을 얻고 시험장을 나서자마자 그길로 고모의 장원으로 가서 정관과 함께 지내고 있었습니다. 그러니 어디 취부암 사람들 생각이나 했겠습니까? 주지와 두 비구니는 아무리 기다려도 오지 않자 이제는 그를 원망하기 시작했지요.

"세상에 뭐 그런 인정머리 없는 인간이 다 있담? (…) 정관이년이 그자를 끌고 가버린 건 아닌지 몰라! 그렇지 않고서야 여태까지 나타나지 않는 것이 당최 설명이 되지 않거든."

속임을 당한 일을 가지고 관아에 그들을 고발해야겠다는 생각도 했습니다. 그러나 자신들이 누구랄 것 없이 불미스러운 짓을 벌여온 탓에 그랬다가 오히려 불행을 자초하게 될까 봐서 걱정이 되었지요.[89] 과거 시험장 앞까지 가서 그를 찾아볼까, 아니면 호주에 있다는 그의 집까지 수소문해 가서 야단법석이라도 벌여볼까 온갖 궁리라는 궁리는 다 했지요. 그러나 결국은 여자들이다 보니 결정을 내리지 못하고 있는데 뜻밖에도 새로 공교로운 일이 하나 터지고 말았습니다.

비구니들이 한창 이야기를 하고 있을 때였지요. 갑자기 문 밖에서 누가 다급하게 문을 두드리지 뭡니까. 그래서 비구니들은 모두 속으로

‘문인 도련님이 오셨나?’

긴가민가하면서 다 같이 안에서 뛰어나와 대문을 열고 보았지요. 그런데 가만 보니 웬 큰 가마 한 대와 작은 가마 서너 대가 문 앞에 서 있는 것이 아닙니까. 그때 문을 두드린 하인이 고하는 것이었습니다.

“마님께서 행차하셨소!”

주지가 알고 보니 하로下路90)로 마실 나온 뉘댁 마님이지 뭡니까. 그래서 허둥지둥 영접하러 나와서 가만 보니 큰 가마 안에서 마님이 걸어 나오고, 그 곁의 하녀91) 서너 명도 가마에서 나와 마님을 둘러싸고 암자로 들어오는 것이었습니다. 모두가 자리에 앉자 안부를 묻고

---

89)【즉공관 미비】不出靜觀所料, 정관의 예상을 벗어나지 않는군.

90) 하로下路: 항주를 기준으로 남쪽이나 동쪽 지역을 말한다. 반면에 북쪽이나 서쪽 지역은 ‘상로上路’로 일컬었다.

91) 하녀[養娘]: ‘양낭養娘’은 원래 송대에 유래한 호칭으로, 주로 송·원대 화본에서 자주 찾아볼 수 있으며, 명대에는 이보다는 ‘마마媽媽(嬤嬤)’를 많이 사용했다. 명대의《박안경기》에 그 이전의 호칭이 사용된 것은 이 호칭이 당시 통용되고 있어서라기보다는 송대 화본소설의 표현이나 호칭을 그대로 인습한 경우라고 볼 수 있다.

차까지 대접하고 나니 마님은

"배로 가서 기다리게. 나는 여기서 정오까지 있다가 배에 오를 테니."

하고 하인들에게 일렀습니다. 그러자 하인들은 각자 그 자리를 떠나고, 마님은 주지의 방으로 들어왔지요.

"우리 집 나리가 세상을 떠나신 후로는 여기에 오지 않았으니 … 벌써 삼 년이 되었구려!"

하고 마님이 말하자 주지가 대답했습니다.

"마님께서 오늘 이 누추한 곳까지 귀한 걸음을 하신 걸 보니 … 탈상하시지마자 불공을 드리러 오신 게로군요."

"그렇지요."

"이런 가을 풍광은 여유롭게 즐겨야 제격이지요!"

그 말에 마님은 한숨을 쉬면서 말했습니다.

"여유롭게 즐길 마음이 어디 있겠습니까."

주지는 마님의 눈치를 좀 살피더니 그녀의 마음을 떠보는 것이었습니다.

"혹시 … 대감마님께서 돌아가시는 바람에 … 낙이 없어서 그러시는 건가요?"

그러자 마님은 몸을 일으켜 문을 닫더니 주지를 보고 말했습니다.

"나는 스님을 줄곧 심복으로 믿어왔어요. 그러니 나를 남처럼 대하지 마세요. 내가 스님한테 속에 품고 있던 말을 한마디 드리지요. (…) 스님이 방금 '사는 낙이 없어서 그러냐'고 물으셨지요? 나는 삼 년만 끊고 지냈는데도 속이 다 근질근질거립디다. 하물며 스님들은 평생을 독수공방하면서 대체 어떻게 견디세요?"

그러자 주지가 말했습니다.

"누가 저희더러 독수공방한다고 하던가요? (…) 마님께 솔직하게 말씀드리면 … 이곳 비구니들은 다 상대해줄 임자가 있는걸요! 안 그랬더라면 아무 낙도 없이 벌써 죽고 말았지 어떻게 견디겠습니까?"

"그러면 … 스님은 지금 누구라도 계십니까?"

하고 마님이 말하자 주지가 말하는 것이었습니다.

"마음에 둔 기막힌 분이 있지요. (…) 여기서 과거를 보는 수재랍니다. (…) 요 며칠 이곳을 떠나 아직 안 오고 있지만 … 마침 여기서 그 일을 의논할 참이었습니다."

"스님도 그 일은 일단 접어두세요. (…) 내게 스님의 인연을 이루어줄 좋은 방법이 하나 있습니다. 스님이 온 마음을 다해 내 일을 도와주시면 스님에게도 기쁜 일이 생길 겁니다."

"어떤 … 일인데요?"

그러자 마님이 말하는 것이었습니다.

"내가 지난번에 소경사昭慶寺92)에서 불공을 드리고 절을 올린 뒤 선방으로 내려가 휴식을 취하고 있었지요. 한데 … 그 방에 아직 삭발을 하지 않은 젊은 스님이 하나 있지 뭡니까. 얼굴도 곱기가 예사스럽지 않더군요. 솔직히 말씀드리면, … 사실 그 일 … 오랫동안 끊고 지냈더니만 욕정의 불길이 타오르는 것을 참을 길이 없더군요. 그런데 공교롭게도 그 스님이 차를 가지고 왔더군요. 그런데 자기 말이 '나이가 어려서 거리낌이 없다'고 하는데 … 말솜씨가 보통이 아닌 것이 정말 어찌나 귀여운지! 내가 순간적으로 반해버렸지 뭡니까. (…) 그래서 다른 사람들을 물린 다음 그를 안고 침상에 올라가 그 일을 좀 … 시켜보았지요. 그랬더니 이 어린 것이 그 맛을 잘 알아서 어른들보다 더 거침없는 게 아니겠어요? 난 정말이지 … 마음을 그에게 빼앗겨버려서 그가 아쉬워 죽겠습니다! 밤새도록 고민한 끝에 그를 집으로 데려가기로 작정했답니다. 그러나 내가 과부 신세인 것을 명심해야지요. 남의 눈도 조심해야 합니다! 자칫 그간의 명성까지 더럽힐 수도 있으니까요. 게다가 이런저런 일에 얽매이고 매번 숨어 지내다 보니 어디 내 마음대로 할 수가 있겠어요? (…) 그래서 이제 스님하고 상의를 하려고 합니다. (…) 그를 스님 암자에 데려다 놓고 삭발을 시키면 그 용모가 예쁘고 여리니까 다들 비구니라고 여길 겁니다.93) 그러니 … 내가 돌아간 뒤에 스님이 그를 데리고 우리 집으로

---

92) 소경사昭慶寺: 중국의 절 이름. 항주시 서호 어귀의 천축산天竺山에 자리 잡고 있다. 앞의 영은사 지도를 참조하기 바란다.

93) 【즉공관 미비】要偸和尙, 反尋尼姑。 그러니까 중과 놀아나겠다고 거꾸로 비구니를 찾아왔구먼?

오십시오. 그러면 '사제지간 두 분이 내게 의지하러 왔구나' 하고 둘러 대겠습니다. 그렇게 해서 내가 집안 암자에 모시면 집안 사람들도 모두 그가 스님의 비구니라고만 믿겠지요. 그러면 나도 마음 놓고 그 일 … 을 벌일 수 있겠지요. 귀신도 모를 지경 아니겠어요?[94] 그래서 오늘 일부러 예까지 와서 스님한테 이 큰일을 맡아달라고 부탁하는 겁니다. 스님이 그렇게만 해준다면 … 스님도 즐거움을 누리게 될 겁니다. 그 아이만 있으면 … 스님이 마음에 둔 사람조차 다 내려놓게 될 걸요?"

그러자 주지가 말했습니다.

"정말 고견이시고 묘책이십니다! 다만 … 소승 손도 타게 되면 … 마님께서 질투를 하게 되실 걸요?"

"내가 스님한테 일을 성사시켜 달라고 해놓고 왜 질투를 하겠어요? (…) 집에 오시면 내가 스님까지 침상으로 끌고 와서 한 침상에서 그 일을 치를 겁니다. 물론 … 남들이 영원히 의심하지 않게 만들어야 묘책이라고 할 수가 있겠지만요."[95]

"마님께서 제 속마음을 이리도 잘 아시다니! 그렇다면 … 제가 죽는 한이 있어도 마님을 위해서 가야지요! (…) 저희 암자에는 제자가 셋 있었는데 지난번에 가장 어린 제자가 사라졌습니다. 지금 그 비구를 데려다 빈자리를 딱 채워주신다면 더더욱 남들 눈을 속이기가 수

---

94) 【즉공관 미비】好算計。참 그럴싸한 꾀로구나.
95) 【즉공관 미비】眞有長算。정말 거시적인 계획이 있기는 했군그래.

월하겠지요. (…) 그건 그렇고 … 그를 어떻게 여기로 부르실 작정이십니까."

"내가 여기서 만나기로 약속했지요. (…) 그는 스승을 저버리고 나를 따라오기로 약속했으니까 … 아마 곧 올 겁니다!"

이렇게 이야기를 나누고 있을 때였습니다. 가만 보니 젊은 비구니가 문을 두드리더니 방으로 들어와서 말했습니다.

"밖에 머리를 묶은 웬 젊은이가 … 마님께서 어디 계신지 묻습니다."

그러자 마님은 서둘러 말했습니다.

"그렇군. (…) 어서 들어오라고 하세요."

그러고 나서 가만 보니 그 젊은이가 안으로 들어오는 것이 아닙니까. 두 젊은 비구니는 그가 곱게 생긴 것을 보고 얼굴이 환해지면서 웃음꽃이 피는 것이었습니다. 마님은 그를 보자 고개를 끄덕여 들어오게 했지요. 그는 주지를 보고 두 손을 모아 절을 했습니다. 그러자 주지는 눈도 깜짝하지 않고 그를 뚫어져라 쳐다보는 것이 아닙니까. 마님은 젊은이의 손을 이끌어 다가오게 한 다음[96] 주지에게 물었지요.

"내가 말한 것 … 어떻습니까?"

"제 눈이 어떻게 됐나 봅니다. (…) 난데없이 선재동자善財童子[97]가

---

96) 【즉공관 미비】 得意之狀。 의기가 양양한 모습이군.

다 보이는군요! 몸이 다 녹아버린 것 같습니다!"

그러자 마님은 웃음을 지었습니다. 주지는 잠시 부엌으로 가서 공양을 준비하면서 그 이야기를 두 비구니에게 들려주었지요. 젊은 비구니는 둘 다 손가락을 입에 문 채 말했습니다.

관음보살에게 경배하는 선재동자

"그런 좋은 일이 다 있다니요!"

"나는 마님을 따라 가야 한다."

"사부님이 우리는 팽개치고 혼자 호강하러 가시는군요!"

"이건 하늘께서 나한테 내리신 옷과 음식이니라. (…) 너희들도 여기에 있으면 허송세월은 하지 않을 게다."

주지는 이렇게 말하고 다 함께 한동안 웃고 놀리는 것이었지요. 주지가 다시 방 안으로 들어가서 가만 보니 마님이 그 젊은이를

97) 선재동자善財童子: 《화엄경華嚴經》〈입법계품入法界品〉에 나오는 젊은 구도자의 이름. 태어날 때 온갖 보물이 다 쏟아져 나왔다고 해서 '선재善財'라는 이름을 지어주었다고 한다. 문수보살文殊菩薩의 교화를 받아 각지를 편력하면서 53명의 선지식善知識을 방문하고 마지막으로 보현보살普賢菩薩을 만나면서 비로소 성불했다고 하여 대승불교에서 '즉신성불卽身成佛'의 실례로 자주 언급된다.

끌어안고 한창 이야기를 나누고 있는 것이 아닙니까. 그러다가 주지를 발견하고 서둘러 팔걸이 쪽 상자에서 은자 열 냥이 든 뭉치를 하나 꺼내더니 그녀에게 주면서 말했습니다.

"이렇게 하는 걸로 하십시다. (…) 내 오늘은 이 아이를 여기에 남겨두고 나 혼자 배를 타고 먼저 가겠습니다. 열흘 안에 두 사람이 같이 우리 집으로 오기 바랍니다. (…) 절대로 일을 그르쳐서는 안 됩니다."

마님은 이어서 그 젊은이에게 몇 마디 당부를 하더니 대청으로 나와 잿밥을 먹고 나서 가마를 타고 그곳을 떠났습니다.

주지는 배웅을 나갔다가 대문을 닫고 안으로 들어와서 젊은이를 보았습니다. 그런데 정말 컴컴한 밤에 밝은 구슬을 주운 것 같지 뭡니까. 주지는 다짜고짜 그를 끌어안고 입부터 맞추었습니다. 그러고는 손을 그의 양물로 가져가더니 쓰다듬었다 주물렀다 하는 것이었지요. 그러자 아 그놈이 성이 나설랑 내내 꼿꼿하게 서 있는 것이 아닙니까! 주지는 허둥지둥 바지를 내리고 그 위에 앉더니만 한동안 즐기는데 하도 즐거워서 말도 나오지 않을 지경이었지요. 그러고 나서 그를 보고 말하는 것이었습니다.

"이제부터는 내가 아무개 댁 마님과 같이 너를 쓰기로 했느니라. 하지만 … 며칠 밤은 일단 내게 양보하기로 하셨지!"

일을 마친 주지는 바로 머리 깎는 칼을 가져다 그의 머리를 깎아주었습니다. 그러고는 자세히 살펴보더니 웃으면서 말하는 것이었지요.

"정관이를 아주 빼다가 박았구나! (…) 그 댁에 가면 법명이 있어야 할 테니 … 그대로 '정관'이라고 부르자꾸나."

그날 밤은 주지와 한 침상에서 잠을 잤지요. 그 바람에 두 비구니는 입에서 군침이 다 마를 정도로 안달복달했답니다. 다음 날 주지는 행장을 꾸리고 배를 부르더니 바로 길을 나서면서 두 비구니에게 분부했습니다.

"너희는 일단 이곳을 지키도록 해라. 나는 그 댁에 가서 보고 상황이 좋으면 너희한테 기별을 보내마. 끝내 돌아오지 않으면 … 너희 뜻대로 헤어져 속가로 돌아가도록 해라. 양 씨네 집에서 누가 와서 묻거든 그냥 '정관은 사부를 따라서 남의 댁으로 갔다'고만 이르고!"

두 비구니는 주지가 길을 나서면 각자 제 갈 길을 갈 생각이 간절했지요. 그래서 연거푸 대답했습니다.

"다 잘 알겠습니다!"

이렇게 해서 이 나이 든 비구니는 젊은이와 함께 배를 타고 길을 나섰습니다. 남들 앞에서는 스승과 제자 사이라고 둘러대면서도 밤만 되면 부부사이가 되면서 말이지요.

며칠 지나지 않았을 때였습니다. 그 댁에 도착한 주지는 그 젊은이를 비구니로 속여 그 댁 암자에 들어가 지내게 했지요. 그때부터 마님은 시도 때도 없이 스승과 제자 둘을 자신의 방으로 불러서 재웠고,

비구니 정관이 황사항에 금의환향하다.

그때마다 어김없이 셋이 한 침상에서 잠을 잤지요. 비구니는 이어서 마님에게 쾌락을 즐기는 별별 방법을 다 전수해주었습니다.[98] 셋은 머릿수만 하나 더 많다 뿐이지 마음껏 음탕한 짓을 즐겼지요. 그러다가 그 젊은 사내는 두 중년 여인을 감당하지 못하고 몇 년 만에 병을 얻어 죽고 말았답니다. 마님은 슬프고 우울해하다가 역시 얼마 후에 세상을 떠났습니다. 나이 든 비구니는 비구니대로 그 댁에서 빌미를 찾아서 '그녀가 도둑질을 했다'고 고발하는 바람에 감옥에 갇힌 채 장물을 추궁당하다가 감옥에서 죽고 말았지요. 물론, 이것은 나중의 이야기올시다.

계속 이야기를 들려드리지요. 취부암에서는 주지가 암자를 떠난 뒤로 정관의 일은 더더욱 입에 담는 사람이 없게 되었습니다. 덕분에 정관과 문인가는 장원에서 편안하게 지냈지요. 그런데 가만 보니 급제자 명단을 적은 방이 붙었는데 문인가가 경괴經魁[99]에 급제했지 뭡니까. 문인가는 몹시 기뻐하면서 고모에게 인사를 하러 왔습니다. 그러고는 은밀히 정관을 만나 즐거움을 만끽했지요. 이때부터 낮에는 성 내에 있으면서 과거에 급제한 거인이 해야 할 일들을 하고, 저녁에는 고모의 장원에 가서 정관과 동침을 하곤 했습니다.[100] 그러면서 은밀하게 사람을 시켜 취부암에 가서 소식을 알아보게 해서 주지는 다른

---

98) 【즉공관 미비】老把勢。고수니까.
99) 경괴經魁: 명대에는 과거시험에서 유가의 다섯 가지 경전 즉 '오경五經'으로 인재를 발탁했는데 각 경전마다 일등을 선정하고 경전에서 으뜸이라는 뜻으로 '경괴'라고 불렀다. 향시에서는 각 과에서 총 다섯 명의 경괴가 선정되었으며 그중에서 장원은 '해원解元'으로 불렸다.
100) 【즉공관 미비】樂極了。아주 즐거웠겠군.

곳으로 가고 두 젊은 비구니는 각자 속가로 돌아가는 바람에 암자만 덩그러니 자물쇠가 채워진 채 남아 있다는 사실을 알게 되었습니다. 그래서 정관에게 알리니 정관도 그제야 마음의 큰 짐을 떨쳐버릴 수가 있었지요. 문인가는 일을 다 끝내자 호주로 돌아갈 생각으로 고모에게 와서 상의를 했습니다.

"정관의 머리가 아직 다 자라지 않아서 혼인을 하고 귀향할 수가 없으니 고모님 댁에 그대로 남겨두어야겠습니다. 제가 회시會試[101]를 보고 나서 처리하도록 하지요."

그러자 정관은 다시 이렇게 당부했지요.

"저희 어머니 쪽에도 아직은 알게 하면 안 됩니다! 제가 출가한 것은 어머니의 생각이었어요. 그런데 어떻게 갑자기 환속할 수가 있겠어요? (…) 일단 제 머리가 다 자랄 때까지 기다렸다가 당신하고 같이 돌아가야 어머니도 어깃장을 놓지 못하실 겁니다."

"전부 다 맞는 말이오!"

문인가는 그래서 고모와 작별한 뒤 모친에게 문안을 갔지만 정관에 대해서는 아예 입도 벙긋하지 않았습니다.
시월의 끝자락에 이르렀을 때였습니다. 문인가는 회시를 보러 가는

---

101) 회시會試: 중국 고대에 시행된 과거제도에서 최종 단계의 중앙고시. 전국 각지 향시에서 합격한 거인들이 '한곳에 모여' 실력을 겨룬다는 뜻에서 유래한 말로, 예부禮部의 주관으로 향시 이듬해 2월에 도성에서 거행되었다. 시험이 봄철에 열린다고 해서 '춘시春試' 또는 '춘위春闈'로 불리기도 했다.

길에 고모에게 인사를 왔습니다. 이때 정관은 머리가 어깨까지 자라서 머리를 빗으면 대충 가체[102]를 틀어 올릴 수 있는 상태였지요. 그래서 문인가가 그녀를 데리고 회시를 보러 가려고 했지만 고모는 이렇게 설득하는 것이었습니다.

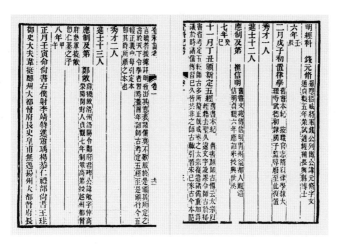

당대의 《등과기》. 과거 급제자들의 명단을 적은 책이다.

"내가 보기에 이 아가씨는 성격이 온순하고 정숙해서 네 배필이 될 만하더구나. 정말 정식으로 혼인을 할 생각이라면 어디 전처럼 몰래 데리고 다녀서야 쓰겠느냐? 체통에 어울리지 않게 말이다![103] (…) 그대로 내 장원에 머물게 남겨두어라. 네가 회시에서 급제해 금의환향할 때쯤이면 그녀의 머리도 충분히 자랐을 것이다. 그때 가서 내

---

102) 가체[假髢]: '가빈假鬢'은 인공으로 만든 가발을 말한다. 명대와 비슷한 시기에 우리나라에서는 가발을 가체加髢라고 불렀으므로 여기서도 '가체'로 번역했다.

103) 【즉공관 미비】 大見識。 대단한 식견이다.

수양딸로 거둘 테니 아내로 맞아들인 다음 귀향해서 화촉을 밝힌다면 얼마나 당당하겠느냐?"

문인가는 고모가 지당한 이야기를 하는 것을 보고 하는 수 없이 감정을 억누르며 정관과 이별했지요. 이윽고 서울에 들어가서 회시를 치른 그는 정말 단번에 입신하여 이갑二甲[104]의 성적으로 급제하고 예부禮部의 관정觀政[105]에 제수되었습니다. 그래서 《동년록同年錄》[106]에 미리 "양 씨를 아내로 맞아들임[聘楊氏]"이라고 기재하고, "귀향하여 아내를 맞아들이고자 하니 휴가를 주십시오[給假歸娶]"라는 요지의 상소를 올렸습니다.[107] 그러자 황제는 조서를 내려 붉은 장식[108]과 예단을 하사하고 피로연에 쓰게 할 것을 윤허했답니다. 문인가는 그제야 역참의 말[109]로 달려 집으로 돌아가 어머니에게 문안

---

104) 이갑二甲: 명대에 과거 급제자 등급. 명대의 회시會試 급제자는 진사進士로 등용할 때 '삼갑三甲', 즉 세 등급으로 구분했다. 가장 상위의 등급인 '일갑一甲'은 세 명만 선발했지만 '이갑'과 '삼갑'은 일반적으로 수십 명을 선발했다.

105) 관정觀政: 과거시험을 통하여 새로 입신한 진사가 정식으로 관직을 제수받기 전에 견습생의 신분으로 각 관서에서 진행하는 수습 과정을 말한다.

106) 《동년록同年錄》: 명대에 과거시험이 끝난 후 급제자들의 명단을 책으로 엮은 방명록의 일종. 해마다 향시·회시에서 급제자를 알리는 방榜이 붙은 후에 책으로 간행했으며, '등과기登科記'라고 부르기도 했다.

107) 【즉공관 미비】天下樂事, 無過於此。세상서 기쁜 일로 이만한 것도 없지.

108) 붉은 장식[花紅]: '화홍花紅'은 중국에서 경사가 있을 때 금빛 꽃을 꽂거나 붉은 비단을 걸치곤 했는데 그 화려한 꽃과 비단을 '화홍'이라고 불렀다. 여기서는 편의상 "붉은 장식"으로 번역했다.

109) 역참의 말[驛馬]: 고대 중국에서 관청의 연락기관인 역참驛站에서 공적인 용도로 사용하던 말. 여기서는 회시에서 급제한 문인가가 황제의 배려로 역마를 빌려 쓰게 된 것으로 보인다.

인사를 했지요. 어머니는 문인가가 아내를 맞아들이려고 돌아왔다는 것을 알고 물었습니다.

"너는 어려서부터 혼처를 정한 적이 없었느니라. 그런데 … 지금 누구를 맞아들인다는 소리냐!"

그러자 문인가가 말했습니다.

"어머님께 말씀드립니다. (…) 소자가 항주에 있을 때 고모 댁에 수양딸이 있었는데 소자에게 배필로 주셨답니다!"

"그런데 어째서 나는 그런 말을 도통 듣지 못했단 말이냐?"

"어머니께서도 나중에 알게 되실 겁니다!"

그리고는 문인가는 길일을 골라 배를 화려하게 꾸미고 붉은 장식을 단 악대를 앞장세워 그길로 항주 경내의 황 씨 댁으로 갔습니다. 그러고 는 고모에게 절을 하고 어명을 받들어 아내를 맞아들이러 돌아온 경위 를 이야기했지요. 그러자 고모는 몹시 반가워하면서 말했습니다.

"지난번의 내 생각이 어떠냐? 오늘 얼마나 자랑스러우냐!"

문인가는 정관과 상봉하고 손을 잡은 채 서로 작별한 뒤의 일들을 털어놓았지요. 정관은 이때 이미 속인의 차림을 하고 있었습니다. 그 녀는 이어서 '황 부인이 자신을 아주 잘 대해주었으며, 이미 수양어머 니로 모시고 있다'고 말하는 것이었습니다. 황 부인은 비녀며 모자 같은 장신구로 직접 그녀를 단장해주었습니다. 그리고 나서 꽃가마에

태워서 배에 태워주었지요. 그러고는 배에서 바로 길일에 맞추어 화촉을 밝혔답니다. 그야말로

붉은 비단 장막 안에,	紅羅帳裡,
그때 그 신랑 신부,	依然兩个新人。
비단 금침 속에서,	錦被窩中,
각자 같은 왕년의 물건을 꺼내누나!	各出一般舊物。

집에 도착한 신랑과 신부는 어머니에게 절을 했습니다. 어머니는 며느리가 아주 참하게 생긴 것을 보고 속으로 기뻐하면서도 그녀가 호주 말씨를 쓰는 것을 듣고 물었지요.

"항주에서 맞아들였다더니 … 어째서 여기 말씨를 쓴다니?"

그러자 문인가는 양 씨네 딸이 잘못 출가해서 겪은 일들을 자초지종 전부 이야기해주었습니다. 그 어머니도 그제야 수긍하는 것이었지요.

다음 날, 문인가는 정관을 데리고 그길로 양 씨 댁으로 갔습니다. 그러고는 먼저 사위인 자신의 명첩을 장모에게 건네고, 이어서 자형110)의 명첩을 손아래 처남에게 건넸습니다. 양 씨네 어머니는 집을 잘못 찾아 온 줄 알고 몇 번이나 받지 않으려 하지 뭡니까. 그러자

---

110) 자형[內弟]: 현대 중국어에서 내제內弟는 손아래 처남을 뜻하는 말이며, 소구小舅 역시 손아래 처남을 뜻하는 말이다. 그런데 한 문장에서 '내제'와 소구가 주체와 객체로 동시에 제시되었다면 앞의 '내제'는 명대에는 지금과 다른 의미로 사용되었다는 말이 된다. 여기서 정관의 남동생은 손아래 처남이 맞으므로 문인가에 대한 호칭을 '자형'으로 해석했다.

딸이 할 수 없이 먼저 집 안으로 걸어 들어가서

  "어머니!"

  하고 소리쳤습니다. 양 씨네 어머니가 보았더니 봉황새로 장식한 모자를 쓰고 노을 무늬의 비단 저고리를 입은 웬 대갓집 규수가 눈앞에 서 있는 것이 아닙니까! 화들짝 놀란 양 씨네 어머니는 허둥지둥 일어나면서도 한동안 딸을 알아보지 못하는 눈치였습니다. 그러자 딸이 말했지요.

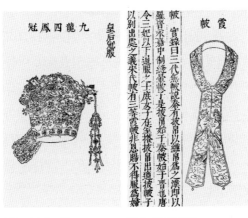

봉관. 《삼재도회》　　　하피. 《삼재도회》

  "어머니, 놀라지 마세요. (…) 소녀가 바로 취부암의 정관이에요!"

  양 씨네 어머니는 그 목소리를 듣고 다시 얼굴을 보더니 그제야 딸을 알아보는 것이었습니다! 머리를 기르고 차림새까지 달라졌으니 자세히 보지 않으면 못 알아볼 수밖에요. 양 씨네 어머니가 말했습니다.

"한 해가 넘도록 네 얼굴을 보지 못하고 거기다 기별조차 없었으니! (…) 나중에 들으니 네가 사부하고 같이 어디로 가버렸다고 하길래 얼마나 걱정을 했는지 모른단다! 금년에 다시 사람을 시켜 너를 보러 가게 했더니만 암자에는 귀신 그림자조차 보이지 않더라지 뭐냐. 그래서 네 걱정을 하고는 있었다마는 당최 뾰족한 방법이 없더구나! 그건 그렇고, … 네가 어떻게 이렇게 귀하게 된 게냐?"

딸은 그제야 작년에 우연히 탄 배에서 문인가를 만나 지금에 이르렀고, 어명을 받들어 혼례를 치른 사연을 자초지종 전부 이야기해주었지요. 그러자 양 씨네 어머니는 하도 기뻐서 두 발로 깡충깡충 뛰고 입은 한껏 벌린 채 다물 줄을 모르는 것이었습니다. 그러고는 아들을 부르더니 어서 매형을 안으로 안내하도록 일렀지요. 아들은 학당에서 공부를 한 사람답게 예의범절[111]에 두루 밝았습니다. 그래서 바로 두 손을 모으고 문인가에게 인사를 한 다음 집 안으로 맞아들였습니다. 그러고는 누이와 나란히 서더니 양 씨 댁 어머니에게 절을 하는 것이었지요. 그때 이게 정말 꿈인지 생시인지 혼란스러워하던 양 씨네 어머니가 말했습니다.

"너에게 이런 날이 올 줄 알았더라면 내가 왜 너를 암자에 보냈겠니!"

---

111) 예의범절[趨蹌]: 원래 '추趨'는 자신보다 지체가 높은 사람 앞에서 뛰어다니듯이 걷는 잰걸음, '창蹌'은 지체가 낮은 사람 앞에서 천천히 걷는 느린 걸음을 각각 뜻한다. 그런데 두 글자가 '추창趨蹌'이라는 합성명사를 이룰 경우에는 걸음걸이를 상대나 상황에 따라 잰걸음과 느린 걸음으로 구분해 걷는다는 뜻으로 직역할 수 있으나 여기서는 편의상 간단하게 '예의범절'로 의역했다.

당대에 고위 관원이 착용하던 어대

"만약에 저를 보내 암자에서 지내게 하지 않으셨더라면 이런 날은
올 수가 없었겠지요!"

신랑 신부는 그길로 양 씨 댁 어머니를 데리고 문인 씨 댁112)으
로 건너가서 피로연 자리에 합석하게 했습니다. 그러고는 풍악을
떠들썩하게 울리면서 잔치를 벌여 초경이 지나서야 그 자리가 끝
났답니다.

그 뒤로 문인가는 벼슬길에서 때로 좌절을 만나는 등, 일이 그다지
뜻대로 되지는 않았습니다. 그러나 나이가 쉰을 넘기고 나서 비로소
높은 관원이 되어113) 금의환향했답니다. 양 씨 댁 딸은 공인恭人114)에

---

112) 문인 씨 댁[聞家]: 상우당본 원문(제1530쪽)에는 '문가聞家'로 나와 있다.
그러나 제34권 첫머리에서 화자(이야기꾼)가 이미 그의 성씨가 복성인 '문
인聞人'이라고 소개한 바 있다. 그렇다면 번역도 자연히 "문 씨 댁"이 아니
라 "문인 씨 댁"으로 되어야 옳다.
113) 높은 관원이 되어[腰金]: '요금腰金'은 금제 장식을 허리에 찼다는 뜻으로,
고위 관원이 된 것을 가리킨다. 여기서의 금제 장식은 관인官印으로 해석

봉해졌으며, 남편이 은퇴한 후에도 전원에서 해로했지요. 문인가는 왕년에 우연히 고명한 관상가를 만났을 때 자신의 벼슬살이가 순탄하지 않은 이유를 물은 적이 있습니다. 그때 관상가는 이렇게 말했다고 하는군요.

"젊은 시절 정을 통하여 조상의 음덕을 손상시키는 바람에 그렇게 된 것입니다!"

그러자 문인가도 취부암에서 젊은 시절 방탕하게 지낸 일을 몹시 후회하면서 늘 사람들에게 '비구니 암자에는 함부로 머물러서는 안 된다'고 이야기하며 자신의 경험을 경계로 삼게 했다고 합니다. 이 이야기야말로 "바람을 피운 사람도 올바른 깨달음을 이룰 수가 있다"는 것을 증명해주는 이야기가 아니겠습니까? 전생에 이미 정해진 연분이 아니었다면 어떻게 이처럼 기이한 인연을 맺을 수가 있겠습니까! 이 이야기를 증명해주는 시가 있습니다.

혼사는 하늘에 의존하지 않는 경우가 없건만,　　主婚靡不仗天公,
세상에 장님 벙어리뿐인 것이 개탄스럽네!　　堪嘆人生盡瞶聾。

하기도 하지만 일반적으로는 어대魚袋를 가리킨다. 어대는 물고기 장식인 어부魚符가 든 주머니로, 당나라 고종高宗 영휘永徽 2년(651)부터 관리에게 착용하게 했다. 품급이 오품 이상인 고위 관원에게 금이나 은으로 장식된 어대를 하사하고 궁궐을 출입할 때마다 검사를 받게 했다고 한다. 이 제도는 송대까지 인습되었으며, 나중에 '금제 장식을 찼다'는 말은 품급이 높은 고위 관원이 되었다는 의미로 사용되는 경우가 많았다.

114) 공인恭人: 명대에 사품 이상의 관원의 아내에게 내리던 봉호. 봉호를 받는 것이 당사자의 모친이나 조모일 경우에는 '태공인太恭人'으로 높여 불렀다.

만약 연분을 사람이 멋대로 바꿀 수가 있다면,   若道姻緣人可强,

인온사자[115]에게 무슨 공로랄 것이 있겠는가?   氤氳使者有何功。

---

115) 인온사자氤氳使者: 중국 고대의 민간 전설에 등장하는 신. 남녀의 혼인을
관장하는 것으로 믿어졌다. 때로는 인온대사氤氳大使 · 인온사氤氳使 등으
로 불리기도 했다.

제35권

가난을 호소한 사내는 남의 돈 잠시 지켜주고
자린고비는 애물단지 상속자를 사들이다
訴窮漢暫掌別人錢　看財奴刁買冤家主

卷之三十五

訴窮漢暫掌別人錢 看財奴刁買冤家主 해제

이 작품은 부귀영화는 하늘이 정한 것으로 인위적으로 바꿀 수 있는 것이 아님을 설파한다. 이야기꾼은 원대 무명씨의 잡극雜劇《최부군단원가채주崔府君斷冤家債主》에 소개된 고성현古城縣 사람 장선우張善友의 이야기를 앞 이야기로 들려주고, 이어서 무명씨의 잡극《간전노매원가채주看錢奴買冤家債主》에 소개된 주영조周榮祖의 이야기를 몸 이야기로 들려준다.

송대 변량汴梁 주가장周家莊의 수재인 주영조周榮祖는 조상이 물려준 금을 집 담장 밑에 감추어놓고 과거시험을 보러 아내 장張 씨와 아들 장수長壽를 데리고 서울로 향한다. 그때 동악묘東嶽廟에 가서 동악성제東嶽聖帝 앞에서 신세타령을 하던 가난뱅이 가인賈仁은 인간의 운명을 관장하는 영파후靈派候와 증복신增福神으로부터 부자로 만들어주겠다는 약속을 받는다. 얼마 후 생활비를 벌기 위해 영조의 집 하인이 처분하는 벽돌을 수습하려고 담장을 헐던 가인은 영조가 감추어놓은 금을 발견하고 하루아침에 벼락부자가 된다. 한편, 과거에서 낙방한 영조 가족은 고향 집에 묻어두었던 금이 전부 사라진 데다가 친척과 지인들에게 문전박대를 당하고 결국 빈털터리가 되어 펄펄 눈이 내리는 추운 한겨울에 고향으로 돌아온다. 술집 점원의 주선으로 가인 집 집사 진덕보陳德甫를 소개받은 영조는 궁여지책으로 단돈 2관貫에 아들 장수를 가인에게 판다. 그로부터 20년 후, 병에 걸린 양부 가인의 쾌유를 빌기 위해 동악묘를 찾은 장수는 복도에서 주영조 내외와 자리를 놓고 실랑이를 벌인다. 얼마 후 가인이 죽자 그 재산은 장수에게 상속되고, 영조는 20년 만에 우연히 재회한 진덕보의 도움으로 아들과 극적으로 상봉한다. 친부모가 얼마 전 실랑이를 벌인 영조임을 알게 된 장수는 잘못을 반성하는 뜻에서 금과 은을 바치고, 영조는 그것이 당초 자신이 땅에 묻었던 것임을 확인하고 놀란다. 영조는 20년 전에 입은 은혜에 보답하고자 진덕보에게 은자 두 덩어리를, 술집 점원에게는 은자 한 덩어리를 주고 남은 재산을 장수에게 맡긴 후 아내 장 씨와 함께 불당을 짓고 수행에 전념한다.

○ 대도(북경)

○ 오대산

○ 진주

○ 태산(동악묘)

● 태안주(태안)

● 조주(조현)

○ 동경(개봉)

이런 시가 있습니다.

예로부터 빚을 졌으면 갚아야 하는 법,　從來欠債要還錢,
저승에서는 이 이치에 더더욱 훤하다네.　冥府於斯倍灼然。
만일 팔자에도 없는 돈을 썼다면,　若使得來非分內,
언젠가는 돌려주어야 할 날이 오리라.　終須有日復還原。

이제 이야기를 들려드리겠습니다. 사람이 사는 동안 누리는 재물은
모두가 팔자에 다 정해져 있습니다. 만일 여러분 물건이 아니라면 설
사 억지로 남을 속여 손에 넣더라도 결국은 한 푼에 한 오라기까지
다 채워서 남한테 돌려주어야 하는 법이지요. 예로부터 인과응보因果
報應를 다룬 이야기는 그 내용이 한둘이 아니어서 일일이 들려드리기
어려울 정도입니다. 그래서 소생이 일단 좀 보기 드문 사례를 하나
골라서 앞 이야기[1]로 삼을까 합니다.[2]

---

1) 앞 이야기[得勝頭回]: 화본에서 도입부는 일반적으로 주된 이야기로 들어가
기 전에 들려주는 이야기라는 뜻에서 입화入話 또는 득승두회得勝頭回라고
불렸다. 여기서는 편의상 '득승두회'를 "앞 이야기"로 번역했다. 송·원대
화본에서의 도입부와 주된 이야기에 관해서는 문성재 역, 《경본통속소설京
本通俗小說》"설화 공연의 틀" 부분(제18-22쪽)을 참조하기 바란다.

진주晉州[3] 고성현古城縣에 어떤 사람이 살았는데, 이름을 '장선우 張善友'라고 했지요. 평소에 불경을 읽고 염불을 하면서 선행을 베풀기를 좋아하는 어른이었답니다. 반면에 그 마누라 이李 씨는 생각이 좀 짧고 학식도 얕아서 자잘한 이득을 얻는 일에나 급급했지요. 부부 두 사람은 살면서 여태 자녀를 보지 못했지만 집안 형편은 그럭저럭 편안하고 지낼 만했습니다.

당시 그 현에는 조정옥趙廷玉이라는 사람이 살았습니다. 가난하고 형편이 어려웠지만 평소 자기 분수를 잘 지켰지요. 그러나 어느 날 갑자기 모친이 세상을 떠났는데 장례를 치를 돈이 없지 뭡니까. 그는 장선우에게 재산이 넉넉히 있다는 것을 알고 '그의 돈을 좀 훔쳐서 써야겠다'는 나쁜 생각을 품었습니다.[4] 이틀 동안 계획을 세워 정말 그 집 담벼락에 구멍을 뚫고 장선우의 집에서 은자 오륙십 냥을 훔쳐 갔답니다. 그것으로 모친의 장례를 마친 그는 이렇게 생각했지요.

'나는 본래 품행이 나쁜 사람이 아니다. 집안이 가난해 어머니를 장례 지낼 돈이 없어서 이런 어리석은 짓을 저질러 이 댁 분들한테 폐를 끼친 것뿐이야. 이번 생에서 갚지 못하면 내세에서라도 반드시 다 갚을 것이다.'[5]

---

2) *본권의 앞 이야기는 원대에 무명씨가 지은 잡극 희곡 《최부군단원가채주 崔府君斷冤家債主》에서 소재를 취했다.

3) 진주晉州: 원대의 지명. 지금의 하북성 진주시晉州市에 해당한다. 그 역사는 2,500여 년 전인 춘추시대의 고국鼓國까지 거슬러 올라가며, 수나라 개황開皇 16년(596)에 진양현晉陽縣이 설치되었다가 칭기즈칸이 정복 활동을 벌이던 남송 가정嘉定 8년(1215)에 진주라는 이름을 얻은 후로 그 이름이 지금까지 이어지고 있다.

4) 【즉공관 미비】 孝賊。 효성스러운 도둑이로고.

장선우는 이튿날 잠자리에서 일어났다가 벽에 구멍이 뚫린 것을 보고 도둑이 든 것을 깨달았습니다. 그래서 집안의 재물을 확인해보니 궤짝 안에 있던 은자 오륙십 냥이 사라졌지 뭡니까. 장선우는 부자인지라 그 일을 마음에 두지 않고 자기 팔자에 잃어버릴 돈이었다고 여기고 한숨만 쉬고 말았습니다. 속이 타는 쪽은 오히려 이 씨였지요.

"그 돈만 있었으면 아주 많은 일을 벌이고 이자도 무척 많이 생겼을 텐데 … 난데없이 도둑질을 당했으니 아까워서 어쩔꼬!"

이렇게 한창 속상해 하고 있을 때였습니다. 문득 바깥에 웬 중이 와서 장선우를 찾는 것이 아닙니까.[6] 장선우가 나가서 인사를 나눈 다음 물었습니다.

"스님께서는 무슨 일로 오셨는지요?"

"노승은 오대산五臺山[7]에 있는 중입니다. 불전佛殿이 허물어져서 탁발을 해서 보수를 좀 하려고 산을 내려왔답니다. 오랫동안 탁발[8]을 한 끝에 은자를 이백 냥 가량 모으기는 했는데 그래도 좀 모자라군요. 거기다 발원을 드리고도 아직 돈을 내지 않은 분들도 있어서 지금 다른 곳을 좀 다녀보고 보시를 받으려고요. 그런데 … 몸에 지닌 은자

---

5) 【즉공관 미비】有本必成。근본이 있으니 반드시 이루게 되겠지.
6) 【즉공관 미비】頂缸的。책임을 뒤집어쓰겠군.
7) 오대산五臺山: 중국의 산 이름. 산서성 흔주시忻州市에 자리 잡고 있으며, '중국 10대 명산' 중의 하나이자 '중국 불교 4대 명산' 중의 하나이다.
8) 탁발[抄化] '초화抄化'는 중이 속인이나 신도들로부터 금전이나 물건을 기부받는 것을 말한다. 여기서는 편의상 "탁발"로 번역했다.

오대산도. 《삼재도회》

는 가지고 다니기에 불편하고 잃어버릴[9] 염려도 있어서 맡겨놓을 만
한 곳을 찾던 참입니다. 헌데, 갑작스럽게 찾다 보니 한 군데도 보이지
않는군요! 도중에 탐문하던 중에 어른께서 선행을 좋아하는 이름난
시주[10]라는 말을 들었지 뭡니까. 해서 일부러 이 은자의 보관을 부탁

---

9) 잃어버릴[失所]: '실소失所'는 명대 구어로, 글자 그대로 풀이하면 '자리를
잃다'라고 직역되지만 실제로는 '분실하다·잃어버리다'라는 뜻으로 사용되
었다. 《이각 박안경기二刻拍案驚奇》제21권의 "若是小店內失所了, 應該小
店查還(만약에 저희 객주에서 분실하셨다면 당연히 저희 객주에서 찾아서
돌려드려야지요)"의 '실소' 역시 같은 용례라고 할 수 있다. 여기서는 편의
상 "잃어버리다"로 번역했다.

드리려고 왔습니다. 다른 곳까지 탁발을 다 돌고 나면 바로 와서 챙겨 산으로 돌아가겠습니다."

중이 이렇게 말하자 장선우가 말했습니다.

"참 훌륭한 일을 하십니다! 스님, 얼마든지 저희 집에 맡기십시오. 만에 하나도 문제가 없을 테니 일을 마치고 가져가시면 됩니다."

그는 그 자리에서 바로 은자를 확인하고 일일이 개수를 세었습니다. 그러고는 안으로 가지고 들어가 마누라에게 넘겨준 다음 중을 붙잡아놓고 공양을 대접하려고 했지요. 그러자 중이 말하는 것이었습니다.

"그러실 필요 없습니다! 노승은 탁발부터 하러 가야 해서 마음이 급합니다."

"스님의 은자는 소생이 마누라에게 주고 안에 잘 간수하게 했습니다.11) 혹시라도 찾으러 오실 때 제가 외출을 하게 되더라도 꼭 미리 마누라에게 단단히 분부해서 스님께 돌려드리도록 하겠습니다!"

---

10) 시주[檀越]: '단월檀越'은 불교 용어로, 산스크리트어 '다나 빠띠daana padi'를 한자로 번역한 말이다. 산스크리트어에서 '다나'는 '베풀다·주다'라는 의미를 나타내는 동사이며 '빠띠'는 '주인·물주'라는 의미를 가진 명사이다. '다나 빠띠'는 말하자면 '베푸는 주인', 즉 자선가를 뜻하며 이를 의미대로 한자로 옮긴 것이 시주施主이다. 국내에서는 '단월'이 그다지 널리 사용되지 않기 때문에 여기서는 편의상 "시주"로 번역했다.

11) 【즉공관 미비】不宜交付渾家。亦是善友失處, 故受其報。마누라에게 건네지 말았어야지. 그것도 선우의 실수이겠지만, 결국 그 업보를 받았지 뭔가.

장선우가 이렇게 말하자 중은 작별 인사를 하고 탁발을 떠났습니다. 그런데 이 씨가 중의 은자를 손에 받아 들고 보니 그렇게 흐뭇할 수가 없지 뭡니까.

"방금 전에 은자를 오륙십 냥이나 도둑맞았는데 이 중이 백 냥씩이나 갖다 주는구나. (…) 없어진 우리 돈을 메우고도 남는 돈이 아닌가!"

이 씨는 순간적으로 나쁜 마음이 생겨서 핑계를 대고 그 중에게 잡아뗄 작정을 하는 것이었습니다.

그러던 어느 날이었지요. 장선우가 동악묘東嶽廟[12])에 아들을 비는 기도를 하러 가게 되어서 마누라를 보고 말했습니다.

"내가 가기는 가야 하는데 … 거, 왜 오대산 스님께서 맡기신 은자 말이요. 지난번에 임자가 받아 보관하고 있지? 만약에 스님께서 찾으러 오시면 내가 있건 없건 상관 말고 임자가 바로 내드리도록 하시오. 스님께서 공양을 들겠다고 하시면 채소를 좀 다듬어서 스님께 공양도 올리도록 하고. (…) 그것도 당신 공덕이 될 테니까!"

"알았어요."

하고 이 씨가 대답하자 장선우는 바로 기도를 드리러 길을 나섰습

---

12) 동악묘東嶽廟: '동악東嶽'은 지금의 산동성 태안시泰安市에 자리잡고 있는 태산泰山을 말하며, 동악묘는 중국 전설에서 사람의 생사를 관장하는 도교의 신으로 신봉되는 동악대제東嶽大帝를 모시는 사당이다. 이곳에는 동악대제가 죽은 사람의 죗값의 경중을 결정한 장소인 혁혼대嚇魂臺가 있다고 전해져왔다.

니다.

장선우가 떠난 뒤에 탁발을 다 마친 그 오대산 중은 맡긴 은자를 찾으러 다시 장선우를 찾아왔습니다. 아, 그런데 이 씨가 난데없이

"장선우도 집에 없고, 우리 집에는 누가 은자 같은 것은 맡긴 적이 없습니다. 스님이 혹시 집을 잘못 찾으신 것 아니에요?"

하고 시치미를 떼는 것이 아닙니까.

"제가 지난번에 직접 이 댁 어른께 건네드렸고 어른께서도 그걸 챙겨 안으로 들어가서 부인[13]께 드린 걸로 알고 있습니다. 그런데 어떻게 그런 말씀을 하십니까?"

중이 이렇게 말하자 이 씨는 그 자리에서 맹세하는 것이었습니다.

"만약에 스님 은자를 본 적이 있다면 내 눈에서 피가 쏟아질 거예요!"

"그렇다면 제 은자를 떼어먹겠다는 말씀이십니까?"

하고 중이 말하니 이 씨가 또 이렇게 말하는 것이었습니다.

"내가 스님 은자를 떼어먹으면 십팔층 지옥에 떨어질 거예요!"

---

13) 부인[孺人]: '유인孺人'은 원래 명대에 칠품七品의 관리의 모친이나 아내에게 내리던 봉호封號로, 나중에는 여염집 아녀자들까지 두루 높여 부르는 존칭으로 통용되었다. 여기서도 이 씨의 남편 장선우는 관리가 아니지만 그 아내를 '유인'으로 부르고 있다. 편의상 '유인'과 비슷한 의미를 가진 "부인"으로 번역했다.

이 씨가 맹세하는 것을 본 중은 발뺌을 하고 있다는 것을 분명히 깨달았습니다. 그러나 상대방이 여자인지라 언쟁을 벌이기도 좀 난처했지요. 중은 어쩔 도리가 없자 두 손을 모으고 부처님을 불렀습니다.

"나무아미타불![14] … 저는 사면팔방에서 탁발해온 보시물을 불전을 고치려고 이 댁에 맡겼습니다. 그런데 부인께서는 어째서 발뺌을 하십니까! (…) 부인께서 이번 생에서 제 은자를 떼어먹으면 어느 생에 가더라도 반드시 제게 갚아야 할 겁니다!"

중은 슬픔과 원망의 마음을 품고 그곳을 떠났습니다. 한참 시간이 지나서 귀가한 장선우는 중이 맡긴 은자에 대해서 물었습니다. 그러자 이 씨는 남편을 속이고 이렇게 둘러댔습니다.

"당신이 길을 나서자마자 그 스님이 찾으러 왔길래 제가 두 손으로 고이고이 스님한테 돌려드렸어요."

"잘했소, 잘했어! (…) 이렇게 해서 일을 또 하나 처리했군그래!"

그로부터 두 해가 지나자 이 씨는 아들을 하나 낳았습니다. 그런데 이 아들을 낳은 뒤로 집안의 재산이 불길과도 같이 불어나는 것이었습니다. 다시 다섯 해가 지났을 때 또 하나를 낳아서 아들이 둘이 되었지요. 그래서 어릴 적 이름으로 맏이는 '걸승乞僧'이라고 부르고, 둘째는 '복승福僧'이라고 불렀습니다. 맏이 걸승은 자라면서 사람 구실을 제대로 할 줄 알아서 새벽에 나가서 한밤중에 들어오고, 새벽

---

14) 【즉공관 미비】 此一聲甚毒。 이 한마디가 무척 모질구나.

일찍 일어나 밤이 늦어서야 잠이 들곤 했지요. 게다가 천성이 인색해서 한 푼도 쓰지 않고 두 푼도 쓰지 않는 등, 엽전 한 닢도 허투루 쓰는 법이 없어서 재산을 이만큼이나 모았지 뭡니까. 아, 그런데 어떻게 된 노릇일까요? 형제가 똑같이 한 어머니 배에서 태어나 똑같이 한 어머니 젖을 먹고 자랐건만 성격은 완전히 정반대였습니다. 복승은 매일 술이나 마시고, 노름이나 하고, 애인을 두는가 하면15) 기생집에 가서 오입까지 하는 것이었습니다. 돈을 쓰면서도 전혀 아깝다는 생각을 하지 않았지요. 그 모습을 옆에서 지켜보는 형 걸승은 자신이 고생고생하면서 애쓰고 일해서 번 돈이다 보니 몹시 속이 상했습니다. 그러다 보니 복승은 날마다 사람이 찾아와서 빚을 갚으라고 독촉하곤 했지요. 물론, 그 돈들은 모두가 집안사람들을 속이고 밖에서 꾸어다 써버린 돈이었습니다.

장선우처럼 좋은 사람이 어떻게 아들이 남들한테 빚 독촉을 당해 집안이 추문에 휩싸이는 일을 바랄 리가 있겠습니까? 둘째에게 돈 빌려 준 사람들 한 사람 한 사람의 빚을 전부 다 청산해줄 수밖에 없었지요. 맏이 걸승은 그저 앓는 소리를 했습니다. 장선우는 맏이가 고생고생해서 번 재산이 아깝기도 하고 둘째가 그것을 마구 써버리는 통에 한쪽만 낭패를 당하는 것이 괘씸했지요. 그래서 방법을 생각해 내서 재산을 공평하게 세 사람 몫으로 나누었습니다. 형제는 각각 자기 몫을 받고 노부부는 노부부대로 한 몫을 남겨 놓았습니다. 집안을 일으키는 아들은 일으키게 하고, 집안을 망치는 아들은 망하게 해서 못난 아들이 좋은 아들에게 누를 끼쳐 둘 다 파탄이 나는 꼴을 피할

---

15) 애인을 두는가 하면[養/婆娘]: 명대 구어에서 양파낭養/婆娘은 남자가 배우자가 아닌 부녀자와 정을 통하는 것을 가리켰다. 여기서는 편의상 "애인을 두다"로 번역했다.

생각이었지요. 복승은 못난 위인이다 보니 재산을 떼어 받으면 자유 자재로 아무 구속도 받지 않게 될 테니 자기 마음과 딱 맞지 뭡니까. 그래서 복승은 일단 재산이 손에 들어오자 마치

상서로운 눈 위에 뜨거운 물을 끼얹었고,   湯潑瑞雪,
얼마 남지 않은 구름에 바람이 휘몰아치는 꼴.   風捲殘雲。

이었습니다. 결국 한 해도 되지 않아서 몽땅 다 탕진하고 말았지 뭡니까! 복승은 다시 부모 몫의 절반을 떼어줄 것을 요구했습니다. 그러나 그것조차 다 바닥나자 당장 형에게 가서 추근거렸습니다. 형이야 자신을 상대해주든 말든 간에 말입니다. 결국 형의 재산으로도 감당할 수 없었지요.16) 맏이는 집안 살림을 맡은 가장인데 어떻게 그것을 견딜 수가 있겠습니까? 화가 병이 되어 자리에 앓아눕더니 의원을 찾아가도 아무 효과가 없어서 곧 죽을 목숨이 되었지 뭡니까!

"집안을 일으킨 사람은 죽을병이 들고 집안을 망친 녀석은 멀쩡하다니! (…) 세상 이치가 어떻게 이렇게 뒤집혀버릴 수가 있단 말이냐17)!"

장선우는 차라리 둘째를 맏이 대신으로 삼고 싶은 마음이 간절했습

---

16) 【즉공관 미비】勢所必至, 不如不分。 상황이 그렇게 될 수밖에 없으니 차라리 안 나누느니만 못했군.
17) 세상 이치가~: 고대 중국의 오행설五行說에서는 세계 만물은 모두가 금金·목木·수水·화火·토土의 '오행'이 상생상극相生相克하는 법칙에 따라 발전·변화한다고 한다. 여기서 "세상 이치가 뒤집혔다"는 것은 자연의 법칙에 배치되는 사태가 벌어진 뜻이다.

니다마는 속으로만 냉가슴을 앓을 뿐 차마 말을 꺼내지 못했지요.

걸승은 병세가 악화되는 바람에 결국 낫지도 못한 채 죽고 말았습니다. 장선우 부부는 하도 슬퍼서 목이 다 멜 정도였습니다. 반면에 복승은 형이 죽고 거기다가 재산까지 남겨서 자기 차지가 될 것을 알고 조금도 슬퍼하는 기색이 없지 뭡니까! 어머니 이 씨는 그런 모습을 보자 더더욱 맏이를 보내는 것이 아까워서 온종일 소리 놓아 울고 불고하다가 결국 눈에서 피를 흘리며 죽고 말았답니다![18] 복승은 그래도 조금도 슬픈 기색이 없었습니다. 그는 모친상을 치르는 동안에도 내내 홍등가에서 살면서 날마다 오입질을 해댔습니다. 결국 몸이 다 망가져서 폐결핵에 걸리는 바람에 그 역시 죽을 날만 기다리고 있었지요. 장선우는 그쯤 되자 다급해졌지만 어찌 할 방법이 없었습니다. 둘째가 집안을 망치더라도 혈육이 하나라도 있으면 다행이니 칠칠하고 자시고 따질 형편이 아니었지요. 그야말로

전생에서 이번 생의 운명이 결정되었나니,   前生注定今生案,
정해진 운명도 최후 닥치는 건 피하기 어렵다네!   天數難逃大限催。

복승은 실 한 오라기만큼 가냘픈 숨만 남았다가 때가 되자 마치 ‘삼경에 기름이 다 떨어진 등불’처럼 어느 사이에 숨이 끊어져버리고 말았습니다그려! 장선우는 평소에 복승을 못마땅하게 여겼습니다. 그러나 이제 아들 둘이 다 죽고 아내까지 죽은 상황에서 늙은 자신만 홀로 남은 것을 생각하니 저도 모르게 고통과 슬픔이 북받치지 뭡니까.

---

18) 【즉공관 미비】 應了一句。 말이 씨가 됐지!

"내가 무슨 죄를 지었길래 오늘 이렇게 비참한 말년을 만나게 되었단 말이냐!"

혼잣말을 하던 그는 하늘을 원망하면서도 한편으로는 이렇게 생각했습니다.

"내 이 두 업보의 씨앗은 동악묘에 기도를 다녀오고 나서 생긴 것이다. 염라대왕에게 끌려간다면 동악대제께서 모르실 리가 있겠는가? 당장 동악대제께 가서 내 괴로움을 아뢰어보자꾸나! 대제께서 영험하시다면 염라대왕을 호출하셔서 어쩌면 내 아들을 돌려주실지도 모른다!"

그는 괴로움에 아무 낙이 없자 생각이 거기까지 미친 것이었지만, 정말 동악대제 앞에까지 가서 통곡을 하면서 하소연했습니다.

"이 늙은 장선우는 … 평생 동안 선행을 닦았나이다. 제 두 아들과 아내도 이렇다 할 죄를 지은 적이 없습니다.19) 그런데 염라대왕께서 그들을 다 끌고 가시는 바람에 이 늙은것 혼자만 남고 말았습니다! (…) 대제께 바라옵건대, 염라대왕을 소환하시어 이 늙은것이 분명한 해명을 듣게 해주소서! 만약 정말 그런 업보를 받아 마땅했다면 이 늙은것 또한 죽어서도 눈을 감을 수 있겠습니다!"

이렇게 하소연한 그는 울다 울다 결국 땅바닥에 쓰러지더니 갑자기 머리가 어지러워지면서 의식을 잃고 마는 것이었습니다.

---

19) 【즉공관 미비】媽媽難寫保狀。그 마누라는 각서를 쓰기 곤란하겠군.

그렇게 의식이 가물가물한 상태로 가만 보니 웬 저승사자가 와서 그를 보고

"염라대왕께서 너를 소환하셨다!"

하는 것이 아닙니까.

"그렇지 않아도 나 역시 염라대왕 님을 만나서 따지려던 참이었소!"

장선우가 이렇게 말하고 저승사자 를 따라 염라대왕 앞에 이르자 염라 대왕이 말하는 것이었습니다.

18층 지옥 제5전의 염라대왕

"장선우! 너는 어째서 동악묘에 나를 고발했느냐?"

"제 아내와 두 아들은 과거에 아무 죄도 짓지 않았는데 전부 다 끌고 가셨기 때문입니다! 이런 괴로움 때문에 대제께 해결해주십사 애걸한 것이올시다!"

장선우가 이렇게 말하자 염라대왕이 말했습니다.

"네 두 아들을 보고 싶으냐?"

"보고 싶지 않을 리가 있습니까?"

그러자 염라대왕이 저승사자에게 명령을 내리는 것이었습니다.

"불러오라!"

그런데 가만 보니 걸승과 복승 둘이 나란히 불려오는 것이 아닙니까. 장선우는 몹시 반가워하면서 먼저 걸승을 보고 말했습니다.

"맏이20)야, 우리 같이 집에 가자꾸나!"

그러자 걸승이

"저는 선생의 맏아들이 아니올시다! 저는 원래 조정옥이라는 사람입니다. 선생 댁 은자를 쉰 냥 정도 훔쳤는데21) 지금 이자가 몇백 배로 불어나는 바람에 선생 댁에 갚아드린 것뿐입니다. 이제 나는 당신과 한 혈육이 아니올시다!"

하는 것이 아닙니까! 장선우는 큰아들이 이렇게 말하는 것을 보고 복승에게 매달리는 수밖에 없었지요.

"그렇다면 … 둘째야, 나를 따라 집에 가자꾸나!"

그랬더니 복승이

"나도 당신네 둘째가 아니올시다! 나는 전생에 오대산의 중이었습

---

20) 맏이[大哥]: '대가大哥'는 현대 중국어에서는 '맏형·큰형eldest brother'이라는 의미로 사용된다. 그러나 원·명대 구어에서는 '맏아들·장남eldest son'이라는 의미로 사용되기도 했다. 여기서는 '대가'를 편의상 '맏이'로 번역했다.

21) 훔쳤는데[不合]: 원문에는 '불합不合'으로 되어 있으나 직역하면 '~하지 말았어야 한다, ~하지 말 것을' 식으로 번역되어 부자연스럽기 때문에 편의상 '~했는데' 식으로 의역했다. 다른 경우도 마찬가지이다.

니다. 당신이 내게 진 빚을 이번에 백 배 보태서 갚으셨으니 이제 당신하고는 아무 상관이 없습니다!"

하고 말하지 뭡니까, 글쎄! 그래서 장선우가 깜짝 놀라 말했지요.

"내가 오대산 스님에게 빚을 졌다니? (…) 어떻게 아내를 불러와서 한번 물어볼 수만 있다면 좋겠군요."

염라대왕은 벌써 그의 뜻을 알고

"장선우! 네 마누라를 대질하는 건 어렵지 않다!"

하더니 귀졸鬼卒을 불러 명령했습니다.

"풍도酆都[22])의 성문을 열고 장선우의 처 이 씨를 데려오너라!"

귀졸이 대답을 하고 그 자리를 떠나는가 싶었는데 가만 보니 이 씨를 끌고 오는 것이 아닙니까. 칼을 쓰고 쇠고랑을 찬 채 그녀는 염라대왕의 대전 앞으로 끌려 나왔습니다!

"임자, (…) 임자가 어째서 이런 벌을 다 받는 게요!"

장선우가 묻자 이 씨가 울면서 말하는 것이었습니다.

---

22) 풍도酆都: 중국 사천성 동쪽에 위치한 풍도현酆都縣. 이 현에 자리 잡은 평도산平都山은 도가道家의 72대 복지福地의 하나로, 민간에는 저승이 있는 곳 또는 사람이 죽으면 돌아가는 곳으로 알려져 있다. 때문에 '풍도'는 중국에서 저승 또는 내세를 뜻하는 말로 쓰이는 것이 보통이다. 여기서는 저승을 가리키는 말로 사용되었다.

"제가 생전에 오대산 스님의 은자 백 냥을 떼어먹어서 죽은 뒤에 십팔층 지옥을 전부 다 끌려 다니는 중이랍니다![23) 정말 고통스러워요!"

"그 은자는 스님께 돌려드린 줄 알았더니! … 어쩌자고 스님 은자까지 다 떼어먹는단 말이요! (…) 자업자득이구려!"

장선우가 이렇게 말하자 이 씨는

"영감! 어떻게든 저 좀 구해주세요!"

하더니 장선우의 옷자락을 잡고 늘어지면서 대성통곡을 했지요. 그러자 염라대왕은 벌컥 성을 내더니 탁자를 치면서 호통을 치는 것이었습니다.

그 서슬에 놀란 장선우가 정신을 차리고 보니 동악묘 신안神案[24) 앞에 쓰러져 잠이 든 것이었지 뭡니까. 물론, 꾼 꿈은 너무도 생생하고 또렷했습니다. 그는 그제야 그들이 모두 전생의 원수이거나 빚쟁이들이었음을 깨닫고 비통한 울음을 멈추고 출가하여 수행 길을 떠났답니다.

신안

'어두운 방에서 못된 짓 하더라도,   方信道暗室虧心,

---

23) 【즉공관 미비】又應了一句。 이번에도 그 말대로 되었군그래.
24) 신안神案: 도교 사원에서 신의 형상이나 제물을 올려놓는 큰 탁자.

번개 같은 신의 눈은 못 피한다'는 말 믿겠네.　　難逃他神目如電。

오늘날 공평무사하게 응보가 내려졌거늘,　　今日箇顯報無私,

어째서 외려 염라대왕 탓을 한단 말인가?　　怎倒把閻君埋怨。

　소생이 왜 이 인과 이야기를 먼저 들려드렸겠습니까? 바로 한 가난뱅이가 부자의 은자를 빌려 가서 그 부자 대신 몇십 년 동안 잘 지키면서 한 푼도 건드리지 않았다는 이야기25)를 들려드리기 위해서입니다.26) 나중에는 자기도 모르는 사이에 두 손으로 본래의 주인에게 돌려주지요. 이 이야기는 훨씬 기이하답니다. 일단 소생이 하는 이야기를 한번 들어 보시지요!

　송宋나라 때 변량汴梁 조주曹州27)의 조남촌曹南村 주가장周家莊에

---

25) 한 가난뱅이가~: 여기서부터 이어지는 이야기는 능몽초가 13세기 원대의 극작가 정정옥鄭廷玉(?~?)이 지은 잡극 희곡 《간전노 매원가채주看錢奴 買冤家債主》에서 차용한 것이다. 능몽초는 일부 대목을 생략하기는 했지만 《간전노》의 설자楔子·제1절第一折·제2절第二折·제3절第三折·제4절第四折의 줄거리와 등장인물을 거의 그대로 제35권에 차용했다. 중국어에서 '간看'은 원래 '보다see'라는 뜻으로 사용되지만 때로는 '간수看守·간병看病'처럼 '지키다guard' 또는 '보살피다look after'라는 뜻으로 사용되기도 한다. 여기서도 '간전노'는 '돈을 지키[기만 하고 쓰지 않]는 노예'라는 의미로 해석된다. 정정옥의 《간전노》의 줄거리와 연혁에 관해서는 문성재 역주, 《간전노》(지만지 출판사)(2011)를 참조하기 바란다.

26) ＊본권의 몸 이야기는 원대의 극작가 정정옥이 지은 잡극 희곡 《간전노 매원가채주》에서 소재를 취했다.

27) 조주曹州: 중국 고대의 지명. 지금의 산동성 하택荷澤 조현曹縣 일대에 해당하며, 예로부터 모란꽃의 도시로 유명하다. 산동성의 서남부에 자리잡고 있으며 하남성 개봉시 동북쪽에 있다. 명대 이래로 산동성에 속했지만 송대

어떤 수재秀才가 살았습니다. 성은 주周, 이름은 영조榮祖, 자字는 백성伯成이었고, 마누라는 장張 씨였지요. 주 씨 댁은 선대에 재산이 무척 많았습니다. 영조의 조부인 주봉周奉은 불교를 독실하게 믿어서 절까지 하나 세우고 날마다 불경을 읽으면서 염불을 했답니다. 그런데 영조의 아버지대에 이르러서는 오로지 집안 살림에만 공을 들였지요. 집을 수리할 때조차 따로 목재 석재 벽돌을 구하기 아깝다고[28] 조부가 세운 절까지 모두 헐어서 쓸 정도였습니다. 그런데 집수리가 다 끝나갈 즈음에 덜컥 병을 얻는 바람에 몸져눕고 말았지 뭡니까. 사람들은 다들 그가 부처님을 믿지 않은 응보라고 여겼지요. 아버지가 죽은 뒤로는 집 안팎의 재산을 전부 다 영조가 도맡아 관리했습니다. 이 영조라는 양반은 글공부를 해서 학식이 풍부했는데 곧 서울에 가서 과거시험을 볼 계획이었지요. 그와 장 씨 사이에는 아들을 하나 두었는데, 아직은 포대기에 싸인 갓난아기로, 젖이름을 '장수長壽'라고 불렀습니다. 아내는 사랑스럽고 아들은 어리다 보니 차마 남겨두고 갈 수가 없어서[29] 의논한 끝에 세 식구가 다 같이 길을 나서기로 했답니다. 그는 조상이 남겨준 금과 은을 덩어리 째로 움을 하나 만들어 뒤꼍의 담장 아래에 묻었습니다. 가는 도중에 몸에 지니기 불편할까 봐서 잘고 가는 부스러기만 몸에 지녔지요. 가옥이며 건물들은 하인들에게 관리하게 이르고 길을 나섰습니다.

이야기를 다른 쪽으로 돌려보겠습니다.[30] 조주에는 가난뱅이가 하

28) 【즉공관 미비】此不捨得之念正是窮根。 이렇게 아까워하는 마음이 바로 가난의 원인이지.

29) 【즉공관 미비】此不捨得亦然。 이렇게 아까워하는 것 역시 그러하다.

나 살았는데, '가인賈仁'이라고 하는 자였지요. 정말 몸 하나 제대로 가릴 옷이 없고 입 하나 제대로 채울 음식조차 없어서 아침을 먹고 나면 저녁거리를 걱정해야 할 지경이었습니다! 그렇다고 생계를 꾸릴 만한 수완도 없다 보니 그저 남의 집에 흙을 지고 가서 담을 쌓아주고, 흙을 이겨서 벽돌을 만들고, 물을 지고 장작을 나르는 등, 고된 막노동이나 하면서 날을 보내고 있었습니다. 저녁이 되면 허물어진 가마 속에 몸을 뉘였지요. 외부인들은 그가 아주 고되게 지내는 것을 보고 다들 그를 '가난뱅이 가가[窮賈兒]'라고 불렀답니다. 그런데도 이자는 천성이 괴팍하고 모가 나서 늘 속으로 분통을 터뜨리곤 했지요.

"어차피 다 똑같은 사람 아닌가! 남들은 다 저렇게 넉넉하고 귀하고 사치스럽고 화려하게들 사는데 … 왜 나만 이렇게 가난하고 고달플까!"

이 일을 증명하는 시가 있습니다.

집도 없고 땅도 없어서,	又無房舍又無田,
날마다 성 남쪽 가마 안에서 잠을 청하네.	每日城南窑內眠。
똑같이 눈 달리고 눈썹 난 사람이건만,	一般帶眼安眉漢,
어쩐 일로 그 주머니에만 돈 한 푼도 없을꼬!	何事囊中偏没錢。

---

30) 이야기를 다른 쪽으로 돌려보겠습니다[話分兩頭]: 설화 용어. 하던 이야기를 잠시 멈추고 다른 이야기를 꺼낼 때 "이야기를 둘로 나누고, 제가 다른 하나는 다시 들려드리지요話分兩頭"라거나 "꽃이 두 송이 피었으니 한 가지씩 각자 들려드리지요花開兩朶, 各表一枝"라고 청중들의 주의를 환기시키곤 한다. 여기서는 편의상 "이야기를 다른 쪽으로 돌려보겠습니다"로 번역했다.

가인 이야기로 돌아가봅시다. 그는 속으로 불평을 하면서 날마다 틈만 나면 동악묘로 달려가서 신령에게 하소연하곤 했습니다.[31]

"쇤네 가인 … 작정하고 기도를 하러 왔습니다요! 쇤네가 아무리 생각해보아도 안장 채운 말을 타고 화려한 비단옷 입고, 좋은 음식 먹고, 좋은 물건 쓰는 사람도 알고 보면 똑같은 세상 사람입니다. 쇤네 가인이도 같은 세상 사람이올시다. 헌데, … 어째서 저만 몸을 제대로 가릴 옷도 없고 입을 제대로 채울 음식조차 없이 불 땔 때는 자리에서 자고 불 지피는 곳에 몸을 누입니까? 쇤네 정말 헐벗어서 죽을 지경이 아니고 무엇이겠습니까요? (…) 쇤네 아주 조금만이라도 넉넉하고 귀해지기만 하면 스님들한테 보시도 좀 하고 절도 짓고 탑도 세우고 다리도 닦고 길을 고치고 고아는 거두고 과부는 걱정해주고 노인은 공경하고 가난한 이들은 불쌍히 여기도록 하겠습니다요. 그러니 상성上聖께서 저를 불쌍히 여겨주십시오!"

날이면 날마다 이런 식이었습니다.

그런데 참으로 정성이 지극해서 그랬던 걸까요? 감응이 있으면 반드시 통한다고 하더니, 정말 그의 애절한 기도가 거듭되자 신조차 감동하기에 이르렀습니다! 그러던 어느 날이었지요. 기도를 마치고 복도의 처마 아래에 고꾸라져 잠이 들었는데 그의 넋이 전각 앞의 영파후靈派候[32]에게 끌려갔답니다. 영파후는 가인에게 하루 종일 하늘과 땅을 원망하는 까닭을 물었습니다. 그러자 가인은 앞서의 푸념을 쳐

---

31) 【즉공관 미비】 亦是奇人奇事。 이 역시 신기한 사람이요 신기한 일이다.
32) 영파후靈派候: 도교에서 숭상하는 태산의 신령. 당대에는 영파장군靈派將軍, 송대에는 영파후로 각각 책봉되었다.

음부터 다시 고하면서 애처롭게 빌
고 또 비는 것이 아닙니까. 영파후도
그의 처지가 좀 딱했던가 봅니다. 증
복신增福神33)을 불러 그의 평생운을
살피고 그가 받을 복이 얼마나 되는
지 조사하게 했지요. 조사를 마친 증
복신은 영파후에게 이렇게 보고했습
니다.

"이 자는 전생에서 천지신명을 공
경하지 않았을 뿐만 아니라 부모에

도교에서 인간의 복록을 관장하는 증복신

게 불효하고, 승려와 부처님을 비방
하는가 하면 생물을 죽이고 목숨을 해쳤으며, 남이 마시는 맑은 물을
더럽히고 곡식을 낭비했습니다. 그래서 이번 생에서는 추위와 굶주림
에 고통을 받다가 죽을 팔자입니다!"34)

그 말을 들은 가인은 당황해서 어쩔 줄을 모르면서 그럴수록 애걸
복걸하는 것이었습니다.

"상성이시여! 제발 불쌍히 여겨주십시오! 쇤네한테 입을 복 먹을
복을 티끌만큼이라도 내려주시면 쇤네도 꼭 착한 사람이 되겠습니다
요! (…) 쇤네 부모님께서 살아 계실 때만 해도 온 힘을 다해 봉양했습

---

33) 증복신增福神: 중국의 도교 전설에 등장하는 신. 서양의 산타클로스처럼 사
람들에게 복을 내리는 것으로 믿어졌다.
34) 【즉공관 미비】世人着眼。세상 사람들이 주목해야 할 대목이지.

니다만 돌아가신 뒤로는 어찌 된 영문인지 몰라도 갑자기 집안 형편이 바뀌어 하루가 다르게 가난해지고 말았습니다요! 쇤네가 부모님 무덤 앞에서 지전도 태우고 종이도 찢고 차도 뿌리고 술도 올렸습니다마는 여태까지 눈물이 마른 적이 없습니다요! 쇤네도 효도라는 걸 할 줄 아는 놈이라굽쇼!"

그러자 영파후가 증복신에게 말했습니다.

"증복신이 그의 평소 소행을 낱낱이 조사한 것을 보니 특별한 선행을 베풀지는 않았지만 정성껏 부모를 봉양한 적은 있구려. 오늘 그가 천지신명을 원망한 일을 참작하여 원래는 추위와 굶주림을 당해도 싼 팔자이지만 자그만 효도를 한 일을 감안하도록 합시다.[35] '하늘은 복이 없는 사람을 낳지는 않으며, 땅은 이름이 없는 풀을 내지 않는다[36]'라는 말도 있지 않소? 우리도 생명을 사랑하시는 옥황상제의 큰 덕을 본받도록 합시다. 일단 다른 집안에 무리가 되지 않을 정도의 복이 있는지 확인해보고 저 자에게 좀 빌려주도록 합시다! (…) 가인에게 양자를 하나 주어 죽는 날까지 봉양하게 하여 가인의 그 자그만 효심을 갚아주도록 하시오!"

"제가 조주 남쪽 주가장 방향을 찾아보니 그 집안에 쌓인 복으로 누릴 음덕이 삼대에 이릅니다. 다만 … 그가 부처님의 도량을 헐어

---

35) 【즉공관 미비】一點小孝, 便可增祿。着眼, 着眼。자그마한 효행으로도 복을 더 받을 수가 있구나. 주목하자, 주목해!

36) 하늘은 복이 없는 사람을 낳지 않으며~[天不生無祿之人, 地不長無名之草]: 원·명대의 속담. 세상 만물에는 저마다 각자 살아갈 권리와 복을 지니기 마련이라는 뜻이다.

순간적으로 잘못을 저질렀으니 잠시 벌을 받게 해야 할 것 같습니다. 지금 그 집안의 복을 일단 그에게 이십 년 동안 빌려주었다가 기한이 다 차면 본래의 주인에게 두 손으로 곱게 돌려주게 하시지요. 그렇게 하면 양쪽 모두에게 좋은 일이 아니겠습니까?"

증복신이 이렇게 말하자 영파후는

"그 방법이 좋겠구려!"

하더니 가인을 불러서 방금 했던 말을 그에게 단단히 당부하고 똑똑히 일렀습니다.

"네가 부자가 되면 그 복을 돌려받을 자가 일찌감치 거기서 기다리고 있을 것이다!"

그러자 가인은 머리를 조아리면서 자신을 구제해준 영파후의 은혜에 고맙다고 인사를 했습니다. 그러고는 속으로

'이제 부자가 되었구나!'

하고 여기면서 대문을 나와 준마를 타고 말의 굴레를 풀었습니다. 말은 가인이 채찍을 휘두르는 것을 보자마자 나는 것과도 같이 질주해서 그를 내동댕이치는 것이 아닙니까.[37] 그 바람에 가인이 크게 고함을 지르다가 가만 보니 남가일몽南柯一夢으로, 자기 몸은 여전히 사당 처마 아래에 누워 있는 것이었습니다.

---

37) 【즉공관 미비】 卽見富貴。 곧 부귀를 누리게 되겠군.

'방금 상성께서 분명히 나를 보고 그 집안의 복을 이십 년 동안 빌려주겠다고 하셨지 않은가? 그럼 나는 지금 당연히 부자가 되어 있어야 하는데? … 꿈을 깼더니 부자가 다 어디 있어![38] 꿈은 마음속 생각의 발로라더니 역시 믿을 게 못 되는군! (…) 어제 갑부 댁에서 담장을 쌓는다면서 날더러 흙벽돌을 구해 오라고 했지? 아무래도 찾아가서 알아보아야겠다!"

가인은 이렇게 생각하면서 동악묘 대문을 나섰습니다. 그런데 정말

'때가 되면 복이 온다.'   時來福湊。

고 했던가요? 주 수재 댁에서 집을 지키던 하인은 집 주인이 객지에 나가서 여태 돌아오지 않는 바람에 마침 생활비가 부족한데다가 밤에는 잠이 드는 바람에 몽땅 다 도둑을 맞았지 뭡니까, 글쎄! 집에는 달리 팔 만한 물건조차 남지 않았고 뒤뜰에는 오래되어 허물어진 담장만 덩그러니 남아 있는 것이었습니다.

'저건 아무짝에도 쓸모가 없으니 차라리 흙반죽이라도 팔아서 일단 그걸 생활비 삼아 지내야겠다!'

하인은 이렇게 생각하고 길거리로 나왔다가 마침 가인과 마주쳤습니다. 가인이 평소 남의 집 담장을 쌓는 일을 자주 하는 것을 알고 있던 하인은 그 이야기를 하고 대신 가서 흙벽돌을 팔아달라고 부탁했습니다.

---

38) 【즉공관 미비】只怕後日的財主也在那裡。 그저 나중의 부자 역시 거기에 있을까 걱정이군.

가난을 호소한 사내가 남의 돈을 잠시 지켜주다.

"우리 집도 마침 흙벽돌이 필요하던 참이니까 … 값을 깎아서 내가 지고 가지요."

그러고는 가서 흥정을 마치고 멜대로 한 짐 지고 올 때마다 값을 쳐주기로 했습니다. 하인은 뒤뜰 문을 열고 가인에게 알아서 마음대로 땅을 파서 지고 가게 했습니다. 가인은 가래·호미·흙 광주리 같은 것들을 가지고 와서 작업을 시작했지요. 그런데 땅을 파서 담장 하나를 넘어뜨리는데 가만 보니 담장 밑에 돌을 괴어놓았지 뭡니까. 진흙이 툭툭 떨어지는 것이 그 밑이 비어 있는 것 같길래 진흙을 다 빼냈더니 그 진흙 아래에서 돌널이 하나 나왔습니다. 그래서 그 돌널을 들어내고 보니 돌구유를 덮고 있는 뚜껑이었지요. 그 돌구유에 든 것은 전부가 흙벽돌만큼이나 큰 금덩이 은덩이들인데 그 수량이 이루 헤아릴 수도 없을 정도였습니다. 그 옆에는 또 작은 덩어리의 금과 은이 여기저기 박혀 있는 것이 아닙니까. 가인은 깜짝 놀라면서 말했습니다.

"천지신명께서 이처럼 영험하실 줄이야! (…) 이 정도면 어제 꿈과 딱 들어맞는구나! 옳거니!39) 오늘 내가 부자가 될 팔자였어!"

가인은 속으로 꾀를 내어 즉시 금과 은을 흙 광주리에 적당히 담고 그 위에 흙을 덮어서 한 짐을 채웠습니다. 그리고 땅 속에서 미처 져

---

39) 옳거니[慚愧]: '참괴慚愧'는 명대의 구어로, 원래는 '부끄럽구나' 식으로 자신의 잘못이나 단점을 뉘우치고 부끄러워하는 말로 사용되곤 한다. 그러나 당·송대 이후의 구어에서는 때로는 '잘됐다·다행이다·고맙다' 등과 같이 어떤 사람이나 상황을 반기는 말로 전용되기도 했다. 여기서는 후자의 용법으로 사용되었으며, 편의상 "옳거니"로 번역했다.

내지 못한 것들은 원래대로 진흙을 덮어놓고 나중에 다시 운반하기로 했지요. 멜대로 짐을 져서 그길로 자신이 기거하는 허물어진 가마터로 가서 잠시 묻으니 귀신도 눈치 채지 못할 정도이지 뭡니까. 그렇게 한두 날을 운반하고 나서야 그 금과 은을 다 옮길 수 있었지요.

가인은 몹시 가난한 처지였는데 이렇게 많은 은자가 생겼으니 시운時運이 찾아온 셈이었습니다. 그래서 일단 계획을 세워 먼저 부스러기 금과 은을 가져다 집을 한 채 사서 거처로 삼았습니다. 그러고는 가마 안에 묻어놓았던 것들을 조금씩 다시 옮겨 재어두고, 처음에는 작은 장사를 좀 하다가 서서히 재산이 불면서 몇 년도 되지 않아 가옥과 건물을 짓더니 전당포를 여는가 하면 방앗간·제분소·기름집·술도가를 잇달아 열었지요. 그런데 하는 장사마다 물과도 같이 쭉쭉 불어나는 것이 아닙니까! 급기야 '육로에는 그의 밭이 있고 수로에는 그의 배가 있으며 사람들에게는 그의 빚이 있다'고 할 정도가 되었습니다. 평소 그를 '가난뱅이 가가'라고 부르던 사람들은 전부 말을 바꾸어 그를 '가 원외員外[40]님'이라고 부르기 시작했지요. 거기다 마누라까지 하나 맞아들였습니다.[41] 다만 무슨 곡절인지 아들도 딸도 생기지 않는 것이었습니다. 까마귀조차 다 지나지 못할 정도로 드넓은 장원을 가졌으면서 정작 그것들을 물려받을 사람은 하나도 없었지요.

또 하나 이상한 일이 있었습니다. 이렇게 엄청난 재산을 쌓아두고 있으면서도 타고난 심성이 인색하고 각박하다 보니 한 푼은커녕 반

---

40) 원외員外: 원·명대의 존칭. 원래는 정식으로 임명된 관원 이외의 명예직 관원을 뜻했지만 나중에는 금품으로 이 직함을 살 수 있게 되면서 재산이 많은 부자나 권세가 있는 유지를 높여 부르는 호칭이 되었다. 여기서는 후자의 뜻으로 사용되었다.

41) 【즉공관 미비】渾家又是何處借的。마누라는 또 어디서 빌렸담?

푼도 쓰지 않는 것이었습니다. 그래서 누가 그에게 돈을 한 꾸러미라도 달라고 하면 마치 자기 몸에서 힘줄이라도 하나 뽑아가는 것처럼 질색을 하지 뭡니까! 남들 것은 냅다 손을 뻗어서 빼앗지 못해 안달복달하면서 자기 것을 남에게 주라고 하면 아까워서 난리도 아니었습니다.[42] 그래서 또 어떤 사람들은 그를 '자린고비 가가[慳賈兒]'라고 불렀지요.

그런 그도 나이 지긋한 선비[43] 한 사람을 고용했는데, '진덕보陳德甫'라고 하는 사람으로 집안에서 일을 보았습니다. 그 집은 글공부를 시키는 학당이 아니라서 전당포에서 장부를 적거나 돈을 수금하고 빚을 받는 일을 관리하는 것이 고작이었지요. 가 원외는 날마다 진덕보에게 이렇게 말했습니다.

"내가 재산을 가지고 있으면 뭘 하나? 물려받을 자식도 없는데 …. 그렇다고 내가 직접 자식을 낳을 수도 없으니! (…) 저잣거리에서 혹시라도 자식을 파는 자나 양자로 보내길 원하는 자가 보이거든 사내아이든 계집아이든 상관없으니까 하나 구해서 우리 내외한테 구경이라도 좀 시켜주게!"

이런 당부를 몇 번이나 했더니[44] 진덕보는 술집 점원에게

----

42) 【즉공관 미비】正是財主相。 딱 부자상이로군.
43) 선비[學究]: '학구學究'는 원래 당·송대에 시행하던 과거시험의 과목 이름이지만 나중에는 과거 응시를 목적으로 글공부를 하는 선비를 두루 일컫는 말로 전용되었다.
44) 【즉공관 미비】此想頭, 便是要還人張本。 이런 생각이야말로 남의 빚을 청산하려는 뜻의 발로이겠지.

"혹시라도 걸맞은 아이가 있으면 와서 먼저 내게 알리게!"

하고 부탁했답니다. 그리고 진덕보는 진덕보대로 양자를 찾아 나선 것은 말할 나위도 없었지요.

계속 이야기를 들려드리겠습니다. 수재 주영조는 마누라인 장 씨, 아들 장수를 데리고 세 식구가 과거 응시를 위하여 길을 나서기는 했습니다만 운이 막히는 바람에 공명을 이루지 못하고 말았습니다. 그건 또 그렇다고 칩시다. 집에 돌아왔더니 재산은 몽땅 다 날아가고 고작 집 한 채만 남아 있는 것이 아닙니까! 그래서 담장으로 가서 그 밑에 묻어 두었던 조상이 남긴 물건을 찾고 찾았지요. 아 그런데 담장은 무너지고 진흙은 파헤쳐진 채 속이 텅 빈 돌유구 하나만 덩그 러니 남아 있는 것이었습니다! 그렇게 해서 먹고 입는 것조차 힘들어 지는 바람에 아예 이 집까지 다 팔아치우고 세 식구는 다시 친척을 찾아 낙양으로 향했습니다. 하필이면 이런 시운을 만날 줄이야! 그야 말로

"때가 오면 바람도 등왕각45)으로 불지만,　　　　時來風送滕王閣,
운이 가면 벼락도 천복비46)에 떨어지는 법!"　　　運退雷轟薦福碑。

---

45) 등왕각滕王閣: 중국 강서성 남창시南昌市에 있는 누각. 당나라 시인 왕발王
勃(650?~676)이 배를 타고 강서江西 땅 팽택현彭澤縣 마당馬當을 지날 때
현지의 도독都督이 등왕각에서 연회를 열었는데 마침 불어온 바람 덕분에
제때에 연회에 참석할 수 있었다고 한다. 왕발이 그 자리에서 지은 글이
그의 대표작인 〈등왕각서滕王閣序〉이다.
46) 천복비薦福碑: 중국 강서 땅 파양현鄱陽縣의 천복사薦福寺에는 구양순歐陽
洵이 글씨를 쓴 비석이 있었다. 북송의 명신 범중엄范仲淹(989~1052)이 파

그런데 그 친척은 오래전에 객지에 나갔다지 뭡니까, 글쎄! 그들은 별 수 없이

'배 가득 밝은 달만 싣고 돌아오는 꼴.47)'　　　　滿船空載月明歸。

이 되어 버리고 몸에 지녔던 노자는 노자대로 다 탕진해버리고 말았습니다. 설상가상이라고 할까요? 조주 남쪽 땅에 당도했을 즈음에는 바야흐로 늦겨울 날씨에 접어들어 연일 큰 눈이 펑펑 내리고 있었지요. 세 식구는 모두 홑옷만 입고 있었으므로 정말 걷기조차 힘들 지경이었습니다. 당시의 상황을 증명할 정궁조正宮調의 【곤수구滾繡球】48)라는 가사가 한 편 있습니다.

　　누구인가　　　　　　　　　　　　是誰人
　　아름다운 옥구슬 갈아 채질해 뿌리는 게?　碾就瓊瑤往下篩,

양현의 현령으로 있을 때 어떤 선비가 훌륭한 시를 지어 바치면서 자신은 평생 배불리 먹지 못했다고 한탄했다. 범중엄이 그를 위하여 천복사의 구양순 비문을 뜬 탁본 1천 부를 비싼 값에 사기로 하고 종이와 묵을 다 준비하고 탁본을 뜨려는데 하필이면 그 직전에 번개가 떨어져 비석이 산산조각 나고 말았다고 한다.

47) 배 가득 밝은 달만 싣고 돌아오는 꼴[滿船空載月明歸]: 원·명대 속담. 기대했던 목적을 제대로 이루지 못했거나 아무것도 얻지 못했다는 뜻이다. 때로는 "밤 고요한데 물이 차서 고기가 미끼를 물지 않아, 배 가득 밝은 달만 싣고 돌아오는 꼴夜靜水寒魚不食, 滿船空載月明歸" 식으로 두 구절로 사용되기도 한다.

48) 정궁조正宮調의 【곤수구滾繡球】: 이 가사는 원래 정정옥《간전노》제2절의 주영조 수재 세 식구가 등장하는 장면에 사용된 같은 제목의 가사를 차용한 것이다. 자세한 내용은 정정옥,《간전노》(문성재 역주, 제63-65쪽, 지만지, 2011)를 참조하기 바란다.

누구인가	是誰人
얼음꽃 갈아 눈앞에 흩날리게 하는 게?	剪氷花迷眼界。
그야말로	恰便似
옥 깎아 온갖 거리와 길을 만든 듯,	玉琢成六街三陌,
그야말로	恰便似
분으로 전각과 누대들을 꾸며놓은 듯.	粉粧就殿閣樓臺。
제 아무리 저	便有那
한퇴지⁴⁹⁾인들 남관 앞 추위 어찌 감당하리,	韓退之藍關前冷怎當,
제 아무리 저	便有那
맹호연⁵⁰⁾도 나귀 등에서 나동그라졌을 듯	孟浩然驢背上也跌下來,
제 아무리 저	便有那
섬계 돌아간 자유⁵¹⁾도 대씨 안 찾을 수 없겠네.	剡溪中禁回他子猷訪戴。

---

49) 한퇴지韓退之: 당대의 시인이자 문장가인 한유韓愈(768~824)를 말한다. 한
유는 불교를 배척하는 상소를 올린 죄로 귀양을 가다가 섬서성 남관에 이
르렀을 때 "눈이 남관에 휘몰아치니 말이 나아가지 않누나"라고 시를 읊었
다고 한다. '퇴지退之'는 한유의 자이다.

50) 맹호연孟浩然(689~740): 당대의 시인. 양주襄州 양양襄陽 사람으로, 이름은
호浩, 호는 맹산인孟山人이며 '호연'은 자이다. 초기에 녹문산鹿門山에 은거
하다가 잠시 벼슬살이를 했지만 얼마 후 낙향하여 평생 은둔하면서 시 창
작에 전념했다. 전하는 바에 따르면 그는 눈보라 속에 나귀를 타고 시의
소재를 찾아다녔다고 한다.

51) 자유子猷: 동진東晉대의 유명한 문필가 왕휘지王徽之(338~386)를 말한다.
낭야琅琊 임기臨沂 사람으로, '자유'는 그의 자이다. 왕휘지는 어느날 밤 내
리던 눈이 그친 후 아름다운 설경을 보다가 섬계에 사는 친한 벗 대안도戴
安道 생각이 나자 그길로 배를 타고 그의 집으로 향했다. 그런데 배가 대안
도의 집에 가까워졌을 때 갑자기 왕휘지가 뱃머리를 돌리길래 사람들이 그
이유를 묻자 "애초에 흥이 나서 간 것인데 흥이 사그라 들었길래 돌아온
것뿐 왜 꼭 대안도를 만나야 하는가" 하고 반문했다고 한다. 여기서는 눈이
하도 많이 내리고 추워서 왕휘지라도 귀가할 생각도 못하고 바로 대안도의

이 세 식구가	則這三口兒,
얼어서 흙먼지 속에 쓰러지게 생겼구나!	兀的不凍倒塵埃。
분명히	眼見得
온 가족이 오만 가지 고초 다 겪건마는,	一家受盡千般苦,
어이하여	可甚麼
부잣집 열 집을 가도 아홉은 문도 열지 않나	十謁朱門九不開,
정말로 견뎌내기 어렵구나!	委實難捱。

한퇴지와 **맹호연**, 청각, 〈만소당화전〉

그때 장 씨가 말했습니다.

"이렇게 바람이 세차게 불고 눈이 펑펑 쏟아져서야 어떻게 길을 가겠어요? (…) 일단 어디서 눈이라도 좀 피하는 편이 좋겠어요!"

"술집에라도 가서 눈을 피하도록 합시다!"

부부 두 사람은 아이를 데리고 길을 가로질러 어떤 술집으로 갔습

집까지 갔을 것이라는 뜻으로 이 말을 쓴 것이다.

니다. 술집 점원은 그들을 맞아들이면서 말했습니다.

"술을 드시게요?"

"불쌍하게 여겨주시오! 우리가 무슨 돈이 있다고 술을 마시겠소?"

주 수재가 말하자 점원이 말했습니다.

"술도 안 자실 거면서 우리 가게에는 뭐 하러 들어오셨수?"

"소생은 가난한 수재올시다. 세 식구가 친척을 찾아갔다가 돌아오는 도중에 생각지도 않은 큰 눈을 만났군요! 몸에는 제대로 된 옷도 없고 배에는 먹은 음식도 없어 잠시 눈을 피하려고 왔소이다."

"눈을 피하는 건 상관없습니다. 집을 이고 다니는 것도 아니고 말이죠."

하고 점원이 말하자 수재는

"형씨, 정말 고맙소이다!"

하더니 마누라로 하여금 아이를 데리고 같이 술집으로 들어오게 했습니다. 세 식구는 하도 추워서 몸을 쉴 새 없이 덜덜 떠는데 그 모습을 본 점원이 말하는 것이었습니다.

"수재 나리! 다들 한기가 든 것 같은데 … 술이라도 한 잔 드시는 편이 좋지 않겠습니까?"[52]

그래서 수재가 한숨을 쉬면서

"방금 수중에 돈이 없다고 … 말씀 드렸는데요."

하고 말하자 점원은

"안됐군요, 안됐어! 이 세상에 복을 쌓을 수 있는 곳이 따로 있겠습니까!53) (…) 내 공짜로 소주 한 잔 대접하겠습니다. 돈은 필요 없습니다!"

하더니 바로 초재동자招財童子와 이시선관利市仙官54) 앞에 공양으로 올린 술 세 잔 중에 한 잔을 가져다 건네는 것이었습니다. 주 수재는 그 술을 마시자 몸이 한결 따뜻해지는 것을 느꼈습니다. 그의 마누라는 술 냄새를 맡더니 자기도 한기를 물리치기 위해 술을 마시고 싶었지요. 차마 입을 열기가 민망했던지 주 수재에게 말을 하려는데 점원이 먼저 눈

이시선관과 초재동자

---

52) 【즉공관 미비】 小二亦賢人也。 점원도 현명한 자로군.
53) 이 세상에 복을 쌓을 수 있는 곳이~[那裏不是積福所]: 원·명대의 속담. 원문을 그대로 번역하면 '어디인들 복을 쌓는 곳 아닌 데가 있으리오' 정도로, 사람들은 마음만 먹으면 언제 어디서 어떻게든지 선행을 통하여 복을 쌓을 수 있다, 즉 복을 쌓겠다는 마음만 있으면 때나 장소나 방법은 문제가 되지 않는다는 뜻이다.
54) 초재동자招財童子와 이시선관利市仙官: 명대에 상인들이 받들어 모시던 재물의 신.

치를 채고

'인정을 베풀기로 했으니 저 부인에게도 한 잔 주어야겠다!'

하고 생각하고 두 번째 술잔을 건네면서 말했습니다.

"아주머니도 한 잔 드십시오!"

수재는 고맙다고 인사를 하고 술을 받아서 마누라에게 건네 마시게
했습니다. 그런데 그 광경을 본 두 사람 아들 장수가 영문도 모르면서
자기도 먹겠다고 떼를 쓰는 것이 아닙니까, 글쎄! 수재는 눈물을 뚝뚝
흘리면서 타일렀습니다.

"우리 둘도 이 양반이 베푼 호의 덕분에 얻어 마신 거란다. 어디
네 몫까지 있겠니!"

그러자마자 아이가 바로 엉엉 소리 내어 울기 시작하지 뭡니까. 점
원은 그 까닭을 알고 세 번째 술잔까지 가져다 아이에게 먹으라고
건넸습니다. 그러고 나서 수재에게 묻는 것이었지요.

"형편이 그렇게 어렵다면 ⋯ 나리, 차라리 저 아이를 남의 집에 주
시는 편이 낫지 않겠습니까?"

"갑작스럽게 아이를 원하는 집을 금방 찾을 수가 있어야지요!"

수재가 이렇게 말하니 점원이 말하는 것이었습니다.

"원하는 사람이 한 분 있습니다. (⋯) 그러니 아주머니하고 상의를

좀 해보시지요."[55]

그래서 수재가 마누라를 보고 말했지요.

"임자! 임자도 들었소? 술 파는 양반이 '여러분이 이토록 주리고 추운데 왜 아이를 남한테 주지 않으십니까?' 하는구려. (…) 아이를 원하는 집이 있다는구려."

"차라리 남의 집에 주는 편이 얼고 굶어 죽는 편보다 훨씬 낫지요.[56] 그 사람이 키우겠다면 당장 드리러 갑시다!"

부인이 이렇게 말하자 수재는 마누라의 말을 점원에게 전했습니다. 그러자 점원이 말하는 것이었습니다.

"두 분께 기쁜 소식이 있습니다! 이곳에 큰 부자가 한 사람 사는데 아들이건 딸이건 하나도 가져본 적이 없어서 마침 어린 것을 하나 구하는 중이지요. (…) 지금 모시고 올 테니 일단 여기 좀 앉아 계십시오. 제가 한 분을 모시고 오겠습니다."

점원은 세 걸음이 두 발짝이 되도록 성큼성큼 걸어 맞은편 집으로 가더니 진덕보에게 이 소식을 알려주었습니다. 그러자 진덕보는 느린 걸음으로 술집으로 들어와서 점원에게 물었습니다.

"어디 있는데?"

---

55)【즉공관 미비】好接縫。시기가 딱 좋구먼.
56)【즉공관 미비】可憐。딱하기도 해라.

점원은 주 수재를 부르더니 그와 인사를 시켰습니다. 진덕보는 한 눈에 어린 장수를 훑어보고

"복스러운 상을 가진 아이로구려!"

하더니 바로 주 수재에게 묻는 것이었습니다.

"선생은 어디 분이고, 성함은 어떻게 되시는지요? 무슨 까닭으로 선뜻 이 아이를 팔겠다고 하시오이까?"

그러자 주 수재가 말했습니다.

"소생은 이곳 사람으로, 성은 주 가이고 이름은 영조올시다. 가세가 기우는 바람에 쓸 돈이 없어서 친아들을 남에게 양자로 입양시키려 하는 것입니다! 혹시 … 선생께서 원하시는지요?"

"나야 필요 없소이다마는 … 이곳에 가 원외라는 분이 사십니다. 그 분은 하늘과도 같이 엄청난 재산을 가졌지만 자녀가 하나도 없지 요. 만일 그분이 이 아이를 거두신다면 나중에 그 집 재산은 모두 선 생의 이 아이 것이 될 겁니다!"

진덕보가 이렇게 말하자 수재가 말했습니다.

"그렇다면 선생께서 소생 일을 좀 선처해주십시오!"

"선생, 저를 따라오시지요."

진덕보가 이렇게 말하자 주 수재는 마누라를 부르더니 아이를 데리

고 함께 진덕보를 따라 그 집 문 앞까지 갔습니다.

진덕보가 먼저 들어가 원외에게 인사를 하자 원외가 물었습니다.

"전부터 아이를 구해 달라고 부탁했던 일은 어떻게 되었나?"[57]

"원외님, 기쁘게도 어린아이를 하나 구했습니다!"

하고 진덕보가 말하니 원외가 물었습니다.

"어디에 있는데?"

"지금 대문 앞에 있지요."

"어떤 사람이던가?"

하고 묻자 진덕보가 말하는 것이었습니다.

"가난한 수재더군요."

"수재라니 잘됐네마는 … 하필 가난한 자인가!"

"원외님도 농담을 다 하시는군요! 형편이 부유한 사람이 자기 자식을 파는 경우가 어디 있다고요."

"좀 보게 그자를 불러들이게!"

---

57) 【즉공관 미비】此念之專, 皆鬼神使之也. 이런 생각에 매달리게 된 것도 모두 귀신이 그렇게 만든 게지.

자린고비가 애물단지 상속자를 사들이다.

진덕보는 밖으로 나와 주 수재에게 그 사실을 알리고 그와 아들을 데리고 들어갔습니다. 수재는 먼저 원외에게 인사를 한 다음 아들을 가까이 오게 해서 원외에게 보였지요. 원외가 잠시 살펴보니 아이가 머리카락은 검고 얼굴은 뽀얗게 생겼는지라 속으로

'정말 훤한 녀석이구나!'

하고 기뻐하면서 바로 주 수재에게 성과 이름을 묻더니 고개를 진덕보에게 돌리고 말하는 것이었습니다.

"이 아이로 하세. (…) 계약서 쓰는 것 잊지 말고!"

"원외님, … 뭐라고 쓸까요?"

진덕보가 묻자 원외는 이렇게 말했습니다.

"계약자 아무개는 먹을 식량이 부족하여 제 친아들 아무개를 부자이신 가 원외님께 양자로 입양시키기를 진심으로 원합니다. … 이렇게 쓰면 되지 않나!"

"그냥 '원외'라고 적어도 충분한데 왜 굳이 '부자'라는 말을 집어넣으려고 그러십니까?"

진덕보가 묻자 원외가 말하는 것이었습니다.

"내가 부자가 아니면? (…) 그래, '가난뱅이'라고 쓰기라도 할 참인가?"

진덕보는 원외가 돈 많은 티를 내려고 그런다는 것을 눈치 채고

"예, 예! 그럼 말씀대로 '부자'라고 써드리지요."

하면서 순순히 따를 뿐이었지요. 그랬더니 원외가

"중요한 게 또 하나 남았네. 뒤에는 이 문구를 꼭 넣게! (…) '계약이 끝난 후에는 양쪽 모두 번복하는 것을 불허함. 만약 번복할 시에는 번복하지 않은 쪽에 벌금으로 돈 천 꿰미[58]를 지급할 것'!"

하고 말하는지라 진덕보가 큰 소리로 웃더니 말했습니다.

"그러면, … 몸값을 얼마나 내실 건지요?"

"자네는 참견 좀 그만하게! (…) 그냥 내가 말하는 대로 적기만 하라구. 이자가 나한테서 얼마를 달라고 하건 내가 부자의 너그러운 아량으로 손톱 속에서 튕겨낸 것만으로도 평생 먹고 살고도 남을 테니까!"

그러자 진덕보는 그 말을 일일이 주 수재에게 일러주었습니다. 주 수재는 하는 수 없이 그 말대로 받아 쓸 수밖에 없었지요. 그런데 '벌금으로 돈 천 꿰미를 지급할 것'까지 쓴 주 수재는 갑자기 붓을 멈추더니 말했습니다.

"그러면 제게 주실 몸값은 … 얼마나 됩니까?"

---

58) 꿰미[貫]: 돈을 세는 단위. 보통 엽전 천 닢을 실에 꿴 것을 '관貫'으로 불렀다. "만 꿰미"는 아주 큰 재산을 뜻한다.

"글쎄올시다? 그렇지 않아도 제가 그렇게 물었더니 원외님이 그러시더군요. '나는 엄청난 부자이니 이자가 얼마를 달라고 하건 내 손톱 속에서 튕겨낸 것만으로도 평생 먹고 살 수 있을 걸세'[59]라고 말입니다!"

그러자 주 수재도

"맞는 말씀입니다!"

하더니 그가 일러주는 대로 다 받아쓰고 몸값의 액수만 분명히 적지 않았지요. 그와 진덕보는 똑같이 물정 모르는 책상맡 선비였습니다. 그렇다 보니 그게 다 속임수라는 것도 모르고 그저 '원외가 솔깃한 말을 하는구나, 어련히 알아서 잘 쳐주겠지' 하고 믿는 것이었습니다. 그러나 부자라는 작자들은 그저 악착같이 남 등을 쳐서라도 작은 이득을 챙기려고 온갖 달콤한 말을 다 늘어놓지만 절대로 곧이들으면

---

59) '나는 엄청난 부자이니~': 작은따옴표 부분은 가인이 한 말인데 원문에서는 이 부분에서 주체의 변동이 발견된다. 즉, 이 부분은 원문이 "(A)我是個巨富的財主. 他要的多少, (B)他指甲裏彈出來的, 着你吃不了哩"로 되어 있는데, 중국에서 출판된 《초각 박안경기》 주석본들은 모두가 (A)를 가인이 직접화법으로 스스로 말한 부분, (B)는 진덕보가 간접화법으로 가인의 말을 전한 부분으로 구분해놓았다. (A) 부분은 "나는 엄청난 부자이니 이자가 얼마나 달라더냐?" 식으로 번역되고 (B) 부분은 "그의 손톱 속에서 튕겨낸 것만으로도 평생 먹고 살 수 있을 걸세" 식으로 번역된다. 만일 (A)와 (B)의 화자를 가인과 진덕보로 구분하면 맥락에서 상충되는 모순이 발생하므로 (A)와 (B)의 화자를 가인으로 이해하는 편이 더 합리적이다. 따라서 여기서는 (A)와 (B)를 모두 가인의 말로 해석하여 "나는 엄청난 부자이니 이자가 얼마를 달라고 하건 내 손톱 속에서 튕겨낸 것만으로도 평생 먹고 살 수 있을 걸세"로 번역했다.

안 된다는 것을 어찌 알기나 했겠습니까!

주 수재가 즉석에서 문서를 다 작성하자 진덕보는 그것을 원외에게 건네 간수하게 했습니다. 원외는 바로 문서를 가지고 들어가서 아내에게 보였고, 아내 역시 반가워하는 것이었지요. 이때 장수는 일곱 살이 지난지라 알 것은 다 알고 있었습니다. 원외가 장수에게

"앞으로 누가 너한테 '성이 뭐냐'고 물으면 '저는 가 씨입니다' 하고 대답해야 한다?"

하고 일렀더니 장수는

"난 성이 주 가예요!"

하고 대꾸하는 것이 아닙니까. 그래서 가 원외의 아내가

"우리 예쁜 아들! 내일 너한테 울긋불긋 멋진 솜옷을 한 벌 지어주마. 그러니까 누가 네 성을 물으면 무조건 '가 씨'라고 대답해야 한다?"

하고 말했습니다. 장수는 그래도

"아무리 진홍색 두루마기를 입으라고 지어줘도 나는 주 가라고요!"[60]

하고 말하지 뭡니까. 원외는 속으로 불쾌했는지 끝까지 주 수재에게 값을 치르지 않는 것이었습니다. 주 수재가 진덕보에게 재촉해서 진덕보가 원외에게 몸값을 주라고 재촉했더니 원외가 말하는 것이었

---

60) 【즉공관 미비】赤子之心。순수한 아이의 마음이지.

습니다.

"그자한테 아들을 우리 집에 두고 그냥 가라고 해!"

"그 양반이 어디 가려고 하겠습니까? 양육비도 아직 주시지 않았는데 …."

그러자 원외는 무슨 소리인지 모르겠다는 듯이 능청을 떨면서 말했습니다.

"양육비라니? (…) 오히려 지들이 나한테 줘야지!"

"그건 원외님 … 사람을 우롱하시면 안 됩니다. 그 양반은 돈이 없어서 이 어린것을 판 걸요. 어째서 거꾸로 그 양반한테 양육비를 달라고 하십니까!"[61]

하고 진덕보가 말하니 원외는

"그 작자는 아들을 먹여 살릴 밥이 없어서 나한테 입양시킨 거 아닌감? 이제부터는 우리 집에서 밥을 먹게 됐지만 그래도 나는 그 작자한테 양육비를 달라고 하지 않았어. 헌데 그 작자가 외려 나한테 양육비를 달라니!"

하는 것이 아닙니까, 글쎄! 그래서 진덕보가

---

61) 【즉공관 미비】强詞奪理, 莫非財主本色。막무가내로군! 이것이 부자님네들 민낯이 아니겠나!

"그분은 온갖 고생 다 하면서 이 어린것을 길러 원외님에게 아들로 주지 않았습니까! (…) 원외님이 집에 돌아갈 노자 삼아 자기한테 양육비를 주기만 기다리고 있을 텐데 … 어떻게 이런 식으로 사람을 우롱하십니까?"

하고 말했더니 원외가 말하는 것이었습니다.

"문서는 벌써 작성했으니까 그 작자가 바라든 말든 하나도 안 무섭네! 그 작자가 만약에 트집을 잡으면 이 계약을 번복한 셈이네. 그 작자한테 벌금 천 꿰미 내고 그 잘난 아들 데려가라고 해!"[62]

"원외님! 어쩌면 이렇게 사람을 우롱할 수가 있습니까! 그냥 그 양반한테 양육비를 줘서 보내십시오. 그것이 올바른 도리입니다!"

진덕보가 말하자 원외가 말했습니다.

"자네 낯을 봐서 그 작자한테 돈 한 꿰미를 주지!"

"이만큼 자란 아이를요? 한 꿰미는 너무 적습니다!"

"이 한 꿰미에는 '보배 보寶[63]' 자가 수두룩하게 찍혀 있네. 나 같은 부자는 돈 한 꿰미를 쓰는 것도 내 몸에서 힘줄을 하나 뽑는 것 같다

---

62) 【즉공관 미비】妙話。 기막힌 말이로군!
63) 보배 보[寶]: 고대 중국의 엽전에는 "□□통보通寶" 식으로 '보배 보' 자가 들어가는 경우가 많았다. 그래서 여기서도 돈 한 꿰미에도 '보배 보' 자가 수두룩하게 찍혀 있다고 한 것이다. 명대에 한 꿰미[貫]는 1천 문文이었으니 '보배 보' 자가 천 개 들어 있는 셈이다.

구. 자네는 가난뱅이이면서 어째서 외려 돈 한 꿰미를 그렇게 우습게 아는가? (…) 일단 가서 주기나 하게! 그자는 글공부를 한 샌님이니까 아들이 좋은 집에서 살게 된 걸 보면 그 돈조차 마다할지도 모르네."[64]

"그런 법이 어디 있습니까! 돈이 필요하지 않았으면 아들을 팔지도 않았겠지요."

진덕보는 몇 번이나 설득해도 듣지 않자 하는 수 없이 그 한 꿰미를 주 수재에게 갖다 주었습니다. 수재는 마침 문밖을 걸으면서 아내와 이야기를 나누고 있었지요.

"이 댁은 정말 부유한 댁이다 보니 벌써 계약서를 다 작성했소. 이 일은 성사된 것과 마찬가지야. (…) 장수 녀석도 좋은 집에서 살게 되었구려!"

그가 이렇게 아내를 위로해서 아내가 막

"액수를 얼마까지 불렀어요?"

하고 물으려는 찰나였습니다. 가만 보니 진덕보가 돈을 딸랑 한 꿰미만 가지고 나오는 것이 아닙니까 글쎄.

"내가 고작 물 몇 잔으로 아이를 저렇게 키워놓은 줄 아세요? 어떻게 고작 한 꿰미만 줄 수가 있어요! 흙인형을 사려고 해도 못 사겠네!"

---

64) 【즉공관 미비】妙話。기막힌 논리로군.

장 수재 아내가 말하자 진덕보는 도로 들어가서 그 말을 원외에게 전했습니다. 그러자 원외가 말하는 것이었습니다.

"흙인형이 언제 밥 달라고 하는 거 봤나?[65] 시쳇말에 '돈이 아무리 많아도 입 달린 물건은 사지 않는다[66]'고 했네! 지들이 키울 형편이 못 돼서 남한테 파는 것 아닌감? 사줬으면 그걸로 된 것 아니냐구! 헌데 어째서 내 돈까지 달라고 난리야? (…) 진덕보 자네가 몇 번이나 보채니까 내가 한 꿰미만 더 보태주지. 이제는 어림도 없어! (…) 그 작자가 그래도 싫다면 … 여기 흰 종이에 검은 글자로 똑바로 적혀 있네. 그러니 그 작자더러 돈 천 꿰미 들고 와서 아이를 데려가라고 해!"[67]

"천 꿰미가 있었다면 자기 아들을 팔 리가 없었겠지요."

그러자 원외는 버럭 성을 내지 뭡니까.

"자네한테 있으면 그 작자한테 얼마든지 보태주게. 난 없어!"[68]

---

65) 【즉공관 미비】妙話。 기막힌 논리야.

66) 돈이 아무리 많아도~[有錢不買張口貨]: 원·명대의 속담. '장구화張口貨'는 '입을 벌리고 있는 물건'이라는 뜻으로 중국 쪽에서는 '밥만 축내고 일은 할 줄 모르는 사람 또는 동물'로 해석하는 편이다. 그러나 여기서는 글자 그대로 '입 달린 물건'으로 번역했다.

67) 【즉공관 미비】撞着這樣財主, 中人難以爲情. 이런 부자를 만나면 중개인이 정말 난감하지.

68) 【즉공관 미비】句句妙, 非財主不能。 구구절절 기막히군. 부자가 아니면 이럴 수가 없지.

진덕보는 한숨을 쉬면서

'데리고 온 내가 잘못했군! 원외도 더 이상은 보태주려 하지 않고 … 그 수재도 어떻게 두 꿰미에 만족하겠나? 내가 중간에서 못할 짓이군! 내가 원외 집에 여러 해 있은 덕분에 오늘 양자를 들이게 되었으니 정말 좋은 일인 것을! (…) 나만 몹쓸 인간이 돼버렸지만[69] 그래도 두 집안의 소원을 이루어주자!'[70]

하고 혼잣말을 하더니 바로 원외를 만나 말했습니다.

"제 봉급에서 두 꿰미를 떼는 걸로 치고 네 꿰미로 맞추어서 그 수재에게 주겠습니다!"

"자네가 두 꿰미를 내면 … 아이는 누구 차지인가?"

하고 원외가 묻길래 진덕보가

"아이야 당연히 원외님 아들이지요."

하니 원외는 그제야 얼굴에 웃음꽃이 활짝 펴서

"자네가 절반을 내놓았는데도 아이는 내 차지라? … 역시 자네는

---

69) 나만 몹쓸 인간이 돼버렸지만[做我不着]: '주/불착做/不着'은 송·원대 구어로 '[특정인을] 희생양으로 삼는 것'을 뜻한다. 원문 "做我一人不着"에서도 볼 수 있는 것처럼 일반적으로 '주做' 다음에는 희생양이 되는 대상을 뜻하는 명사나 대명사가 사용된다.

70) 【즉공관 미비】陳德甫亦賢人也。진덕보도 현명한 사람이다.

좋은 사람일세그려!"

하더니 그의 말대로 새로 두 꿰미를 갖다 주고 장부에는 그가 직접 분명하게 내역을 적게 한 다음 모두 네 꿰미로 맞추어 주 수재에게 주었습니다.

"저 원외가 이렇게 인색하고 각박하군요! 두 꿰미만 내놓고 더 이상 안 보태겠다고 합니다! 소생이 하는 수 없이 제 두 달치 봉급을 보태서 네 꿰미로 맞추어 선생에게 드리는 것입니다. (…) 선생, 선생도 '아들이 좋은 집에 살게 되었구나' 여기고 더 이상 따지지 마시기 바랍니다!"[71]

"그건 도리가 아니지요! (…) 괜히 선생만 난처하게 만들고 말았습니다그려!"

하고 주 수재가 말해서 진덕보가

"그냥 나중에라도 이 진덕보를 기억해주시기만 바랄 뿐입니다!"

하고 말하니 주 수재가 이렇게 말하는 것이었습니다.

"원외는 두 꿰미를 냈고 선생께서 그를 대신해 절반을 더 내셨으니 … 이는 오히려 선생께서 소생을 배려해주신 셈입니다! 이 은혜를 어떻게 잊겠습니까? (…) 아이를 불러 나오게 해주시면 두 마디만 당부하고 우리는 떠나도록 하겠습니다."

----

71) 【즉공관 미비】也是。 그건 그래.

그래서 진덕보가 장수를 불러오자 세 사람은 서로 머리를 끌어안고 하염없이 우는 것이었습니다!

"아빠 엄마가 어쩔 방법이 없어서 너를 팔고 말았구나! (…) 네가 여기 살면 배고픔도 추위도 그럭저럭 피할 수 있을 게다! 네가 철이 좀 들면 이 집에서도 너를 함부로 푸대접하지는 못할 게다. 우리도 편할 때 너를 보러 오도록 하마."

부부는 이렇게 당부했지만 아이는 부모와 헤어지기 싫어서 매달린 채 울기만 할 뿐이었습니다. 진덕보는 하는 수 없어 과자를 좀 사서 아이를 달랜 다음 적당히 속여서 집으로 데리고 들어갔습니다. 주 수재 부부도 그제야 갈 길을 떠나는 것이었지요!

가 원외는 아들 하나를 양자로 들인 것은 물론이고 잔꾀를 써서 사는 데에 큰돈을 들이지 않은 것을 아주 만족스러워하면서 그날 바로 아이에게 '가장수賈長壽'라고 이름을 지어주었습니다. 원외는 그 아이가 벌써 철이 든 것을 눈치 채고 남들이 그 앞에서 과거의 일을 한마디도 꺼내지 못하게 했습니다. 심지어 장수와 주 수재가 소식을 주고받고 내왕하는 것조차 허락하지 않고 별별 해괴한 방법을 다 써가면서 물조차 새어나가지 못할 정도로 철저하게 막았지요. 그러나 남몰래 남의 씨로 자기 대를 잇게 한 일 그 자체가 이미 자기 손으로 자기 재산을 그 집안에 돌려주는 격이라는 사실을 알 리가 없었지요.[72]

장수는 자라면서 어느 사이에 어릴 적 일을 까맣게 잊어버렸습니

---

72) 【즉공관 미비】 枉用心機。 헛고생한 거지 뭐.

다. 가 원외가 자기 아버지인 줄로만 아는 것이었지요. 기이한 일은
또 있었습니다. 그 아버지라는 사람은 한 푼은커녕 반 푼도 못 쓰는데
도, 아들 장수는 정반대로 통이 커서 그 돈을 무슨 흙덩이같이 여기는
것이 아닙니까! 그래서 남들은 그가 돈이 많다고 여기고 다들 그를
되는 대로 '돈 많은 도련님'[73)]이라고 불렀지요.

   그때 양어머니는 세상을 떠난 상태였고 가 원외는 가 원외대로 병
을 얻어[74)] 몸져누워 있었습니다.[75)] 장수는 동악묘에 가서 기도를 드

---

73) 돈 많은 도련님[錢舍]: '전사錢舍'는 전사인錢舍人을 줄인 말이다. '사인'은
   본래 중국 고대의 관직 이름이었지만 송·원대 이후로는 권문세가의 자제
   들을 높여 부르는 호칭으로 사용되기도 했다. 여기서는 "도련님"으로 번역
   했다.
74) 가 원외는 가 원외대로 병을 얻어: 능몽초는 이 대목에서 가 원외가 죽을병
   을 얻은 이유를 따로 설명하지 않고 간단히 처리하고 있다. 그러나 원작인
   정정옥《간전노》제2절에서는 가 원외가 어째서 갑자기 병이 났는지에 관
   하여 이렇게 소개하고 있다.

   가장수 : 아버님, 뭐 드시고 싶으세요?
   가 원외 : 애야, 너는 내 병이 울화 때문에 생긴 걸 모르느냐? 내가 그날 오
           리구이가 먹고 싶어서 저잣거리로 나갔더니 그 가게에서 막 오리
           를 지글지글 굽고 있더라. 그래서 오리를 산다는 핑계를 대고 한
           번에 단단히 움켜쥐었더니만 이 다섯 손가락에 기름이 잔뜩 묻더
           구나. 그길로 집에 돌아온 후에 밥을 차려 오게 해설랑 밥 한 공기
           먹을 때마다 손가락 하나를 빠는 식으로 네 공기를 먹는 동안 손
           가락 네 개를 빨았단다. 그러다가 갑자기 졸음이 쏟아지기에 이
           긴 나무걸상 위에 좀 누워 있었더니만, 아 글쎄 뜻밖에도 잠이 든
           새에 개새끼가 내 요 손가락을 핥아버리는 바람에 울화가 치밀어
           올라서 병이 들고 만 게다!
                              (이상 문성재 역주,《간전노》, 제102~103쪽)
75)《간전노》제2절에는 원래 이 사이에 가 원외가 얼마나 지독한 자린고비인

리고 아버지를 지켜주십사 빌기로 했지요. 그래서 아버지에게서 돈 한 꿰미를 타내는 한편, 몰래 가동家僮 흥아興兒와 같이 곳간을 열고 금은보화를 잔뜩 챙겨서 길을 나섰습니다.

동악성제

동악묘에 당도하고 보니 때가 바로 삼월 스무이레였습니다. 다음 날이 동악성제東嶽聖帝의 탄신일이다 보니 동악묘에 온 사람들이 엄청스럽게도 많지 뭡니까요! 날이 벌써 저물어서 복도의 깨끗한 곳 한 군데를 골라서 묵기로 했지요. 아 그런데 하필이면 그 자리에 웬 늙은 부부가 진작부터 자리를 떠억 차지하고 있지 뭡니까. 그 모습을 볼작시면

얼굴은 누렇게 뜨고 야위었으며,　　　　　儀容黃瘦,

지 생생하게 보여주는 〈가 원외의 두부 사기〉, 〈가 원외의 영정 그리기〉, 〈가 원외의 관 사기〉 등 재미있고 우스운 에피소드가 몇 가지 더 들어 있다. 그중에서 〈가 원외의 영정 그리기〉 장면을 소개하면 다음과 같다.

가장수 : 아버님, 소자가 아버님 생전에 영정이라도 한 폭 만들어서 자손 대대로 공양하도록 하겠습니다!
가 원외 : 애야, 영정을 그릴 때는 얼굴은 그리지 말고 뒤통수를 그리라고 하려무나.
가장수 : 아버님, 그건 아니지요! 얼굴을 그려야지 뒤통수는 그려서 뭐 하게요!
가 원외 : 네가 뭘 안다고 그러냐! 환쟁이들은 마무리 점안을 할 때에도 수고비를 뜯으려고 든단 말이다!

(이상 문성재 역주, 《간전노》, 제104쪽)

옷차림 얇아서 오들오들 떠는데,	衣服单寒。
사내 머리에 쓴 유건은,	男人頭上儒巾,
거의 온통 먼지가 잔뜩 쌓여 있고,	大半是塵埃堆積。
여자 발의 비단 버선은,	女子脚跟羅襪,
양쪽으로 진흙이 잔뜩 묻어 있구나.	兩邊泥土粘連。
분명 종일토록 길을 떠돌았을 터,	定然終日道途間,
규방에서 편히 지내던 이들 같진 않구나!	不似安居閨閤內。

이 두 사람이 누구인지 아십니까? 사실은 바로 아들을 팔았던 주영조 수재 부부였습니다! 아들을 팔고 가산까지 바닥난데다가, 여러 곳을 다녔지만 몸을 의탁할 사람을 찾지 못하는 바람에 객지에서 십년 가깝게 떠돌고 있었던 것입니다. 동냥을 한 돈으로 가까스로 고향 집까지 돌아와서 가 씨네로 가서 아들 소식을 알아보려던 참이었지요. 그런데 도중에 태안주泰安州[76]에 들렀는데 마침 성제의 생신을 만났지 뭡니까. 분명히 소원을 비는 축원문을 쓰는 사람들이 있을 것이니 몇 푼이라도 돈을 벌어볼 요량으로 사당지기[77]에게 부탁을 하러 온 참이었습니다. 사당지기도 이날만큼은 그의 도움이 필요하던 터라 그를 이 복도 아래에 머물게 했습니다. 주영조는 가난하기는 했지만 그래도 어엿한 수재였습니다. 그래서 사당지기도 선뜻 호의를 베풀어 깨끗한 그 자리[78]를 골라 그에게 내주었던 거지요.

---

76) 태안주泰安州: 중국 고대의 지명. 지금의 산동성 태안시 일대에 해당한다.

77) 사당지기[廟官]: '묘관廟官'은 명대에 도교 사원을 관리하는 사람을 일컫던 호칭이었다. 여기서는 편의상 "사당지기"로 번역했다.

78) 그 자리[這搭]: '탑탑'은 명대 강남 지역의 방언으로, '~쪽' 또는 '~곳' 등의 의미를 나타낸다. 원·명대의 희곡이나 소설에서 때로는 '탑塔·답箚' 등으

그런데 가장수가 그 자리가 좋은 것을 보고는 홍아를 시켜서 두 사람을 쫓아내는 것이 아닙니까, 글쎄! 홍아는 여우가 범의 위세를 업고 거만하게 굴듯이 호통을 쳤습니다.

"이 가난뱅이야, 냉큼 비켜라! 여기는 우리 차지야!"

"당신들 … 무엇 하는 자들이요!"

주 수재가 묻자 홍아가 다짜고짜 손찌검을 하더니

"돈 많은 도련님도 몰라보고 '무엇 하는 자'가 뭐 어째?"

"우리가 사당지기 어른한테 여쭈었더니 여기 머물라고 합디다! 돈 많은 도련님이라고 우리를 다 쫓아내려고 드슈?"

주 수재가 따졌지만 장수는 그가 순순히 양보하지 않는 것을 보고 호통을 치면서 그를 때리게 했습니다. 홍아가 막 멱살을 잡으려고 하자 주 수재는 크게 소리를 질렀습니다. 그러자 그 소리에 놀란 사당지기가 달려와서 말했습니다.

"누가 이렇게 무례하게 구는 게요!"

"가 씨 댁 '돈 많은 도련님'께서 이 자리에서 편히 쉬시려던 참이올 시다."

로 적기도 한 것을 보면 해당 글자가 고정된 의미를 띤 것이 아니라 그 발음만 차용했음을 알 수 있다. 저탑這搭은 원래 '이쪽' 또는 '이곳'으로 번역할 수 있지만 여기서는 편의상 "그 자리"로 번역했다.

하고 흥아가 말하길래 사당지기가

"집안에는 가장이 있고 사당에는 사당지기가 있는 법.79) (…) 내가 수재님을 여기 묵으라고 허락했는데 당신이 어떻게 완력으로 그분이 묵을 자리를 빼앗으려 드는 게요?"

하고 따지고 나섰습니다. 그러나 흥아가

"우리 댁 돈 많은 도련님이야 가지신 것이 돈뿐이오. (…) 당신한테도 돈 한 꿰미를 챙겨드릴 테니 쉴 수 있게 이 자리를 좀 빌려주시구려!"

하고 말하자 사당지기는 상대가 돈을 가지고 있는 것을 보고 바로 말을 바꾸었습니다.80)

"당장 저 양반한테 두 분께 양보하라고 이릅지요!"

그러더니 주영조 내외에게 자리를 다른 곳으로 옮기라고 설득하는 것이 아닙니까. 주 수재는 정말 억울했지만 어쩔 도리가 있나요? 사당지기 말대로 따를 수밖에요.

이튿날 주영조 내외와 가장수 일행은 기도를 다 드린 다음81) 각자

---

79) 집안에는 가장이 있고~[家有家主, 廟有廟主]: 명대의 속담. 어느 곳이든 간에 그것을 주관하는 사람이 있기 마련이라는 뜻이다. 여기서는 사당지기가 자신이 동악묘의 결정권자임을 강조하는 말로 사용되었다.

80) 【즉공관 미비】世上誰人不見錢改口。세상에 어느 누가 돈을 보고도 말을 바꾸지 않을 리가 있겠나.

제 갈 길을 떠났답니다. 그런데 장수가 집에 도착하고 보니 가 원외가 벌써 세상을 떠났지 뭡니까! 그가 젊은 상속자가 되어 그 많은 재산을 다 독차지한 것은 말할 필요도 없었습니다.

계속 이야기를 들려드리지요. 주 수재는 동악묘를 내려와 조남촌에 이르자 그길로 가 씨네 소식을 알아보려고 했습니다. 그러나 하도 오랫동안 집에 돌아가지 않아서 골목이며 거리가 다 낯설지 뭡니까. 거리에서 오는 내내 천천히 그 집을 찾고 있을 때였습니다. 갑자기 아내

---

81) 《간전노》 제3절에는 원래 이 사이에 전날 밤 친아버지인 주영조와 자리싸움을 벌인 가장수가 가 원외의 무병장수를 비는 〈가장수의 기도하기〉 에피소드가 들어 있다.

> 가장수: 저희 아버님께서 병환으로 몸져누우셨으니 굽어살펴 주옵소서! …
> 　　　　동악성제시여 굽어살펴 주옵…
> 주영조: (장 씨와 함께 재채기를 한다) 에취!
> 가장수: 그저 저희 아버님께서 병 없고 고통 없게만 해 주…
> 주영조: (또 재채기를 한다) 에취!
> 가장수: 그저 저희 아버님께 재앙 없고 곤란 없게만 해…
> 주영조: (또 재채기를 한다) 에취!
> 장　씨: 영감, 우리도 어서 향불을 올립시다!
> 주영조: (절을 한다) 동악성제님! 그저 우리 장수가 아무 재앙 없고 고통 없게만 해 주옵…
> 가장수: (재채기를 한다) 에취!
> 주영조: 그저 우리 장수 녀석이 아무 재앙 없고 곤란 없게만 해…
> 가장수: (재채기를 한다) 에취!
> 주영조: 우리 장수와 하루빨리 만나게만…
> 가장수: (또 재채기를 한다) 에취!
> 홍　아: (등장하더니) 에취! 에취!
> 절지기: (등장하더니) 에취! 에취!
> 　　　　　　　　　　　(이상 문성재 역주, 《간전노》, 제116~117쪽)

가 심근경색으로 발작을 일으키는 것이었습니다. 저 멀리 웬 한약방을 바라보니 간판에 '약을 나누어드립니다'라고 적혀 있는 것이 아닙니까. 서둘러 뛰어가서 약을 좀 받아서 먹고 나니 그제야 통증이 가라앉는 것이었습니다. 주영조 내외가 약방에 가서 의원에게 고맙다고 인사를 하니 그 의원이 말했습니다.

"고마워하실 것 없습니다. 그냥 대신 선전이나 좀 해주십시오!"

하더니 간판의 글자를 가리키면서 말하는 것이었습니다.

"꼭 기억하십시오. 제 이름은 진덕보올시다!"

주 수재는 고개를 끄덕이면서

"진덕보라 … 진덕보?"

하고 되뇌더니 아내를 보고 말했습니다.

"진덕보'라는 이름 … 왠지 익숙한걸? (…) 어디서 들어본 것 같은데 임자는 기억이 나오?"

"우리가 아이를 팔 때 보증을 선 양반이 진덕보 아니었어요?"

아내가 이렇게 말하자 주 수재는 그제야

"그렇지, 그래! 내 당장 물어보리다!"

하더니 다시 달려가 그를 불러서 말했습니다.

"진덕보 선생! (…) 소생을 알아보시겠습니까?"

진덕보는 몇 번이나 생각을 해보더니 말했습니다.

"낯이 좀 익기는 한데 …."

"선생도 이렇게 늙으셨군요. (…) 제가 바로 아들을 팔았던 주 수재 올시다!"

주 수재가 이렇게 말하자 진덕보도 그제야

"제가 선생한테 돈 두 꿰미를 드린 일 … 아직 기억하십니까?"

하는 것이었습니다.

"그 은혜야 하루도 잊을 수가 없지요! 그건 그렇고 … 지금 제 아들 은 잘 지내고 있는지요?"

"선생께 반가운 소식이올시다. (…) 댁의 아이 가장수가 지금은 벌 써 다 커서 어른이 됐답니다!"

진덕보가 이렇게 말하길래 주 수재가 물었습니다.

"가 원외는요?"

"일전에 세상을 떠났지요."

"그렇게 인색하고 각박하게 굴더니 …"

하고 주 수재가 말하자 진덕보가 말했습니다.

"이제 선생 아이는 젊은 상속자가 되었답니다. 왕년의 원외님하고는 다르지요. 무엇보다도 의롭게 재산을 베풀 줄 안답니다! (…) 제가 공짜로 나누어주는 이 약도 돈을 그분이 대지요!"

"진 선생, 어떻게든 그 아이를 한 번만 만나게 해주십시오!"

주 수재가 이렇게 말하자 진덕보가 말하는 것이었습니다.

"선생, 아주머니와 같이 약방에 좀 앉아 계십시오. 내 가서 그분을 찾아 데리고 오겠습니다!"

약방을 나간 진덕보는 가장수를 찾아내서 방금 전에 나눈 이야기를 시시콜콜 자세하게 들려주었습니다. 가장수는 여러 해 동안 아무도 그의 내력을 입에 올리지 않았지만 그 소리를 듣고 나서는 어릴 적 일들을 떠올리고 어렴풋하게나마 기억해내는 것이었지요. 그는 부모를 뵈려고 허겁지겁 약방으로 달려왔습니다. 진덕보가 그를 안내해서 인사를 시키자, 장수는 부모 모습을 보다가 깜짝 놀라고 말했습니다.

"태안주에서 때린 것이 바로 저자인데 … 이게 웬일이지?"[82]

"이자는 … 태안주에서 우리 내외 둘이 묵던 자리를 빼앗았던 바로 그놈 아닌가?"

주 수재가 이렇게 말하자 아내도 맞장구를 쳤습니다.

"바로 그놈이에요! 무슨 … '돈 많은 도련님'이라고 했었지요, 아마?"

---

82) 【즉공관 미비】不打不成相識。싸움을 하지 않으면 가까운 사이가 될 수 없는 법이지.

"내가 그때 이놈 때문에 얼마나 부아가 치밀었는데! 헌데 … 그게 우리 아들이었을 줄이야!"

그러자 장수가 말하는 것이었습니다.

"소자 … 사실 아버님 어머님을 알아보지 못하는 바람에 순간적으로 무례를 범했습니다. 아버님 어머님, 제 죄를 용서해주십시오!"

두 사람은 아들을 보자 속으로야 무척 반가웠습니다. 그러나 어쨌든 간에 이렇게 오랜만에 갑자기 만나다 보니 아무래도 조금은 서먹서먹할 수밖에 없었지요.[83] 그러자 장수는 몸 둘 바를 몰라 하면서

"설마 … 태안주에서의 분이 아직 안 풀리신 겁니까?"

하더니 서둘러 홍아에게 집에 가서 금과 은을 한 상자 가지고 오게 한 다음 진덕보를 보고 말하는 것이었습니다.

"이 조카놈이 동악묘에서 부모님을 몰라뵙고 감정을 상하게 했지 뭡니까. (…) 이제 이 금은 한 상자로 사죄하고 싶습니다!"[84]

진덕보가 주 수재를 보고 그 말을 전했더니 주 수재가 말했습니다.

---

83) 【즉공관 미비】 亦其常也。 그것도 인지상정이지.
84) 【즉공관 미비】 金銀如何父母前陪得不是。正因有錢人所見, 惟此重耳。 금·은 따위로 어떻게 부모 면전에서 사죄를 한다는 말인가? 돈 많은 부자들 생각인 게지. 그렇긴 해도 이런 경우는 좀 심하군.

"자기 아들인데 어떻게 사죄하는 대가로 금은을 받을 수 있겠습니까!"

그러자 장수는 바로 무릎을 꿇고 말하는 것이었습니다.

"아버님 어머님께서 받지 않으시면 소자 마음이 편치가 않습니다. 아버님 어머님 … 못마땅하시더라도 모쪼록 너그럽게 용서해주십시오!"

주 수재는 장수가 이렇게 말하는 것을 보고 하는 수 없이 그것을 받았습니다. 그런데 그것을 열어서 보는 순간 깜짝 놀라고 말았습니다. 알고 보니 그 은자에 '주봉이 쓰다[周奉記]'라는 글자가 찍혀 있지 뭡니까, 글쎄!

"이제 보니 우리 집안 것이잖은가?"

주 수재가 이렇게 말하길래 진덕보가 물었습니다.

"그게 어째서 선생 댁 것이란 말씀입니까?"

"제 조부 함자가 '주' 자 '봉' 자입니다. 이 글자들도 조부께서 찍으셨지요. (…) 선생, 이 글자를 보면 알 수 있을 겁니다!"

진덕보가 그것을 받아서 보더니 말했습니다.

"그렇기는 한 것 같군요. 헌데, … 선생 댁의 물건이 어째서 가 씨 댁에 있는 걸까요?"

"소생은 이십 년 전에 처와 아들을 데리고 과거를 보러 서울로 갔었습니다. 그때 조상께서 물려주신 집안 물건들을 땅속에 묻어놓고 갔지요. 나중에 돌아와보니 전부 다 사라지고 없지 뭡니까! 결국 빈털터리가 되어서 아들을 팔 수밖에 없었지요!"

주 수재가 이렇게 말하자 진덕보가 말하는 것이었습니다.

"가 원외는 원래 가난뱅이로, 남들 흙벽돌 찍는 일[85]이나 해주던 자였습니다. 그러다가 별안간 벼락부자가 되었지요. (…) 그런데 이제 보니 원래는 선생 댁의 물건이었군요! 그것을 그가 발견한 덕에 이렇게 된 것 같습니다! (…) 그는 자식을 보지 못해 선생 아들을 입양해 이 재산을 물려받게 했습니다. 물건이 옛 주인에게 다시 돌아왔으니 어찌 하늘의 뜻이 아니겠습니까?[86] (…) 아닌 게 아니라 그는 평소에 두 푼은커녕 한 푼도 쓰지 않고 조금도 낭비하려 들지 않았지요. 그런데 이제 보니 자기 물건이 아니라서 여기서 선생 댁을 대신해서 곱게 지켰던가 봅니다!"[87]

진덕보가 이렇게 말하자 주 수재 부부는 감탄해마지않았습니다. 장수는 장수대로 놀라면서 신기하게 생각하는 것이었지요. 주 수재는

---

85) 흙벽돌 찍는 일[脫土坯]: 명대에 흙벽돌[土坯]을 제작할 때에는 반드시 잘 이긴 진흙[점토]을 벽돌틀에 넣고 고르게 누른 후 틀에서 뽑아 햇볕에 말려서 만들었다. 여기서 동사로 '벗길 탈脫'을 쓴 것도 흙벽돌을 틀에서 뽑아서 만들었기 때문이다.

86) 【즉공관 미비】同里中人, 知賈之出身而不知周, 何也。 같은 마을 사람인데 가인의 내력은 알면서 주 씨네를 몰랐던 건 어째서일까?

87) 【즉공관 미비】明眼。 제대로 보았군.

즉시 상자에서 은자 두 덩어리를 꺼내 진덕보에게 주었습니다. 그가 왕년에 쓴 두 꿰미의 돈에 대한 보답이었지요. 진덕보는 몇 번이나 사양하다가 결국 마지못해 받았습니다. 주 수재는 이번에는 술집 점원이 자신에게 술 석 잔을 준 일을 떠올리고, 그길로 맞은편 문에서 그를 불러내어 그에게도 은자 한 덩어리를 상으로 주었지요. 그 점원은 그것이 작은 선행이었던 까닭에 벌써 그 일을 잊고 지내던 참이었습니다.[88] 그런데 뜻밖에도 무심코 한 일로 이렇게 큰 상을 받고 보니 몹시 좋아하면서 그 자리를 떠나는 것이었습니다.

장수는 그길로 부모를 안내해 집으로 가서 머물게 했습니다. 주 수재는 방금 그 상자에 남은 금은을 아들에게 넘겨주었지요. 그리고 그에게 다음 날 그것을 가져다가 가난하고 어려워 의지할 곳 없는 사람들에게 나누어주게 했습니다. 아마 가난하게 지낸 이십 년 동안의 고초를 떠올렸던 게지요. 그리고는 아들에게 조부 당시의 법도에 따라 불당을 짓게 하고 부부 두 사람은 그 안에서 수양에만 전념했습니다. 그리고 가장수는 원래대로 당초의 주 씨 성을 되찾았지요.

가인은 이십 년 동안 부자 노릇을 한 것도 부질없이 한 푼도 제대로 쓴 적이 없었습니다. 원래대로 그에게는 남은 빚이 없게 된 셈이었지요.[89] 물건에는 다 이렇듯 정해진 주인이 있는 법으로, 세상 사람들이 공연히 잔꾀를 부리느라 애를 쓰는 것임을 알 수 있습니다. 이 이야기를 증명하는 네 마디의 구호口號[90]가 있습니다.

---

88)【즉공관 미비】往往不報。더러 갚지 않는 경우가 많거든.

89)【즉공관 미비】若能使,即是有帳矣。만약에 썼더라면 빚이 생겼을 테지.

90) 구호口號: 명대에 유행한 시의 일종. 현재는 구령口令이라는 뜻으로 사용되지만 원래는 문구를 다듬지 않고 즉흥적으로 읊는 시를 부르는 말이었다.

생각건대 사람이 천명 받고 세상 살면서,　　　想爲人稟命生於世,
무슨 일 하든 천지신명 속여선 안 되겠더라.　　但做事不可瞞天地。
가난과 부유함은 정해지면 바뀌지 않나니,　　　貧與富一定不可移,
바보가 양심 속이며 잔꾀 쓰는 꼴 가소롭다!　　笑愚民枉使欺心計。

당대의 시인 이백李白이 지은 〈구호오왕미인반취口號吳王美人半醉〉도 구
호시의 일종이다.

제36권

동쪽 복도 수행승은 게을러 귀신에게 홀리고
검은 옷의 도둑은 음욕 때문에 사람을 죽이다
東廊僧怠招魔　黑衣盜奸生殺

卷之三十六

東廊僧怠招魔 黑衣盜奸生殺 해제

이 작품은 전생에 지은 죄업으로 고난을 겪는 사람에 관한 이야기이다. 이야기꾼은 이방李昉의 《태평광기太平廣記》에 소개된 낙양洛陽 사람 장張 선비의 이야기를 앞 이야기로 들려주고, 이어서 같은 책에 소개된 기주沂州의 두 수행승 이야기를 몸 이야기로 들려준다.

당대 정원貞元 연간 초기에 중 둘이 산동 기주沂州 서쪽 궁산宮山에 절을 짓고 각자 동·서 두 복도에 자리를 잡은 후 무상보리無上菩提의 깨달음을 이루기 위해 수행에 전념한다. 20년이 지나고 어느 밤, 동랑승(동쪽 복도 수행승)은 웬 통곡 소리가 들린 뒤 갑자기 '쿵' 소리와 함께 큰 괴물체가 서쪽 복도로 달려가 울부짖고 싸우더니 무엇인가를 씹어먹는 소리까지 들리자 괴물이 서랑승(서쪽 복도 수행승)을 잡아먹은 줄 알고 허둥지둥 절을 뛰쳐나간다. 일단 어떤 집 외양간에 몸을 숨긴 동랑승은 웬 검은 옷의 사내가 나타나고 이어서 앞집에서 웬 여자가 담을 넘어 사내를 따라가는 광경을 목격한다. 다시 길을 나섰다가 발을 헛디뎌 오래 된 우물에 떨어진 동랑승은 달빛이 비칠 때 곁에 머리가 잘린 시체를 발견하지만 오도 가도 못하고 밤을 지새운다. 동이 트자 갑자기 나타난 사람들은 우물 안에 중과 시체가 있는 것을 발견하고, 동랑승을 관아로 끌고 가고 죽은 여인의 부친인 마馬 노인은 동랑승을 딸을 죽인 범인으로 지목한다. 아전을 절로 보낸 현령은 서랑승이 멀쩡히 살아 있고 '괴물은커녕 이경 무렵에 동랑승이 갑자기 밖으로 뛰쳐나갔다'는 보고에 따라 동랑승을 살인범으로 단정한다. 그러나 마 노인이 평소 내왕이 없던 동랑승이 딸을 꾀어내고 살해한 점, 우물 안에 같이 있었던 점을 의아하게 여기자 일단 동랑승을 감옥에 가두고 추가 조사를 진행한다. 그 결과 사촌 오라비 두杜 도령을 사랑하던 마 씨네 딸이 유모의 제안으로 가출했고, 유모는 아들에게 두 도령 행세를 하도록 시켜 그녀의 패물을 가로챌 생각이었는데 그녀가 반항하는 바람에 그 아들이 엉겁결에 살인을 저지른 진상이 밝혀진다. 무죄로 석방된 동랑승은 서랑승에게 자신이 그 사이에 당한 고난을 들려주고, 그 온갖 고난이 '수행이 부족한 탓'으로 여겨 더욱 수행에 정진한 끝에 해탈의 경지에 이른다.

○태산

●궁산(소태산)
≋ 기하
●기주(임기)

○ 낙양
○이궐현

○ 장안(서안)

이런 시가 있습니다.

세계를 살피면 어디나 넋이 떠도나니,　　參成世界總游魂,
헛소문을 오인한 데는 다 이유가 있는 법.　　錯認訛聞各有因.
하늘님께서 가장 공들였다는 곳이,　　最是天公施巧處,
눈을 어지럽혀 사람을 어리석게 만든다.　　眼花歷亂使人渾.

　　이야기를 들려드리겠습니다.[1) 세상일이란 것은 하늘의 뜻만이 가
장 깊고 하늘이 정한 때만이 가장 공교로운 법입니다. 사람은 세상에
살면서 늘 거기서 엎치락뒤치락하곤 하지요. 허황되고 진실하지 않은
경계만 해도 그렇습니다. 우연히 사람 눈이 흐려져 잘못 보기라도 하
면 엄연히 생뚱맞음에도 불구하고 나중에 그것들이 서로 맞물려 돌아
가곤 합니다. 그 속에는 애초부터 그렇게 될 만한 이유가 있으니 참으
로 사람이 예측할 수조차 없는 거지요.
　　당나라의 우승유牛僧孺[2)가 이궐현伊闕縣[3)의 현위縣尉[4)를 맡고 있

---

1)　*본권의 앞 이야기는 이방李昉 《태평광기太平廣記》 권357의 〈동락장생東
　　洛張生〉에서 소재를 취했다. 언해본도 보인다.
2)　우승유牛僧孺(779~847): 당대의 정치가. 자는 사암思黯으로, 안정安定 순고
　　鶉觚 사람이다. 덕종德宗 정원貞元 연간에 진사가 되었고, 목종穆宗이 재위

을 때였습니다. 동쪽의 낙양5)에서 진사進士 시험을 보러 온 장 선비라는 나그네가 자신이 지은 글을 가지고 그를 만나러 가는 길이었습니다. 그런데 중간까지 왔을 때 폭우가 쏟아지고 천둥과 우박까지 만났지 뭡니까. 날은 벌써 어둑해진 데다가 객주까지 가려면 아직 먼 길이어서 한 큰 나무 아래에 기대어 잠시 쉬기로 했지요. 이윽고 비가 그치고 달빛이 좀 밝아지길래 바로 안장을 풀고 말을 쉬게 했습니다. 그러고는 아이 종과 같이 길옆에서 잠을 청했는데 진작부터 피곤하고 졸리던 참이어서 둘 다 금세 곯아떨어졌지요.

한참 지나서 장 선비가 비몽사몽간에 깨어났는데 길이가 몇 장6)이

할 때 벼슬이 호부 시랑戶部侍郞·동평장사同平章事에 이르고, 경종敬宗 때에는 무창군 절도사武昌軍節度使로 임명되기도 했다. 대화大和 4년(830), 병부 상서兵部尙書·동평장사同平章事에 임명되고 정적인 이덕유李德裕와의 당쟁을 이끌었다. 무종武宗 때 이덕유가 재상이 되면서 순주 장사循州長史로 좌천되었다가 선종宣宗 때 조정으로 복귀했으나 곧 병사했다. 저서로는 《현괴록玄怪錄》이 있다.

우승유 초상

3) 이궐현伊闕縣: 중국 고대의 현 이름. 수나라 개황開皇 18년(598) 원래는 신성현新城縣이던 것을 인근의 이궐산伊闕山을 현 이름으로 삼았다. 치소는 지금의 하남성 이천伊川 서남쪽에 있었다.

4) 현위縣尉: 중국 고대의 관직 이름. 현의 치안·사법을 담당했으며, 일반적으로 작은 현에는 한 명, 큰 현에는 두 명까지 두었다. 당대에는 현에서 대단히 중요한 관직이었다.

5) 동쪽의 낙양[東洛]: 하남성의 낙양洛陽을 말한다. 한·당대에는 정식 도읍인 장안(지금의 서안)과 함께 그 동쪽에 자리 잡은 낙양을 임시 도읍으로 두었다. 그래서 장안을 기준으로 할 때 동쪽에 있는 도읍이라는 뜻에서 '동도東都', 또는 동쪽에 있는 낙양이라는 뜻에서 '동락東洛'으로 불렸다.

6) 장丈: 중국 고대에 사용된 길이의 단위로, 10척尺에 해당한다. 1척이 33센

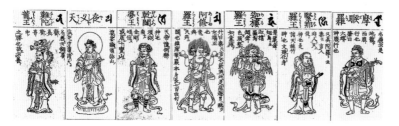
불교 8부중의 하나인 야차(왼쪽에서 두 번째)

나 되는 웬 짐승이 야차[7] 같은 형상으로 저쪽에서 자신의 말을 먹고 있는 광경이 눈에 들어오지 뭡니까, 글쎄! 장 선비는 놀란 나머지 혼 비백산해서 소리조차 내지 못하고 풀 속에 몸을 엎드렸지요. 그런데 가만 보니 말을 다 먹어치우더니 이번에는 나귀까지 잡아서 우두둑우 두둑 먹어버리는 것이었습니다. 거의 다 먹어갈 때쯤 되자 바로 손을 뻗어 그의 종 한 사람을 끌어가더니 두 다리를 붙잡고 찢어발기는 것이 아닙니까.

사람을 잡아먹는 광경을 보았으니 어떻게 사람이 당황하지 않을 수가 있겠습니까? 억지로 몸을 일으켜 허둥지둥 도망을 치는 수밖에 요. 그 괴물은 그의 뒤를 바짝 쫓아오면서 소리를 지르고 욕을 퍼부어 댔지만 장 선비는 무작정 내빼기만 할 뿐 고개조차 돌릴 엄두를 내지 못했습니다. 얼추 한 리 정도 내뺐을 때였습니다. 뒤의 소리는 차츰 잦아들었지만 그래도 계속 앞으로 걸었더니 웬 큰 무덤이 하나 보이

티미터 정도이므로 1장은 3.3미터 정도에 해당하는 셈이다.

7) 야차夜叉: 불교에서 불법을 수호하는 여덟 신장神將 즉 팔부중八部衆 중의 하나. 산스크리트어 '약사yaksa'를 발음대로 한자로 옮긴 이름으로, 불경에 서는 하늘을 날아다니며 사람을 잡아먹고 해치는 추악한 이미지의 귀신으 로 묘사되는데, 나중에 부처의 교화를 받아 불교의 수호신으로 숭상되었다.

고 그 옆에 웬 여인이 하나 서 있는 것이었습니다. 장 선비는 다급한 나머지 그 여인이 어떤 사람인지도 따지지 않고 연거푸 외쳤지요.

"살려주세요!"

"무슨 일로 그러십니까?"

하고 여인이 묻길래 장 선비가 방금 있었던 일을 들려주었습니다. 그러자 그 여인이 말하는 것이었습니다.

"여기는 오래된 무덤인데 안이 텅 비어 아무것도 없습니다. 뒤쪽에 구멍이 하나 나 있으니 선생8)께서 안에 피하실 수 있을 것입니다. 그렇게 하지 않으면 목숨을 보전하기 어려울 테지요."

말을 마치자마자 그 여인은 행방을 감추어버렸습니다.9) 장 선비가 그길로 무덤의 구멍을 찾아 그 안으로 뛰어들었더니 무덤 안이 무척 깊었습니다. 그래서 바깥의 동정을 가만히 들어보니 더 이상 아무 소리도 들리지 않길래 '여기 피해 있기만 하면 무사하겠지' 하고 여겼지요.

---

8) 선생[郎君]: '낭군郎君'은 국내나 현대 중국어에서는 혼인을 한 지 얼마 되지 않은 신랑을 제삼자가 부르는 호칭으로 사용되지만 명대 강남 지역의 구어에서는 혼인관계와는 무관하게 젊은 나이의 남자를 높여 부르는 호칭으로 사용하는 경우가 많았다. 여기서도 장 선비와 혼인관계와 무관한 무덤 옆의 여인과 자신의 종복이 장 선비를 '낭군'으로 부르는 것이 그 증거이다. 여기서는 편의상 무덤 옆의 여인이 부르는 '낭군'은 "선생"으로, 장 선비의 종복이 부르는 '낭군'은 "나리"로 대상에 따라 각각 번역을 달리했다.

9) 【즉공관 미비】女子何人。豈卽塚中魂耶。여자는 누구일까? 바로 무덤 속에 깃든 원혼인가?

이윽고 바깥쪽을 바라보니 무덤 밖에는 달빛이 밝아져 있는데 갑자기 무덤 위에서 누가 말하는 소리가 들리는 것이었습니다. 장 선비가 또 겁이 덜컥 나서 무덤 안에 몸을 엎드린 채 꼼짝도 하지 않고 있는데 가만 보니 무덤 밖에서 웬 물건을 구멍 안으로 밀어 넣는 것이 아닙니까. 장 선비는 피비린내를 맡고 어둠 속에서 그쪽을 보았습니다. 그런데 달빛이 환하게 비추고 있는 것은 다름 아닌 웬 죽은 사람으로, 머리는 이미 잘려나간 상태이지 뭡니까! 소스라치게 놀라는 사이에 또 무엇을 밀어 넣는데 연거푸 서너 개를 밀어 넣고 나서야 멈추는 것이었습니다. 그것들도 모두 똑같은 죽은 사람들이었지요. 그러고 나서는 더 이상 밀어 넣지 않는가 싶더니 바로 무덤 위에서 사람들이 왁자지껄 떠드는 소리가 들렸습니다.

"금과 은 약간하고 (…) 재물 약간, 옷 약간이군."

장 선비는 그제야 이들이 강도떼임을 눈치 챘지요. 그는 숨도 제대로 쉬지 못하고 납작 엎드려서 그들이 하는 말을 엿들었습니다. 그런데 가만 보니 두목인 듯한 자가

"이건 아무개 주고, (…) 저건 아무개한테 줘라!"

하면서 연달아 열 사람가량의 이름을 부르는 것이었습니다.[10] 이어서 많으니 적으니 불공평하게 나누어주었느니 하면서 서로 싸우고 실랑이를 벌이다가 한참이 지나서야 흩어지는 것이었습니다.

장 선비는 바깥에 아무도 없다는 것을 눈치 채고 나니 죽은 시체를,

---

10) 【즉공관 미비】 天意。 하늘의 뜻이로군.

그것도 여럿이나 마주하고 있자니 너무도 무서웠습니다. 그렇다고 해서 밖으로 나가고 싶어도 죽은 시체들이 구멍을 가득 막고 있으니 옴짝달싹도 할 수가 없었지요. 하는 수 없이 그냥 안에 쪼그리고 앉아 날이 밝을 때까지 기다렸다가 다시 방법을 강구하기로 했습니다. 그러고는 방금 전에 불린 이름들을 가만히 떠올렸습니다. 몇 이름은 잊어버렸지만 그래도 대여섯은 기억이 나길래 그것들을 달달 외우고 있는데 어느새 동이 트는 것이었습니다.

계속해서 이야기를 들려드리지요. 도둑을 맞은 그 시골 마을에서는 한 무리의 사람들이 저마다 무기를 들고 도둑들의 행방을 찾아나섰습니다. 무덤 앞에 이르렀을 때 무덤이 온통 피투성이인 것을 발견한 그들은 그 주변을 에워싸더니 무덤을 파기 시작했습니다. 그랬더니 살해된 사람들이 전부 무덤 안에 있는 것이 아닙니까. 무덤 안으로 뛰어든 사람들은 장 선비가 살아 있는 것을 발견하고

"강도 한 놈이 안에 떨어져 있다!"

하고 고함을 지르더니 바로 밧줄로 꽁꽁 묶는 것이었습니다. 그래서 장 선비가 말했지요.

"나는 과거 보려는 선비요! 도적이 아니라구요!"

"도적이 아니라면서 어째서 이 무덤 안에 있는 게냐!"

사람들이 따지자 장 선비는 어젯밤 있었던 일을 일일이 일러주었습니다. 그러나 사람들이 어디 믿으려고 해야지요.

"틀림없이 강도가 사람을 죽이고 그 시신을 여기에 갖다 놓다가 뜻하지 않게 이 안에 떨어진 게지. 놈이 하는 헛소리는 듣지 맙시다!"

사람들은 '너는 멈추어도 나는 못 멈춘다'는 투로 마구 발길질을 하고 주먹질을 했습니다. 그 서슬에 장 선비는 고통스러워서 비명만 지르고 있는데 그들 중에서 제법 물정을 좀 아는 사람이 말하는 것이었습니다.

"우리끼리 멋대로 매질하지 말고 … 일단 현 관아로 끌고 가세!"

사람들이 현 관아로 향해 가다가 가만 보니 장 선비의 종과 나귀, 말도 안장까지 채운 채 모두 와 있는 것이 아닙니까! 장 선비는 그 광경을 보고 깜짝 놀랐습니다.

'내가 어젯밤에 본 것은 무엇이었단 말인가! 어떻게 말, 나귀, 종이 전부 다 살아 있지?'

종은 종대로 장 선비가 결박당한 채 사람들 틈에 끼어 있는 것을 보더니 똑같이 놀라면서 말했습니다.

"어젯밤에 길가에서 피곤하고 졸려서 잠을 자고 날이 밝았는데 나리께서 보이질 않길래 찾으러 왔습니다. 그런데 … 어째서 이 사람들한테 이렇게 욕을 당하고 계십니까!"

장 선비가 간밤에 있었던 일을 종에게 끝까지 들려주었더니 종이 말하는 것이었습니다.

"저희는 곯아떨어져 단잠을 자는 통에 아무것도 보지 못했는데 어떻게 그런 괴이한 일이 다 있었답니까요?"

그러자 마을 사람들은

"전부 다 허튼소리! 강도가 분명하다! (…) 너희도 한 패인 게냐?"

하면서 결박을 풀어줄 생각도 하지 않고 관아로 끌고 가지 뭡니까. 현의 우승유는 장 선비와 전부터 아는 사이였습니다.[11] 그는 장 선비가 마을 사람들에게 결박당한 채 끌려온 것을 보고 깜짝 놀라 말했습니다.

"이게 어찌 된 일이오?"

장 선비가 앞서의 이야기를 들려주길래 우 공은 아전을 시켜 빨리 밧줄을 풀어주게 했습니다. 그리고 땅바닥에서 일으켜 세워 어젯밤 본 광경을 자세히 물었더니 장 선비가 말하는 것이었습니다.

"강도들 이름을 소생이 몇 개 기억하고 있습니다. (…) 무덤 위에서 나누어 가진 옷가지의 개수도 전부 소생이 똑똑히 들었지요."

그러자 우 공은 붓을 가져다 장 선비에게 일일이 적게 해서 그 이름을 근거로 체포에 나섰습니다. 그리하여 도둑과 장물을 모두 확보하고 하나도 놓치지 않았습니다. 이로써 장 선비가 간밤에 본 말·나귀

---

11) 【즉공관 미비】若非舊識, 必受拷訊。 아는 사이가 아니었더라면 분명히 치도곤부터 당했겠지.

·종을 잡아먹고 자신을 쫓아온 야차가 사실은 이승을 떠돌던 원혼으로, 귀신들이 그런 괴이한 환상을 만들어내어 장 선비로 하여금 무덤 속에 엎드려 있으면서 강도들의 이름을 외우도록 이끎으로써 강도들이 법망을 피하지 못하게 한 것임을 알 수 있습니다. 이는 하늘의 뜻에 따라 장 선비의 손을 빌려 강도들을 사로잡은 셈[12]이니, "사람 눈이 흐려져 잘못 보는 데에는 그럴 만한 이유가 있다."고 한 소생의 말과도 딱 맞아떨어지지 않습니까?

이제부터는 눈이 흐려져 잘못 보는 바람에 별별 원업寃業[13])의 인과因果들을 초래하고 몸도 제대로 다스리지 못한 이야기를 들려드릴텐데 더더욱 놀랍고 우습답니다. 그야말로

도가 한 자 높아지는 동안,	道高一尺,
마는 한 길이나 높아지는 법.	魔高一丈。
원업은 늘 몸을 따라다니는 법이니,	寃業隨身,
언젠가는 반드시 그 빚을 갚아야 하리.	終須還帳。

이 이야기 역시 당나라 때의 일입니다.[14]) 산동山東 땅 기주沂州[15])

---

12) 【즉공관 미비】固是天意, 張生何辜有此非常驚恐。 정녕 그것이 하늘의 뜻이었다면 장 선비는 무슨 고생으로 그런 큰 낭패를 당했을꼬?

13) 원업寃業: 불교 용어. '죄'라는 뜻으로 때로는 원寃, 때로는 업業으로 쓰거나 원얼寃孽로 쓰기도 한다.

14) *본권의 몸 이야기는 이방《태평광기太平廣記》권365의 〈궁산승宮山僧〉에서 소재를 취했다. 그러나 이와 함께 송대의 사학자이자 문학가인 사마광司馬光(1019~1086)이 지은 《속수기문涑水記聞》, 송대 조선진趙善璙, ?~?의 《자경편自警篇》〈옥송獄訟〉, 명대 이식李栻(?~?)의 《역대소사歷代小史》, 명대 안요시安遙時가 엮은 《포공안包公案》〈살가승殺假僧〉, 무명씨의 전기 희

고을 서쪽에 궁산宮山[16]이 있었습니다. 홀로 솟아 있는데 험준하여 뭇 봉우리 가운데 가장 높고, 그 둘레는 삼십 리나 되는데 사람은 아무도 살지 않았지요. 정원貞元[17] 초기에 중 둘이 이 산에 들렀는데 그 지경이 그윽하고 외져서 청정한 마음으로 수행하기에 안성맞춤이지 뭡니까. 그래서 고생도 마다하지 않고 온 산에서 마른 나뭇가지들을 주워다가 큰 나무 사이에 오두막을 한

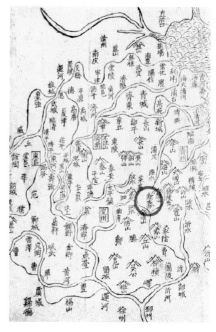

산동 기주 궁산(동그라미). 《삼재도회》

칸 지었습니다. 둘은 그 안에서 가부좌[18]를 틀고 예불과 염불에 정진

곡인 《성세마醒世魔》 등도 참고한 것으로 보인다.

15) 기주沂州: 중국 고대의 지명. 지금의 산동성 임기시臨沂市 일대에 해당하며, 인근 지역을 흐르는 하천인 기하沂河에서 그 이름이 유래했다.

16) 궁산宮山: 중국 고대의 산 이름. 고대의 신보산新甫山으로, 지금의 산동성 신태시新泰市 서북쪽 40리 지점에 자리 잡고 있으며 서쪽으로 내무시萊蕪市와 접경한 연화산蓮花山을 말한다. 전설에 따르면, 한 무제漢武帝가 이곳에서 봉선封禪 의식을 거행하던 중 신선의 자취를 발견하고 산 위에 이궁離宮을 지어서 '궁산'으로 불리기 시작했다고 하며, 때로는 작은 태산이라는 뜻에서 '소태산小泰山'으로 불리기도 한다.

17) 정원貞元: 당나라 제9대 황제인 덕종德宗 이괄李适(742-805)의 연호. 785년에서 805년까지 모두 21년 동안 사용되었다.

하기를 밤낮으로 그치지 않았지요. 그러자 사방의 먼 마을들에서 소문을 듣고 저마다 자진해서 돈과 재물을 보시해 그 둘을 위해 건물들을 지어주었답니다. 그렇게 달포도 되지 않아 절이 한 채 세워졌지요. 두 중은 더욱 열심히 정진했고, 멀고 가까운 곳에서 다들 찾아와 우러러 받들면서 정진에 필요한 모든 것을 날마다 챙겨주는 것이었습니다. 두 중은 양쪽 복도에 각자 머물면서 부처님 앞에서 함께 발원하기를, 절대로 산을 내려가지 않고[19] 오로지 절에서만 수행하면서 기필코 무상보리無上菩提[20]의 바른 깨달음을 이루고자 기도하겠다고 맹세했지요. 그야말로

> 대낮에 참선의 관문[21]은 한가하게 닫혀 있는데,　白日禪關閑閉，
> 석양의 노을 흐르는 물처럼 긴 하늘에 걸렸네.　落霞流水長天。
> 시냇물에는 단풍잎 절로 떨어지는데,　溪上丹楓自落，

---

18) 가부좌[敷坐]: '부좌敷坐'는 불교 수행 방법. 보통은 '부좌跌坐' 또는 '가부좌跏趺坐'로 쓰며 요가 쪽에서는 '아사나Asana'로 일컫는다. 수행이나 참선을 할 때 앉은 상태에서 왼발을 오른쪽 허벅지 위에 올리고 오른발을 왼쪽 허벅지 위에 올리는 것을 말하며, 좌우 중 한쪽 발을 좌우의 한쪽 허벅지 위에 놓는 것을 반가좌半跏坐 또는 반가半跏라고 한다. 여기서는 편의상 "가부좌"로 번역했다.

19) 【즉공관 미비】便是一重公案。[이것은] 하나의 중대한 공안이로구나.

20) 무상보리無上菩提: 불교에서 말하는 최고의 깨달음의 경지. '보제菩提(푸디)'는 '깨달음, 지혜'를 뜻하는 산스크리트어 '보디Bodhi'를 발음대로 한자로 적은 것이며, '무상보리'란 '그 이상이 없는 [최고의] 깨달음'이라는 뜻으로 번역할 수 있다. 뒤의 '정과正果'는 "바른 깨달음"으로 번역했다.

21) 참선의 관문[禪關]: '선관禪關'은 불교 사찰 또는 불교 교리를 깨우치기 위해 반드시 지나야 할 관문을 가리키기도 한다. 여기서는 불교 사찰의 의미로 사용되었지만 편의상 글자 그대로 "참선의 관문"으로 직역했다.

산의 중은 중대로 깊은 잠에 빠져드누나.22)　　　　山僧自是高眠。

마찬가지로

처마 너머 흩날리는 실23)은 거미줄에 나부끼고,　　　簾外晴絲颺網,
시냇가 봄 물에는 꽃떨기 떠가누나.　　　　　　　谿邊春水浮花。
세속에서는 명리에 무심하더니만,　　　　　　　　塵世無心名利,
산 속에선 경물을 동경하는 인연이 있었구나.　　　山中有分烟霞。

　이렇게 고행을 계속한 지 어언 스무 해가 지났습니다. 원화元和24)
연간 겨울밤 달이 밝자 두 중은 각자 머무는 복도에서 우렁찬 소리로
불경을 낭송25)하고 있었지요. 그때였습니다. 빈 산은 인적 없이 고요
하기만 한데 산 아래에서 어렴풋이 통곡하는 소리가 들리는 것이었습
니다. 그 소리는 차츰 가까워지더니 어느 사이에 절의 산문山門 앞에
까지 이르렀지 뭡니까. 동쪽 복도의 중은 적막함 속에 그 소리를 듣자
문득 이런 생각이 들었지요.26)

----

22) 깊은 잠에 빠져드누나[高眠]: 베개를 높이 베고 잔다는 뜻으로, 근심 걱정이
　　없어 편안함을 비유적으로 이르는 말.
23) 흩날리는 실[晴絲]: ‘청사晴絲’는 허공에 흩날리는 벌레 따위가 만들어낸 실
　　따위를 말한다. 여기서는 편의상 “흩날리는 실”로 번역했다.
24) 원화元和: 당나라 제11대 황제인 헌종憲宗 이순李純(778~820)이 806년부터
　　820년까지 14년 동안 사용한 연호. 헌종이 재위하는 동안 당나라는 짧은
　　기간의 통일이 이루어졌는데 역사에서는 이를 ‘원화 연간의 중흥[元和中
　　興]’이라고 한다.
25) 낭송[唄唱]: ‘패창唄唱’은 불교 경전을 소리 내어 노래하는 것을 말한다. 여
　　기서는 편의상 “낭송”으로 번역했다.
26) 【즉공관 미비】惹事了。일 났군!

동쪽 복도 수행승이 게을러 귀신에게 홀리다.

"깊은 산이 이리도 적막하다니! … 여러 해 동안 산문을 나서지 않아 산 아래가 어떻게 변했는지 모르겠구나. (…) 저 슬픈 소리를 듣노라니 저절로 처량하고 슬픈 생각이 드는구나!"

그러다가 가만 보니 통곡 소리가 그치기가 무섭게 웬 사람이 절문 옆 담장 위에서 '쿵' 하는 소리와 함께 땅으로 뛰어내리더니 서쪽 복도 쪽을 향해 달려가는 것이 아닙니까! 동쪽 복도의 중이 멀리서 보니 그는 몸집이 무척 크고 모습도 괴이했지요. 그는 단단히 놀라 소리를 낼 엄두조차 내지 못하고 초조해하면서도 일단 묵묵히 동정을 살폈습니다. 그런데 그 사람이 서쪽 복도로 들어가자 서쪽 복도 중이 불경을 낭송하는 소리가 갑자기 뚝 끊어져버리는 것이었습니다. 가만 들어보니 투닥투닥 양쪽이 서로 싸우는 것 같은 소리만 들리더니, 잠시 후에는 다시 울부짖으면서 씹는 소리, 삼키고 으르렁거리는 소리가 들리는데 그 소리가 여간 사나운 것이 아니었지요. 당황한 동쪽 복도 중은

"절에는 아무도 없으니 그를 먹고 나면 내게 올 수밖에 없다. 차라리 미리 달아나는 것이 낫겠어!"[27]

하면서 허둥지둥 절 문을 열고 놀랍고 두려운 나머지 냅다 뛰었습니다. 그러나 오랫동안 산을 나가지 않았던지라 길조차 알 수가 없었지요. 엎어지고 넘어지고 하다 보니 기력이 거의 다 빠졌을 때 고개를 돌려 뒤를 보는데 가만 보니 그 사람이 비틀거리면서 성큼 걸음으

---

27) 【즉공관 미비】 不走反未必遇禍, 卽鬼神所爲。 달아나지 않으면 거꾸로 화를 당할지도 모를 판이지. 이건 그야말로 귀신이 조화를 부린 게야.

로 쫓아오지 뭡니까, 글쎄! 중은 더더욱 당황해서 마구 달리고 뛰었습니다. 그러다가 갑자기 웬 작은 시냇물이 나오길래 옷을 걷고 건너편으로 건너갔지요. 그를 쫓아오던 사람은 시냇물까지 왔지만 물을 건너지는 않고 시냇물을 사이에 두고 냅다 소리만 지르는 것이었습니다.

"물이 가로막고 있지만 않았다면 네놈까지 잡아먹었을 것이다!"

동쪽 복도 중은 두려워하면서도 계속 길을 걸었습니다. 그러나 어디로 가야 할지 알지 못하니 그저 발이 닿는 대로 걷는 수밖에 없었지요.

이윽고 큰눈이 내리는 바람에 지척조차 분간할 수가 없어서 이러지도 저러지도 못하고 있을 때였습니다. 갑자기 웬 인가의 외양간이 보이길래 그 안에 몸을 숨겼습니다. 이때는 이미 한밤중이 되어 있었고, 눈발도 잠시 그친 상태였지요. 그런데 갑자기 웬 검은 옷을 입은 사람이 바깥에서 칼과 창을 들고 천천히 외양간 난간까지 다가오는 것이 아닙니까. 동쪽 복도 중은 소리를 삼키고 숨을 죽인 채 으슥한 구석에 몰래 엎드려 밝은 쪽을 엿보았습니다. 그 검은 옷을 입은 사람은 머뭇거리면서 사방을 둘러보는 것이 마치 무언가를 기다리는 것 같았지요.

그리고 한참이 지났을 때였습니다. 갑자기 담장 안쪽에서 웬 물건들을 밖으로 던지는데 전부 다 옷과 이불로 싼 것들이지 뭡니까. 검은 옷의 사람은 그것을 발견하고 재빨리 가져다 꽁꽁 묶어서 한 짐을 꾸렸습니다. 안에서는 웬 여자가 담장을 올라와 밖으로 뛰어내리는데 눈과 달빛에 비쳐서 동쪽 복도 중이 그녀를 똑똑히 볼 수 있었지요. 검은 옷의 사람은 여자가 담장을 뛰어내린 것을 보자마자 창으로 짐을 꿰어 둘러메더니 그녀에게 말도 걸지 않고 앞서 걸어갔습니다. 여자는 그 뒤에 서더니 그를 따라가는 것이었지요.

'낭패가 아닌가! 여기는 머물 곳이 아니야. (…) 방금 전의 그 남녀는 야반도주하기로 약속한 사람들이 분명하다. 내일 저 집에 사람이 보이지 않으면 눈에 찍힌 발자국을 따라 찾아나섰다가 스님을 마주치면 간통한 죄를 뒤집어씌우지 않겠는가. (…) 차라리 서둘러 달아나는 편이 낫겠어!'

동쪽 복도 중은 이렇게 생각했지만 도통 길을 모르는지라 허둥지둥 다시 길을 나섰지만 정신이 얼떨떨한 것이 당최 방향을 잡을 수가 없지 뭡니까. 다시 갈팡질팡하면서 열몇 리 길을 갔을 때 갑자기 헛발을 디뎌 털썩하고 떨어졌는데 알고 보니 웬 버려진 우물이었습니다. 다행히 물이 마른 데다가 무척 깊고 넓어서 달빛이 비칠 때 안을 둘러보는데 가만 보니 옆에 웬 죽은 사람이 있지 뭡니까. 몸과 머리는 이미 떨어져 있고 피투성이 몸은 아직 온기가 남아 있는 것을 보니 방금 전에 살해된 사람이었습니다. 동쪽 복도 중은 더더욱 놀라고 당황스러웠지만 그렇다고 위로 올라갈 수도 없는지라 어쩔 바를 몰랐지요. 그런데 동이 틀 때가 되어 눈을 돌려 보았더니 어젯밤 담장을 넘었던 바로 그 여자이지 뭡니까, 글쎄!

"이게 어찌 된 일이람?"

동쪽 복도 중은 속으로 이상하게 여기면서도 벗어날 방법이 없어서 난처해할 뿐이었습니다. 그런데 가만 보니 우물 위쪽에서 많은 사람들이 왁자지껄 떠들더니 우물로 다가와 아래를 보면서 말하는 것이었지요.

"강도가 여기 있다!"

그러고는 밧줄로 사람을 매달아 우물 안으로 내려보냈습니다. 동쪽 복도 중은 이때 가슴이 철렁 내려앉고 몸은 꽁꽁 언 상태[28]이다 보니 꼼짝도 할 수가 없었지요. 결국 그 사람에게 안에서 꽁꽁 묶이고 나서 일단 맨이마에 한 차례 딱밤부터 맞는 바람에 눈앞에 별이 다 어른거렸습니다. 그러나 동쪽 복도 중은 억울하다고 하소연할 여지가 없었습니다. 정말 죽기 일보 직전이었지요.

그 사람은 중을 줄로 묶은 다음 순서대로 죽은 시체와 함께 올려보냈습니다. 그런데 중이 가만 보니 웬 노인이 그 시신을 보자마자 한바탕 대성통곡을 하는 것이었습니다. 노인은 울음을 그치고 나서 말했습니다.

"네놈은 어디서 온 중놈이냐? 어째서 내 딸을 꾀어내 이 우물 속에서 죽였단 말이냐!"

그러자 동쪽 복도 중이 말했습니다.

"소승은 궁산 절 동쪽 복도에 기거하는 불제자로, 이십 년 동안 산을 내려오지 않았습니다. 그런데 간밤에 웬 괴물이 절에 들이닥쳐 도반道伴을 잡아먹는 것을 보고 여기까지 도망쳐 왔습니다! (…) 어젯밤 외양간에서 눈을 피하고 있는데 웬 검은 옷 입은 자가 들어오고 이어

---

28) 【즉공관 미비】卽掙扎得, 此際亦無可柰何. 꼼짝할 수 있더라도 이 상황에서는 어쩔 도리가 없지.

서 한 여자가 담장을 뛰어내려 그를 따라가더군요. (…) 소승은 시비에 휘말릴까 두려워서 도망칠 수밖에 없었습니다. 그런데 뜻밖에 우물 안에 떨어졌는데 이미 살해당한 시신이 안에 있더군요. (…) 소승이야 그것이 어떻게 된 영문인지 어찌 알겠습니까? 소승은 지금까지 산을 내려온 적이 없는데 남의 집 여인과 무슨 면식이 있다고 꼬여내 데려갈 수 있겠습니까? 또, 무슨 원수가 졌다고 그녀를 살해하겠습니까? 여러분께서 잘 헤아려주십시오!"

사람들 중에는 전에 산에 갔다가 그를 본 적이 있어서 그가 계율을 잘 지키는 고승임을 아는 사람도 있었습니다. 그러나 지금은 죽은 여자와 한 우물에 있으니 어찌 된 영문인지 알 수가 없어서 그를 두둔하기가 난처했지요. 그러니 함께 현 관아로 데려가는 수밖에 없었습니다.
현령은 사람들 한 무리가 웬 중을 결박하고, 거기다 시체까지 하나 지고 나타난 것을 보고 그 이유를 자세히 물었습니다. 그런데 가만 보니 웬 노인이 이렇게 고하는 것이었습니다.

"소인은 성이 마馬이고, 이 고을 사람입니다. 이 죽은 사람은 바로 소인의 딸로, 나이는 열여덟이며, 남의 집에 딸을 준 일도 없습니다. 헌데 … 최근 이틀 사이에야 두 집안에서 혼담을 넣었지요. 그런데 오늘 일찍 잠자리에서 일어나서 가만 보니 집에 딸이 보이지 않았습니다. 해서 발자국을 따라 우물가까지 왔는데 딸의 신발자국은 보이지 않고 피만 땅에 잔뜩 뿌려져 있지 뭡니까. 아 그래서 우물 안을 들여다보는데 가만 보니 딸은 이미 살해되었고 이 중놈이 그 안에 있었습니다요.[29] 이 중놈이 죽인 것이 아니고 무엇이겠습니까?"

"너는 무슨 할 말이 있느냐?

현령이 묻자 동쪽 복도 중이 말했습니다.

"소승은 궁산에서 고행을 하는 불제자로, 스무 해 넘게 이 산을 내려온 적이 없습니다! 어젯밤 갑자기 괴물이 절로 들어와 함께 기거하는 스님을 잡아먹길래 어쩔 수 없이 계를 깨고 산을 내려와 도망친 것입니다. (…) 전생의 원업에 얽혀 이렇게 법망에 걸리게 될 줄을 누가 알았겠습니까?"

중은 어젯밤 외양간에서 본 광경, 자신에게 화가 미칠까 두려워서 또 도망친 일, 우물 속에 떨어져 시신을 마주치게 된 일을 끝까지 자세하게 고했습니다. 그러고 나서

"나리께서 일단 궁산에 사람을 보내 조사해보십시오. 서쪽 복도 스님의 행방이 있는지, 또 어떤 괴물에게 잡아먹혔는지를 확인해보시면, 소승이 거짓말을 하지 않았다는 사실을 아시게 될 것입니다!"[30]

---

29) 【즉공관 미비】雖其在裡頭, 決不是他殺的。그가 안에 있기는 했지만 절대로 그가 죽인 것은 아니지.
천진고적판(제380쪽)에는 첫 글자가 '난難', 강소고적판(제676쪽)에는 '유惟'로 나와 있다. '유기재이두惟其在裡'가 되면 '그저 그가 안에 있었을 뿐이지'로 번역되므로 문법적으로 무난하지만 상우당본 원문(제1595쪽)에서는 글자가 좀 흐릿하기는 해도 '유'보다 획이 많다. 따라서 여기서는 첫 글자를 '유'가 아닌 '수雖'로 보아 "비록 그가 안에 있기는 했지만"으로 번역했다. '난'은 글자 외형만 보면 '수'와 비슷하지만 문법적으로는 뜻이 통하지 않는다.
30) 【즉공관 미비】一發誤了。더더욱 잘못됐군.

현령은 그 말을 따라 당장 아전을 산으로 보내 정확하게 조사해서 즉시 보고하도록 일렀습니다. 산에 도착한 아전이 절로 들어가서 가만 보니 아 글쎄 서쪽 복도 중은 멀쩡하게 그곳에 앉아 불경을 보고 있는 것이 아닙니까! 그는 누가 온 것을 보고 그제야 자리에서 일어나 용건을 묻는 것이었지요. 아전은 동쪽 복도 중이 저지른 일을[31] 일일이 일러주고 나서 말했습니다.

"그 스님 말씀이 웬 괴물이 절에 들어와 사람을 잡아먹어서 도망쳐 산을 내려왔다더군요. 그래서 나리께서 저를 보내 진상을 알아보게 하셨소이다. (…) 지금 스님은 멀쩡하시군요? 어젯밤의 그 괴물은 어떻게 된 것인지 말씀해주시지요."

그러자 서쪽 복도 중은 이렇게 말했습니다.

"괴물 같은 것은 없었습니다. 다만, … 이경쯤에 양쪽 복도에서 각자 불경을 낭송하고 있는데 동쪽 복도의 도반이 갑자기 절 문을 열고 뛰쳐나가는 것이 아닙니까. 우리 둘은 오래전에 맹세하여 스무 해 넘게 절 문을 나가지 않았던 터였습니다. 그런데 그가 혼자 가는 것을 보고 저도 놀라고 이상하게 여겨 큰소리로 부르면서 쫓아갔습니다만 끝까지 듣지 않더군요. (…) 소승은 절을 나가지 않겠다는 당초의 계를 지키자니 섣불리 뒤쫓아갈 수가 없었습니다. 산 아래에서 일어난

---

31) 【교정】을[到]: 상우당본 원문(제1596쪽)에는 '이를 도到'로 나와 있으나 전후 맥락을 고려할 때 원래는 '쥘 파把'를 써야 옳다. 중세의 당·송대 이래로 '파把'는 원래의 의미 대신 여기서와 마찬가지로 명사나 명사구 앞에서 목적어를 나타내는 일종의 목적어 표지 역할을 하기 시작했다.

일은 … 소승도 아는 바가 없습니다."

아전은 그 말을 현령에게 보고했습니다.

"이 중놈이 정말 요망하기도 하구나!"

현령은 이렇게 말하더니 동쪽 복도 중을 데려다 다시 심문했습니다. 그러나 동쪽 복도 중은 그래도 앞서 했던 말을 되뇔 뿐이었지요.

"보아하니 서쪽 복도 중은 멀쩡한 것 같은데 … 무슨 괴물이 절에 들어왔다는 게냐! 네놈이 때마침 이날 산을 내려왔고 여기서는 때마침 벗어나려다 살해된 여인이 너와 같이 우물 속에 있었다? (…) 세상에 이렇게 공교로운 일이 어디 있느냐!32) 사람을 죽인 강도임이 분명하거늘 그래도 잡아뗄 테냐?"

현령은 이렇게 말하고 형벌을 가하더니 소리쳤습니다.

"어서 자백해라!"

그러자 동쪽 복도 중이 말하는 것이었습니다.

"전생에서 빚을 졌다면 죽는 수밖에요.33) 그러나 자백할 죄는 없습니다."

---

32) 【즉공관 미비】惟湊巧者多, 天下所以多冤獄也。 공교로운 일이 많은 탓에 세상에 억울한 사건도 많은 것이다.
33) 【즉공관 미비】是僧家話。 스님네 말투로군.

이 말이 현령의 심기를 건드렸던지 온갖 방법으로 심문을 하면서[34] 모진 고문이란 고문은 다 가하는 것이었습니다. 그러자 동쪽 복도 중이 말했습니다.

"형벌을 가할 필요 없습니다. 제가 죽였다고 하면 되지 않습니까."

이때는 원고조차 그 중이 이처럼 혹독한 형벌을 받으면서도 아무것도 자백하지 않는 것을 보고 이렇게 생각했지요.

'우리 집은 과거에 이 중과 내왕한 적이 전혀 없다. 헌데 어떻게 우리 집 여자를 꾀어낼 수가 있겠는가? 설사 꾀어냈다손 치더라도 어째서 같이 도망치지 않고 기어이 딸을 죽여야만 했을까? 정말 죽였다고 치자. 그래도 자신은 도망칠 수 있었을 텐데 어째서 이 우물 안에 같이 있었을까? (…) 여기에는 억울한 사정이 있을지도 모른다!'

그래서 현령 앞으로 가서 이 말을 일일이 다 고했더니 현령이 말하는 것이었습니다.

"맞기는 맞는 말이다. 허나, … 이 간교한 중은 캄캄한 밤에 우물에 빠졌으니 선량한 자가 아님이 분명하다.[35] 게다가 입으로 허튼소리를 하면서 사람을 속이지 않았느냐. 보아하니 여기에는 말 못 할 사정이 있을 것이다.[36] 다만 … 범행을 저지를 때 쓴 칼이나 몽둥이가 보이지

---

34)【즉공관 측비】冤哉。원통하기도 하지!
35)【즉공관 측비】亦是。그건 그렇지.
36)【즉공관 미비】有此成心, 又有此妄事。安得不枉之。이런 생각을 갖고 있으면서도 그런 경솔한 일을 저지르니 어떻게 억울하게 여기지 않을 수가 있겠나!

않고 몸에도 장물이 없으니 이 사건을 종결하기는 어렵구나. (…) 내 일단 그를 감옥에 가두어놓을 것[37]이니 너희는 각자 밖으로 가서 수소문을 해보아라. 네 여식은 평소 분명히 행적에 의심스러운 점과 은밀히 내왕하던 자가 있었을 것이고, 집안에도 분명히 잃어버린 물건이 있을 것이다.[38] 그러니 일일이 신경을 써서 자세히 조사하면 저절로 진상이 드러날 것이다!"

사람들은 그 분부를 따라 즉시 흩어져 관아를 나왔습니다. 동쪽 복도 중도 혼자 감옥에 갇혀 고초를 겪은 것은 말할 필요도 없지요.

계속 이야기를 들려드리지요. 이 마 씨 댁으로 말씀드리자면, 기주 고을의 부자로, 남들이 다들 '마 원외'라고 불렀습니다. 집안에는 딸이 하나 있었는데 남달리 아름답게 컸으며, 어려서부터 외사촌 오라비인 두杜 선비와 서로 연모하면서 부부가 되기로 몰래 약속한 사이였지요. 그러나 두 선비는 집안이 가난했습니다. 그렇다 보니 전부터 남에게 부탁해 몇 번 혼담을 넣었지만 마 원외는 그 집이 가난한 것이 마뜩치 않아서 몇 번이나 혼사를 물린 참이었지요. 그러나 정작 딸이 속으로 그에게 시집 갈 생각만 하고 있는 줄은 몰랐지 뭡니까. 둘 사이를 오가면서 연락을 취하고 서신이며 기별을 전하는 일은 전적으로 유모가 했습니다. 그녀는 이 딸이 어릴 때부터 젖을 먹여 키운 사람이

---

37) 일단 그를 감옥에 가두어놓을 것[監候]: '감후監候'란 '참후斬候'라고도 하는데, 참형 판결을 받은 죄인에게 즉시 형을 집행하지 않고 일단 잠시 감옥에 감금했다가 가을의 재판 또는 아침의 재판이 끝나면 형을 집행한 것을 말한다.

38) 【즉공관 측비】這却是。그거야 그렇지.

었지요. 그러나 이 유모는 나쁜 여자로, 오로지 그 어린 아씨를 부추겨 춘정을 자극하고 부당한 방법을 써서 그 틈에 그녀의 물건을 등쳐먹곤 했답니다.[39] 딸의 속마음이 그렇다는 것을 알고 그 사이에서 뚜쟁이 노릇을 하면서 둘이 서로 불처럼 뜨거운 연정에 빠지게 만든 거지요. 그렇기는 하지만 둘의 혼사를 성사시킬 수는 없었습니다.

딸이 어느 사이에 다 컸을 때 두 집안에서 혼담이 들어왔습니다. 마 원외는 진작부터 점찍어놓았던 사람이 있어서 약혼을 시킬 생각이었지요. 그러자 딸은 좀 다급해졌던지 유모와 의논을 했습니다.

"난 일편단심으로 두 씨 댁 오라버니만 사랑할 뿐이야. 그런데 지금 나를 엉뚱한 집에 출가시키려 드니 어쩌면 좋지?"

그러자 유모는 못된 속셈으로 이렇게 꼬드겼습니다.

"지난번에 두 씨 댁에서 몇 번이나 청혼을 했지만 원외님은 끝끝내 거절하셨어요. 대놓고 그분한테 출가하겠다고 하면 성사될 턱이 없습니다. 차라리 다른 집에 시집은 시집대로 가시고 그분하고는 몰래 바람을 피우세요."[40]

"내가 남에게 시집을 가놓고 어떻게 또 그런 짓을 할 수 있겠어? 난 오로지 두 도련님한테 시집 갈 생각뿐이야. 절대로 남한테는 시집 가지 않을 테야!"[41]

---

39) 【즉공관 미비】 婦人們只爲此一念, 誤人家兒女不少。 아녀자들이 그저 이런 생각뿐이라면, 남의 집 자녀들을 적잖이 망쳤겠군.

40) 【즉공관 측비】 姦話。 간교한 말이다.

41) 【즉공관 측비】 自在話。 거침이 없는 말이로군.

"아씨가 안 가겠다고 한다고 그게 어디 마음대로 돼요? (…) 나한테 꾀가 하나 있어요. 남한테 출가시키기 전에 그분하고 무리수라도 좀 두는 수밖에요!"

"무리수라니?"

하자마자 유모가 말하는 것이었습니다.

"내가 그분한테 가서 약속을 해놓을 테니까 아씨는 몰래 그분하고 도망치세요. 노잣돈도 좀 두둑하게 챙겨설랑 다른 고을에서 한동안 지내면서 즐거운 나날을 보내세요. 집에서 두 분을 찾아냈을 때쯤이면 두 분은 벌써 합방한 지가 한참 지났을 거예요. (…) 좋은 집안의 자녀들이니 억지로 갈라놓으면서까지 딴 집에 시집보내기는 쉽지 않을 겁니다. 다른 집안에서도 임자가 있는 여자를 원하지는 않고요. 이 꾀라면 … 먹혀들 거예요."

"그 꾀가 정말 훌륭해! 다만 … 꼭 확실하게 약속을 잡아줘!"

"그건 나한테 맡겨 놓으시라니까 글쎄."

알고 보면 마 원외의 집안은 엄청난 갑부였습니다. 딸 방에 있는 물건만 해도 금이며 은이며 보화에 머리의 온갖 장식품이며 옷가지들이 상자마다 가득 채워져 있었지요. 유모는 진작부터 그것들을 눈여겨보고 있었습니다. 유모가 그녀의 이 물건들에 눈독을 들이고 있는 판국에 어떻게 남이 부자가 되는 꼴을 두고 보겠습니까?[42]

그 유모에게는 '우흑자牛黑子'라고 부르는 아들이 하나 있는데, 자기 분수를 모르는 자였습니다. 그저 노름판·씨름판⁴³⁾ 같은 데나 기웃거리고 불한당들하고 어울리면서 때로는 닭서리를 하거나 개를 훔치는 짓까지 일삼았지요. 유모는 자기 양심을 속이고 그녀 앞에서는 자신이 두 도령에게 가서 약속을 잡겠다고 해놓고는 몰래 아들에게 가서 의논을 했습니다. 그러고는 아들에게는 '두 도령을 사칭해서 그녀를 다른 곳으로 꾀여내어 팔아넘기고⁴⁴⁾ 그럭저럭 호강을 누리라'고 이르는 것이었습니다. 그렇게 계책을 꾸민 다음 그녀에게 와서는 이렇게 바람을 넣었습니다.

명대 **씨름판**. 구영, 〈소주 청명상하도〉

---

42) 【즉공관 미비】 殺身之媒。 자기 목숨을 재촉하는 매파로군그래.

43) 씨름판[廝搏行]: '사박廝搏'은 씨름을 말한다. 중국에서는 진·한대에는 '각저角觝(角抵)', 남북조시대부터 남송까지는 '상박相撲'으로 불렀다. 우리나라의 씨름이나 몽골의 보, 일본의 스모[相撲] 모두 기원이 같다. '사박'은 글자 그대로 풀이하면 '서로 붙잡는다'여서 '상박'과 의미상으로 일치한다. 여기서는 우리에게 익숙한 "씨름"으로 번역했다.

44) 【즉공관 측비】 可恨。 고약하기도 하지!

검은 옷의 도둑이 음욕 때문에 사람을 죽이다.

"벌써 약속을 정했어요. (…) 바로 오늘 밤 달이 밝았을 때 먼저 물건을 담장 밖 외양간에 옮겨다 놓고, 그런 다음에 담을 넘어 나가면 돼요!"

이에 앞서 그녀는 유모도 같이 가자고 부탁했습니다.[45] 그러나 유모는 말했지요.

"그건 안 됩니다. (…) 아씨 혼자 가야지 한동안 찾아내지 못할 거예요. 나까지 가면 원외님이 내가 중간에서 일을 벌인 걸 알고 우리 집까지 찾아올 걸요? 그렇게 되면 자칫 일을 그르칠 수가 있다구요!"

여자는 두 도령과 직접 만나 약속을 잡은 적이 없었습니다. 무조건 유모 쪽에서 둘러대는 소리만 곧이들었지요. 이것도 그렇게 될 팔자였던지, 유모가 하는 말이라면 전부 참말로 믿으면서 '여기서 도망치기만 하면 두 도령과 만나 그동안의 소원을 풀 수 있겠지' 하고 여겼지 뭡니까.[46] 그야말로

"본래는 마음을 밝은 달에 내맡겼건만,　　　　　　　本待將心托明月,
그 밝은 달이 하필 더러운 도랑을 비출 줄이야!"[47]　誰知明月照溝渠。

이날 밤, 여자는 유모와 같이 보따리를 잘 묶어 먼저 담장 밖으로 던졌습니다. 보따리가 담 밖으로 떨어지자 여자는 그제야 담을 넘어

---

45) 【즉공관 미비】眞孩子性。可憐, 可憐。이렇게 철부지일 수가! 딱하구나, 딱해!
46) 【즉공관 측비】可憐。딱하구나!
47) 본래는 마음을 밝은 달에~: 원·명대의 속담. 상대방에게 호감을 가졌으나 그것을 인정받기는커녕 실망스러운 결과를 가져오는 것을 두고 하는 말이다.

나가는 것이었지요. 동쪽 복도 중이 으슥한 곳에서 엿보고 있던 바로 그때였습니다. 그때 검은 옷의 사람이 보따리를 둘러메고 앞서 가자 여자는 '두 도령이 검푸른 옷으로 바꿔 입고 남의 눈을 속이려나 보다' 하고 여기고 그 뒤를 따라가면서 대수롭지 않게 여겼지요. 그런데 들판의 우물가에 이르렀을 때였습니다. 달빛 아래에서 잘 보니 우락부락한 검은 얼굴의 거한이지 두 도령이 아니지 뭡니까. 아녀자이다 보니 미처 상황 판단이 되지 않아 얼떨결에 놀라서 소리를 질렀습니다. 흑자는 그녀에게 소리를 지르지 말라고 했지만 어디 그 입을 막을 수 있어야지요.

"이 여자의 이렇게 많은 패물이 죄다 내 짐 속에 있지 않은가. (…) 내가 만약에 저 발 달린 물건하고 같이 길을 가다가 도중에 소리를 지르기라도 하면 내 목숨도 재물도 다 잃고 말지 않겠는가![48] (…) 차라리 이 여자를 없애는 편이 낫겠다!"

이렇게 생각한 흑자는 칼을 빼서 여자의 목을 향해 한 번 그었습니다. 그 가냘프고 겁 많은 여자가 얼마나 버틸 수 있겠습니까? 가련한 한 송이 꽃이 하루아침에 황량한 들판의 풀 속에서 스러지고 마는 것이었습니다그려! 어쩌면 그녀의 생각이 바르지 않은 탓에[49] 이 지

---

48) 【즉공관 미비】小人惟以財爲重, 可恨。 소인배들은 그저 재물이 최고지. 고약하구나!

49) 그녀의 생각이 바르지 않은 탓에[也是他念頭不正]: 원문에는 "야시타염두부정也是他念頭不正"으로만 나와 있는데 글자 그대로 직역하면 "그녀의 생각이 올바르지 않은 탓이기도 했다" 정도로 해석할 수 있다. 여기서 문제는 "그녀[他]"가 누구냐 하는 데에 있다. "그녀"가 마 원외의 딸을 가리킬 수도 있지만 그 유모를 가리킬 수도 있기 때문이다. 전후 맥락을 따져볼 때 개인

경이 되고 만 것이겠지요. 그야말로

> 노름은 도둑질과 같고 간음은 살인과 같다더니,　到近盜兮姦近殺,
> 옛날 사람들 말씀이 틀리지 않았구나!　古人說話不曾差。
> 간음과 노름 이 두 가지에만 물들지 않는다면,　姦到兩般都不染,
> 태평하고 무사하게 사람답게 살 수 있는 것을!　太平無事做人家。

　여자가 죽자 흑자는 즉시 그 시신을 끌고 와서 버려진 우물 속에 던졌습니다. 그러고는 얻은 물건들을 다 챙겨서 나는 것과도 같이 그 자리를 떠났지요. 그러나 이쪽에는 또 운 나쁜 중이 억울한 죄를 뒤집어쓰고[50] 감옥에 갇혀 고초를 당할 줄이야 누가 알았겠습니까!

　"이야기꾼 양반, 만약에 그렇게 됐다면 그야말로 '하늘에 해가 없는 격[51])'이구려?"

　손님들, '하늘에 쳐진 그물은 넓고도 넓으니, 구멍이 난 듯하지만

　적으로는 마 원외의 딸을 가리키는 말로 판단되지만 이야기꾼이 다른 대상 (유모)을 염두에 두고 한 말일 수도 있어서 여기서는 대상을 명확히 지적하지 않고 글자 그대로 "그녀"로 번역했다.

50) 죄를 뒤집어쓰고[頂缸]: '정항頂缸'은 명대에 강남 지역에 유행하던 속어로, 글자 그대로 풀이하면 '항아리를 [머리에] 이다' 정도로 번역된다. 보통 남이 지은 죄를 대신 뒤집어쓰는 것을 두고 하는 말이다. 여기서는 '정항'을 편의상 "죄를 뒤집어쓰고"로 의역했다.

51) 하늘에 해가 없는 격[有天無日頭]: '유천, 무일두有天, 無日頭'란 명대에 강남 지역에 유행한 격언으로, 글자 그대로 풀이하면 '하늘은 있는데 해는 없다'가 된다. 하늘에 해가 없으면 암흑천지가 되는 법이다. 여기서도 세상에 정의는 사라지고 불법만 판을 치는 것을 두고 한 말이다. 여기서는 편의상 "하늘에 해가 없는 격"으로 번역했다.

절대 흘리는 법이 없다'52)는 말처럼, 그 와중에도 응보는 차츰 나타날 수밖에 없답니다!

계속 이야기를 들려드리지요. 마 원외는 처음에 딸이 보이지 않자 한동안 사람들을 모아 찾아다니다가 뜻밖에도 이 중과 마주쳤고, 딸의 시신과 한참 동안 같이 있었던 것을 알고 그를 끌고 가서 옥에 가두었던 거지요. 그러나 정작 자기 집에서는 자세히 살펴보지 않은 상태였습니다. 마 원외가 집에 가서 곰곰이 생각해보니 왠지 이상하다는 생각이 들었습니다.

"어쩌면 … 중이 연루된 일이 아닐지도 모른다."

그래서 딸 방에 가서 살펴보는데 가만 보니 패물을 보관했던 상자들이 텅텅 비어 있는 것이 아닙니까.

"이건 누군가가 사전에 약속을 잡고 데려간 것이 분명하다. 허나, … 평소에는 아무 낌새조차 없지 않은가. 만약에 정을 통하던 놈과 함께 도망쳤다면 어째서 살해까지 당한 걸까?"

마 원외는 이 상황이 당최 납득이 되지 않았습니다. 그래서 하는 수 없이 없어진 물건들을 분실물 명단으로 작성해 여기저기에 방을 붙이고 상금을 내걸어 이번 사건의 진상을 분명히 밝히기로 했지요. 유모는 마 씨 댁 아씨가 피살되었다는 소식을 듣는 순간 자신만은

---

52) 하늘에 처진 그물은~[天網恢恢, 疎而不漏]: 노자老子《도덕경道德經》제75장 (백서본 제38장)에 나오는 말. 능몽초 당시의 판본에는 마지막 글자가 '루漏'로 되어 있지만 백서본 등 한대 전후의 판본에는 '실失'로 나와 있다.

진상을 알고 있었으므로 손에 땀을 흘리면서 속으로 아들을 원망했습니다.

'그냥 아씨를 데려가기만 하라고 했더니 (…) 아니 어쩌자고 그런 정신 나간 짓53)을 저질렀단 말이냐!'

유모는 남들 눈을 피해 아들을 만나서 은밀히 한바탕 꾸지람을 하고는 아들에게 단단히 당부했습니다.

"조심해야 한다. 사람 목숨이 달린 일인데 일을 크게 만들어버렸단 말이다!"

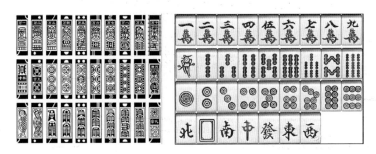

엽자희 패(좌).여기서 진화한 것이 나중의 마작(우)이다.

그러나 또 날이 좀 지나자, 우흑자는 차츰 경계심이 느슨해져 돈을 가지고 노름판에 가서 노름을 하기 시작했습니다. 그런데 돈을 걸기

---

53) 정신 나간 짓[沒脊骨事]: '척골脊骨'은 척추뼈·등뼈를 가리키므로, '몰척골사沒脊骨事'는 글자 그대로 '등뼈가 없는 일'로 풀이되어서 남들 앞에서 당당하게 서 있을 수 없을 정도로 부끄러운 짓. 저지른 것을 두고 한 말로 해석된다. 여기서는 '낯을 들지 못할 일'로 이해하여 편의상 "정신 나간 짓"으로 번역했다.

만 하면 꽝54)만 나오는 걸 어쩌겠습니까? 순식간에 돈을 몽땅 다 날려버리고 말았습니다. 그는 다시 돈을 가지러 가려고 했지만 흥이 오르다 보니 도저히 그때까지 기다릴 수가 없었습니다. 그렇다고 옆에서서 물끄러미 구경만 하자니 그것도 못할 짓이었지요. 그래서 손을 허리춤으로 뻗어 금테를 두른 귀한 비녀를 한 쌍 꺼내55) 잡히고 노름을 계속했습니다. '돈을 따서 도로 돌려받으면 아무 상관이 없겠지' 싶어서 말이지요. 그러나 한 번 떠난 운은 되돌아오지 않는다는 것을 누가 알았겠습니까? 그저 돈을 다 잃고 돌아가는 수밖에 없었지요. 노름판에서 잡힌 물건은 찾지도 못한 채 개평56)을 분배하는 뚱보 황黃 가의 손에 들어가고 말았답니다.

뚱보 황 가가 그것을 가지고 집에 갔더니 그의 아내가 그것을 발견하고 말하는 것이었습니다.

"당신 어디에서 이런 대단한 물건을 구했수? (…) 출처가 불분명한 물건은 받지 말아요. 나중에 일 납니다!"

"준 사람이 있는데 뭐가 출처가 불분명해? 우흑자가 잡힌 물건일세!"

---

54) 꽝[叉色]: '차색叉色'은 명대의 도박 용어이다. 당시 노름판에서는 개평[頭錢]으로 준 돈 여섯 닢이 전부 정면인 경우에는 노름에서 진 것으로 간주하여 '곱표[×]'를 표시했다고 한다. 여기서는 편의상 "꽝"으로 의역했다.
55) 【즉공관 미비】 天也。 맙소사!
56) 개평[捉頭兒]: '착두아捉頭兒'는 명대에 강남 지역에 유행하던 속어로, 노름판에서 이긴 쪽이 번 돈에서 일부를 떼어 도박장의 주인이나 편의를 제공한 이에게 주는 구전이나 개평을 말한다. '추두抽頭' 또는 '추두아抽頭兒'로도 쓰며 '착두아'는 발음이 좀 다르기는 하지만 '추두아'와 같은 말이다.

"이렇다니까, 글쎄! 우흑자는 처자식도 없는 녀석이에요. 노총각이라고요! (⋯) 그런 자가 이런 물건을 가지고 있다는 게 말이나 돼요?"

황 가는 갑자기 생각이 났던지 이렇게 말했습니다.

"그러게? (⋯) 마 씨 댁 아씨가 남한테 살해되었다지 않소? 분실물 명단을 보니 대부분이 머리를 꾸미는 장신구더군. (⋯) 녀석은 그 유모의 아들이니 ⋯ 그 분실물들은 어쩌면 ⋯ 녀석이 틈을 타서 자기 집에 빼돌려 놓았을지도 모르겠군!"

"내일 당장 그 댁에 가서 돈으로 바꾸어 달라고 하면 분명히 뭐라고 하는 말이 있을 거예요. (⋯) 만약 마 원외가 그걸 알아보면 우리가 먼저 상금을 챙기게 될 테니 얼마나 좋수?"

아내가 이렇게 말하자 황 가는 그렇게 하기로 작정했습니다.
다음 날이 되어서 황 가가 비녀를 가지고 바로 마 원외의 전당포로 향하는데 마침 원외가 걸어 나오는 것이 아닙니까.

"물건이 하나 있어서 원외님한테 확인을 받으려고 가지고 왔습니다. 아시는 물건이면 소인에게 상금을 주시고 ⋯ 처음 보시는 거라면 돈으로 좀 바꾸어 주십시오."

황가는 그 비녀를 꺼내 원외에게 건넸습니다. 원외가 그것을 보니 딸의 것인지라 대뜸 따져 물었지요.

"이게 ⋯ 어디서 난 겐가?"

뚱보 황가는 우흑자가 노름을 하느라 비녀를 잡힌 일을 자세하게 일러주었습니다. 마 원외는 고개를 끄덕이면서

"더 말할 필요도 없네. 그 모자 둘이 내통해서 꾸민 짓이었군!"

하더니 뚱보 황 가를 후하게 대접하고 그에게 다음과 같이 각서를 쓰게 했습니다.

"금테를 두른 값진 비녀 한 쌍은 분명히 우흑자가 잡힌 물건입니다. 위에 진술한 내용은 분명한 사실입니다."

그러고는 그를 보고

"외부에는 일단 발설하지 말게!"

하고 당부한 다음 우선 상금의 절반을 그에게 주고 나머지는 일이 끝나면 채워주기로 했지요. 뚱보 황 가는 자신이 제보한 내용에 틀림이 없자 흐뭇해하면서 그 자리를 떠났습니다. 원외는 그 비녀 두 개를 소매 속에 집어넣고 안으로 들어가 유모를 보고 말했습니다.

"자네 어디 말 좀 해보게. (…) 지난번에 아씨가 어떻게 도망쳤다고?"

"원외님께서는 농담도 잘 하시네요. 원외님도 여기 계셨고 저도 여기 있었지 않습니까. (…) 남들 다 모르는 일을 쇤네가 어떻게 안다고 뜬금없이 쇤네한테 물으세요?"

유모가 이렇게 말하자 원외는 비녀를 꺼내더니 말했습니다.

"전혀 아는 바가 없다면서 … 그래, 이 물건은 어째서 자네 집에서 나왔을꼬?"

유모는 비녀를 보자 허심병虛心病이 도졌는지 그것이 아들이 잡힌 것임을 알아채고 놀란 나머지 얼굴이 흙빛이 되고 심장이 다 쿵쿵 뛰지 뭡니까.57)

"길가에 떨어뜨린 걸 누가 주웠겠지요 …."

유모가 이렇게 얼버무리자 원외는 그녀의 얼굴이 붉으락푸르락하는 것을 보고 분명히 무슨 내막이 있음을 눈치 챘지요. 그러나 일단 내색은 하지 않고 바로 사람을 시켜 우흑자를 찾아오게 해서 그를 꽁꽁 묶은 다음 그길로 현 관아로 끌고 갔습니다. 우흑자는 그래도 길길이 소리를 지르고 날뛰면서 말하는 것이었습니다.

"내가 무슨 죄가 있다고 밧줄로 나를 묶는 거요!"

"네놈이 사람을 죽인 일을 어떤 사람이 벌써 진술했다! 멋대로 지껄이지 말고 떳떳하다면 원님 앞에서 따지거라!"

---

57) 심장이 다 쿵쿵 뛰지 뭡니까[心頭조조가도心頭조조價跳]: 원문의 "심두[비비가도心頭조조價跳]"는 문법적으로 「주어 + 부사구 + 동사」구조를 취하고 있다. 부사구에 해당하는 '비비가조조價'에서 '비비조조'는 의성어이며, '가價'는 구조조사이다. 문성재(2003)에 따르면, '가'는 문법적으로 '값'이라는 특정한 의미를 나타내기 위해 사용한 것이 아니라 음악적으로 특정한 리듬감을 연출해내기 위해 사용한 것(구조조사)이어서 의미상으로는 큰 변동이 없다.

그때 현령이 재판정에 모습을 나타내자 마 원외는 즉시 똥보 황 가의 각서를 들고 문제의 비녀와 함께 전달해 현령에게 보이면서 말했습니다.

"장물과 증인이 모두 있으니 나리께서 끝까지 진상을 밝혀주시기 바랍니다!"

현령은 그것을 보더니 말했습니다.

"저 우흑자라는 자는 어떤 자인가? 너희 집안과 무슨 관계라도 있는가?"

"소인 딸의 유모의 아들입니다!"

현령은 고개를 끄덕이면서

"그러면 관계가 없다고는 할 수 없겠군."

하더니 우흑자를 불러내서 그에게 물었습니다.

"이 비녀는 어디서 난 것이냐?"

우흑자는 순간적으로 할 말이 없자 '어머니가 자신에게 준 것'이라고 둘러대는 수밖에 없었습니다. 현령은 사람을 시켜 그 유모도 잡아오게 했습니다.

"이번 치정 살인 사건의 증거는 바로 유모인 너에게 있을 수밖에 없다. 자백을 받아내야겠다!"

현령이 큰 소리로 유모에게 형벌을 가하게 하니 유모도 더 이상 견딜 수가 없었던지 하는 수 없이 우물쭈물하면서 자백하는 것이었습니다.

"아씨는 평소에 두 도령과 가깝게 내왕했습니다. 그날 밤에도 두 도령하고 야반도주하기로 약속하고 담을 넘어갔지요. 쇤네는 거기까지만 알 뿐입니다. 담을 넘은 뒤의 일은 조금도 아는 바가 없습니다요!"[58]

그래서 현령이 마 원외에게 물었습니다.

"너는 두 아무개라는 자를 아느냐?"

"이종사촌 중에 두 아무개가 있습니다. 예전에 저희 집에 혼담을 몇 번 넣은 적이 있지만 그 집이 가난해서 받아들이지 않았지요! 그 녀석이 몰래 그런 일을 꾸몄는지는 알지 못합니다!"

그러자 현령은 이번에는 두 도령을 잡아오게 했습니다. 두 도령은 평소 은밀히 약속을 하여 정이 매우 두터운 사이였습니다. 그래서 어느 날 갑자기 몰래 도망을 쳤다가 살해되었다는 소식을 듣고 내심 '안 됐다'고 생각하기는 했지만 실제로는 전혀 내막을 모르고 있었지요.

"너는 어째서 마 씨네 여식과 도망치기로 해놓고 도중에 그녀를 죽였느냐?"

---

58) 【즉공관 미비】 기婦。害人如此。간악한 것, 이토록 해코지를 하다니!

현령이 묻자 두 도령이 이렇게 말하는 것이었습니다.

"평소에 외사촌 오누이 사이여서 편지를 주고받으며 가깝게 지내
기는 했습니다. 그러나 … 몰래 도망치기로 약속을 하다니요? 누가
그런 약속을 했다는 겁니까? 누가 그런 증언을 했습니까!"

그래서 현령이 유모를 소환해서 그와 대질시켰더니 유모도 두 사람
이 평소 내왕한 일만 진술할 뿐이었습니다. 그러나 몰래 도망치기로
약속했다는 일에 관해서는 애초부터 그런 정황이 없어서 전혀 대답을
못하는 것이었습니다. 두 도령은 그동안 '물건들을 많이 잃어버렸다'
는 소문을 들어온 참이어서 그 일에 대해서도 즉시 해명하고 나섰습
니다.

"지금 나리께서 장물이 어디에 있는지만 확인해보시면 소생과는
무관하다는 사실을 금방 알게 되실 것입니다!"

현령은 잠시 골똘히 생각해보더니 말했습니다.

"보아하니 두 아무개는 허약해서 결코 사람을 죽일 자가 아니다. 또 우
아무개는 투박하고 사나우니 여자와 정을 나눌 부류가 못 되지. (…) 여기
에는 남의 이름을 사칭해 당사자인 양 꾸민 일이 있음이 분명하다!"[59]

그러고는 즉시 우흑자와 유모에게 모진 형벌을 가했습니다. 그러자
유모는 어쩔 수 없이 자신이 마 씨네 딸의 재물을 탐내서 몰래 아들을

---

59) 【즉공관 미비】 令亦精細, 而不能辨僧事者, 夙冤爲之也。현령이 치밀하면서도 동
쪽 복도 중의 일을 제대로 판결하지 못한 것은 전생의 원업 때문이리라.

시켜 두 도령을 사칭해 약속 장소로 가도록 사주한 것까지는 사실이지만 그 뒤의 일은 알지 못한다고 실토하고 말았습니다. 우혹자는 그래도

"약속한 것이 이자라니 나하고는 상관이 없구면?"

하고 중얼중얼 혼자 억지를 부리면서 두 도령에게 책임을 전가하는 것이 아닙니까. 그러자 현령은 불현듯 생각이 떠올랐던지

"지난번에 그 중이 '밤에 검은 옷을 입은 자가 여자를 데리고 함께 가는 것을 보았다'고 했지! (…) 그 중을 불러서 확인하게 하면 진상이 밝혀지겠군."

하더니 옥졸들에게 큰 소리로 지난번의 그 동쪽 복도 중을 감옥에서 불러오게 했습니다. 동쪽 복도 중이 현령 앞으로 불려 나오자 현령이 물었습니다.

"너는 그날 밤 외양간에서 검은 옷을 입은 자가 들어와 물건을 훔쳐서 여자를 데리고 가는 것을 보았다고 했겠다? (…) 지금 그자가 여기에 있다면 알아볼 수 있겠느냐?"

"그날 밤은 밤이긴 했지만 흰 눈과 달빛 때문에 대낮 못지않게 밝았습니다. 소승은 참선한 지가 오래되어 눈이 꽤 밝지요. (…) 그 사람을 보기만 하면 물론 알아볼 수가 있습니다!"

동쪽 복도 중이 이렇게 말하자 현령은 두 도령을 올라오게 해서

중에게 물었습니다.

"바로 이자인가?"

"아닙니다! 그자는 무척 우락부락하고 건장했습니다. 어찌 이런 문약한 선비일 리가 있겠습니까?"

그러자 이번에는 우흑자를 올라오게 한 다음 그를 가리키면서 물었습니다.

"이자가 맞는가?"

"이자가 맞습니다!"

현령은 코웃음을 치면서 우흑자를 보고 말했습니다.

"이렇게 해서 네 어미의 말이 사실로 밝혀졌구나! 사람을 죽인 것이 네놈이 아니면 누구이겠느냐! 게다가 장물까지 있으니 무슨 변명이 필요하겠는가? 다만 … 유감스러운 것은 이 스님이 난데없이 네놈대신 매질을 당하고 오랫동안 옥살이를 했다는 것이니라!"

그러자 동쪽 복도 중이 말하는 것이었습니다.

"소승의 전생의 팔자가 부른 업보이니 남을 원망할 것도 없지요. 그나마 다행스럽게도 부처님께서 가까이서 보우하신 덕택에 나리의 밝은 지혜로 억울한 누명을 씻게 되었습니다!"

주리 틀기 예시(조선시대)

현령은 이어서 흑우자의 주리를 틀면서 그에게 따졌습니다.

"같이 도망쳤으면 됐지 어쩌자고 그 여자를 죽였단 말이냐!"

흑우자는 그제야 죄를 인정하는 수밖에 없었습니다.

"그녀는 처음에는 저를 두 도령인 줄로 알았습니다. 허나, … 우물 가에 이르렀을 때 저를 보고 두 도령이 아닌 것을 알고 마구 소리를 질러 대지 뭡니까. 해서 엉겁결에 죽이고 말았습니다요!"

"밤에 어디서 칼을 구했느냐?"

현령이 말하자 우흑자가 말했습니다.

"평소 씨름판을 다닐 때에도 몸에 늘 날카로운 칼을 지니고 다녔습니다요. 게다가 밤에 일을 벌이려다 보니 남이 혹시라도 몰래 저를 해칠까 두려워서 지니고 간 겁니다요!"

"내 그래서 두 선비가 한 일이 아니라는 것을 알았느니라."

현령은 이렇게 말하고 마침내 자백한 내용을 일일이 분명히 알렸습니다. 그 결과 유모는 곤장을 맞다가 그 자리에서 즉사하고,[60] 우흑자는 강간과 살인을 범한 죄로 장물의 몰수가 완료된 날 국법에 따라 사형을 집행했습니다. 두 도령과 동쪽 복도 중은 모두 석방되고 다른 관련자들도 각자 돌아간 것은 말할 필요도 없었지요.

그 동쪽 복도 중은 아무 이유도 없이 이번에 이렇게 한바탕 매질을 당하고, 거기다 여러 날 옥살이까지 한 끝에 간신히 풀려났답니다. 그는 산으로 돌아와 서쪽 복도 중을 만나서 자신이 겪은 이런저런 일들을 들려주었지요.

"같이 이렇게 수행을 했고 그날 밤 실제로는 아무것도 나타나지 않았습니다. 그런데 어째서 스님만 그런 환영을 보시고, 그처럼 많은 곤욕을 치르셨을까요?"

서쪽 복도 중이 이렇게 말하자 동쪽 복도 중이 말했습니다.

"그게 도무지 이해되지 않는 대목이올시다!"

동쪽 복도 중은 방으로 돌아와 자신이 아무 이유도 없이 그런 놀랍고 두려운 일을 당하고 그런 고초를 겪은 것은 분명히 자신의 수행에

---

60) 【즉공관 미비】死有餘辜。 죽어도 그 죄가 넘쳐난다!

무슨 부족한 부분이 있었기 때문이라고 생각했습니다. 그래서 부처님 앞에서 자신의 잘못을 뉘우치고 기필코 자신의 전생61)을 보여주십사 기도를 올렸지요.

그는 방석 위에서 사흘 낮 사흘 밤을 차분히 앉아 수행을 계속하다가 마음이 적멸寂滅의 경지에 이르자 별안간 큰 깨달음을 이루었습니다. 알고 보니 마 씨 댁 딸은 그의 전생의 첩이었습니다. 자신이 한순간 아무 이유도 없이 그녀를 의심해 매질을 하고 가두는 바람에 그 같은 원업이 생긴 것이었지요. 금생에서는 중이 되었으니 계율을 지키며 정진하고 고행을 했더라면 원래는 그 업장이 다 사라질 수도 있었습니다. 그런데 하필 그날 밤 누군가가 우는 소리를 듣고 마음이 참담해져 잡념이 생기면서 그 틈에 마장魔障이 들이닥쳤던 거지요. 자신의 눈앞에 펼쳐진 온갖 살벌한 경계들도 그랬습니다. 전생의 원수들이 도사리고 있는 소굴로 내몰려 매질과 옥살이 같은 그런 전생의 빚들을 다 갚고 나서야 그 경계들로부터 헤어날 수가 있었던 것입니다.62) 그는 차분히 수행하는 과정에서 이 같은 인과因果를 깨우쳤습니다. 그리고 이때부터 구도를 향한 마음을 굳게 다잡고 서쪽 복도 중과 끝까지 산을 나오지 않았지요. 나중에는 두 손을 모으고 앉은 채로 해탈63)했다고 합니다. 이 일을 증명하는 시가 있습니다.

---

61) 자신의 전생[境頭]: 원·명대 희곡이나 소설에 자주 등장하는 '경두境頭'는 전생의 상황을 뜻하며, 신이나 부처가 꿈을 매개로 사람들에게 주는 깨우침을 가리키는 경우가 많다. 여기서는 편의상 "자신의 전생"으로 번역했다.

62) 【즉공관 미비】修道者念之。도를 닦는다는 사람들은 이 점에 유념해야지.

63) 앉은 채로 해탈[坐化]: '좌화坐化'란 불교 수행자가 책상다리를 한 채로 세상을 떠난 것을 일컫는 말이다. 여기서는 편의상 "앉은 채로 해탈했다"로 직역했다.

생명이 있으면 어김없이 원업에 싸여 있는 법,   有生摠在業宽中,
생명 없음을 깨달아야 깨달음을 얻게 된다네.   悟到無生始是空。
만약 속된 마음이 전혀 일어나지 않는다면,   若是塵心全不起,
그의 전생의 빚조차 녹아 없어지게 되리라!   憑他宿債也消融。

제37권

굴돌중임은 짐승을 함부로 잔혹하게 죽이고
운주사마는 저승에서 처조카를 구해주다

屈突仲任酷殺衆生 鄆州司馬冥全內姪

卷之三十七

屈突仲任酷殺衆生 鄲州司馬冥全內侄 해제

이 작품은 살생의 죄악을 경계하는 이야기이다. 이야기꾼은 출처를 알 수 없는 자료에 소개된 송대 왕숙단王叔端의 이야기를 앞 이야기로 들려주고, 이어서 이방李昉 등의 《태평광기太平廣記》에 소개된 굴돌중임屈突仲任의 이야기를 몸 이야기로 들려준다.

당대 개원開元 연간에 온현溫縣에 살던 굴돌중임은 부친 사후에 막대한 재산을 상속받지만 주색·잡기에만 몰두하다가 가산을 모두 탕진한다. 중임의 마음을 바로잡으려던 고모부 장안張安은 그가 계속 기행을 일삼자 실망한 채 세상을 떠난다. 생계가 막막해진 중임은 집을 나서기만 하면 남의 집 소나 말을 훔쳐와 밀도살해서 그 고기를 저장해 두거나 별별 기괴한 방법을 다 동원해 살생을 하고 그 고기를 요리해 먹는다. 그러던 어느 날 저녁, 쇠고기를 먹고 있다가 갑자기 들이닥친 정체불명의 두 사람에 의해 어디론가 끌려간 중임은 그곳에서 오래전에 사별한 장안을 만나고 나서야 자신이 저승으로 끌려왔음을 깨닫는다. 마침 저승에서 판관으로 있던 장안은 다른 판관들에게 조카의 선처를 부탁하고, 저승에서 형률을 담당하는 관리는 중임에게 목숨을 잃은 짐승들의 용서를 받아야 이승으로 돌아갈 수 있다고 말한다. 관리가 중임으로부터 죽임을 당한 수만 마리가 넘는 짐승들을 다 불러 모으자 그 짐승들은 당장이라도 중임을 잡아먹을 듯이 성이 나서 으르렁거린다. 관리는 그 짐승들의 목숨 빚을 갚기 위해 중임을 부대에 넣고 비목秘木으로 짜고, 그 몸에서 나온 피는 재판정의 넓은 뜰에 있는 석 자 높이의 계단까지 차오른다. 짐승의 원혼들에게 그 피를 다 마시게 한 관리는 '중임을 이 승으로 돌려보내 원혼들의 명복과 환생을 빌게 해주자'고 설득하여 중 임을 이승으로 돌려보낸다. 이승으로 돌아오다가 한 객줏집에 이르러 기름진 고기가 가득 차려진 것을 본 중임은 고기를 먹으려고 달려들다 가 역겨운 냄새 때문에 먹기를 포기한다. 그제야 그동안 겪은 환상들이 전생에 지은 죄업에서 비롯된 것임을 깨달은 중임은 이승으로 돌아오자 마자 여러 해 동안 수양에 매진하면서 수백 권이 넘는 불경을 필사한 끝에 선과善果를 이루어 천수를 누린다.

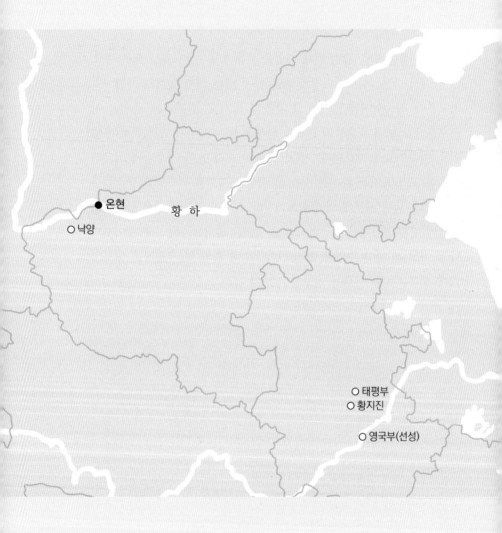

온현
낙양
황 하
태평부
황지진
영국부(선성)

이런 시가 있습니다.

중생은 저마다 목숨을 가졌기에,　　　　　　衆生皆是命,
죽음을 두려워하는 것은 한 마음이거늘,　　　畏死有同心。
어째서 탐욕스러운 자들은,　　　　　　　　何以貪饕者,
짓는 원수가 그토록 깊단 말인가!　　　　　　冤仇結必深。

이야기를 들려드리겠습니다. 생명을 가진 모든 존재는 이 세상에서 따지고 보면 하늘과 땅이 낳은 것입니다. 똑같이 소리를 가지고 숨결을 가지고 지혜를 가지고 오감五感을 가지기 마련입니다. 그러나 사람과는 서로 다른 부류로 존재하지요. 그렇더라도 삶에 집착하고 죽음을 두려워하는 그 마음은 아무래도 같으며, 은혜에 보답하고 원수를 기억하려는 보응 역시 같은 이치이지요. 다만, 사람은 그들보다 좀 더 지혜롭고 기민해서 기술로 그들을 제어할 수가 있습니다. 그래서 소를 몰고 말에 재갈을 물리거나 매를 날리고 개를 부리기에 이른 것입니다. 그것으로도 부족해서 혀 하나 때문에 얼마나 많은 생명을 앗아가는지 모릅니다. 이 중생들은 힘으로는 저항할 수가 없으니 칼과 도마에 몸을 내맡기는 것입니다. 그러나 죽을 때가 되면 마구 퍼덕거리거나 마구 울부짖으며 이리저리 도망치고 숨곤 하지요. 어찌 어리석게 자기 생사도 모른 채 사람이 잡아먹으라며 가만히 있을 수가 있겠습니까. 그래서 세간에서 식탐이 많고 살생을 즐기는 자와 고리타분한 소인배들은 입버릇처럼 이렇게 말합니다.[1]

> "하늘이 만물을 만듦은 사람에게 먹이기 위함이니,[2]   天生萬物以養人,
> 그것들을 먹는 것은 허물이 아니다!"   食之不爲過。

이런 소리는 하늘님이 자기 입으로 그자들에게 하신 말씀일까요,

---

1) 【즉공관 미비】 貪嘴好殺者不足怪, 迂儒小生尤可恨耳。所謂彌近理而大亂眞者也。 식탐이 있고 살생을 즐기는 자는 이상할 것이 없지만 고리타분한 소인배들이 더 괘씸하다. 이런 경우는 이른바 '이치에 가까운 것 같지만 오히려 진실을 크게 어지럽히는' 경우이기 때문이다.

"이치에 가까운 것 같지만 오히려 진실을 크게 어지럽힌다"는 남송의 이학자 주희朱熹(1130~1200)가 엮은 《중용장구中庸章句》〈서序〉에 나오는 말이다. 원문은 대체로 다음과 같다. "… 그런데 이단의 학설이 날이 갈수록 기승을 부려, 도교와 불교의 신도들이 나타나기에 이르렀으나 [이들은] 이치에 가까운 것 같지만 오히려 진실을 크게 어지럽히는 부류이다而異端之說日新月盛, 以至於老佛之徒出, 則彌近理而大亂眞"

2) 하늘이 만물을 만듦은 사람을 기르기 위함이니[天生萬物以養人]: 명대 말기의 민란 지도자 장헌충張憲忠(1606~1646)이 지었다는 〈칠살비七殺碑〉에 나오는 말. 원문은 다음과 같다. "하늘이 만물을 만든 것은 사람에게 먹이기 위함이건만, 사람은 하늘에 보답하는 물건이 하나도 없구나. 죽여라 죽여 죽여라~天生萬物以養人, 人無一物以報天, 殺殺殺殺殺殺殺" 여기서 능몽초가 거론한 살생을 즐기는 소인배는 장헌충같이 조정에 반기를 들고 함부로 살육과 약탈을 일삼는 당시의 반란 지도자들을 빗댄 말로 해석할 수 있겠다. 실제로 능몽초는 명나라 말기에 민란을 일으켜 나라를 어지럽힌 장헌충·이자성李自成 등에 대하여 상당히 부정적인 인식을 가지고 있었다. 《박안경기》 제31권의 〈하 도사는 도술을 빌미로 간음을 자행하고, 주 경력은 간음을 계기로 반군을 무찌르다何道士因術成奸, 周經歷因奸破賊〉에서 능몽초의 그 같은 인식의 일면을 엿볼 수 있다.

자기들이 멋대로 지껄인 소리일까요? 만일 사람이 만물을 먹을 수 있는 것이 바로 하늘의 뜻에 따라 사람에게 먹이는 데에 있다고 한다면, 범이나 표범이 사람을 잡아먹는 사태가 벌어지는 것 또한 하늘이 사람을 만들어서 범이나 표범에게 먹이려고 한 꼴이 아니고 무엇이겠습니까? 모기나 등에가 사람 피를 빨 수 있는 것 또한 하늘이 사람을 만들어서 모기나 등에에게 먹이려는 꼴이 아니고 무엇이겠습니까? 만일 범·표범 ·모기·등에도 사람과 똑같이 말을 할 줄 알고 이야기를 할 줄 알고 글을 쓸 줄 알고 일을 할 줄 안다면 모르긴 몰라도 이렇게 말을 할 것이 뻔합니다. 그러면 사람들이 승복을 하려고 하겠습니까, 안 하겠습니까?

지금까지 옛날 덕이 높은 어른들은 사람들에게 살생을 경계하고 생물을 놓아줄 것을 설득했습니다. 그런 이야기는 하도 많아서 소생이 일일이 열거할 수조차 없습니다. 그래도 말 난 김에 이 몇 마디 직설적이고 후련한 말씀으로 손님들을 좀 웃겨드렸습니다만, 제가 드린 말씀이 일리가 있습니까, 없습니까?[3] 불가에서 말하는 인과응보에 따르면, 육도六道[4]의 중생은 하나같이 원수가 원수를 갚고 살인이 살

---

3) 【즉공관 측비】 絶頂議論。아주 기막힌 말씀이야.

4) 육도六道: 불교 용어. 불교의 윤회설輪廻說에 따르면, 인간은 현세에서 저지른 업에 따라 죽은 뒤에 여섯 세계 중의 한 곳에서 내세를 누리며, 다시 그 내세에 사는 동안 저지른 업에 따라 내래세來來世에 태어나는 윤회를 계속하게 되는데 이를 '육도 윤회六道輪廻'라고 한다. 여기에서 '육도'란 육체적 고통이 극심한 지옥도地獄道, 육체적 고통은 덜하나 굶주림의 고통이 극심한 아귀도餓鬼道, 온갖 짐승·벌레로 살아가는 축생도畜生道, 남의 잘못을 들추고 따지는 사람이 사는 노여움으로 가득 찬 아수라도阿修羅道, 인간이 사는 인도人道, 끝으로 행복이 두루 갖추어진 하늘의 세계인 천도天道를 말한다.

인을 부른 일 천지입니다. 그런 이야기는 아마 몇 년을 해도 다 들려 드릴 수 없을 것입니다.

소생 지금부터 죽음을 두려워하는 중생이 사람의 본성과 다를 바가 없으며 여러분이 아무리 목석같이 무심한 사람이라고 해도 자비심이 생길 수밖에 없는 이야기를 하나 들려드리겠습니다.[5]

송나라 때 태평부太平府[6]에 황지진黃池鎭[7]이라는 고을이 있었습 니다. 십 리 사이에 마을이 있었지만 죄다 무뢰한이나 황실의 망나니 종친, 소나 개를 잡는 백정들만 우글거리는 소굴이었지요. 순희淳熙[8] 10년쯤이었습니다. 왕숙단王叔端과 그 사촌형 성자동盛子東이 같이 영국부寧國府[9]로 가게 되었지요. 그래서 황지진을 지나는 길에 잠시 쉬면서 한가롭게 주변을 둘러보니 들판의 농원에 물소 다섯 마리가 묶여 있지 뭡니까. 성자동이 그중 두 번째 놈을 가리키면서 왕숙단을 보고 말했습니다.

"이 소는 내일이면 죽을 게야."

---

5) *본권의 앞 이야기는 출처를 알 수 없는 자료에서 소재를 취했다.
6) 태평부太平府: 원·명대의 지역명. 원대에는 강남 행중서성江南行中書省에 속한 태평로太平路이던 것을 명나라 태조 주원장이 '태평부'로 개칭하고 남경南京의 직할지로 삼았다.
7) 황지진黃池鎭: 명대의 지명. 지금의 안휘성安徽省 당도현當涂縣 동남부에 해당한다.
8) 순희淳熙: 남송의 제11대 황제 효종孝宗의 연호. 1174년부터 1189년까지 16년 동안 사용했다. "순희 10년"이라면 서기 1183년에 해당한다.
9) 영국부寧國府: 남송대의 지역명. 지금의 안휘성 선성시宣城市 일대에 해당하며, 이전에는 선주宣州·선성군宣城郡·영국군寧國郡 등으로 불리다가 남송 건도乾道 2년(1166)에 영국부로 개칭되었다.

"어째서 그렇습니까?"

숙단이 묻자 자동은 이렇게 말하는 것이었습니다.

"네 마리는 전부 풀을 먹고 있는데 유독 이놈만 풀을 먹지 않고 그저 눈에 눈물이 그렁그렁하니 분명히 그럴 만한 까닭이 있는 게지."

그래서 찻집에 가서 차를 마시면서 그 집 주인에게 물어보았지요.

"저기 저 두 번째 놈은 뉘 집 소요?"

"저 소는 바로 조삼사趙三使10)가 사들인 놈인데 내일 아침에 잡는답니다요."

주인이 이렇게 말하자 자동이 숙단을 보면서 말하는 것이었습니다.

"어떤가?"

다음 날 다시 가보니 네 마리만 남아 있었습니다. 그런데 가만 보니 네 번째 놈도 어제 그놈처럼 풀을 먹지 않고 눈물을 흘리고 있는 것이 아닙니까. 그러다가 두 사람이 느릿느릿 걸어오는 것을 보더니 두 앞발을 꿇는 것이었습니다. 절을 하면서 하소연이라도 하는 것처럼 말이지요.11) 그래서 이번에도 물었더니 찻집에 있는 사람이 말했습니다.

"웬 손님이 오늘 아침에 여기 와서 한 번에 세 마리를 사들였지

---

10) 【즉공관 측비】郇宗室也。 송나라 종실인 게로군.
11) 【즉공관 미비】遇知者而長鳴也。 사정을 아는 이를 만나니 울부짖은 게지.

뭡니까요. (…) 이놈만 남았는데 조만간 잡을 작정입니다."

"짐승조차 그런 사정을 아는구먼!"

자동은 숙단을 설득해 그 주인을 찾아가서 그로부터 비싼 값으로 사들여 근처의 농원에 두니 졸지에 장수하는 소 팔자가 되었답니다.

이 일화만 보면, 짐승도 사람과 똑같이 영특하여 자기 죽을 날을 알고 사람과 똑같이 슬퍼하여 시주施主들에게 빌 줄 안다는 것을 짐작할 수가 있습니다. 그런데 어찌하여 지금 사람들은 심보가 배배 꼬여서 기를 쓰고 남 목숨을 상하게 만들면서까지 순간적으로 입과 배를 채우려고만 들까요? 이게 대체 무슨 까닭이란 말입니까! 설마 저승에 전생의 죄를 검증하는 관리가 없어서인 걸까요? 어쩌면 저승에서는 살생을 가장 무거운 죄로 여기고 검증을 더 철저하게 하는지도 모릅니다. 사람이 죽어서 전생의 원수를 만나 대질하면 스스로 일일이 다 죗값을 갚습니다. 그래서 환생하는 이가 적은 거지요. 그렇다 보니 사람들이 모두 그런 사정을 미처 깨닫지 못하는 것이고, 사람들을 보고 일러주어도 믿으려 들지 않는 것입니다.

소생 이제부터는 환생해서 이승으로 돌아온, 확실하고도 믿을 만한 이야기를 하나 들려드리겠습니다.[12] 그야말로

한 목숨을 갚아 다른 한 목숨을 채우다 보니,　一命還將一命塡,
세상 사람이 그 수많은 원한 납득하지 못하지.　世人難解許多寃。

---

12)　*본권의 몸 이야기는 이방《태평광기太平廣記》권100의 〈굴돌중임屈突仲任〉에서 소재를 취했다.

울음소리 듣고 먹지 않음은 우리 유가의 법도,[13] 聞聲不食吾儒法,
군자라면 어찌 안타까운 사정 들어주지 않겠나![14] 君子期將不忍全。

　당나라 개원開元[15] 연간에 온현溫縣[16]에 어떤 사람이 살았습니다.
성이 굴돌屈突[17]이고 이름이 중임仲任이었지요. 부친은 일찍이 군군郡
의 업무를 관장했는데, 아들은 중임 하나뿐이었습니다. 그렇다 보니
어린 것이 못내 안쓰러워서 아들이 하는 대로 내버려두곤 했지요.
중임은 천성적으로 책 읽는 것을 좋아하지 않아서 하루 종일 노름[18]

---

13) 울음소리 듣고 먹지 않음은 우리 유가의 법도: 《맹자孟子》〈양혜왕 상梁惠王
　　上〉에서 중국 고대의 사상가 맹자孟子가 제나라 선왕[齊宣王]을 위로하면
　　서 한 말. 맹자는 군자가 푸줏간을 멀리하는 것이 큰 사랑[仁]을 지향하는
　　마음을 가지고 있기 때문이라고 여겨 "짐승이 살아 있는 모습을 보면 자연
　　스레 그 짐승이 죽임을 당하는 것을 차마 보지 못하며, 짐승의 울음소리를
　　들으면 그 고기를 차마 먹지 못한다君子之於禽獸也, 見其生, 不忍見其死, 聞
　　其性, 不忍食其肉"라고 말했다고 한다.
14) 【즉공관 미비】腐儒見戒殺者, 便目爲異端。不知孔之不綱不射宿, 孟之不忍見
　　不忍食, 亦異端否。꽉 막힌 유학자들은 살생을 경계하는 이를 보면 이단으로 간주
　　하곤 한다. 공자가 낚싯바늘 쓰지 않고 자는 새 쏘지 않은 일과 맹자가 가축의 주검을
　　차마 보지 못하고 그것을 차마 먹지 못한 일도 이단이란 말인가?
15) 개원開元: 당나라 현종이 713년부터 741년까지 사용한 연호.
16) 온현溫縣: 당대의 지명. 지금의 하남성 북부 초작시焦作市의 직할현이다. 춘
　　추시대에 진晉나라가 처음 설치한 후로 당대에는 맹주孟州에 속했으며, 명
　　대에는 회경부懷慶府에 속했다.
17) 굴돌屈突: 중국 남북조시대 선비족鮮卑族의 성씨. 역사적으로 선비족의 중
　　원 진출과 함께 지금의 하북성 위장圍場 일대로 들어왔으며, 북위北魏를
　　거쳐 당대까지 다수의 장수를 배출했다고 한다.
18) 노름[樗蒲]: '저포樗蒲'는 중국 고대의 도박의 일종으로, 한대 말기부터 유
　　행했다. 놀 때 던지는 나무 조각을 가죽나무로 만들어서 '저포'라고 부르게
　　되었다고 한다. 노는 방법은 우리나라의 윷놀이와 대체로 비슷하다.

저포 놀이

과 사냥만 일로 삼았습니다. 아버지가 죽었을 때는 가동이 수십 명이나 되고 가산이 수백만 금이나 되었으며 논밭이며 집채도 무척 많이 가지고 있었지요. 그렇게 중임이 마음 놓고 여색을 탐하고 폭음을 하고 노름에 빠져 지내다 보니 뜨거운 물을 눈에 끼얹은 것처럼 몇 년도 되지 않아 가산은 모조리 잡히거나 팔려서 바닥이 나고, 가동과 하녀 같은 가솔들도 전부 부양할 수가 없게 되어 뿔뿔이 흩어지고 말았습니다. 남은 거라고는 온현의 그 장원뿐이었는데, 그것마저도 그 주변 농지들까지 차츰 다 처분하고 말았답니다.[19] 그래서 조금 더 지났을 때에는 장원의 자질구레한 가옥이며 건물, 내실까지 다 헐어서 팔아버리고 겨우 가운데의 본채만 보란 듯이 딸랑 하나만 남고 말았습니다. 장원 꼴이 영 말이 아니게 돼버린 거지요. 그렇게 집 안이 가난해지고 보니 입에 풀칠할 대책조차 없지 뭡니까.

중임은 기운이 셌습니다. 그의 가동들 중에 막하돌莫賀咄이라고 부

---

19) 【즉공관 미비】敗落光景如此. 패가망신이 바로 이런 경우이겠지.

르는 녀석이 하나 있었는데, 오랑캐 출신으로 그 힘은 백 명도 상대할
수 있을 정도였지요. 이 주인과 하인은 의논을 잘 한 끝에 둘이 각자
힘이 센 것만 믿고 본분에 맞지 않는 일들까지 하기로 결정했답니다.
그렇다고 해서 남의 집을 털러 다니는 것을 즐기지는 않고 사람을 죽이
거나 불을 지르러 다니기를 즐기는 것도 아니었지요. 그가 즐겨 먹는
것은 소나 말의 고기였습니다.[20] 그것을 살 돈이 없자 막하돌과 같이
밖으로 나가 훔칠 작정을 했지 뭡니까. 밤마다 해가 기울고 나면 둘이
작당해서 그길로 오십 리 밖까지 나갔습니다. 소를 발견하면 다짜고짜
두 뿔을 잡고 뒤집어서 등에 진 다음 그것을 지고 집으로 돌아왔습니
다. 말이나 나귀를 마주치면 고삐를 그 목에 묶고 마찬가지로 등에
져서 돌아왔지요. 그리고 집에 도착해서 등에 졌던 것을 땅바닥에 던
지면 모두 숨이 끊어져버리곤 했습니다. 그러고 나면 집 안에 땅을
파고 큰 항아리 몇 개를 묻은 다음 소나 말의 고기를 담았습니다. 가죽
과 뼈는 발라내어 집 뒤의 큰 구덩이에 버리거나 불에 태워버렸지요.
　두 사람은 처음에는 자기 배만 원 없이 불릴 생각이었습니다. 그랬
는데 나중에는 훔친 것이 늘어나자 아예 막하돌을 시켜 그것들을 꺼
내 읍내로 가져가 쌀로 바꾸어 먹거나 돈으로 바꾸어 쓰곤 했습니다.
그런데 아주 능숙하게 해낼 뿐 아니라 날마다 그 짓을 하다 보니 아예
둘의 생계가 돼버렸습니다그려. 거기다가 오가는 거리가 워낙 멀고,
내빼는 걸음도 하도 날쌔다 보니 자연히 아무도 의심하는 사람이 없
었지요. 그래서 마을 사람들은 더 이상 가축을 바깥에 내놓을 엄두를
내지 못했습니다.

---

20) 【즉공관 미비】賦質既奇, 出想皆異。천성이 기이하다 보니 발상까지 이상하구먼.

골돌중임이 짐승을 함부로 잔혹하게 죽이다.

종임은 거기다가 살생을 즐겼습니다. 낮에 할 일이 없으면 기거하는 집에 활과 화살·그물·새총을 가득 늘어놓고 온갖 방법을 다 써서 살생할 궁리만 했습니다. 외출해서 마실이라도 다녀올 때면 한 번도 빈손으로 돌아온 적이 없었지요. 노루·사슴 같은 짐승이나 토끼에서부터, 까마귀·매 같은 새나 참새까지, 눈에 띄기만 하면 기필코 꾀를 써서 그것을 잡아다 먹어치워야 직성이 풀렸답니다. 귀가할 때만 되면 어깨에 메고 등에 지고 손에 들고 다리에 맨 것이 죄다 날짐승 길짐승으로, 한 번에 집 한쪽에 사냥한 전리품이 가득 쌓였습니까. 그러고 나면 둘은 이번에는 그것들을 만지고 다듬어서 온갖 방법을 다 동원해 요리해 먹을 궁리를 했지요. 설사 목숨이 붙어 있는 것일지라도 절대로 단칼이나 한 주먹에 죽이는 법이 없었습니다. 그것들을 다룰 때에도 온갖 묘안을 다 짜냈지요. 산 채로 간을 자른다든지, 산 채로 힘줄을 뽑는다든지, 산 채로 혀를 끊는다든지 산 채로 피를 뺀다든지 하면서 말입니다. 뭐 단칼에 죽이면 살이 부드럽지 않다나요?

예를 들어 산 자라를 잡아 왔다고 칩시다. 그러면 줄로 네 다리를 묶고 해가 이글거리는 바깥에 꽁꽁 묶어서 말리는데, 자라가 갈증을 느끼면 바로 소금을 탄 술을 그놈 머리에 들이부으니 자라로서는 그 술을 먹지 않을 수가 없었지요. 그런 다음에 그놈을 삶으면 그 자라는 속까지 술에 절어서 맛이 기막히게 좋다는 식이었습니다.[21] 또, 나귀를 끌어다 집안에 묶어놓고 그 앞에 잿물을 한 항아리 갖다놓은 다음 사방에서 불로 겁을 주기도 했습니다. 그러면 그 서슬에 목이 마른 나귀가 그 잿물을 마시고 얼마 후에는 똥과 오줌을 동시에 지리면서

---

21) 【즉공관 미비】 一日有幾作業乃爾。 하루에도 몇 번이나 이런 식으로 죄업을 지었구먼그래!

급기야 나귀의 오장육부가 온통 더럽혀지고 말지요. 그런 다음에 술을 가져와 산초·소금 등 온갖 조미료를 다 섞어서 또 먹이면 불에 델까 두려워서 불을 보기만 해도 먹어치우기 바쁘지요. 그렇게 되면 숨통이 끊어지기도 전에 겉의 가죽과 고기는 다 익고 속은 간이 잘 밴다는 식이었습니다.

하루는 웬 고슴도치를 한 마리 잡아 왔지 뭡니까. 고슴도치는 온몸이 단단한 가시 투성이여서 손질하기가 몹시 불편했지요. 중임은 막하돌과 의논을 했습니다.

"이대로 그냥 포기해야 할까?"

그러다가 기막힌 방법을 생각해냈습니다. 소금을 좀 섞은 진흙을 켜켜이 바르고 또 바르기를 되풀이해서 고슴도치를 전부 진흙으로 싼 다음 불에다 굽는 방법이었지요. 속이 익을 때까지 구운 다음 겉의 흙을 다 털어내면 고슴도치의 거죽과 가시가 몽땅 흙과 함께 홀라당 벗겨지고 잘 익은 알맹이 속살만 남는 것이었습니다. 거기에다 소금이며 간장까지 곁들이면 정말 꿀맛이라지 뭡니까! 둘이 벌이는 짓이 언제나 이런 식이었습니다. 그 짓거리를 증명하는 시가 있습니다.

날짐승 잡고 길짐승 쫓기를 그친 적 없어서,	捕飛逐走不曾停,
몸에는 늘 피비린내를 달고 사는구나.	身上時常帶血腥。
거기다 삶고 굽는 온갖 기술 다 부렸으니,	且是烹炰多有術,
그런 수완이라면 나랏일[22]도 잘 해냈을 것을!	想來手段會調羹。

---

22) 나랏일[調羹]: '조갱調羹'은 글자대로 풀면 '국에 간을 하다'로 번역되지만, 중국의 고대 문학 작품에서는 '나라를 조화롭게 만들다', 즉 국정을 잘 처리

계속 이야기를 들려드리지요. 중임에게는 고모부가 한 사람 있었습니다. 전임 운주사마鄆州司馬로서 성은 장張, 이름이 안安이었지요. 처음에는 중임의 가세가 점점 기우는 것을 지켜보면서 그가 고생을 좀 하기를 기다렸다가 그를 거두어서 개과천선하도록 설득할 생각이었습니다. 그러나 나중에는 그가 벌이는 소행들을 보고 있자니 갈수록 사람 같지가 않지 뭡니까. 그래서 늘 타이르기도 하고 빈정거리기도 했지만 도무지 말을 듣지 않았지요. 장 사마는 중임이 처형의 외동아들인 것을 딱하게 여겨서 늘 마음에 두고 있었습니다마는 천성부터가 정상적이지 않으니 어쩌겠습니까? 좋은 말로 깨우칠 위인이 아니라는 것을 알고 결국 포기할 수밖에 없었지요. 나중에 사마가 죽고 나서는 더더욱 중임의 귓전에 좋은 말 따위는 들리지 않게 되어 온갖 고약한 짓이란 짓은 다 저질렀습니다. 그렇게 십 년 넘는 세월을 보냈지요.

그러던 어느 날이었습니다. 가동 막하돌이 병으로 죽고 말았지 뭡니까. 중임에게 조수가 없어졌으니 어린 시절 자신에게 젖을 물렸던 나이 든 유모라도 찾아 데려와 집을 지키게 하고 자신은 전처럼 혼자서 그 밥벌이를 하는 수밖에 없었습니다. 그로부터 달포쯤 지났을까요? 어느 날 지녁 집에서 소고기를 먹고 있을 때었습니다. 갑자기 검푸른 옷을 입은 사람 둘이 다짜고짜 뛰어 들어오더니 중임에게 오라를 씌워 어디로 끌고 가는 것이 아닙니까! 중임은 기운만큼은 자신이 있었으므로 몸을 버둥거렸습니다. 그러나 어찌된 영문일까요? 이때만큼은 그 기운이 다 어디로 가버렸는지[23] 꼼짝도 못하고 순순히 그들

하여 나라를 잘 다스리는 것을 두고 하는 말로 사용된다. 여기서는 후자의 뜻으로 사용되었다.

23) 【즉공관 미비】正是萬般將不去時節。그야말로 '그 어떤 것도 가져갈 수 없는' 순간

을 따라 갈 수밖에 없었지요. 그야말로

땅바닥 가르는 발톱을 지니고,	有指爪劈開地面,
구름 타고 푸른 하늘 날아오를 줄도 안다지만,	會騰雲飛上靑霄。
땅으로 꺼지고 하늘로 솟는 재주가 없다면,	若無入地升天術,
눈앞의 이 재앙을 어찌 피할 수 있겠는가?	目下災殃怎地消。

중임이 검푸른 옷의 두 사람에게 물었습니다.

"나를 어디로 끌고 가는 게요!"

"너희 집 종이 너를 지목했다! 가서 대질을 좀 해줘야겠어."

중임은 도통 무슨 영문인지 알 수가 없었습니다. 그렇게 검푸른 옷의 두 사람을 따라서 어떤 큰 뜰에 도착하니, 재판정이 열 칸 넘게 있고 판관이 여섯 명 있는데, 판관마다 두 칸씩 차지하고 앉아 있었습니다. 중임이 마주한 쪽은 맨 서쪽의 두 칸이었지요. 판관은 아직 모습을 나타내지 않아서 아까 그 검푸른 옷의 사람이 일단 집 아래에 서 있게 하는 것이었습니다. 이윽고 판관이 나타났을 때 중임은 그를 자

이로군!
"그 어떤 것도 가져갈 수 없다萬般將不去"는 원대 잡극 희곡《내생채來生債》에 나오는 말이다. 원래는 불교 대장경大藏經의 "어느 날 저승사자가 닥치면 그제야 [자신이] 꿈속의 사람이었음을 깨닫네. 그 어떤 것도 가져가지 못하니, 오로지 업보만 지니고 갈 수 있을 뿐一日無常到, 方知夢中人, 萬般將不去, 唯有業隨身"에서 유래했다. 저승에서는 재산도 명예도 소용이 없고 오로지 전생에 지은 죄업만 가치 척도로 남는다는 뜻으로, 사람들에게 선행을 권하는 말이다.

세히 살펴보더니 소리를 질렀습니다.

"어이쿠, 이렇게 여기서 뵐 줄이야!"

그 판관이 누구였는지 아십니까? 바로 중인의 고모부인 전임 운주 사마 장안이었습니다![24] 장 사마도 깜짝 놀랐던지

"너는 언제 온 게냐?"

하면서 그를 데리고 계단을 올라갔습니다. 그리고는 그를 보고 말하는 것이었습니다.

"너는 지금 오면 곤란하다. 네 수명은 아직 다하지 않았느니라. (…) 보아하니 대질 때문에 온 게로구나. (…) 어쨌든 간에 이승에 있을 때 남들과는 비교할 수조차 없을 정도로 온갖 악행을 다 저질러서, 죽이고 해친 목숨이 수천 수만이나 되니 원수가 천지에 널렸을 테지. 그러나 … 지금 갑자기 여기에 왔으니 무슨 방법으로 너를 구할 수 있겠느냐?"

중임은 그제야 그곳이 저승임을 깨달았지요. 속으로 그동안 자신이 저지르고 다닌 일을 떠올려보니 겁이 좀 나는지라 머리를 조아리면서 말했습니다.

"이 조카놈이 생전에 타이르시는 말씀을 듣지 않고 저승에 지옥이 있다는 것을 전혀 믿지 않으며 함부로 못된 짓을 저지르다가 오늘 여기까지 끌려왔습니다! 고모부님께서 친척으로서의 정리를 생각하

---

24) 【즉공관 미비】業重者如何有此緣。當爲革命未盡故。 죄업이 무거운 자에게 어떻게 이런 인연이 다 있을까? 분명히 수명이 아직 다하지 않은 탓이겠지.

시고 그저 살려만 주십시오!"

"미리부터 당황할 것 없느니라! 내 다른 판관들과 상의를 좀 해 보마."

그러더니 장 판관이 다른 판관들을 보고 말하는 것이었습니다.

"소생의 처조카 굴돌중임은 지은 죄가 많습니다. 지금 그 종 막하돌 과의 대질을 위하여 소환되었군요. 그러나 녀석의 수명이 아직 다하 지 않았으니 풀어주었다가 그 수명이 다하면 그때 부르도록 합시다. 다만, … 여기까지 온 이상 녀석에게 해코지를 당한 원혼들이 녀석을 놓아주려 하지 않을까 걱정입니다. (…) 어떻게 소생 낯을 봐서라도25) 잘 의논하셔서 녀석이 무사히 살아 돌아갈 길을 찾아주시지요."

다른 판관들이 이렇게 말하자 장 판관은 귀졸鬼卒을 시켜 법률에 밝은 관리를 불렀습니다. 가만 보니 웬 푸른색 옷을 입은 사람이 앞으

판관과 귀졸들

---

25) 【즉공관 미비】冥中也作分上, 何故。 저승에서조차 체면을 따지면 어쩌자는 건가?

로 나와서 절을 하는지라 장 판관이 물었습니다.

"아직 수명이 다하지 않은 죄인을 내보낼 길이 있겠는가?"

법률에 밝은 그 관리가 무슨 일로 그러는지 묻자 장 판관은 중임의 이야기를 그에게 자세히 들려주었습니다. 그러자 그 사람은 이렇게 말했습니다.

"중임은 아마 막하돌과 대질하는 일로 왔을 것입니다. 물론 이승에 서의 수명은 아직 다하지 않았습니다. 그러나 … 원수가 워낙 많습니 다. 혹시 마주치기라도 하면 떼를 지어 몰려와서 곡절도 따지지 않고 무작정 잡아먹으려 들겠지요. (…) 그건 모두 갚아야 할 목숨 값이니 명부冥府에서도 막을 도리가 없사온즉 돌아갈 길은 없을 것입니다."

"중임은 내 친척인 데다가 수명도 아직 죽을 때가 되지 않았다. 그러니 살 길을 열어서 녀석을 살려주도록 하라. 수명이 다하면 자업자 득이니 나도 간여할 수 없지. (…) 그 같은 수난을 벗어날 방법이 없겠 는가?"

장 판관이 이렇게 말하자 그 관리는 한동안 생각을 해보더니 말했 습니다.

"나갈 수 있는 길은 하나뿐입니다. (…) 그에게 죽임을 당한 원수들 이 동의해야 합니다. 그들이 동의하지 않으면 소용이 없습니다."

"그러면 어쩐담?"

그러자 그 관리가 말하는 것이었습니다.

"그 짐승들 중에서 중임에게 죽임을 당한 자들의 경우, 반드시 그 목숨 값을 갚아주어야 모두가 내세에 환생할 수 있습니다. 그러니 지금 그들을 소환하시면 이렇게 달래야 합니다. '굴돌중임은 지금 막하돌과의 대질 때문에 여기에 와 있다. 너희는 그를 잡아먹으면 환생할 수가 있다. 그러나 … 너희가 지은 죄업이 아직 다하지 않았으니 짐승으로 환생할 것이다. 전생이 이 짐승이었다면 내세에서도 그 짐승으로 살아야 한다는 뜻이다. 그러니 소는 다시 소가 되고 말은 다시 말이 되겠지. 만일 중임도 환생시키면 도로 사람이 될 것이고, 그렇게 되면 전과 마찬가지로 너희들을 잡아먹을 테니 너희의 업보는 끝날 날이 없는 셈이다. (…) 지금 조사해보니 중임은 아직 죽을 때가 되지 않아서 잠시 돌아가게 해주어야 한다. 만일 그로 하여금 너희를 위해 내세의 복을 빌어 너희가 각자 짐승으로서의 업을 떨치고 모두 사람으로 환생하여 다시는 사람에게 죽거나 해코지를 당하지 않게 해준다면 그보다 더 좋은 일이 어디 있겠느냐?'[26] (…) 그 짐승들은 사람 몸으로 태어난다는 말을 들으면 분명히 기뻐하면서 명령을 따를 것입니다. 그런 다음에는 중임에게 전생의 목숨 빚을 약간만 갚게 하면 풀어줄 수 있게 되겠지요. (…) 이런 이야기까지 해주었는데도 그들이 따르기를 거부한다면 달리 길이 없을 것입니다."

"그럼 그렇게 해보는 수밖에!"

그러자 법률에 밝은 관리는 중임을 재판정 앞 방에 가둔 다음, 중임에게 죽임을 당했던 짐승들을 판관들이 있는 재판정까지 소환했습니

---

26) 【즉공관 미비】冥中也有術籠絡, 何故。저승에서도 남 구슬리는 술수가 판을 치면 어쩌자는 겐가!

다. 재판정은 넓이가 족히 백 무畝27)는 되는 곳이었습니다. 그런데
중임에게 죽임을 당한 짐승들이 소환에 따라 모두 몰려드는 바람에
순식간에 재판정이 꽉 차버리는 것이었지요. 그 광경을 볼작시면

소와 말이 무리를 이루고,	牛馬成群,
닭과 거위가 떼를 지었구나.	鷄鵝作隊。
수백 가지 괴이한 짐승들이,	百般怪獸,
저마다 발톱 휘두르고 이빨 드러내는가 하면,	盡皆舞爪張牙。
수천 가지 신기한 새들이,	千種奇禽,
끼리끼리 깃을 펴고 날개 퍼덕이누나.	類各舒毛鼓翼。
누가 '영성 가진 것들 중에서는 아둔하다' 그랬나?	誰道賦靈獨蠢,
원수 기억하는 것은 훨씬 더 분명한 것을.	記寃仇且是分明。
'자질에서 너무 차이가 난다' 함부로 말하지만,	謾言稟質偏殊,
보복을 하는 데에는 누구보다도 급하단다.	圖報復更爲緊急。
나는 놈은 날아서 오고,	飛的飛,
기는 놈은 기어서 오니,	走的走,
천자의 상림28)조차 무색해질 정도로구나!	早難道天子上林。
우짖는 놈은 우짖고,	叫的叫,
으르렁거리는 놈은 으르렁대고,	噪的噪,
인간 세상 극락정토는 아니지 싶구나!	須不是人間樂土。

그에게 해코지를 당한 이 짐승들로 말하자면, 소·말·나귀·노새·

---

27) 무畝: 중국의 면적 단위. "일 무"는 대략 666제곱미터 정도이므로, "백 무"
는 6만 6,600제곱미터에 해당하는 셈이다.

28) 천자의 상림[天子上林]: 한 무제漢武帝가 확장해 조성한 황제 전용 동물원.
둘레가 300리나 되고 온갖 희귀한 짐승들을 모아놓은 명소였다고 한다.

돼지·노루·사슴·꿩·토끼에서부터 고슴도치와 나는 새 따위까지 이루 셀 수도 없을 정도여서 수 만 마리는 됨 직해 보였지요. 그런데 그것들이 다 같이 사람의 말로 묻는 것이었습니다.

"저희는 무슨 일로 부르셨습니까?"

"골돌중임이 왔느니라!"

판관이 말을 마치기도 전에 짐승들은 일제히 으르렁거리고 성을 내는가 하면 들썩거리고 발을 동동 구르면서 고함을 질렀습니다.

"네 이 원수놈! 내 목숨 빚을 갚아라, 내 빚을 갚으란 말이다!"

그 짐승들은 성을 내기 시작하자 다들 몸집이 평소보다 갑절이나 커져서[29] 돼지나 양이 말이나 소와 맞먹고 말이나 소가 코뿔소나 코끼리와 맞먹을 만큼 변하지 뭡니까, 글쎄! 중임이 나타나기만 하면 다들 집어삼킬 기세로 말이지요! 판관은 법률에 밝은 그 관리로 하여금 아까 했던 말을 일러서 잘 깨우쳐주게 했습니다. 그러자 짐승들은 자신들을 위해 복을 빌어 사람의 몸으로 환생할 수 있게 해준다는 소리를 듣고 다들 기뻐하면서 도로 당초의 모습으로 돌아가는 것이었습니다. 판관은 그제야 짐승들에게 일단 밖으로 나가도록 분부했고 그것들도 모두가 그 명령을 좇아 재판정 밖으로 나갔습니다.

법률에 밝은 그 관리는 중임을 방에서 풀어놓고 판관을 보고 말했습니다.

---

29) 【즉공관 미비】 卽不倍大, 仲任之肉其足食乎。 갑절이나 커지지 않는다면 중임의 살을 어떻게 먹을 수 있겠나.

18층 지옥 중 제10층 우갱지옥牛坑地獄

"이제 저들에게 목숨 값을 조금이나마 갚을 차례입니다."

그가 말을 마치자마자 옥졸 둘이 손에 가죽 부대를 하나, 비목秘
木[30]을 두 개 들고 왔습니다. 그 관리가 중임을 부대 안에 들어가게
하자 이어서 옥졸이 비목으로 그 부대를 찍어 누르는 것이었습니다.
중임이 부대 속에서 참을 수 없는 고통을 당하는 동안 몸에서는 피가
철철 쏟아졌습니다. 피는 대부분 부대에 난 구멍을 통해 흘러내리는
데, 마치 물뿌리개에서 물이 쏟아져 나오는 것 같지 뭡니까. 옥졸은
비목을 치우고 부대만 든 채 온 뜰을 다 돌면서 피를 뿌려댔습니다.
얼마 후에 그의 피는 계단까지 차올랐는데, 석 자 정도나 될 정도였지
요.[31] 그러자 그 관리는 부대째 중임을 방 안으로 던지고 문을 단단히

---

30) 비목秘木: 미신에 따르면 피를 짜낼 수 있다고 하는 형구의 일종. 문맥상
   비목 두 개를 부대 위에 걸고 탕약을 짜듯이 누르면서 짰던 것으로 보인다.
31) 【즉공관 미비】 安得如許血。 어떻게 그렇게 많은 피가 나왔을꼬?

잠그더니 짐승들을 불러 와서 말했습니다.

"중임의 생피를 다 뽑았다. 그러니 너희 마음대로 먹도록 하라!"

짐승들은 모두가 성을 내는가 싶더니 몸이 다시 몇 배나 커지는 것이었습니다.

"원수놈아, … 네놈이 나를 죽였으니 이제 네놈 피를 먹겠다!"

짐승들은 이렇게 욕하더니 앞 다투어 그 피를 먹으려고 우르르 몰려드는데 날아가고 달려가서 마구 떠들고 우짖어댔습니다. 그러고는 피를 먹으면서 욕을 내뱉는데 가만 들어보니 후루룩 후루룩 하는 소리와 함께 석 자 높이까지 차올랐던 피가 눈 깜짝 할 사이에 바닥을 드러내지 뭡니까, 글쎄. 그것으로도 부족하다는 듯이 다들 땅바닥까지 핥아대더니 뜰의 흙이 다 드러날 때가 되어서야 입을 떼는 것이었습니다.

그 관리는 짐승들이 피를 다 먹을 때까지 잠자코 있다가 이렇게 당부했습니다.

"너희도 이만하면 목숨 빚을 제법 돌려받은 셈이다. (…) 막하돌은 진작에 수명이 다했으니 너희 마음대로 목숨 빚을 돌려받도록 해라. 다만 … 굴돌중임은 지금 일단 풀어주어 집으로 돌아가자마자 너희의 명복을 빌어 너희가 조금이라도 더 많이 사람 몸으로 환생할 수 있도록 하자꾸나."

그러자 짐승들은 하나같이 기뻐하면서 저마다 원래의 모습으로 되돌아오더니 뿔뿔이 흩어졌지요. 정 판관은 그제야 부대에서 중임을 꺼내주었습니다. 중임이 부대에서 나와 몸을 일으켰더니 삭신이 쑤시고 아픈 것이었습니다. 그러자 장 판관이 그를 보고 말했습니다.

"원한의 업보는 일단 해소되었으니 환생할 수 있게 되었느니라. 너도 이제 응보를 직접 보았으니 당장 힘써 복을 쌓도록 해라!"

"고모부님께서 최선을 다해 도와주고 지켜주신 덕택으로 이번 어려움을 극복할 수 있었습니다! (…) 이제 만약 환생하면 스스로 전날의 잘못들을 고치고 다시는 악업을 짓지 않겠습니다! 그러나 전생의 죄가 아직도 무거우니 어떻게 복을 쌓아야 그 죄를 모두 씻을까요?"

"너의 죄업은 하도 무거워서 대충 복을 쌓는 정도로는 다 씻을 수 없느니라. 몸을 찔러 피를 내서 모든 경전을 다 필사해야[32] 그 죄를 다 씻을 수가 있다. 그렇게 하지도 않고 나중에 또 끌려온다면 더 이상 구해줄 수가 없느니라."

중임은 고맙다는 인사를 하면서 꼭 그렇게 하겠다고 다짐했습니다.

"덧붙여 세상 사람들에게 꼭 널리 알려서 그들도 너의 응보를 듣고 살았을 때 참회하고 깨달을 수 있게 해주어야 할 것이다. 그러면 그것도 모두 너의 공덕이 될 것이니!"

말을 마친 장 판관은 즉시 앞서의 그 검푸른 옷의 두 사람을 시켜 중임을 온 길을 따라 돌려보내게 하면서 다시 당부했습니다.

---

32) 【즉공관 미비】血尙有遺耶。 피가 그래도 남았던가 보군?

운주사마가 저승에서 처조카를 구해주다.

"길에서 혹시 보이는 것이 있더라도 절대로 마음이 흔들려서는 안 된다! 내 경고를 따르지 않으면 반드시 낭패를 볼 것이니라!"

검푸른 옷의 두 사람에게는 이렇게 분부했습니다.

"그를 집으로 잘 데려가도록 하라. 녀석은 남은 업보가 하도 많아서 도중에 실수를 할 수도 있으니."

"판관께서 분부하시니 유념하겠습니다!"

중임은 드디어 두 사람과 함께 길을 나섰지요.
그렇게 몇 리를 갔을 때였습니다. 웬 번화한 곳에 이르렀는데 분위기를 보아 하니 이승의 객줏집 같았습니다. 그 모습을 볼작시면

마을 앞에는 초가집이 있고,	村前茅舍,
장원 뒤쪽에는 대나무 울타리 둘렀는데,	庄後竹籬。
시골 술 향기 그윽한 자기 항아리며,	村醪香透磁缸,
탁주 가득 담긴 도기 옹기 즐비하다.	濁酒滿盛瓦甕。
선반에는 베옷이 보이는 걸 보니,	架上麻衣,
어제 마을 도령이 술값으로 잡혔나 보다.	昨日村郎留下當。
술집 발에 쓰인 큰 글자들은,	酒簾大字,
시골 선생이 술에 취해 적어주었나 보다.[33]	鄉中學究醉時書。

---

33) 【즉공관 미비】鬼學究猶書酒簾耶。귀신 선생이 그래도 술집 발에 글도 다 써줄 줄 아는구먼?
여기서 "술집 발[酒簾]"이란 일본식 음식점의 노렝暖簾, のれん처럼, 천으로 만들어 문 앞을 가리는 발을 말한다.

유령34)도 그 맛 보면 잠시 배 멈추고,　　　　劉伶知味且停舟,

이백35)도 그 내음 맡으면 말을 멈추겠구나.　　李白聞香須駐馬。

모두들 황천에는 객줏집 없다더니,　　　　　盡道黃泉無客店,

저승길에도 술집이 있을 줄이야!　　　　　　誰知冥路有沽家。

유령

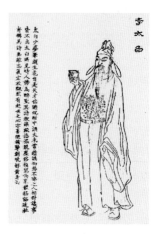
이백. 청각 〈만소당화전〉

---

34) 유령劉伶(221?~300?): 위·진대의 은자. 자는 백륜伯倫으로, 패국沛國 사람
　　이다. 노·장 사상에 탐닉하여 당시의 또 다른 은둔자인 완적阮籍·혜강嵇康
　　·산도山濤·향수向秀·왕융王戎·완함阮咸과 함께 '죽림 칠현竹林七賢'으로
　　일컬어졌다. 술을 즐겨서 '취후醉侯'이라는 별명으로 불릴 정도였으며, 대
　　표작으로 술을 예찬한 〈주덕송酒德頌〉 등이 있다.

35) 이백李白(701~762): 당대의 시인. 박학다식한 데다가 시를 짓는 데에도 남
　　다른 천재성을 발휘하여 중국은 물론 한국·일본에까지 명성이 자자했다.
　　술을 즐겨서 늘 술에 취한 채 시를 읊었기 때문에 '주선酒仙'으로 불릴 정도
　　였으며, 대표작으로는 〈장진주將進酒〉 등이 있다. 황제 현종玄宗이 총애하
　　는 양귀비楊貴妃를 예찬하는 시를 짓게 하자 술김에 황제의 측근이자 당시
　　의 권력자인 고력사高力士에게 자신을 부축하게 한 일화는 유명하다. 고대
　　중국에서는 양조업자는 술을 처음으로 발명한 두강杜康을 수호신으로, 술
　　을 파는 사람들은 이백을 수호신으로 섬겼다고 한다.

중임은 걷느라 배도 고프고 목도 마르던 차에 눈에 객줏집이 들어오자 벌써부터 입가에 침이 고이는 것이었습니다. 그 앞까지 가서 가만 보니 안에서는 피리 부는 놈은 피리를 불고, 노래 부르는 놈은 노래를 부르는가 하면, 한쪽에서는 가위 바위 보36)를 하고 놀면서 만당홍滿堂紅37)입네 여섯입네 고함을 지르며 원 없이 술을 마시고 있지 뭡니까. 게

획권

다가 눈앞에 한 상 가득 차려진 음식들을 보니 전부 기름진 고기와 신선한 물고기, 통통한 닭과 큼지막한 오리들이었지요. 중임은 저도 모르는 사이에 옛 버릇이 다시 발동했습니다. 그는 안에 들어가 좀 앉아서 그 집 음식을 먹고 싶은 생각에 고모부가 당부했던 일은 일찌 감치 잊어버리고 거꾸로 두 사람까지 끌고 들어가려는 것이었습니다.

"들어가면 안 되오! 잘못된 길을 가다간 후회하게 되고 말아요!"

두 사람은 이렇게 말했지만 중임이 어디 그 말을 믿으려 들어야지요. 두 사람은 말리다가 결국 포기하고 말았습니다.

---

36) 가위 바위 보[猜拳]: '시권猜拳'은 중국 고대에 술자리에서 흥을 돋우려고 놀던 놀이로, '획권劃拳·시매猜枚·장구藏鬮·장구藏鉤' 등으로 불리기도 한다. 노는 방법은 가위 바위 보와 비슷하지만 승부를 결정하는 방법은 상당히 다르다. 두 사람이 각자 손가락이나 주먹을 내면서 숫자를 외치고 그 숫자가 쌍방이 낸 손가락의 숫자와 일치하는 쪽이 이기며, 진 쪽은 벌주를 마신다.
37) 만당홍滿堂紅: 명대의 도박 용어. 원래는 비단으로 만든 등롱을 뜻하지만, 도박판에서는 완벽한 승리나 흥청대는 분위기를 묘사하는 말로 사용되기도 한다. 시권 놀이에서는 쌍방이 각자 보를 낸 상황을 가리킨다고 한다.

"기어이 들어가야 되겠다면 우리는 그냥 여기서 기다리겠네."

그러자 중임은 큰 걸음으로 성큼성큼 들어가더니 한 자리를 골라 앉았습니다. 곧이어 점원이 서둘러 안주를 차리는데 중임은 그것을 보고 깜짝 놀라고 말았습니다. 알고 보니 한 사발에는 죽은 사람의 눈알이 들어 있고, 한 사발에는 뒷간의 큰 구더기가 들어 있는 것이 아닙니까! 중임은 있을 곳이 못 된다는 것을 알아채고 몸을 빼서 내빼려고 하는데 점원이 술을 한 사발 따르더니 말하는 것이었습니다.

"술을 먹고 가세요."

중임은 눈치도 없이 팔을 뻗어 그것을 받았습니다. 그러고는 코앞까지 가져다 냄새를 맡았더니 견딜 수 없이 역겨운 냄새가 나지 뭡니까! 알고 보니 그 사발에 든 것은 썩은 시체의 고기였습니다! 그것을 밀치고 먹지 않으려고 하는데 별안간 부뚜막 아래에서 소대가리를 한 웬 귀신38)이 튀어나오

소대가리를 한 귀신

---

38) 소대가리를 한 웬 귀신[牛頭鬼]: 불교 전설에 등장하는 귀신. 소의 대가리를 하고 있다고 해서 '우두귀'라고 불리며, 때로는 우귀牛鬼·아방阿傍·우두아방牛頭阿傍 등으로 불리기도 한다. 불교 경전인 《능엄경楞嚴經》권8에서는 "다섯째는 접촉하는 업보가 나쁜 결과를 불러오는 것이다. 이러한 접촉하는 업보가 닥치면 최후를 맞을 때 우선 큰 산들이 사방에서 닥쳐서 합쳐지므로 다시는 벗어날 길이 없게 된다. [이어서] 망자의 넋에는 커다란 철옹

더니 손에 쇠스랑을 들고 고함을 지르는 것이었습니다.

"냉큼 먹지 않고 뭘 하는 게야!"

그러자 점원이 사발을 들고 와서 억지로 입속에 쏟아 붓는 것이 아닙니까! 그 바람에 중임도 하는 수 없이 역겨운 냄새를 무릅쓰고 억지로 삼키더니 집 밖으로 냅다 달아났습니다. 소대가리 귀신은 이번에는 기괴한 형상의 귀신들을 잔뜩 데리고 와서 소리를 질렀습니다.

"놈을 놓치지 마라!"

중임이 당황해서 어쩔 줄을 모르는데, 가만 보니 검푸른 옷의 그 두 사람이 원래의 자리에 서 있다가 급히 와서 그를 숨겨주면서 귀신에게 호통을 쳤습니다.

"판관께서 풀어주셨으니 무례를 범하지 말라!"

귀신은 중임을 잡아채자마자 그곳을 떠났습니다. 뒤에 있던 무리는 검푸른 옷의 두 사람 말을 듣고서야 뿔뿔이 흩어지는 것이었지요.

"들어가지 말라고 하지 않았나! 끝까지 듣지 않더니 이런 낭패를

성에 불뱀 불개에 범, 이리, 사자, 소대가리 옥졸과 말대가리 나찰이 눈에 들어온다.五者觸報招引惡果, 此觸業交, 則臨終時, 先見大山四面來合, 無復出路. 亡者神識見大鐵城, 火蛇火狗, 虎狼獅子, 牛頭獄卒, 馬頭羅刹."라고 묘사한 바 있다. 또,《오구신경五句辛經》에서는 "옥졸은 '아방'이라고 하는데 소대가리에 사람 손, 두 다리는 소발굽이 달렸는데 기운이 장사여서 산까지 밀어제친다獄卒名阿傍, 牛頭人手, 兩脚牛蹄, 力壯排山"라고 묘사하고 있다.

당하는군! 당초에 판관께서 얼마나 당부를 하시던가? 하마터면 우리 임무까지 그르칠 뻔했어!"

두 사람이 불평하자 중임이 말했습니다.

"저는 괜찮은 객줏집인 줄로만 알았지요. 그 안이 그 지경일 줄 누가 알았겠습니까?"

"그건 바로 네 업장業障39)이다. 헛것이 나타나 네 눈을 홀린 것이다!"

"그게 어째서 제 업장이라는 겁니까?"

"네가 그 사발의 썩은 고기를 억지로 먹기는 했지만 그걸로는 술을 먹인 자라와 나귀의 목숨 값을 다 갚지 못한다."

그러자 중임은 불현듯 참회와 깨달음을 얻고 두 사람을 따라 다시 길을 나섰습니다.

그런데 앞을 보아도 끝도 가도 없이 아득한 것이 당최 동서남북을 분간할 수조차 없었지요. 마치 몸이 구름이나 안개 속에 있는 것 같았지 뭡니까. 얼마 뒤에 다시 하늘에 해가 모습을 드러냈습니다. '이제 이승에 도착했나 보다' 하고 생각하는데 바로 온현 땅이지 뭡니까. 그가 두 사람과 같이 자기 장원의 초당으로 들어가서 가만 보니 거기에 자기 몸이 뻣뻣하게 굳은 채 누워 있고 유모가 그 옆에 앉아 지키

---

39) 업장業障: 불교 용어. 전생에 악한 행위를 저지른 응보로 이승에서 받는 온 갖 장애.

고 있었습니다. 이윽고 두 사람이 손으로 중임의 넋을 그 몸 쪽으로 밀자 중임은 의식을 되찾았는데 눈에 두 사람은 보이지 않고 소리치는 유모 모습만 보이는 것이었습니다.

"나리, 정신을 차리셨군요! 하마터면 제가 당황해서 죽는 줄 알았습니다요!"

"내가 죽은 지가 얼마나 되었던가?"

"나리가 이쪽에서 한창 진지를 드시다가 별안간 돌아가셨으니까 … 꼬박 하루가 지났군요! (…) 그런데도 가슴 쪽은 여전히 온기가 있길래 어디다 옮길 엄두도 내지 못하고 있었는데 정말로 되살아나셨으니 … 이제 됐습니다, 됐어요!"

"그 하루 사이에 예사롭지 않은 일들이 있었네. 저승과 지옥의 별별 광경을 다 보았으니 말일세!"

중임이 이렇게 말하자 노파는 그 이야기가 듣고 싶은지 바로 물었습니다.

"나리, 어떤 광경들을 보셨어요그래?"

"알고 보니 나는 아직 죽을 때가 안 됐더군. 그런데 막하돌이 죽어서 그동안 죽인 원수들과 만나는 바람에 나를 대질시키려고 끌고 간 거였어. … 나 역시 원수가 많아 하마터면 돌아오지 못할 뻔했네! 다행스럽게도 이 사건을 맡은 판관이 바로 우리 장 씨네 고모부님이지 뭔가. 나더러 '이승에서의 수명이 아직 다하지 않았다'면서 내부에서 완곡하게 처분을 내리도록 도와주셔서 겨우 돌아올 수 있었다네!"

중임은 그 광경을 여차저차 이러쿵저러쿵하며 마음껏 다 유모에게 들려주었지요. 그러자 유모는 합장을 하면서 쉴 새 없이 "나무아미타불" 하고 염불을 외는 것이었습니다. 중임이 이야기를 마치자 유모가 또 물었습니다.

"그럼 … 지금 막하돌이는 대체 어떻게 되었답니까요?"

"그 아이는 이승에서의 수명이 다 됐더군. 원한을 진 목숨 빚도 많고 말일세. (…) 나야 이렇게 돌아왔네마는 그 아이는 지옥에서 어쨌든 목숨 빚을 일일이 갚느라 얼마나 고생을 하고 있을지 원!"

"나리는 그 녀석을 보셨어요?"

"판관께서 나를 도와 대질을 시키지 않는 바람에 보지는 못하고 판관의 말씀만 들었네."

그러자 유모가 말하는 것이었습니다.

"꼬박 하루가 지났으니 우리 나리께서 많이 출출하시겠네. (…) 소고기가 아직 좀 남았으니 가져다 드실래요?"40)

---

40) 【즉공관 미비】此牛肉亦淳于之剩酒, 盧生之黃粱。 이 소고기도 순우분이 남긴 술 이나 노 선비의 누런 기장인 셈이군.
순우분淳于棼은 당대의 소설가 이공좌李公佐가 지은 소설 《남가태수전南柯 太守傳》의 주인공이고, 노 선비 즉 노생盧生은 역시 당대의 소설가 심기제

"그런데 말일세. (…) 이제는 우리 고모부님께서 분부하신 대로 피를 내서 경전과 주문들을 필사해야겠네. (…) 그런 음식은 다시는 먹지 않기로 했어!"

"그것도 좋지요."

유모는 그냥 미음만 좀 쑤어서 중임에게 먹게 해주었습니다. 그것을 다 먹은 중임은 일어나 머리를 빗고 세수를 한 다음 거울을 들고 얼굴을 비추어 보다가 비명을 지르고 말았습니다. 알고 보니 저승에서 비목으로 그의 피를 뽑아 짐승들에게 먹이는 바람에 낯빛이 촛농[41]처럼 누렇게 변해 있지 뭡니까, 글쎄!

중임은 이날부터 한 사람을 고용해 초당을 깨끗이 청소하게 한 뒤 우선 경전을 몇 부 구해 와서 향을 피우고 경전을 외우며 두 달 동안 몸조리를 했습니다. 그제야 몸이 차츰 예전처럼 돌아오고 혈색이 돌아오는 것이었습니다. 그러고 나서 팔을 찔러 피를 내서 경전을 한 부씩, 한 권씩 차례로 필사해 나갔습니다. 하루는 누가 그 집을 지나가다가 중임이 경전을 필사하게 된 사유를 묻길래 그 경위를 일일이

沈旣濟(750?~797?)가 지은 소설 《황량몽黃粱夢》의 주인공이다. 두 작품에서 순우분과 노 선비는 사는 동안 온갖 부귀영화를 다 누리는데, 나중에 자리에서 일어나 보니 순우분은 남쪽 가지 아래에서 꾼 꿈이고, 노선비는 기장밥을 짓는 사이에 꾼 꿈이었다고 한다. 남쪽 가지 아래의 꿈이나 기장밥 짓는 사이의 꿈은 곧 덧없는 부귀영화나 허무한 인생을 뜻한다. 여기서 능몽초가 언급한 "순우분이 남긴 술"과 "노선비의 누런 기장"은 '허상'으로 이해하는 것이 좋을 듯하다.

41) 촛농[蠟查]: 명대에 밀랍으로 만든 초의 촛농은 누런색을 띠었다고 한다. 일반적으로 황달이 든 것처럼 누리끼리한 색을 띤 것을 두고 하는 말로, 주로 병이 들거나 놀란 사람의 안색을 묘사할 때 사용한다.

다 들려주었지요. 그러자 그 이야기를 들은 사람들은 모골이 송연해져서 저마다 경전 필사에 쓰라며 경비를 내놓지 뭡니까. 그 덕분으로 필사하는 경전은 날이 갈수록 늘어났답니다. 더욱이 낯빛이 누렇게 뜨고 몸이 야윈 것이 무엇보다도 결정적인 증거였습니다. 그는 초당의 항아리며 초당 뒤쪽의 굴을 가리키면서 사람들을 대할 때마다 말하곤 했습니다.

"이것들은 과거에 죄업을 지은 흔적들입니다. 경계로 삼으려고 남겨놓았지요."[42]

그 집을 오가는 사람들은 그것이 참말임을 알고 나서 생물을 풀어주고 살생을 피하겠다고 맹세하는 것이었습니다.

개원開元 23년[43] 봄, 동관同官[44]의 현령 우함도虞咸道라는 사람이 온현을 지나는 길이었습니다. 그는 길가 초당에서 나이 예순 가까운 사람이 자기 피를 내서 경전을 열심히 필사하는 광경을 보고 그 경전들을 꺼내 오게 했습니다. 그렇게 구경을 하고 보니 벌써 오륙백 권 넘게 필사했지 뭡니까. 그래서 기이하게 여기고 물었습니다.

"어떻게 이토록 모진 각오를 할 수 있었을까요?"

---

42) 【즉공관 미비】此正妙果勝於書經. 이거야말로 오묘한 선과가 《서경》보다 뛰어나다는 뜻 아니겠나?

43) 개원 23년開元二十三年: 서기로는 735년에 해당한다.

44) 동관同官: 중국 고대의 현 이름. 원래는 동관현銅官縣이었으나 남북조시대 북주北周 건덕建德 4년(575)에 '동관현同官縣'으로 개명되었다. 지금의 중국 섬서성 동천시銅川市 일대에 해당한다.

그래서 중임은 전후사를 일일이 들려주었지요. 그러자 우 현령은 신기한 일이라고 감탄하더니 필사에 보태라며 자신의 녹봉을 주고 그 자리를 떠났습니다. 그러고는 가는 곳마다 그 이야기를 사람들에게 퍼뜨린 덕분으로 사람들이 모두 그 사연을 알게 되었습니다. 나중에 중임은 선과善果45)를 이루어 천수를 누렸답니다. 이 경우야말로

"백정 칼을 내려놓기만 하면,   放下屠刀,
그 즉시 부처가 될 수 있다."46)   立地成佛。

라는 경우일 테지요. 이 이야기를 다룬 계송偈頌47)이 다음과 같이 전해집니다.

만물의 운명은 세간에 있어서,   物命在世間,
등급 나누고 그것들 본성 어리석다 비웃지만,   微分此靈蠢。
모든 것은 지각이 있고,   一切有知覺,
저마다 처음부터 부처의 본성을 갖추고 있다네.   皆已具佛性。
그들이 고통당한 육신을 가지고,   取彼痛苦身,
내가 입으로 먹는 데에 쓰니,   供我口食用。
나는 배부르면 지레 비리다 여기면 그만이지만,   我飽已覺腥,

---

45) 선과善果: 불교 용어. 전생에 선행을 쌓아 이승에서 좋은 과보를 받은 것을 말한다.
46) 【즉공관 미비】業重者省之。죄업이 무거운 자들은 이 말씀을 잘 새길지어다!
47) 계송偈頌: 불교 교리를 함축적·반복적으로 설명한 선종禪宗 불교의 짧은 한시인 시계詩偈·송고頌古·가송歌頌을 아울러 일컫는 이름. 원래 산스크리트어에서 '시'를 뜻하는 가타Gatha를 음역한 계타偈陀·가타伽陀를 줄인 '게偈'와 찬송하는 노래를 뜻하는 '송頌'을 합친 합성어이다.

그들은 죽어서도 고통이 그대로 남는다네.[48]   彼死痛猶在。
한 점의 성내고 원망하는 마음이라 한들,   一點嗔恨心,
어찌 그것을 모두 지워 없앨 수 있으리오?   豈能盡消滅。
그런 식으로 육도를 윤회하다 보니,   所以六道中,
돌고 돌며 서로를 잔인하게 죽이곤 하지.   轉轉相殘殺。
바라건대 이 자비심을 품고서,   願葆此慈心,
생물을 접할 때마다 그렇게 대하고자 하네.   觸處可施用。
욕망이 일어나면 벌도 그만큼 많아지고,   起意便多刑,
음식을 줄이면 목숨도 그만큼 아끼는 셈.   減味即省命。
생각이 엇갈리는 짧은 순간에 불과하건만,   無過轉念間,
생사는 일찌감치 결정나버리니,   生死已各判。
죄업을 갚을 때가 되면,   及到償業時,
쌓은 복이 적음을 한스러워할 테지.   還恨種福少。
살아생전에 어찌하여,   何不當生日,
마음대로 쉽게 죄를 지었던가![49]   隨意作方便。
남 구제하는 것이 곧 자신을 구제하는 길이니,   度他即自度,
매사를 이렇게 여김이 마땅하다.   應作如是觀。

---

48) 【즉공관 미비】可以墮淚。눈물을 흘릴 만도 하다.
49) 【즉공관 미비】金石語。금석과도 같은 말씀!

제**38**권

가산 차지한 독한 사위는 조카를 시기하고
친혈육 걱정한 효녀는 아들을 감추어주다
占家財狼壻妬姪 延親脈孝女藏兒

卷之三十八
占家財狠壻妬侄 延親脈孝女藏兒 해제

    이 작품은 선행을 베푼 덕분에 대를 이을 아들을 얻은 부자에 관한 이야기이다. 이야기꾼은 도종의陶宗儀의 《철경록輟耕錄》에 소개된 대도大都 사람 이 총관李總管의 이야기를 앞 이야기로 들려주고, 이어서 무한신武漢臣의 잡극雜劇 《산가재천사노생아散家財天賜老生兒》에 소개된 유종선劉從善의 이야기를 몸 이야기로 들려준다.

    원대에 동평부東平府의 부자 유종선劉從善은 아내 이李 씨에게서 딸 인저引姐를 얻었으나 대를 이을 아들이 없자 조카 인손引孫에게 집안 살림을 맡긴다. 같은 고을의 장랑張郎은 종선이 엄청난 부를 쌓았지만 아들을 얻지 못해 고민하는 것을 보고 그 재산을 노리고 인저와 혼인해 그 집 데릴사위로 들어가지만 속마음은 언제나 본가인 장 씨네에 가 있고 유 씨네는 안중에도 두지 않는다. 그러던 어느 날, 자신의 시중을 들던 여종 소매小梅가 아이를 밴 것을 안 종선은 몹시 반가워하지만 장 서방은 유 씨네 재산을 가로채려던 계획에 차질이 생기자 소매를 없앨 궁리를 한다. 그러자 유 씨네 대가 끊어질 것을 걱정한 인저는 동쪽 마을의 당고모에게 소매를 맡기고 가족에게는 소매가 어디론가 도망쳤다고 속인다. 세 사람이 장원으로 달려와 소매가 사라진 일을 알리자 집안에 분란이 끊이지 않는 것이 자기 재산 탓이라고 여긴 종선은 다음 날 가난한 사람들에게 재산을 나누어준다. 얼마 후, 청명淸明에 선영에 성묘를 간 종선은 누구 집 성묘부터 갈 것인가를 놓고 사위가 딸과 다투는 광경을 보고 그동안 사위 편만 들던 아내 이 씨의 마음을 돌린다. 삼 년 후, 인저의 도움으로 동쪽마을로 피신한 소매는 무사히 낳은 세 살배기 아들을 데리고 종선을 찾아와 그간의 경위를 털어놓고, 종선 내외와 딸 인저, 조카 인손은 종선이 늦둥이를 둔 것을 축하하면서 늦둥이가 종선의 대를 이어 집안의 재산을 지킬 수 있도록 보호해주기로 다짐한다.

○ 상도

○ 대도(북경)

● 동평부(동평현)

○ 남양

이런 시가 있습니다.

자식은 예로부터 하늘이 낸다 했으니,	子息從來天數,
원래 사람 힘으로 할 수 있는 일이 아니지만,	原非人力能爲。
없다가 생긴 경우로는 이 경우가 으뜸이니,	最是無中生有,
사람들 이목을 일신할 수 있겠구나!	堪令耳目新奇。

이야기를 들려드리겠습니다.[1] 원나라 때 도성[2]에 이李 총관總管[3]이라는 사람이 살았습니다. 벼슬이 삼품三品으로 집안이 엄청난 부자였습니다만, 나이가 쉰을 넘겼는데도 자식이 없었지요. 그런데 그가 들자니 '추밀원樞密院[4] 동쪽에 웬 점쟁이가 점집을 하고 있는데 사람

---

1) *본권의 앞 이야기는 명대의 사학자 도종의陶宗儀(1329~1412?)가 지은 《철경록輟耕錄》권22의 〈산명득자算命得子〉에서 소재를 취했다.

2) 도성[都下]: 원대의 도읍인 대도大都를 가리킨다. 대도는 중국의 수도인 지금의 하북성 북경시北京市 일대에 해당한다.

3) 총관總管: 원대의 관직명. 중앙 정부와 지방 정부에 각종 도총관부都總管府와 총관부總管府를 설치하고 각지의 장인·재정, 황제의 행궁이나 사냥 등의 업무를 관장하게 했다.

4) 추밀원樞密院: 중국 고대의 관서 이름. 원대에는 추밀원이 주로 군사 기밀·변방 기무·궁궐 경비 등의 업무를 관장했다.

들의 운세를 봐주는데 신기하게 못 맞히는 것이 없다'지 뭡니까. 총관은 시험 삼아 점을 한번 보러 가기로 했지요. 그때 의관을 정제한 명문 대갓집 사람들이 가득한데 다들 그곳에서 점쟁이가 순서대로 점을 봐주기를 기다리고 있었습니다. 총관은 점쟁이를 보고 말했습니다.

"내 관운과 수명은 더 이야기할 것 없네. 가장 중요한 것 … 내게 아들이 생길지 말지만 봐주면 되겠네!"

그러자 점쟁이는 잠시 점을 쳐보더니 웃으면서 말하는 것이었습니다.

"공께서는 벌써 자제분이 있으신데 어째서 저를 놀리십니까?"

"내게는 정말 아들이 있은 적이 없네. 그래서 점을 보러 온 걸세! (…) 내가 왜 자네를 놀리겠나!"

총관이 말하자 점쟁이는 손가락을 하나하나 꼽아보더니 말했습니다.

"공은 춘추가 마흔일 때 벌써 아드님을 보신 것을요. (…) 올해 쉰여섯 되셨지 않습니까? 그런데 아들이 없다니 저를 놀리시는 것이 아니고 무엇입니까?"

한 사람은 "정말 그럴 리가 없다" 하고 한 사람은 "결코 없을 턱이 없다" 하면서 서로 번갈아 입씨름을 했습니다. 그러자 그 자리에 있던 사람들은 모두가 놀라고 의아하게 여기면서 말했습니다.

"이게 어찌 된 영문이람?"

"소생이 틀릴 리가 없습니다. 공께서 돌아가서 생각해보십시오."[5]

점쟁이가 이렇게 말하면서 가만 보니 총관이 한참을 골똘히 생각하다가 손뼉을 치면서 말하는 것이었습니다.

"그렇지, 그래! (…) 내 나이 마흔 되던 해에 여종 하나가 임신을 했었지. (…) 내가 공무로 상도上都⁶⁾에 부임했다가 나중에 집에 돌아와서 보니 내 처가 벌써 팔아버렸더군. 지금은 그 아이 행방을 모르겠네. (…) 만약 '마흔 줄에 분명히 아들을 보았다'는 말이 사실이라면 그 이유밖에 없어!"

"저는 틀린 말씀을 드리지 않았습니다. 공의 팔자도 고독하지 않으시니 그 아드님은 원래대로 공께 돌아올 것입니다!"

총관은 돈을 주고 고맙다고 인사를 한 뒤 작별하고 그 집을 나왔습니다. 그런데 가만 보니 방금 전에 한자리에서 운세를 물어보던 같은 이 씨 성의 웬 천호千戶⁷⁾가 총관을 찻집에 초대해 앉히는 것이 아닙니까.

---

5) 【즉공관 미비】算者口硬。점쟁이 입이 단호하군.
6) 상도上都: 중국 고대의 지역 이름. 지금의 내몽고内蒙古 자치구의 다룬多倫의 서북쪽 상도하上都河 북쪽에 위치해 있다. 원나라 세조世祖 쿠빌라이 때에 하북성河北省 난하灤河 북쪽에 개평부開平府를 두었다. 중통中統 5년(1264)에 이를 '상도'로 격상시키면서 지금의 북경인 대도大都와 함께 '양도兩都'로 일컬어졌다.
7) 천호千戶: 중국 고대의 관직 이름. 원대에 각 현에 천호소千戶所를 설치하고, 700명 이상의 병력을 통솔하는 곳은 '상천호소上千戶所', 500명 이상을 통솔하는 곳은 '중천호소中千戶所', 300명 이상을 통솔하는 곳은 '하천호소下千戶所'로 일컬었다.

"방금 전에 공과 점쟁이가 나누는 대화를 들었습니다. 헌데, … 소생한 가지 이상한 생각이 들어서 결례를 무릅쓰고 분명히 여쭙고자 합니다."

천호가 말하자 총관이 물었습니다.

"무엇이 궁금하신지요?"

"소생은 남양(南陽)[8] 사람으로, 십오 년 전에 저도 아들이 없었습니다. 도성에 갔을 때 여종을 하나 샀는데, 그 아이는 그때 임신한 상태였지요. 집으로 데려왔는데 제 처도 마침 임신을 해서 한두 달 간격으로 차례로 아들을 하나씩 낳았답니다. 아이들은 지금 둘 다 열대여섯 살이 되었습니다. 방금 전에 공의 말씀을 들었는데 … 혹시 공의 적자가 아닌지요?"[9]

총관이 즉시 하녀의 용모며 나이 따위를 서로 맞추어보니 모두 딱 맞아떨어지지 뭡니까! 그래서 두 사람은 서로 이름과 주소를 밝혔는데, 이것이 남들이 말하는 '용배(容拜)'지요. 어쨌든 각자 헤어져서 그 자리를 떠났습니다. 총관은 집으로 돌아와 아내를 보고 그 사실을 일러주었답니다. 그 아내는 당시 투기를 부려 그런 일을 벌였지만 이제 남편에게 후사가 없는 것을 보니 좀 부끄럽고 후회스럽고 애련한 생각이 들었습니다. 그래서 '오늘 소식이 사실이었으면' 하는 마음이 간

---

8) 남양南陽: 고대의 지명. 지금의 중국 하남성 남양시 일대에 해당한다.
9) 【즉공관 미비】豈知算命, 這番卽是命中宜得子。점을 보니 이번이 바로 전생에 정해진 아들을 얻을 팔자임을 어떻게 알았겠는가?

절했지요.

이튿날, 총관은 천호를 집으로 초대해 본관을 확인하고 족보를 따져보았습니다. 그러고는 음식을 푸짐하게 차려 환대하고 날을 잡아 그의 집으로 가서 사실 여부를 확인하기로 했지요. 천호는 미리 남양으로 돌아갔습니다. 총관은 총관대로 휴가를 내고 출발하면서 많은 물건을 가지고 가서 천호에게 선물하는 한편 그 아내와 첩·하인들에게까지 온갖 예물을 다 돌렸지요.[10] 그러고 나서 자리에 앉으니 천호가 말하는 것이었습니다.

"소생이 집으로 돌아와 똑똑히 물어보니, 그 여종이 정말 댁에서 나왔더군요!"

그러면서 두 아들에게 나와서 절을 올리게 했습니다. 그런데 가만 보니 열대여섯 살 된 도령 둘이 함께 걸어 나오는데 똑같이 차려입고 기백도 별로 차이가 없지 뭡니까. 총관은 두 사람을 보고도 어느 쪽이 자기 아들인지 분간할 수가 없었습니다. 그래서 천호에게 분명하게 일러달라고 부탁하니 천호가 웃으면서 말하는 것이었지요.

"공께서 직접 확인하시지 왜 저한테 그러십니까?"

총관은 한동안 자세히 뜯어보고는 본능에 이끌렸는지 저절로 알아보고 다가가 한 사람을 안고 말했습니다.

"이쪽이 제 아들이로군요!"

---

10) 【즉공관 미비】生子之母有禮物否。 아들을 낳은 생모에게는 예물을 주었나?

그러자 천호가 고개를 끄덕이고 웃으면서 말했습니다.

"정말로 틀림없군요!"

이리하여 아버지와 아들은 서로 손을 맞잡고 소리 놓아 울었습니다. 옆에서 지켜보던 사람들조차 눈물을 흘리지 않는 이가 없었지요. 천호는 잔치를 열어 총관에게 축하 인사를 하고, 다들 얼근하게 취하고 나서야 헤어졌답니다.

이튿날, 총관은 답례를 하기 위해 천호 댁 대청을 빌려 잔치를 베풀었습니다. 그리고 술이 오고갈 때 천호가 총관을 보고 말했지요.

"이렇게 해서 소생이 공께 아드님을 돌려드렸군요! 허나, … 어떻게 아드님 모자를 생이별시킬 수가 있겠습니까?[11] 그 생모도 함께 돌려드리려 하는데 … 어떠신지요?"

총관은 너무도 기뻐서 몇 번이나 고맙다고 인사를 한 뒤, 모자를 데리고 함께 도성으로 돌아왔답니다. 나중에 그는 이 아들을 호적에 입적시키고[12] 자기 벼슬까지 계승하게 하니 품계가 삼품에까지 이르렀습니다. 물론, 천호 댁과도 내왕을 그치지 않았지요.

이 이야기를 볼 때, 사람에게 자식이 있고 없고는 모두가 팔자소관임을 알 수가 있습니다. 이 총관만 해도 '내게는 아들이 없다'고 굳게

---

11) 【즉공관 미비】千戶大是義漢。천호가 참으로 의인이로군!
12) 호적에 입적시키고[通籍]: 중국 고대의 호적戶籍은 각 세대의 직업에 따라 확정되는 신분을 가리킨다. 예를 들어 이 천호는 군적軍籍에 속했지만 이 총관은 관적官籍에 속하는 식이다.

믿고 있었습니다. 그러나 점쟁이가 그에게 아들이 있다는 사실을 알아냈고 결국에는 아버지와 모자가 상봉하지 않았습니까? 이렇듯 팔자라는 것은 벗어날 수가 없다는 것을 알 수 있는 셈이지요.

소생이 왜 이 이야기를 들려드렸을까요? 바로 어떤 갑부의 사례 때문이랍니다. 그 갑부에게는 아들을 얻지 못하는 결함이 있었습니다. 그러나 그 역시 아들이 있는데 남이 숨겨놓은 것을 누가 알았겠습니까? 나중에 어느 날 갑자기 그 사실을 알고 몹시 기뻐했다고 합니다. 이 이야기 속에는 혈육의 친소 관계와 관련된 사정들이 많이 결부되어 있답니다. 소생이 차근차근 들려드리는 이야기를 좀 들어보시지요. 그야말로

가까울수록 더 다정하고,	越親越熱,
가깝지 않을수록 미지근한 법.	不親不熱。
아무리 칡넝쿨 붙잡고 등나무 기어올라도,	附葛攀藤,
따지고 보면 한 집안이 아니란다.	總非枝葉。
술 고수레 하고 죽 바친다고 해도,	奠酒澆漿,
결국에는 혈육이 있어야 하는 법.	終須骨血。
어이하여 시샘 많은 여인네가,	如何妬婦,
모질게도 후사를 끊으려 들었을꼬?	忍將嗣絶。
분명히 전생에,	必是前生,
엄청난 원한의 업보를 지었던 게지!	非常寃業。

이제 이야기를 들려드리겠습니다. 부녀자들의 심성 중에서 가장 두드러진 것은 투기입니다. 부녀자들은 차라리 남편에게 아들이 없어서 대가 끊어질지언정 첩을 사들이자거나 여종을 두자고 말을 꺼낼라치

면 결사적으로 반대하곤 합니다. 설사 개중에 누가 남에게 설득되어 억지로 그런 뜻을 따르게 되었다고 칩시다. 그렇더라도 결국에는 속으로는 무조건 질색하고 꺼리면서 기꺼이 승복하려 들지 않지요. 또 남이 아들을 낳았다고 칩시다. 그것이 친남편의 하나밖에 되지 않는 친혈육이고 거기다가 본래는 자신이 큰어머니 대접을 받는다고 해도

> "한 겹 살을 사이에 두었을 뿐인데   隔重肚皮,
> 한 겹 산을 사이에 둔 것 같구나."13)   隔重山。

라는 말처럼 기어이 친아들과 똑같이 인정해주는 법이 없습니다. 더더욱 악독한 경우는 기어이 요절을 내야 후련해하는 경우입니다. 딸이 사위에게 출가하게 되면 엄연히 성씨가 다르고 자기 문중과 아무 상관이 없게 되는데도 기어이 일가붙이14)로 받아주려고 하지요. 이렇듯 사람을 편애하는 정도에 있어서 외려 남편의 친아들이나 친조카보다 더한 것입니다.

---

13) 한 겹 살을 사이에 두었을 뿐인데 한 겹 산을 사이에 둔 것 같구나[隔重肚皮隔重山]: 원·명대의 격언. 원대 극작가 이치원李致遠이 지은 《환뢰말還牢末》 같은 잡극 희곡에서는 이 격언이 "한 겹 뱃가죽을 사이에 둔 것은 한 겹 담장을 사이에 둔 것과 같다隔層肚皮隔垛牆" 식으로 사용되었다. '한 겹 살을 사이에 둔다'는 것은 곧 자신이 아닌 남을 염두에 두고 한 말이다. 명대 중국인들은 부모와 자녀의 경우처럼 친혈육이 아닌 남남 사이는 지체는 말할 것도 없거니와 정서나 환경도 상당히 다르다고 여겼다. 그래서 자신과 남의 사이를 '한 겹 산' 만큼의 거리에 빗대어 말한 것이다.

14) 일가붙이[的親]: '적친的親'은 원래 '적친嫡親'에서 나온 말로, 혈통적으로 당사자와 가장 가까운 피붙이를 가리킨다. '과녁 적的'은 '본처 적嫡'과 의미상으로는 상관이 없으며, 발음이 같은 다른 글자를 차용한 경우이다. 여기서는 편의상 "일가붙이"로 번역했다.

그러나 '여자는 나면서부터 바깥을 향한다'15)는 이치를 어떻게 알 겠습니까? 아무리 내가 낳은 자식이라도 결국에는 남의 집안 사람인 것입니다. 사위의 경우도 애초부터 두 마음을 가지고 있으니 일단 등을 돌리면 금세 남남이 돼버리고 말지요.16) 그러니 가까운 사이나 두 터운 사이로 치면 사위는 조카만도 못하고 조카는 아들만 못한 셈입니다! 아무리 전처소생이라거나 서모소생이라고 해도 그 뿌리를 따져보면 모두가 친혈육의 자식들이니 어쨌든 간에 한집안인 것입니다. 그러니 생판 남인 사람보다야 훨씬 낫지요. 그런데도 이 부녀자들은 어째

---

15) 여자는 나면서부터 바깥을 향한다[女生外向]: 고대 중국에서 유행한 민간 속설. 후한의 역사가 반고班固(32~92)는 자신이 저술한 《백호통白虎通》〈봉공후封公侯〉에서 "사내는 태어날 때 안쪽을 향하는데 집안에 남는다는 뜻을 가지고 있으며, 여자는 태어날 때 바깥쪽을 향하는데 지아비를 따른다는 뜻을 가지고 있다以男生内嚮, 有留家之義. 女生外嚮, 有從夫之義"라고 기술한 바 있다. 원대 무명씨의 잡극 희곡 《거안제미擧案齊眉》나 청대 문강文康의 소설 《아녀영웅전兒女英雄傳》 등과 같이 원대 이래의 희곡이나 소설에서는 등장인물이 이 속설을 언급하는 장면을 수시로 찾아볼 수가 있다. 여기서는 이 속설을 딸은 친가의 편을 들지 않고 시가의 편을 들기 마련이라는 취지로 언급하고 있다.

16) 남남이 돼버리고 말지요[另搭架子]: '탑가자搭架子'는 현대 중국어에서는 뼈대나 틀을 만드는 것을 가리키는 말로 사용되고 있다. 반면에 경극京劇 등 중국의 전통극에서는 등장인물이 극중에 등장하지 않는 무대 밖의 단원 staff과 대사를 주고받는 행위를 가리키는 연출 용어로 사용되었다. 이런 연출 행위는 일반적으로 희곡에서는 '안에서 대답한다内答', '안에서 응대한다内應', '안에서 시간을 알린다内打更介', '안에서 바람소리를 낸다内作風聲介' 식으로 기록된다. 여기서는 후자의 의미로 사용되었다고 해석된다. 즉, '영탑가자另搭架子'란 다른 사람과 대화를 나눈다는 뜻이므로, 정해진 상대 말고 제삼의 인물과 따로 관계를 맺는다는 의미로 해석할 수 있다. 그래서 여기서는 후자의 의미에 입각해서 편의상 "지금의 배우자와 남남이 되다"로 의역했다.

서 그런 이치를 전혀 납득하지 못하는지 영문을 모르겠습니다그려!

이제 이야기를 들려드리지요.[17] 원나라 때 동평부東平府[18]에 한 부자가 살았습니다. 성이 유劉, 이름이 종선從善으로 나이는 예순 살인데 남들은 다 그를 '원외員外'라고 불렀습니다. 그 부인 이李 씨는 나이가 쉰여덟 살이었지요. 유 원외는 하늘만큼 많은 재산을 가지고 있었습니다만 아들을 얻지 못했지 뭡니까. 겨우 딸 하나만 두었는데 어릴 적 이름이 '인저引姐'였습니다. 그는 사위를 하나 들였는데, 성이 장張이어서 '장 서방'이라고 불렀지요. 장 서방은 서른 살이고 인저는 스물여섯 살이었습니다.

이 장 서방이라는 자는 사소한 것까지 욕심을 내고 이익을 밝히는 아주 각박한 사람이었습니다. 그는 유 원외가 집안이 부유하지만 아들이 없는 것을 보고 계획적으로 혼담을 넣어서 그 집에 데릴사위로 들어간 것이었지요. 그래놓고서는 '그 재산이 나중에는 모두 내 것이 될 것'이라고 여기고[19] 얼마나 허세를 떨며 자신이 만만한지요! 물론 유 원외는 자기 손 안에 재산을 틀어쥐고 조금도 사위에게 빌미를 주지 않았습니다.

---

17) * 본권의 몸 이야기는 원대의 극작가 무한신武漢臣(?~?)이 지은 잡극 희곡 《산가재천사노생아散家財天賜老生兒》에서 소재를 취했다. 나중에는 《금고기관》 권30에 〈부모의 은혜를 떠올린 효녀가 아들을 숨겨주다念親恩孝女藏兒〉라는 제목으로 수록되었다.

18) 동평부東平府: 송대의 지역명. 처음에는 운주鄆州로 불리다가 정화政和 초기(1111)에 '동평부'로 격상되었으며, 원대에는 동평로東平路로 개칭되었다. 지금의 산동성山東省 동평현東平縣 일대에 해당한다.

19) 【즉공관 미비】 不肖之心, 往往如此。 못난 심성이로군. 왕왕 이런 경우가 있지.

占家財張
婿妒俚

가산 차지한 독한 사위가 조카를 시기하다.

더욱이 유 원외에게는 따로 계산이 있었습니다. 첫째, 그에게는 유 종도劉從道라는 아우가 있었는데 아내 영寧 씨와 함께 세상을 떠나고 아들만 하나 남겼답니다. 아우가 남긴 아들, 즉 조카는 어릴 적 이름을 '인손引孫'이라고 불렀고, 나이는 스물다섯 살로 글공부를 하고 세상 물정에도 밝았지요. 다만, 어릴 때 부모가 모두 세상을 떠나고 가산이 탕진되는 바람에 큰아버지에게 의지해서 지내고 있었지요. 유 원외는 자기네 피붙이라며 조카를 각별하게 여겼답니다. 그러나 이 씨 마님은 그저 딸과 사위 역성만 드니 어쩌겠습니까. 더욱이 조카의 어머니가 살아 있을 때 동서지간에 사이가 나빴던 일을 떠올리고 결국에는 조카에게까지 앙심을 품었고 그를 무슨 눈엣가시같이 여겼지요. 그나마 다행스럽게도 유 원외가 남몰래 지켜주고는 있었습니다만 번번이 아내와 사위의 방해 탓에 조카를 제대로 도와줄 수가 없어서 늘 속으로 안타까워하고 있었답니다.

둘째, 원외에게는 '소매小梅'라고 부르는 여종이 하나 있었습니다. 그의 아내는 소매가 꼼꼼한 것을 보고 남편 곁에서 시중을 들게 했지요. 그런데 원외가 그녀를 덜컥 첩으로 들어앉히고 금세 아이를 배는 바람에 아들을 낳기만 고대하고 있는 참이었습니다.

이 두 가지 이유 때문에 원외는 내심 집 재산을 호락호락 사위에게 넘겨주려 하지 않았던 것입니다. 그러나 장 서방은 무지막지해서 그 저 못된 심보를 가지고 온갖 못된 일을 다 꾸미면서 장모를 부추겨서 처남인 인손과 날마다 말다툼을 벌이는 것을 어쩌겠습니까! 인손이 그런 시비를 감당하지 못하자 유 원외도 사위가 말썽을 일으킬까 봐서 은밀하게 인손에게 돈을 좀 챙겨주어 스스로 거처를 구해 장사라도 하러 나가게 해주었지요. 그러나 인손은 글공부만 하는 사람이었습니다. 그렇다 보니 낡은 집을 한 칸 구해서 지내는 것까지는 좋았지만 다른 호구지책은 세울 줄을 모르는 것이었습니다. 그저 큰아버지가 챙겨주는 이런 물건들에 의존하기만 했지요. 게다가 지내는 동안 그것들조차 차츰 바닥을 드러내고 있었지요.

머잖아 한 사람은 장 서방이 쫓아낼 참이었습니다. 장 서방은 속으로 초조해하면서 그저 소매가 자식이라도 낳을까 봐 걱정이었습니다. 만약에 처제만 하나 낳아도 재산을 절반은 떼어주어야 할 판이었으니까요. 그런데 만약에 처남을 하나라도 낳는 날에는 이 집 재산은 그날로 자기 몫을 하나도 챙기지 못할 것이 뻔했습니다. 그래서 마누라 인저와 상의해서 소매를 없애버릴 방법은 없을지 그 궁리만 했지요.

반면에 인저는 효성스러운 사람이었습니다. 그러나 아무래도 아녀자의 식견을 가지고 있다 보니, 만약에 재산을 당제堂弟인 인손에게 나누어주어야 한다면 그녀로서는 자신이 친딸이라는 점 때문에 아무래도 선뜻 승복하기 어려웠습니다. 물론, 아버지가 동생이라도 본다면 그녀로서는 당연히 기뻐할 테지만요.[20] 더욱이 아버지가 간절히 바라는 것을 볼 때마다 그녀도 아버지 마음을 위로하고 싶을 정도였습니다. 그 마음만은 진심이었지요. 그녀는 장 서방이 좋은 마음을 품지 않고 어머니까지 이치에 맞지 않게 처신하며 무작정 사위만 싸고도는 것을 눈치 채고 소매가 출산하는 것을 지켜줄 수 없을까 봐서 늘 속으로 대비하고 있던 참이었습니다. 그런데 마침 장 서방이 인손을 쫓아내더니 기고만장해져서 자기 앞에서 소매를 없앨 속셈을 드러내는 것이 아닙니까! 그러자 인저는 생각했습니다.

---

20) 【즉공관 미비】女眷如此, 也難得了。 아녀자로서 이만한 안목을 갖춘 경우도 드물지.

'만약에 두세 사람이 한패가 되면 그녀 하나 없애는 일이 뭐가 어렵겠어? 두 사람이 시샘이라도 하면 우리 아버지의 대를 끊어버리지 않겠나. 그래서야 되겠나?[21] (…) 내가 중간에서 꾀를 써서 그녀를 지켜주지 않으면 아버지한테 죄인이 되고 만대에 걸쳐 오명을 뒤집어 쓰겠지? (…) 그래도 내가 한패가 되기를 거부하는 걸 남편이 알기라도 하면 … 두 사람이 몰래 일을 벌일지도 몰라. (…) 차라리 두 사람 계획을 역이용해서 몰래 지켜주는 것이 낫겠다!'[22]

그렇다면 어떤 꾀를 몰래 쓴다는 것일까요? 사실 인저에게는 동쪽 마을에 시집을 간 당고모[23]가 한 사람 있었습니다. 인저와는 아주 사이가 좋아서 무슨 일이든 서로 허심탄회하게 부탁을 하곤 했지요. 인저는 소매를 그 댁에 맡겨 거기서 아이를 낳게 할 작정이었습니다. 당고모에게 고아를 맡기는 셈 치고 말이지요. 그래서 즉시 소매와 그 일을 의논했습니다.

"우리 집에서 인손 도령을 쫓아낸 뒤로 장 서방이 속으로 재산을 혼자 다 차지하려고 드는 것 같아요. (…) 이모가 아이를 배서 그이가 몹시 질투하고 있답니다! 어머니까지 그이를 감싸니 이모도 대비를 단단히 해야 돼요!"

---

21) 【즉공관 미비】見得大。안목이 남다르군.
22) 【즉공관 미비】最妙於周全者。지켜주기에는 아주 기막힌 방법이지.
23) 당고모[堂分姑娘]: '당분고랑堂分姑娘'은 아버지의 오촌 누이, 즉 당고모堂姑母를 말한다. '고랑姑娘'은 현대 중국어에서는 '처녀·색시maiden'를 뜻하지만 원·명대 구어에서는 '고모paternal aunt'의 의미로 사용되었다. '낭娘'이 시간이 흐르면서 '모母'로 대체된 셈이다.

"아씨께서 이렇게 말씀하시는 걸 보니 원외님께 무척 은덕이 많으신 것 같군요! 다만, … 저는 홀몸인데 어떻게 번번이 대비를 하겠어요? 그저 아씨가 모두 다 보살펴주기만 바랄 뿐입니다!"

소매가 이렇게 말하자 인저가 말하는 것이었습니다.

"제가 안 지켜드리기야 하겠어요? 다만, … 재산이 걸린 일에서는 부부조차도 '심장과 간장은 오장에 의존하지 않는다'[24]는 말처럼 서로 남남인걸요.[25] 그이가 머잖아 몰래 손을 쓰기라도 하면 … 전들 어떻게 알겠어요?"

그러자 소매는 눈물을 흘리면서 말했습니다.

"그럼 어떻게 해야 좋담! (…) 차라리 원외님께 분명하게 말씀드릴까요? 원외님께서 어떻게 결정하실지 보게?"[26]

"원외님은 연세가 많아요. 그분도 이모를 보호하는 데는 한계[27]가 있어요. 더욱이 만약에 들켜서 서로가 민망할 꼴을 보이기라도 하면 더더욱 깊은 원수를 지게 될 텐데 … 이모가 감당할 수 있겠어요? (…) 제게 꾀가 하나 있긴 한데 … 일단 이모하고 의논해봐야겠어요."

---

24) 심장과 간장은 오장에 의존하지 않는다[心肝不託着五臟]: 명대의 속담. 서로 믿지 못한다는 뜻이다.

25) 【즉공관 미비】見得透。예리하게 봤군.

26) 【즉공관 측비】丫頭呆。여종이 아둔하군.

27) 한계[數]: 중국어에서 '수數'는 원래 '방법' 또는 '경우'라는 의미로 사용되지만 원·명대 구어에서는 더러 '한계'의 의미로 사용되기도 했다.

인저가 이렇게 말하길래 소매가 말했습니다.

"아씨, 무슨 좋은 생각이라도 있으세요?"

"동쪽 마을에 계신 당고모님이 저하고 아주 사이가 좋아요. 저는 이모를 고모님 댁에 맡길 작정이에요. 그 댁에서 출산을 하면 고모님께 매사를 보살펴주시도록 부탁드리고요. 자녀를 낳으면 바로 고모님한테 양육을 부탁하고요. 옷이나 음식에 드는 돈 같은 건 전부 저한테 맡기세요. 제 쪽에서는 '어머니와 장 서방한테 이모가 못마땅한 것이 있어서 달아났다'고 둘러댈게요. (…) 두 사람이야 이모가 집에서 나가주기만을 간절히 바라니까 당연히 이모 행방 따위는 캐지 않을 거예요. 일단 두 사람이 재산 문제로 이모를 해치겠다는 계획을 중단할 때까지 기다리자고요. 그러다가 나중에 기회를 봐서 우리 어머니 마음이 좀 바뀌고 이모가 키운 자녀가 다 자라고 나면 그때 가서 원외님한테 낱낱이 설명을 드리고 이모를 데리고 돌아오면 돼요. 그때는 아무도 이모를 어떻게 할 수 없을 거예요.[28] (…) 이렇게만 하면 두 사람의 안전을 완벽하게 지킬 수가 있습니다!"

"아씨께서 이렇게 고마운 배려를 다 해주시다니 … 이 은혜 죽어도 갚지 못할 거예요!"

그러자 인저도 말했습니다.

"저는 그냥 원외님한테 후사가 없는 것이 안타까워서 그러는 것뿐

---

28) 【즉공관 미비】 見得長。 멀리 보는군.

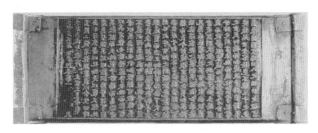
불경 경판 고려 팔만대장경. 합천 해인사

이에요. 이모가 남들 해코지를 당하기라도 한다면 어머니나 남편하고
척을 지더라도 몰래 이모 편을 드는 수밖에 없잖아요. (…) 이모가 나
중에 아들을 낳고 처지가 나아지면 오늘 일을 꼭 기억해주세요!"

"아씨의 큰 은혜는 이 가슴에 경판을 찍듯이[29] 새길게요. 어떻게
잊을 수가 있겠어요?"

두 사람은 상의를 잘 한 다음 기회를 노리면서 아직 실행으로는
옮기지 않고 있었습니다. 그러던 어느 날 원외가 장원에 가서 작물을
수확하게 되었습니다. 그는 소매가 아이를 배고 있는데 사위가 그녀
를 질투하고 딸도 엉뚱한 마음을 품을까 봐서 아예 재산을 모두 딸과
사위에게 맡겨 관리하게 했습니다. 또 아내가 소매를 괴롭히기라도

---

29) 가슴에 경판을 찍듯이[經板兒印在心上]: 명대의 유행어. 중국에서는 고대의
　　유가나 도가, 불가의 경전을 바위에 새기고 필요할 때마다 먹을 발라 한
　　장씩 복제하곤 했다. 경전을 바위에 새긴 이유는 돌이 내구성이 강해서 장
　　기간 탁본을 떠도 변형되거나 마모될 염려 없이 깨끗하게 내용을 복제할
　　수 있었기 때문이다. 그러나 목판인쇄가 널리 보급되고 인쇄 기술이 향상된
　　송대 이후로는 이 같은 석판인쇄는 도태되고 목판인쇄로 전환되었다. '가슴
　　에 경판을 찍는다'라는 것은 '마음에 새기다', 곧 '명심銘心하다'의 의미로
　　해석할 수 있다.

할까 봐서 아내를 불러 마주 보고 말했지요.

"임자 … 당신은 '항아리를 빌려서 술을 빚는다[借甕釀酒]'는 말 들어 봤소?"

"그게 무슨 말씀이세요?"

"예를 들어 말이요, … 남의 집 항아리를 빌려서 집에서 술을 빚는다고 칩시다. 술이 다 익고 나면 그 항아리는 당초의 주인 집에 돌려보내지. 그 경우는 그저 그 집 물건을 한번 빌려 쓴 것뿐 아니겠소?[30] (…) 지금 소매 그 아이가 아기를 뱄소. 조만간 아들이든 딸이든 하나를 낳으면 무조건 당신 아들이 되는 셈이지. 그때 가서 소매를 잡히든[31] 팔든, 아니면 필요로 하든 말든 전부 당신 뜻대로 하시오! 나는 그냥 그 아이 배를 빌려서 아들을 보고 싶은 마음만 간절할 뿐이야! 이게 항아리를 빌려서 술을 빚는 경우가 아니고 뭐겠소?"

아내는 그 소리를 듣고 말했습니다.

"무슨 말씀인지 알겠어요. 당신 말씀이 옳아요. (…) 내가 소매를 보살펴주면 되잖수. 안심하고 장원에나 가보세요, 글쎄!"

이어서 원외는 장 서방에게 그동안 자신의 빚을 쓴 사람들의 문서

---

30) 【즉공관 미비】女眷只不許與人釀, 那管酒之有無。 여편네는 남에게 술을 빚어주는 것을 무조건 막으려고나 들지 어디 술이 있고 없고를 따지던가.

31) 잡히든[典]: 중국 고대의 악습. 고대에는 본처나 첩을 다른 남자에게 일정한 기간 동안 일정한 액수의 돈을 받고 물건처럼 잡히고 약정한 기한이 지나면 되돌려받기도 했다고 한다. 여기서는 편의상 "잡히다"로 번역했다.

를 가지고 오게 했습니다. 그런데 그 문서들을 모두 옮겨 나오자 소매에게 등불을 붙이게 하더니 몽땅 다 태우는 것이 아닙니까! 장 서방은 허둥지둥 손을 뻗어 불에서 그것들을 꺼내려다가 불길이 닥쳐 손가락을 데는 바람에 아파서 끙끙대는 것이었습니다.32) 원외는 그 꼴을 보더니 웃으면서 말했습니다.

"돈이 그렇게도 좋단 말이냐?"

"남의 집에 빌려준 돈은 죄다 젊었을 때부터 지금까지 악착같이 끌어 모은 재산이에요. 그런데 어쩌자고 이 문서들을 몽땅 다 태워버리는 거예요!"

아내가 이렇게 말하자 원외가 말했습니다.

"이 망할 놈의 돈만 없었다면 진작에 아들을 보았을지 어떻게 알아? 지금이라도 희망의 싹이 조금이라도 있을 것을! (…) 만약에 이 망할 놈의 돈만 없었다면 내가 이렇게 무거운 짐을 지지도 않고 남들도 내 재산을 노리는 일은 없었을 것 아닌가. 재물이라는 것이 뭐 그리 대단한 것이라고! 아등바등 남의 것을 챙긴들 그게 다 무슨 소용이 있다구?33) (…) 차라리 음덕을 좀 쌓는 셈 치고 저것들을 좀 태워버리는 편이 낫지! 집에서도 이렇게 많이는 필요하지 않을 테니까. (…) 어쩌면 하늘께서도 불쌍히 여기셔서 내 대를 끊지 않고 꼬맹이를 하나 내려주실지도 모르지!"

---

32) 【즉공관 측비】妙, 妙! 기막히군, 기막혀!
33) 【즉공관 미비】達者之識。인생을 달관한 사람의 식견이로고!

그는 이렇게 말하고 그길로 장원으로 향하는 것이었습니다.

장 서방은 방금 장인이 한 말을 듣고 그것이 은근히 자신을 비꼰 것으로 여겼습니다. 그래서 더더욱 마뜩잖아하는 것이었지요.

'장인은 분명히 내가 소매를 없앨까 봐 의심하는 거야. (…) 그렇다면 나도 굳이 착한 사람인 척 두 손 놓고 있을 수만은 없지![34] 장인이 장원에 나간 틈을 타서 정말 한번 저질러볼까? (…) 이참에 아예 후환을 없애버려야지!"

그러고는 마누라에게 의논을 하길래 인저는 상황이 급박해진 것을 알았습니다. 인저는 일전에 벌써 동쪽 마을 당고모에게 내막은 알려주었기에 즉시 소매에게 말해서 당장 그녀를 그곳으로 피신하게 한 다음 남편을 속였습니다.

"소매 이 종년이 우리가 나쁜 생각을 품고 있는 것을 눈치 챈 것 같아요. 오늘아침 그년한테 편물을 좀 사오게 했더니 여태 안 돌아오네요. 아무래도 그 틈을 노려 달아난 것 같아요. … 이 일을 어쩌면 좋아!"

"도망치는 일은 여종들한테는 다반사지. 차라리 달아나는 편이 더 깔끔해. 우리가 수고를 할 필요도 없고!"

그러자 인저가 말했습니다.

---

34) 【즉공관 미비】惡人做事, 每每先坐人不是。 나쁜 자가 일을 벌일 때는 번번이 남의 잘못을 빌미로 삼지.

"아버지가 알기라도 하면 난리가 날 텐데 …"

"우리가 그년을 팬 것도 아니고 욕을 퍼부은 것도 아니고 그렇다고 그년 비위를 건드린 것도 아니잖아? 그년이 제 발로 내뺀 거니까 아버님도 우리 탓을 하지는 못 하실 거야. (…) 일단 어머님한테 말씀드리고 같이 상의를 하도록 합시다!"

부부 두 사람은 가서 어머니에게 그 일을 알렸습니다. 그러자 인저의 어머니가 말하는 것이었습니다.

"너희 둘은 참 말을 쉽게도 하는구나! 원외가 그 연세에 아들을 볼 희망이 생겼다며 그렇게 좋아하시면서 장원에서도 그저 희소식만 기다리고 계신다. 어쩌다가 이런 일이 생겼느냐? (…) 너희 둘이 무슨 못된 짓거리라도 벌인 게냐?"35)

"오늘 꼭두새벽에 자기 발로 나간 거예요. 정말 우리하고는 상관이 없다니깐!"

인저의 어머니는 속으로 따로 무슨 이유가 있겠거니 의심했습니다. 그러면서도 딸과 사위를 감싸면서 없는 일을 억지로 지어내서 그냥 '도망쳐서 오히려 잘됐다'고 여길 뿐 어디 행방을 찾을 생각이나 해야 말이지요. 그저 원외가 성을 낼까, 또 혹시 원외가 의심이라도 할까 그런 걱정뿐이었습니다.

이윽고 세 사람은 장원으로 달려가서 원외에게 그 사실을 알렸지

---

35) 【즉공관 미비】媽媽原有良心。非不可化誨者, 但溺於愛耳。어머니도 원래는 양심이 있었군. 깨우치지 못할 사람은 아니지만 너무 사랑이 지극해서 탈인 게지!

요. 그들이 모두 몰려온 것을 본 원외는 소매가 아들을 낳은 희소식이라도 전하러 왔나 싶어서 속이 다 들떴습니다. 아, 그런데 그런 소리를 하는 것을 듣고 놀라서 얼이 다 나가버렸지 뭡니까!

'집에서 그 아이를 못살게 굴어서 집을 나가게 만든 게야. 충분히 그러고도 남지. 다만, … 뱃속의 아이까지 데려가버린 것이 아깝구나!'

속으로 이렇게 생각한 그는 한숨을 푹 내쉬면서 말했습니다.

"집구석이 이 꼴인 걸 보니 아들을 낳았더라도 목숨을 보전하기 어려웠을지도 몰라! (…) 소매가 좋은 곳을 찾아갔으면 그걸로 됐다. 그 모자가 목숨을 잃게 만들 수야 없지!"[36]

그는 눈물이 그렁그렁한 채 분을 삭이면서 팔자타령을 했습니다. 그러다가 불현듯 이런 생각이 들었습니다.

'이 인간들이 이렇게 나를 괴롭히는 것도 바로 이 부질없는 재산 때문이지! (…) 내가 왜 쓸데없이 잔뜩 쌓인 재산이나 지키는 수전노 노릇을 하면서 이 인간들 좋은 일이나 시킨단 말인가? 어차피 자손을 못 볼 팔자라면 차라리 내 손으로 자선이나 좀 베풀고 가는 편이 낫겠다!'

성이 잔뜩 난 그는 방을 크게 붙이고 '내일 개원사開元寺에서 헐벗고 어려운 사람들에게 돈을 나누어주겠다'고 약속했습니다. 장 서방은 속으로 아까워서 도저히 참을 수가 없었지요. 그러나 장인이 속으

---

36) 【즉공관 미비】 意亦可憐。 그 마음도 딱하다.

로 괴로워하는 것을 보고 차마 그의 뜻을 거역할 수가 없었습니다.

이튿날이 되자 꼼짝없이 온 가족이 많은 돈을 가지고 개원사로 자선을 베풀러 갈 수밖에 없었지요. 그 가족이 절에 당도하자 헐벗고 어려운 사람들이 줄줄이 몰려드는데, 그 광경을 볼작시면

어깨 걸고 등 붙잡은 이들도 있고,	連肩搭背,
손 싸매고 머리 동여맨 자들도 있구나.	絡手包頭。
풍 맞은 이는 융단으로 엉덩이 싸고 걷고,	瘋癱的氈裹臀行,
벙어리는 방울을 흔들어 소통하누나.	暗啞的鈴當口說。
머리 찧고 이마 부딪치며,	磕頭撞腦,
남 지팡이 잡았다고 서로 말싸움 하고,	拿差了柱拐互喧嘩,
벽 짚고 담장 버티다가,	摸壁扶牆,
어두운 도랑 잘못 디뎠다며 서로 원망하네.	踹錯了陰溝相怨悵。
떠들썩하게 아들 딸 데리고 나오는데,	鬧熱熱携兒帶女,
구슬픈 홀아비와 과부들은,	苦悽悽单夫隻妻。
저마다 읊는구나	都念道
'이승서 베풀면 저승서 돌려받는다'[37]고.	明中捨去暗中來。
그야말로	眞叫做
오늘 왜 내일 일을 걱정한단 말인가!	今朝那管明朝事。

유 원외는 나이 든 거지에게는 한 꿰미를, 나이가 적은 거지에게는

---

37) 이승서 베풀면 저승서 돌려받는다[明中捨去暗中來]: 명대의 속담. 강남 지역에서 거지가 구걸을 할 때 자주 사용했다고 한다. 중국 판본에서는 이 구절을 "밝은 곳에서 남들에게 베풀면 어두운 곳에서 거두어들이기 마련이다" 식으로 번역하고 있지만 여기서는 '밝은 곳[明中]'을 "이승"으로, '어두운 곳[暗中]'을 "저승"으로 의역했다.

오백 문文38)을 주라고 분부했습니다. 거지들 중에는 유구아劉九兒라는 자가 있었는데 어린 아들이 하나 있었지요. 그는 대도자大都子와 이렇게 상의했습니다.

천 문 엽전 꾸러미

"내가 이 아이를 데리고 가면 겨우 한 꿰미 값밖에 되지 않습니다. 하지만 이 아들을 따로 한 집으로 치면 오백 문이 더 생기겠지요? (…) 당신이 옆에서 증인이 되어 한마디만 거들어주십시오. 돈을 뜯어내면 우리 둘이 공평하게 나누어서 술을 사 마십시다!"

그러고는 정말 신청하러 가서 각자 다른 집 식구로 쳐달라고 하는 것이었습니다.

"이 꼬맹이 … 딴 집 아이요?"

장 서방이 묻자 대도자가 옆에서 대답했습니다.

"딴 집 아이입니다요!"

그러자 그 아이에게 오백 전錢을 나누어주었습니다. 유구아는 유구아대로 돈을 다 챙겨 갔지요. 이윽고 대도자가 받은 돈을 나누어 달라고 하자 유구아가 말하는 것이었습니다.

---

38) 문文: 중국 고대에 엽전을 세는 단위. 일반적으로 천 개의 엽전, 즉 1,000문을 한 꿰미에 꿰어서 '1관貫'으로 불렀다. 때로는 '전錢'으로 부르기도 했다.

"이 아이는 내 아이인데 왜 나한테 돈을 나누어 달라고 그러슈? 당신은 따라 하려고 해도 안 될 거요. 아들을 데리고 있는 건 나니까!"

"당신하고 약속을 했는데 어째서 다 먹으려고 그래? 아들이 있다고 이런 식으로 횡포를 부리면 안 되지!"

대도자는 이렇게 말하더니 둘이 싸우는 것이 아닙니까. 유 원외는 그 이유를 알고 장 서방에게 그들을 설득하게 했습니다. 그러나 유구아는 눈치도 없이 대도자에게 삿대질을 하면서

"천 대 만 대 대가 끊어질 놈 같으니라구!"[39]

하고 욕을 퍼붓더니

"나한테는 아들이 있어서 돈을 받아낸 거다. 너같이 대가 끊긴 놈이 우리하고 무슨 상관이라더냐!"

하는 것이 아닙니까? 장 서방은 얼굴이 빨개졌지만 그의 입을 막을 수는 없었습니다. 벌써 그 소리를 똑똑히 들은 유 원외는 큰 소리로 울면서

"나도 아들이 없으니 저렇게 말년이 암담해지겠구나!"

하고 슬퍼해마지않는 것이었습니다. 아내와 딸까지 속이 상해서 다

---

39) 【즉공관 미비】無端觸景, 粧點妙絶。괜히 유 원외의 감정을 건드리는군. 설정을 아주 기막히게 했군그래.

같이 통곡을 하기 시작하니 장 서방만 어쩔 줄을 모르는 것이었지요.

그런데 원외가 돈을 다 나누어주고 나서 가만 보니 웬 사람이 뒤에 처져서 걸어오다가 원외와 그 아내를 향해 인사를 하는 것이었습니다. 그 사람이 누구인지 아십니까? 바로 유인손이었지요!

"네가 여기는 웬일이냐?"

원외가 묻자 인손이 말했습니다.

"큰아버님, 큰어머님. 지난번에 저한테 주신 물건은 날마다 생활비로 다 써버렸습니다. (…) 오늘 여기서 돈을 나누어주신다는 소식을 듣고 일부러 쓸 돈을 좀 꾸러 왔습니다!"

원외는 아내가 곁에 있어서 눈치가 보였는지 아내가 아무 소리도 하지 않는 걸 보고 시치미를 떼고 말했습니다.

"내가 지난번에 너한테 준 돈 … 어째서 장사 밑천으로 쓰지 않고 이렇게 … 빈털터리가 됐느냐!"

"저는 글공부나 좀 할 줄 알지 장사 같은 건 할 줄 모릅니다. 날마다 먹고 쓰다 보니 줄기만 하고 느는 것이 없어서 빈털터리가 돼버렸지요."

그러자 원외는

"아무 짝에도 쓸모없는 놈 같으니라구! 나한테 네놈 쓰라고 줄 돈이 어디 있느냐!"

하더니 작심을 하고 때리려고 했습니다. 그러자 아내는 일부러 말
리는 척하고 인저와 장 서방도 그를 보고 말했습니다.

"아버지가 성이 나셨으니 자형은 그냥 돌아가시지요."

인손은 그래도 가려 들지 않고 한사코 돈을 달라고 하지 뭡니까.
그러자 원외는 지팡이를 들고 악착같이 인손을 쫓아갔습니다. 나머지
세 사람은 원외가 정말 성이 단단히 난 줄 알고 아무도 말리지 않았지
요.

인손은 앞에서 내빼고 원외는 뒤에서 쫓으며 그렇게 반 리 정도
갔을까요? 인손조차 원외의 의도를 눈치 채지 못했습니다.

"웬일로 큰아버지가 저렇게 난리를 치시지?"[40]

원외는 주변에 아무도 없는 것을 확인하고 나서야 그를 불러 세웠
습니다.

"인손아!"

인손이 털썩 땅에 무릎을 꿇자 원외는 그를 쓰다듬으면서 통곡을
하는 것이었습니다.

"애야! 네 큰아버지는 아들이 없다고 남들한테 수모를 당하는구나!

---

40) 【즉공관 미비】劉老亦譎。유 옹도 꾀가 보통이 아니군.

(…) 내게 친혈육이라고는 너밖에 없다. 네 큰어머니가 물정에 어둡기는 해도 마음만은 자상하단다. 그저 여인네의 순간적인 편견 탓에 사위놈 속셈을 눈치 채지 못하고, 또 '남의 살은 아무리 살갑게 대해도 따뜻해지지 않는다'[41])는 이치를 몰라서 그러는 것뿐이란다! (…) 그 장 서방이라는 놈은 좋은 사람이 아니다. 언젠가는 사이가 멀어질 거야. 내 무슨 수를 써서라도 네 큰어머니가 마음을 돌리도록 설득하마. 그러니 너는 무조건 때마다 부지런히 산소에 가서 관리를 좀 해다오. 한두 해만 있으면 내가 너를 엄청난 부자로 만들어주마! (…) 오늘 장화 속에 은덩이를 두 개 감추어 왔단다. 세 사람 눈을 속이려고 너를 쫓아와서 혼을 내는 척하면서 너한테 주려고 쫓아왔느니라. 일단 가져가서 며칠 생활비로 쓰거라. 그리고 … 방금 내가 한 말은 잊어서는 안 되느니라!"

인손은 그 돈을 받고 그렇게 하기로 약속하고 나서 그 자리를 떠났습니다. 원외는 그제야 돌아와 물건들을 챙겨 집으로 돌아갔지요.

장 서방은 장인이 많은 돈을 나누어준 것을 생각하면 배가 아팠습니다. 그러나 '앞으로는 재산이 더는 축날 일이 없으니 모두 다 내 차지'라고 여겼지요. 언젠가 뜻을 이루면 자기 마음대로 돈도 쓰고 따로 가게도 차려서 자기네 장 씨 방식대로 밀어붙이기로 계획까지 다 세워놓고 있었습니다. 그러다 보니 장인과 장모는 차츰 안중에 두

---

41) 남의 살은 아무리 살갑게 대해도 따뜻해지지 않는다[別人的肉, 偎不熱]: 명대의 속담. 때로는 '남의 집 살인데 어떻게 살갑게 대한다고 따뜻해지겠나別人家的肉, 那裏偎得熱' 또는 '남의 살은 자기 뼈에 붙일 수 없다別人的肉, 巴不到自己的骨' 식으로 사용되기도 한다. 자기 혈육이 아닌 남에게 정을 주는 것은 부질없는 짓이라는 뜻이다.

지 않는 바람에 그 집이 유 씨네가 아닌 것처럼 돼버렸지 뭡니까.42)
유 원외야 원래부터 그런 행태를 곱게 보지 않았으니 그렇다 칩시다.
그런데 천 년 만 년 사위 역성들기에만 바쁘던 이 씨 마님조차 더러
반발하기 시작했지 뭡니까. 그나마 딸 인저가 착실하게 중재를 해서
망정이지 심성이 거칠고 고약한 사내를 어떻게 막을 수가 있겠습니
까! 매사를 자기 마음대로 밀어붙이기나 하지 어디 신중하고 세심하
게 일을 처리할 줄 알아야지요. 더욱이 여자라서 남편에게 순종하고
지냈는데 그것이 일상화되다 보니 차츰 어떤 부분에서는 남편을 따라
하기 시작했습니다. 자신은 그것을 느끼지 못한다지만 그것을 의식하
고 있는 사람들의 눈에 거슬리는 것은 어쩔 수가 없었지요.

　그러던 어느 날이었습니다. 마침 청명절清明節을 맞아 집집마다 산
소에 가서 조상에게 제사를 지내게 되었습니다. 장 서방은 유 씨네
집 재산을 관리하고 있었으므로 이치상으로는 유 씨 댁 산소도 장
서방이 가서 제사를 지내고 청소를 하는 것이 정상이었지요.43) 장 서
방은 성묘 상차림 짐44)을 잘 챙겨서 먼저 마누라와 같이 산소로 출발
했습니다. 두 사람은 해마다 유 씨네 산소부터 먼저 성묘를 했습니다.
그러고 나면 장 서방은 자기네 조상 산소로 가곤 했지요. 그런데 금년
에는 장 서방 스스로의 결정에 따라 장 씨네 산소부터 먼저 가겠다고
끝까지 우기지 뭡니까.45)

---

42) 【즉공관 미비】小人之狀如此。소인배가 하는 짓이 이렇지.

43) 【즉공관 미비】便名不正而言不順。말하자면 '명분도 서지 않고 말도 맞지 않은 격'
인 게지.

44) 성묘 상차림 짐[春盛擔子]: 명대에 강남 지역에서 봄철에 나들이를 가거나
청명절에 성묘할 때 멜대에 메고 다닌 짐. 보통 나들이나 제사에 필요한
음식과 식기 따위를 담았다.

명대의 묘역 예시

"어째서 평소처럼 우리 산소부터 갔다가 부모님이 나오시면 시댁 산소로 가지 않는 거예요?"

인저가 이렇게 말하자 장 서방이 말하는 것이었습니다.

"당신은 나한테 출가했소. (⋯) 당신도 죽고 나면 우리 장 씨네 산소에 묻힐 거 아닌가? 그러니 역시 장 씨네 산소부터 들르는 것이 순리지!"

인저가 남편의 고집을 꺾지 못해 하는 수 없이 그를 따라 먼저 시집 산소부터 들른 것은 말할 필요도 없었습니다.

인저의 어머니는 유 원외와 같이 뒤늦게 산소로 출발했습니다. 원

---

45) 【즉공관 미비】 回私意, 亦天意也。사사로운 감정으로 돌아갔군. 이것도 하늘의 뜻이지.

외가 아내에게 말했지요.

"둘이 벌써 한참 전에 산소에 도착했겠지?"

"지금쯤이면 장 서방이 벌써 제상을 잘 차려놓고 딸아이하고 같이 기다리고 있을 거예요."

산소에 도착해서 가만 보니 쥐 죽은 듯이 고요한 것이 전혀 아무 동정도 없지 뭡니까. 그런데 봉분을 보니 벌써 누가 새 흙을 지고 와서 그 위에 덮었고, 그 자리에는 지전을 태운 재가 뿌려져 있고 고수레를 해서 땅이 젖어 있었습니다. 유 원외는 속으로 조카 인손이 벌써 산소를 다녀간 것을 눈치 채고 일부러

"누가 먼저 와서 성묘를 했나 본데?"

하더니 아내를 보면서 말했습니다.

"거 참 이상하구려? 딸아이와 사위는 들르지 않은 것 같은데 … 누가 성묘를 했을까? (…) 다른 집안 사람이 다녀갔나?"

그러고는 한참을 기다렸지만 장 서방과 딸은 그래도 모습을 드러내지 않는 것이었습니다. 원외는 기다리다 못해 말했습니다.

"그냥 나하고 임자 먼저 절을 드립시다! 둘이 언제 올지 어떻게 알겠어?"

절을 마친 원외는 아내에게 물었습니다.

"우리 늙은 부부는 백년해로하고 나서 어디 묻혀야 좋을까?"

그러자 아내는 높은 산을 가리면서 말했습니다.

"저쪽은 나무들이 우산같이 자랐군요. (…) 저 자리에 묻히는 게 좋겠어요."

그러자 원외는 한숨을 푹 내쉬면서

"저기에는 나와 당신 자리는 없다네!"

하더니 물이 고여서 엉망인 험한 땅을 가리키면서 말하는 것이었습니다.

"나하고 당신은 … 여기 묻히는 수밖에 없겠어!"

하는 것이 아닙니까.

"우리가 돈이 없는 것도 아니고 좋은 곳만 고르면 되는데 묻힐 자리가 아니라니요? 어째서 난데없이 물에 잠긴 험한 땅에 묻히겠다고 심술을 부리시우?"

그래서 원외가 말했습니다.

"저 높은 산은 용의 기운[46]이 서린 곳이요. 그래서 아들이 있는 집

---

46) 용의 기운[龍氣]: '용기龍氣'는 중국 고대의 풍수가風水家에서 유래한 말로, 통상적으로 전설상의 동물인 용을 산의 지세를 묘사하는 데에 사용해 왔다. 일반적으로 구불구불하고 울퉁불퉁하면서도 초목이 무성한 형세를 가리킨다.

에서 묘자리로 써서 후손들이 번창하기를 빌겠지. 나하고 당신은 아
들이 없소. 그런데 누가 우리한테 양보를 하겠어? 고작해야 저기 남은
험한 땅이나 우리한테 뼈를 묻을 자리로 남겨놓겠지! 어쨌거나 … 후
손도 없는 신세인데 좋은 땅이 다 무슨 소용이요!"

"우리가 왜 후손이 없수? 지금 우리 따님과 사위님[47])이 있잖아
요!"[48])

그러자 원외가 말했습니다.

"내가 깜빡했구먼. (…) 둘이 오기 전에 내가 임자한테 잠깐 객쩍은
이야기 좀 해야겠군. 일단 한번 물어봅시다. … 내 성이 뭐요?"

"당신이 유 씨인 걸 모르는 사람이 어디 있어요! (…) 새삼스럽게
그건 왜 묻는담?"

아내가 이렇게 말하자 원외가 말했지요.

"나는 유 가고 … 임자는 성이 뭐지?"

"나는 이 가죠."

---

47) 따님과 사위님[姐姐姐夫]: 현대 중국어에서 '저저姐姐'는 윗누이elder sister,
   '저부姐夫'는 자형elder sister's husband이라는 의미로 각각 사용되지만, 원
   ·명대 구어에서는 전자가 딸daughter, 후자는 딸의 남편daughter's husband
   을 높여 부르는 호칭으로 사용되었다. 여기서는 편의상 전자를 "따님", 후
   자를 "사위님"으로 각각 번역했다.
48) 【즉공관 측비】癡絶。집착이 대단해.

그러자 원외가 묻는 것이었지요.

"임자는 이 씨라면서 어째서 우리 유 가네 집안에 있소?"

"또 농담을 하시네. 아 내가 당신네 유 씨 댁에 시집을 왔잖아요!"

원외가 이번에는 이렇게 물었습니다.

"길에서 사람들이 임자를 '유 씨 댁 마님'이라고 부릅디까, '이 씨 댁 마님'이라고 부릅디까?"

"시쳇말에 '닭한테 시집을 가면 닭을 따르고, 개한테 시집을 가면 개를 따른다49)' 그러잖아요! '뼈 한 수레에 살 반 수레'50)랬다고 … 유 씨 댁 사람인데 왜 나를 이 씨 댁 마님이라고 하겠어요?"

그러자 원외가 말했습니다.

"알고 보니 임자 뼈다귀도 다 우리 유 가네 것이었구려?51) 허면 … 딸아이는 성이 뭔고?"

---

49) 닭한테 시집을 가면~[嫁鷄隨鷄, 嫁狗隨狗]: 원·명대의 속담. 여자가 출가하면 남편이 싫든 좋든 순종해야 한다는 뜻이다.

50) 뼈 한 수레에 살 반 수레[一車骨頭半車肉]: 원·명대의 속담. 자신의 모든 것이라는 뜻이다. 원대 극작가 무한신武漢臣의 《노생아老生兒》, 악백천岳伯川의 《철괴리鐵拐李》 등과 같이, 원대 잡극 이래의 중국 희곡·소설에서 자주 볼 수 있다. 여기서는 편의상 글자 그대로 직역했다.

51) 【즉공관 미비】句句挑逗, 直窮到底。可謂善於說法者。말끝마다 놀리는군. 이렇게 끝까지 말을 이어가는 걸 보니 화술에 능한 자라고 할 수 있겠군.

"딸아이도 유 씨 아니유!"

원외는 이어서 물었습니다.

"사위는 성이 뭐지?"

"아, 사위는 장 씨지요!"

아내가 이렇게 말하자 원외가 말했습니다.

"그렇다면 … 딸아이가 백년해로하고 나면 우리 유 가네 산소에 묻힐까, 장 씨네 산소에 묻힐까?"

"딸아이가 백년해로하고 나면 아 당연히 장 씨 댁 산소에 묻히죠!"

여기까지 말하고 나니 아내는 불현듯 코가 시큰해지는 것이었습니다. 원외는 '이제야 뭘 좀 깨달았나 보다' 싶어서 내친 김에 말했지요.

"그것 보라구! (…) 그러면 어떻게 딸아이를 유 씨네 자손이라고 할 수가 있겠어? (…) 우리는 대가 끊기는 게 아닌가 말이야!"

그러자 아내는 소리 높여 울면서 말하는 것이었습니다.

"원외님, 내가 왜 거기까지 생각을 못 했을까요!52) (…) 아들 없는

---

52) 왜 거기까지 생각을 못 했을까요[怎生直想到這裡]: 글자 그대로 옮기자면 원래 "어쩌면 그런 것까지 다 생각을 하셨수"로 번역해야 옳다. 그러나 여기서는 편의상 "내가 왜 거기까지 생각을 못 했을까요"로 의역했다.

우리 팔자가 정말 기구하구려!"

"임자, 이제야 깨달았구려! (…) 아들이 없다고는 해도 유 가네 집안의 친척이라도 있다면 어쨌든지 한 혈육[53]인 게야! 살아 있을 때는 우리 무덤에 제사를 지내주고 죽고 나면 한 땅에 묻히니까 말이오. (…) 딸아이야 남의 집에 시집을 갔으니 무슨 상관이 있겠어?"

아내는 유 원외가 분명하게 설명해주자 금세 무슨 뜻인지 깨닫는 것이었습니다. 더욱이 평소 사위가 안하무인으로 행동하는 것을 지켜 보아온데다가 오늘은 또 딸과 같이 미리 와 있지 않은 것까지 보고 나니 여간 못마땅한 것이 아니었지요.

이렇게 이야기를 주고받고 있을 때였습니다. 가만 보니 인손이 산소에 삽을 챙기러 왔다가 큰아버지 큰어머니를 발견하고 절을 하는 것이 아닙니까. 그러자 원외의 아내는 평소답지 않게 훨씬 살갑게 여기면서 묻는 것이었습니다.

"네가 여기는 웬일로 왔니?"

"저야 … 성묘도 하고 봉분에 떼도 좀 입히려고 일부러 왔지요."

그러자 아내는 원외를 보고 말했습니다.

"혈육은 역시 혈육이로군요![54] 인손이조차 와서 성묘를 하고 떼까

---

53) 한 혈육[一瓜一蒂]: '일과일체一瓜一蒂'는 원래 글자 그대로 옮기면 '외 하나에 꼭지 하나'로 직역되지만 여기서는 편의상 "한 혈육"으로 의역했다.
54) 【즉공관 미비】天意也。하늘의 뜻이야.

지 덮어주는데 … 이것들은 어째서 여태껏 코빼기도 안 보인답니까?"

그러자 원외는 일부러 인손에게 역정을 냈습니다.

"너는 어째서 제사 짐을 메고 와서 좀 제대로 성묘를 하지 않고 이렇게 대충대충이냐!"

"돈이 없어서 남한테 통사정을 해서 겨우 술 석 잔하고 지전 한 뭉치만 상에 올렸습니다. 자손으로서 조금이나마 정성이라도 보이려고요."

인손이 이렇게 말하자 원외가 말했습니다.

"임자, 들었소? (…) 제사 짐을 메고 간 것들은 우리 자손이 아니라서 그런가 … 여태 올 생각도 않는군그래!"

그러자 원외의 아내도 몹시 민망해하는 것이었습니다. 원외는 다시 인손에게 따졌습니다.

"저쪽에 까마귀가 다 지나가지 못할 정도로 어마어마한 장원55)과 석양石羊에 석호石虎56)까지 세워놓은 무덤들 좀 봐라! (…) 저기는 가

---

55) 까마귀가 다 지나가지도 못할 정도로 어마어마한 장원[鴉飛不過的莊宅]: '까마귀가 다 지나가지도 못한다鴉飛不過'는 원·명대 희곡이나 소설에 자주 등장하는 표현으로, 새가 한 번 날아서 끝까지 도달할 수 없을 정도로 큰 면적의 땅을 언급할 때 주로 사용된다. '장택莊宅'은 토지와 가옥을 아울러 일컫는 말이지만 엄밀하게 따지자면 가옥도 토지에 포함되기 마련이므로, 여기서는 편의상 "장원"으로 번역했다.

지 않고 우리 산소에는 뭐 하려고 왔느냐고!"

석양   석호

그러자 원외의 아내는 이렇게 대신 맞받아치는 것이었습니다.

"저쪽 무덤들이 뉘 집 산소인 줄 알고 그래요? (…) 인손이는 유 씨 댁 자손인데 왜? 우리 유 씨네 산소에 오지 말라는 법 있수?"

"임자, … 이제야 인손이가 유 가네 자손이란 걸 깨달았구려! (…) 당신 예전에는 딸아이하고 사위만 '한 피붙이'라고 하지 않았소?"

원외의 말에 아내가 말했습니다.

"내가 처음에 눈에 뭐가 씌어서 그런 거지요. 앞으로는 … 조카야! 앞으로는 무조건 우리 집에서 지내자꾸나! (…) 너는 우리 일가 아니

---

56) 석양石羊에 석호石虎: 중국 고대에 권문세가의 묘역에 무덤을 지키기 위해 서 설치하던 석물石物. 여기서는 양과 범의 형상으로 돌을 가공한 석양과 석호가 언급되었지만, 한국에서는 전통적으로 말의 형상으로 만든 석마石 馬나 문관의 형상으로 만든 문인석文人石이 많이 사용되었다.

냐? 저번에 내가 지은 잘못들은 마음에 두지 말거라!"

"그거야 … 제가 어떻게 감히 …"

그러자 원외의 아내가 말하는 것이었습니다.

"네가 먹고 입는 거라면 내가 몽땅 다 챙겨주면 되지 않니!"

원외는 인손에게 숙모한테 감사의 절을 하게 했습니다. 그러자 인손은 무릎을 꿇고 절을 하면서 말했습니다.

"큰어머니께서 유 씨네 혈육이라는 것을 헤아리시고 저를 보살펴 주시기만 바라겠습니다!"

그러자 아내는 닭똥 같은 눈물을 뚝뚝 흘리는 것이었습니다.[57]

이렇게 한참 감상에 젖어 있을 때였습니다. 그제야 장 서방과 딸이 나타나는 것이 아닙니까. 원외와 그 아내가 둘이 늦게 온 이유를 물었더니 장 서방이 말하는 것이었습니다.

"먼저 저희 집안 산소부터 가서 일을 다 마치고 이곳으로 오다 보니 … 좀 늦었습니다."

그래서 원외의 아내가 따졌습니다.

"어째서 우리 집안 산소부터 들르지 않았느냐? 우리 두 늙은이를

---

57) 【즉공관 미비】 此淚不易。이런 눈물을 흘리기는 쉽지 않지.

여기서 한참이나 기다리게 해놓고!"

"저는 장 가네 자손이니까 예의상 당연히 장 가네 성묘부터 마쳐야 되는 것 아닙니까?"

"그럼 우리 딸은?"

"따님도 당연히 장 가네 며느리지요."

원외의 아내는 사위가 그런 소리를 하는 것을 듣자니 방금 전에 원외와 나누었던 대화와 딱 맞아떨어지지 뭡니까! 원외의 아내는 하도 부아가 나서 눈을 부릅뜨고 입을 딱 벌린 채 정색을 하면서 말했습니다.

"너희가 장 씨네 아들과 며느리라면서 우리 유 가네 재산은 왜 차지하고 있는 게야?"

원외의 아내는 재빨리 손을 뻗어 딸에게서 곳간 열쇠를 넣어둔 상자를 빼앗더니

"이제부터 장 씨는 장 씨고 유 가는 유 가일세!"

하면서 그 상자를 바로 인손에게 넘기는 것이었습니다.

"이제부터는 무조건 우리 유 가네 사람한테만 살림을 맡기련다!"[58]

---

58) 【즉공관 미비】義理之勇, 出於自發。快哉, 快哉。의리에서 비롯된 용기는 자발적인 의지에서 나오는 법. 후련하구나, 후련해!

이때만큼은 유 원외조차 아내가 이처럼 결단력이 있을 줄은 생각도 못 했지요. 장 서방과 인저는 평소 자기들 역성을 들던 어머니가 이렇게 나오니 어디서부터 어떻게 변명을 해야 할지 갈피를 잡지 못하고 몹시 당황하는 것이었지요.

'어째서 어머니까지 마음이 바뀌었지?'

두 사람은 속으로 이런 생각만 할 뿐 어머니가 이미 원외에게 단단히 설득을 당했다는 것은 전혀 모르고 있었습니다. 장 서방이 그래도 제상을 차리려고 하자[59] 원외와 그 아내는 버럭 성을 내면서

"우리 유 가네 조상님들은 너희 장 씨네가 먹다 남긴 음식은 안 드신다! 다음에 새로 제사를 올려라!"

하더니 각자 언짢아하면서 헤어지는 것이었습니다.

장 서방은 인저와 함께 집에 돌아오더니 원외 내외를 몹시 원망했습니다.

"뜻밖에도 우리 집안 산소부터 먼저 들렀다고 두 분한테 미움을 산 것은 대수롭지 않은 일이라고 치자구. 하지만 … 재산까지 빼앗아서 인손이놈한테 맡기시다니! (…) 정말 이걸 어떻게 참을 수가 있어? 더욱이 어머니께서 발벗고 나서시다니 … 더더욱 어처구니가 없네!"

그러자 인저도 이렇게 말했습니다.

---

59) 【즉공관 미비】 不識氣。 성이 난 줄도 모르다니!

"부모님이 인손 한 사람만 유 가네 혈육으로 인정하셔서 그래요. (…) 애초에 당신이 소매를 없애려고 들었을 때도 그년이 눈치를 채고 먼저 달아나버렸지요. 만약에 그년을 집에서 지내게 하고 동생까지 낳게 했더라면 인손이가 이렇게 득세하지는 않았을 거예요! 내 동생이라면 그래도 억울하지나 않지 … 인손이한테 다 빼앗길 걸 생각하니까 정말 화가 나서 내가 못 살아!"

"평소에도 놈하고는 원수처럼 티격태격했는데 … 이제 놈이 집안 살림을 다 틀어쥐었으니 우리는 이제 놈 눈치나 보고 살아야겠구먼! (…) 이를 어째야 좋지? (…) 차라리 다시 어머님한테 사정이라도 해봅시다!"

그러자 인저가 말하는 것이었습니다.

"어머니가 내린 결정인데 사정한다고 번복하시겠어요? (…) 나한테 방법이 있어요. (…) 무조건 인손이가 집 살림을 맡지 못하게 만들어야 겠어!"

"어떤 … 꾀를 쓰려고?"

장 서방이 물었지만 인저는 끝까지 대답하지 않고 그저

"때가 되면 알 거예요. 꼬치꼬치 묻지 마세요."

하는 말만 할 뿐이었습니다.

다음 날, 유 원외는 주인의 자격으로 동네 사람들을 초대한 자리에서 재산을 모두 인손에게 맡겼습니다. 원외의 아내도 편한 마음으로 동의하는 것이었지요. 그 소식을 들은 인저는 '장 서방은 입장이 난처하게 됐다'고 여기고 그를 집 밖으로 내보냈습니다. 그런 다음 자신은 사람을 시켜 은밀히 동쪽 마을 고모에게 이 소식을 알리고 나서 소매를 집으로 데리고 왔지요.

알고 보니 소매는 동쪽 마을에서 해산해서 아들을 하나 낳았고, 그 아들이 벌써 지금 세 살이었습니다. 그동안 인저는 몰래 옷을 부칩네, 음식을 보냅네 하고 그 모자를 돌보면서 끝까지 집에는 알리지 않았지요. 그러면서도 혹시나 장 서방이 이 사실을 알면 또 다른 해코지라도 할까 봐서 그 아들이 좀 더 자라고 나서야 부모에게 털어놓을 생각이었습니다. 그런데 지금 인손이 집안의 가장이 된 것이 하도 화가 나서[60] 하는 수 없이 그 모자를 집으로 데려온 것이었지요.

인저는 이튿날 와서 유 원외를 보고 말했습니다.

"아버지, 사위를 아들로 생각하시지 않는 건 그렇다고 쳐요. 하지만 … 어떻게 딸까지 외면하실 수가 있어요?"

"외면하다니? 인손만큼 가깝지는 않다는 것뿐이다!"

"딸은 친자식인데 어째서 남이 낳은 인손이보다 멀다는 거예요!"

"너는 장 씨네 사람이 되었지만 그 녀석은 우리 유 가네 혈육이 아니냐."

---

60) 【즉공관 미비】終有女流之氣。결국에는 여인네의 습성을 드러내는군.

친혈육 걱정한 효녀가 아들을 감추어주다.

원외가 이렇게 대꾸하자 인저가 따졌습니다.

"아무리 인손이가 더 가깝다고 해도 그렇지요! 그렇다고 그자한테 집 재산을 다 맡겨야 되는 건 아니잖아요?"

"그 녀석보다 더 나하고 가까운 사람만 녀석의 자리를 빼앗을 수가 있다. 헌데 … 그런 사람이 어디 있느냔 말이다!"

원외가 이렇게 말하자 인저가 웃으면서 말하는 것이었습니다.

"어쩌면 있을지도 모르지요."

유 원외와 아내는 딸이 홧김에 그런 소리를 하는 줄로만 여기고 그 말을 마음에 두지 않았습니다. 그런데 가만 보니 딸이 가서 소매에게 아들을 데리고 대청 앞까지 들어오게 하더니 부모를 보고 말하는 것이었습니다.

"인손이보다 더 가까운 사람이 여기 왔잖아요?"

원외와 그 아내는 소매를 보고 깜짝 놀라고 말았습니다.

"네가 … 어디서 튀어나온 게냐? (…) 도망쳤다고 하지 않았느냐!"

"누가 도망을 칩니까? 아이를 지키려고 그랬지요."

"아이 … 라니?"

그래서 소매는 아들을 가리키면서 말했지요.

"얘가 아니고 누구겠습니까!"

원외는 놀랍기도 하고 반갑기도 해서 말했습니다.

"이 애가 바로 네가 낳은 아이라고? (…) 그렇게 오랫동안 어떻게 된 일이냐? (…) 설마 꿈은 아니겠지?"

"고모님한테 물어보시면 똑똑히 알게 되실 겁니다."

그러자 원외와 그 아내가 말했습니다.

"인저야, 어서 말 좀 해보거라!"

"아버지, 영문을 모르시겠죠? 이 딸이 처음부터 자세하게 드리는 말씀 한번 들어보세요. (…) 당초 소매 이모는 임신한 지 반년 된 상태였지요. 그런데 장 서방이 질투해서 소매 이모를 없애려고 하더군요. 그래서 제가 가만히 생각해봤지요. (…) '아버지가 이렇게 연세가 많으신데 만약에 소매 이모를 없애면 대가 끊어지게 된다!' 그래서 제가 소매 이모와 의논한 끝에 동쪽 마을 고모님 댁에 데려다 맡기고 드디어 출산해서 이 아이를 얻은 거지요. (…) 삼 년 동안은 고모님 댁에서만 아이를 키우면서 옷이며 음식은 전부 제가 챙겨주었답니다! (…) 원래는 좀 더 크면 그때 가서 사실대로 말씀드릴 작정이었어요. 그런데, … 오늘 아버지가 인손이만 혈육으로 인정한다고 하시길래 두 사람을 집으로 데려온 겁니다! 이 딸은 비교도 할 수 없을지 모르지만 … 최소한 인손이보다는 훨씬 더 가까운 사이 아닌가요?"

그러자 소매도 맞장구를 쳤습니다.

"사실은 아씨한테 큰 신세를 졌습니다! 만약에 그때 아씨께서 이렇게 두루 보살펴주시지 않았더라면 어떻게 지금까지 이 아이를 지킬 수 있었겠습니까!"[61]

유 원외는 그 말을 듣고 나니 이제 막 꿈에서 깬 것 같고 이제 막 술에서 깬 것같이 얼떨떨하지 뭡니까. 그러면서도 속으로는 딸의 마음 씀씀이에 감격해마지않았습니다. 소매 또한 아들을 시켜서 쉬지 않고 원외를 '아빠'라고 부르게 하는 것이었습니다. 유 원외는 그 소리를 듣자 기뻐서 온몸이 다 찌릿찌릿해지지 뭡니까! 그는 아내를 보고 이렇게 말했지요.

"이제 보니 혈육은 역시 혈육이로구려![62] (…) 딸도 성이 유 씨이다 보니 결국에는 우리 유 씨 집안을 지켜주었어! 장 서방에게 순종해서 동생을 망치기를 거부했으니 말이요. (…) 오늘 늦둥이가 생겨서 대가 끊어지지 않게 되었으니 이제는 험한 땅에 묻히지는 않게 되었구려! 이 모두가 효성스러운 딸이 우리한테 준 선물이야! 내가 어떻게 은혜를 입고도 갚지 않을 수가 있겠나? (…) 방금 좋은 생각이 났다. 우리 집 재산을 세 몫으로 나누어서 딸과 조카와 아들에게 공평하게 나누어주겠느니라. (…) 다들 각자 생업에 전념하면서 사이좋

---

61) 【즉공관 미비】小梅是大證見。소매가 중요한 증인이지.
62) 【즉공관 미비】女兒偶賢, 未可認劉只護劉也。世間女與婿同心而謀翁産者, 多矣。딸이 좀 현명한 남편을 만났더라면 유 씨가 유 씨만 감싸는 지경에까지 이르지는 않았을 텐데 …. 세상에는 딸이 사위와 한통속이 되어서 장인의 재산을 노리는 경우가 많지.

게 지내거라!"

유 원외는 그날 바로 하인을 시켜 장 서방을 찾아오게 해서 인손하고 어린 아들과 같이 이웃과 여러 친지에게 인사를 하게 했습니다. 그러고는 분가를 기념하는 잔치 자리를 마련해 즐거움을 만끽하고 나서 각자 헤어졌답니다.

그 뒤로 유 씨네 부인은 그 아이를 자신의 아들로 정식으로 인정하고 무척 사랑하고 아꼈습니다. 원외와 소매의 경우는 굳이 말할 것도 없었지요. 인저와 인손 역시 각자 안팎에서 늦둥이를 지켜주었습니다. 장 서방이 아무리 질투를 해도 소용이 없게 된 거지요. 결국 그 아이를 잘 키워서 자립하게 해주었답니다. 유 원외가 널리 음덕을 베푼 덕분으로 마침내 후사를 얻은 셈이었습니다. 또한, 은덕으로 혈육을 대한 덕분으로 알고 보면 혈육으로부터 보답을 받은 셈이었지요. 이것이 이른바 '내가 살갑게 대해주면 상대도 정성으로 대한다[親一支, 熱一支]'는 경우인 것입니다. 이 이야기를 증명하는 시가 있습니다.

사위는 어찌하여 딴 마음을 품었나?　　女壻如何有異圖,
결국 재물과 이익이 사이 가깝고 멀게 만든 셈.　總因財利令親疎。
만약 효녀가 관심을 가지고 보살피지 않았더라면,　若非孝女關疼熱,
결국 유씨네에는 후사가 끊기고 말았을 테지!　畢竟劉家有後無。

제39권

기세등등한 천사는 가뭄에 굿을 하고
정성 지극한 현령은 단비를 불러오다

喬勢天師禳旱魃　秉誠縣令召甘霖

卷之三十九
喬勢天師禳旱魃 秉誠縣令召甘霖 해제

이 작품은 미신과 부적으로 혹세무민하다가 패가망신한 무당에 관한 이야기이다. 이야기꾼은 출처를 알 수 없는 자료에 소개된 하 도사夏道士와 심휘沈暉의 이야기를 차례로 앞 이야기로 들려주고, 이어서 이방李昉의 《태평광기太平廣記》에 소개된 적유겸의 이야기를 몸 이야기로 들려준다.

당대 무종武宗 회창會昌 연간에 진양현晉陽縣의 현령 적유겸狄維謙은 청렴하고 공정하게 처신하면서 선정을 베푼다. 그러던 어느 해에 봄부터 몇 달째 비가 내리지 않는 바람에 진양현에 가뭄이 들어 땅이 메마르고 농작물까지 말라 죽자 민심이 동요한다. 고을 백성들이 걱정된 적유겸은 성황묘城隍廟에 가서 기도를 드리는 등, 가뭄 극복에 최선을 다하지만 아무 효과도 보지 못한다. 그때, 여 무당과 작당한 곽새박郭賽璞이라는 불한당이 천지신명을 들먹이면서 굿과 부적으로 사람들을 현혹하고 금품을 갈취한다. 당초 미신을 믿지 않던 유겸은 고을 백성들이 '새박을 초빙해 기우제를 지내 줄 것'을 하도 간곡하게 부탁하자 자신의 뜻을 굽혀 깍듯이 예의를 갖추고 새박과 무당에게 도움을 청한다. 현령의 부름에도 한참 뜸을 들이던 둘은 뒤늦게 진양으로 와서 기우제를 지내더니 '사흘 후 비가 내릴 것'이라고 예언한다. 그러나 약속한 날에도 해가 쨍쨍 비추자 '현령이 부덕해서 비가 오지 않았다'고 책임을 전

가한 새박은 이번에는 '가뭄 귀신인 한발을 찾아내면 이레째 날에 비가
내릴 것'이라고 둘러대면서 한발을 찾아낸다는 핑계로 집집마다 행패를
부리고 뇌물을 받아 챙긴다. 그렇게 법석을 떨었는데도 비가 오지 않자
몰래 도망치려던 새박과 무당은 유겸에게 붙잡혀 성황당 신 앞에서 매
질을 당한 뒤 꽁꽁 묶인 채 빨래 웅덩이에 던져져 죽는다. 더 이상 방법
이 없자 유겸은 사당 뒷산으로 올라가 의관을 갖추고 뙤약볕 아래에서
하늘에 기도를 드리고, 고을 백성들은 그 광경을 구경하려고 산으로 몰
려든다. 바로 그때, 갑자기 하늘이 어두워지고 먹구름이 몰려들어 비가
쏟아지자 백성들은 환호하면서 유겸에게 머리를 조아리고 황제는 그의
노고를 치하하면서 오십만 냥을 상으로 내린다.

○ 병주(태원)

● 진양현

○ 낙양

○ 장안(서안)

○ 소주부

이런 시가 있습니다.

예로부터 신령스러운 무당은,	自古有神巫,
그 도술로 귀신조차 부릴 수 있다지.	其術能役鬼。
불행과 행복은 촛불과도 같아서,	禍福如燭照,
음양의 이치를 기막히게 잘 안다네.	妙解陰陽理。
공경대부들만 넘어갈 뿐만 아니라,	不獨傾公卿,
때로는 천자까지 흔들어 놓지.	時亦動天子。
어찌 후세 사람들 같으리,	豈似後世者,
그 사람은 역시 촌스럽고 비루했다네.	其人摠村鄙。
말씨가 무척 격에 어울리지 않아서,	語言甚不倫,
유독 마을 사람들만 홀릴 줄 알았던지,	偏能惑閭里。
무절제한 고사는 멈추는 날이 없을 정도로,	淫祀無虛日,
연일 제물과 맛난 술을 바치누나.	在殺供牲醴。
언제 서문표[1]가 나타나,	安得西門豹,

---

1) 서문표西門豹(?~?): 전국시대 위魏나라의 정치
가. 문후文侯 때 현령으로 지금의 하북성 임택현
臨澤縣에 해당하는 업鄴에 부임하여 관개사업을
벌여 농업 증산에 이바지하는 등 선정을 베풀었
다. 당시 업에서는 무당이 현지의 유지들과 결탁
하여 해마다 물의 신인 하백河伯에게 신부를 바
친다는 핑계로 장하漳河에 미녀를 제물로 바치
는 인신공양이 횡행했는데 의식을 빙자해 사리
사욕을 채우던 무당과 유지들을 강제로 강물에

혹세무민하는 무당을 응징한
서문표

그 자들을 업[2]의 강물에 던져버릴꼬!　　　　　　　　投畀鄴河水。

　이야기를 들려드리겠습니다. 남녀 무당은 예로부터 존재해왔습니다. 한漢나라 때에는 그들을 '신이 내리는 이[下神]'라고 일컬었습니다. 당唐나라 때에는 '귀신을 보는 능력을 가진 이[見鬼人]'라고 불렀지요. 이들은 모두 귀신을 부릴 줄 알고 남들의 화복과 길흉에 훤하고 사람들이 미리 진퇴를 결정하게 하는 데에 꽤 영험이 있지요. 그래서 역대의 고관대작들은 저마다 그들을 신봉했으며, 나아가 조정이나 궁정에도 더러 소환되어 기용되기까지 했지요.

　이들은 비법을 전수해주는 이가 있어야 제대로 의식을 진행할 수가 있습니다. 절대로 아무렇게나 하는 것이 아니지요. 그런데 세상의 일이란 것이 진짜가 있으면 가짜도 있기 마련입니다. 그 무지한 남녀들은 멋대로 신과 귀신을 들먹이고 음양의 이치를 떠듭니다. 그러나 아무 영향력도 없으면서도 진짜들처럼 시골 백성들을 속이면서 허세를 부리는 경우가 옛날부터 있었습니다. 지금에 와서는 정말 제대로 된 도술을 부릴 줄 아는 무당은 벌써 명맥이 끊어져버렸습니다. 그저 시골의 촌부나 말재주나 부리는 노파들만 있을 뿐이지요. 이들은 사내는 '태보太保'라고 하고 여자는 '사낭師娘'이라고 하는데, 신을 내리고 귀신을 부른다고 떠들면서 어리석은 사람들을 현혹하곤 합니다. 말로는 한나라 때 말이라고 하면서 '신께서 내리셨다'고 둘러댑니다. 그러나 촌티를 벗지 못했을 뿐 아니라, 입에서 나오는 대로 멋대로 내뱉는 것도 하나같이 얼치기 표준말[3]이고, 되는 대로 지어낸 소리일 뿐이지

　밀어 넣어 그 악습을 종식시킨 것으로 유명하다.
2) 업鄴: 중국 고대의 지명. 지금의 하북성 임장현臨漳縣에 해당한다.
3) 표준말[官話]: '관화官話'는 명대의 표준말을 뜻한다. 명대의 관화는 처음에

요. 그래서 제대로 된 사람이 그것을 들으면 온몸이 굳어지면서 웃음을 참지 못합니다. 시골 사람들이야 '강림하신 신'이라고 믿고 굽신굽신 머리를 조아립니다. 그러나 세상에 어디 표준어조차 할 줄 모르는 신이 다 있답니까![4]

괘씸한 일은 또 하나 있습니다. 누구 집에 병자가 있어서 완쾌를 빌러 오기라도 하면 일단 대뜸 잘라 말합니다.

'살릴 수 없다!'

그러다가도 머리를 조아리며 간절하게 애걸하면서 '소·양·돼지·개를 많이 제물로 바치겠다'고 하면 그들이 옷을 벗어 전당포에 잡히고 살생을 범하고 목숨까지 해치게 만들지요. 사람들은 그래도 '신이 구해주지 않으려 할까' 봐서 울고불고하기 일쑤입니다. 병이 벌써 악화되어 아무리 지전紙錢을 태우고 제물을 바쳐도 아무 효과가 없어도 그들을 탓하거나 의심하는 법이 없습니다. 그저 무조건 '자신들이 정성을 다하지 않아서 신들께서 진노하시는 바람에 그런 꼴을 당한 것'이라면서 종이돈을 태우고 제물을 바치는 데에 더더욱 집착하도록 부추기곤 하지요. 그러니 사람들이 얼마나 많은 돈을 쓰게 하고 얼마나 많은 목숨을 상하게 만드는지 모릅니다! 그러나 그자들은 사람들

는 명나라를 세운 태조 주원장朱元璋이 도읍으로 정한 강소성 남경南京 지역의 말을 가리켰지만 관화의 정확한 발음을 소개한 《홍무정운洪武正韻》도 바로 이때 편찬되었다. 그러나 그의 아들로 제2대 황제 건문제建文帝를 폐위시키고 황제로 즉위한 성조成祖 영락제永樂帝가 도읍을 자신의 책봉지인 하북성의 북경北京으로 옮기면서 그 이후로는 북경 지역의 말이 관화가 되었다.

4) 【즉공관 미비】天上有不識字仙人, 則亦有不會官話的神道。천상에 글자를 모르는 신선이 있다면야 표준어를 할 줄 모르는 신이 있을 수 있겠지.

에게 즉흥적으로 내뱉는 허튼소리만으로도 잘 먹고 잘 속여 넘길 뿐입니다.

　국법에서는 도사나 무당들의 사술을 금하고 있지요. 그 법률은 무척 엄격하고 거기다 '사술邪術'이라는 딱지까지 붙이므로 그런 경우를 보기만 해도 싸잡아 그렇게 똑같이 취급합니다. 그런데 지금은 사악하다고 하지만 사악하지 않고 도술이라고 하지만 도술답지 않은 짓으로도 막무가내로 우롱한답니다. 어리석은 백성들은 그들대로 그것을 신봉하는 행태가 일종의 유행이 되고 말았지요. 그야말로 고질병을 해결하기 어렵게 되고 그저 의식 있는 인사들의 웃음거리나 되고 있을 뿐이지요!

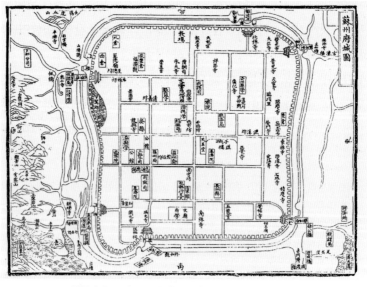

연혁지 《고소지姑蘇志》에 소개된 소주부성도蘇州府城圖

소주蘇州[5]에 하夏 씨 성의 서민이 살았습니다.[6] 그는 이들 도사나 무당들이 인기를 끄는 것을 보고 어떤 사부를 찾아가서 진짜 도술을 전수해주기를 원했습니다. 그러나 접견비만 날리고 아무 도술도 전수받지 못했지 뭡니까. 사부란 자는 고작 겉치레 장난 같은 말들만 가르치고는 그것을 조상 대대로 전수해온 비법이니 잘 익히면 개업할 때 유용하게 써먹으라고 둘러댔지요. 그 이웃에는 범范 씨 성의 춘원春元[7]이 살았습니다. 이름이 여여汝輿로, 남을 놀리기를 무척 좋아했습니다. 그런데 그가 첫 시험을 보기는 했지만 애초부터 별로 재능이 없다는 것을 알고 일부러 그를 웃음거리로 만들 요량으로 이렇게 속였습니다.

"당신은 처음으로 신 내림을 하는 거니까 반드시 신통력을 좀 보여 줘야 남들이 믿고 따를 겁니다! 나는 외람되게도 당신의 이웃으로 지내고 있으니 꾀를 내어 도와드리리다. 남들이 놀라 자빠질 정도는 되어야 그럴싸하지요."

"나리께 무슨 기막힌 꾀라도 있으신지요?"

하 박수가 이렇게 물으니 범 춘원이 대답하는 것이었습니다.

---

5) 소주蘇州: 명대의 지명. 남직예南直隷에 속했던 소주부蘇州府, 즉 지금의 강소성 소주시를 말한다.

6) *본권의 앞 이야기는 출처를 알 수 없는 자료에서 소재를 취했다.

7) 춘원春元: 명대의 호칭. 명대의 회시會試는 2월에 거행되어서 이 시험을 봄의 시험이라는 뜻에서 '춘시春試' 또는 '춘위春闈'라고 부르고, 그 시험에서 급제한 사람을 거인擧人이라고 불렀다. 거인은 때로는 '봄의 장원[급제]'이라고 하여 '춘원'으로 일컫기도 했다.

"내일 당신이 등장했을 때 내가 손에 꿀떡을 들고 당신에게 알아맞혀 보라고 하면 단번에 맞히도록 하시오. 내가 탄복하면 그 자리에 있는 사람들도 자연히 믿을 겁니다."

"나리께서 이렇게까지 소인을 도와주시니, 소인 정말 큰 다행입니다요!"

다음 날이 되자 여기저기에 '새로 오신 태보太保8)께서 신내림을 하신다'는 소문이 먼 곳까지 다 퍼져서 구경을 온 사람이 무척 많았습니다. 하 박수는 무대에 등장해서 신에게 기도를 합네, 귀신을 부릅네 신이 들어 한참 푸닥거리를 해대는 것이었지요. 그러자 범 춘원이 손에 웬 물건을 쥐고 물었습니다.

"내 손 안에 있는 것이 무엇인지 어디 맞혀 보시오. 그러면 진짜 신으로 모시리다!"

그 소리에 하 박수가 웃으면서

"손에 든 것은 꿀떡이오."

하고 말하자 범 춘원은 절을 하는 시늉을 하면서

"맞았소. 정말 신이시구려!"

---

8) 태보太保: 명대의 속칭. 원래는 태사太師·태부太傅와 함께 '삼공三公'으로 일컬어지는 고위 관직의 하나이지만 송·원대에는 차츰 일반 무사나 무당, 심지어 하인에 대한 존칭으로 변형되었다. 강남 방언에서는 박수(남자 무당)에 대한 존칭으로만 사용되며, 여기서도 무당에 대한 존칭으로 사용되었다.

하더니 손의 물건을 냅다 하 박수의 입에 쑤셔 넣었습니다. 하 박수는 그것이 꿀떡인 줄로만 알고 한입에 넙죽 받아먹었겠다? 아, 그런데 꿀떡 맛은커녕 냄새도 나고 딱딱한 것이 먹기에 여간 거북스럽지 뭡니까. 그렇다고 토해내자니 아까 맞힌 것이 틀리기라도 하면 마각이 드러날 것 같았지요. 어쩔 수 없이 눈썹을 찡그리고 고통을 참으면서 꿀꺽 삼켰답니다. 범 춘원은 그 광경을 보고 외마디소리를 지르더니

"하이고, 이 신령님은 마른 개똥을 다 잡숫네?"[9]

하고 말하는 것이 아닙니까! 사람들은 그렇지 않아도 아까 하 박수가 먹을 때 쩔쩔매는 것을 보고 좀 이상하게 여기던 참이었습니다. 그런데 범 춘원이 진상을 폭로하는 것을 보고 그가 꾀에 넘어간 것을 알고는 다들 요란하게 껄껄 웃더니 어느새 다 흩어져버리는 것이었습니다. 하 박수는 그런 수모를 당하고 나서 그 소문이 퍼지는 바람에 그 후로는 다시는 푸닥거리를 하지 못하게 되었답니다.

그런 허황한 자들은 당연히 이렇게 다루어야 옳습니다. 어떻게 어리석은 백성에게 그가 속이는 족족 다 믿게 할 수 있겠습니까? 다행스럽게도 범 춘원은 글공부를 좀 한 양반이다 보니 그자가 본색을 드러내게 만들었던 게지요. 그러지 않았더라면 사람들은 보나마나 그자에게 속아 넘어갔을 겁니다!

범 춘원의 사례는 그래도 약과입니다. 송나라 때에도 어떤 서민이 살았는데, 도사나 무당을 믿지 않고 그들을 한바탕 웃음거리로 만든 일이 있었지요. 화정華亭[10]의 금산묘金山廟[11]는 해변에 자리 잡고 있

9) 【즉공관 미비】 戲謔實善戲謔也。 놀리는 것 치고는 아주 제대로 놀렸구먼.

었습니다. 바로 한나라 곽霍 장군12)의 사당이지요. 현지 주민들이 전하는 이야기에 따르면, 전왕錢王13)이 오월吳越14) 땅을 제패할 적에 곽광이 저승의 군사를 일으켜 도움을 주었다는군요. 그래서 그를 추

---

10) 화정華亭: 명대의 지명. 지금의 강소성 상해시上海市 송강현松江縣 일대에 해당한다.

11) 금산묘金山廟: 상해의 성황묘城隍廟를 말한다. 한대의 명장 곽광을 모신 사당으로, 명대 초기 영락永樂 연간에 성황묘로 개칭되었다.

12) 곽 장군霍將軍: 전한의 대신 곽광霍光(?~BC68)을
말한다. 곽광은 자가 자맹子孟으로, 하동河東 평양平陽 사람이다. 전한의 명장이자 무제의 측근인 곽거병霍去病(?~BC117)의 이복동생으로, 무제武帝 때 봉거도위奉車都尉로 있다가 거기장군車騎將軍이던 김일제金日磾(BC134~BC86) 등과 함께 황제의 유언을 받들어 당시 여덟 살이던 소제昭帝 유불릉劉弗陵을 후계자로 옹립했다. 소제가 죽은 후에는 창읍왕昌邑王 유하劉賀를 황제로 옹립했다가 얼마 지나지 않아 폐위시키고 다시 선제宣帝 유순劉洵을 옹립했다. 그 공으로 대사

곽광 초상. 《삼재도회》

마 대장군大司馬大將軍으로 임명되고 박육후博陸侯로 책봉되는가 하면 선제를 보좌한 열 명의 공신과 함께 기린각麒麟閣에 그 초상이 봉헌되는 등, 20년 동안 권력을 장악했다.

13) 전왕錢王: 오대五代시기 오월吳越을 세운 전무錢繆(852~932)를 말한다. 자는 구미具美로, 임안臨安, 지금의 절강성 항주시 사람이다. 원래는 소금장수였으나 당나라 말기에 황소黃巢의 난을 평정하는 데에 공을 세워 진해鎭海 절도사로 임명되면서 강소오·절강월 일대에서 기반을 구축했다. 당나라가 멸망한 후에는 후량後梁 조정으로부터 오월왕吳越王·오월국왕吳越國王에 차례로 봉해져 강소·절강에서의 세력을 공고하게 다졌다. 치수에 성공하고 농업을 발전시키는 한편 인재를 중용하는 등, 선정을 베풀어 백성들로부터 칭송을 받았다.

14) 오월吳越: 중국 고대의 지역명. 중국의 동남부인 지금의 강소성江蘇省, 일반적으로 강남 지역, 오과 절강성浙江省(월)을 아울러 일컫는 이름이다.

앙하여 사당을 세웠다고 합니다. 순희淳熙[15] 연간 말기에, 이 사당에는 무당이 하나 살았습니다. 마침 명절을 맞아 길가에 그 현의 사람들을 모아 놓고 신에게 기도를 드립네, 귀신을 부릅네 난리를 치더니 곽 장군이 자신에게 내려서 '나에게 기도하는 사람은 두루 복을 받을 것'이라고 말했다는 것이었습니다. 주민들은 그 소리를 믿고 앞다투어 그곳으로 몰려들었습니다. 그런데 유독 전 사정寺正[16] 댁의 심휘沈暉라는 세상 물정에 밝은 종복만은 끝까지 그 소리를 믿지 않고 말끝마다 그를 조롱했습니다. 그와 사이가 좋은 종복은 심휘가 신령님의 심기를 건드릴까 두려워 끝까지 좋은 말로 설득하면서 무당을 그렇게 놀리지 말라고 당부했지요. 그런데 그 사당의 무당이 이렇게 선언하는 것이었습니다.

"장군께서 몹시 성이 나셨느니라. 강림하셔서 벌을 내리겠다고 하신다!"

심휘는 그래도 그와 입씨름을 벌였습니다.

"인간세상의 불행과 행복은 하늘이 정해주시는 것이다. 감히 무슨 장군 따위가 나를 뭐 어쩌겠다고? 설사 장군에게 넋이 있다고 하더라도 절대로 너 같은 아둔한 놈에게 내리셔서 벌을 줍네, 복을 줍네 하

---

15) 순희淳熙: 남송의 제11대 황제 효종孝宗 조신趙眘의 연호. 1174년부터 1189년까지 16년 동안 사용되었다.

16) 사정寺正: 명대의 관직명. 홍무洪武 14년(1381)에 설치된 대리시大理寺의 정육품 하급 관리로, 좌시정左寺正과 우시정右寺正이 있었다. 제2대 황제인 건문제建文帝 때 좌시와 우시는 각각 좌사左司와 우사右司, 시정은 도평사都評事로 개칭되었다가 다음 황제인 성조成祖 영락제永樂帝 때 본래의 이름을 회복했다.

지는 않으실 게다!"[17]

  이렇게 입씨름을 하고 있을 때였습니다. 심휘가 털썩 고꾸라지더니 입에서 거품을 쏟으면서 바로 의식을 잃는 것이 아닙니까! 구경꾼들 속에는 마침 같이 온 동료가 끼어 있어서 심휘의 집으로 달려가서 이 사실을 알렸습니다. 그의 처자식이 모두 살피러 와서 이 광경을 보니 신령님에게 죄를 지어서 그런 것이 분명했지요. 그래서 사당 무당에게 머리를 조아리면서 용서를 빌었지만 사당 무당은 그럴수록 목에 힘을 주면서 말하는 것이었습니다.

  "후회하고 사죄를 해도 늦었느니라! 장군께옵서 진노하셔서 벌써 이놈 넋을 붙잡아 풍도酆都[18]로 끌고 가셨느니라. 목숨이 경각에 달렸으니 살리기는 늦었다!"

---

17) 【즉공관 미비】僕能作此語, 賀方回家奴也。 종이 이런 [고상한] 말을 다 할 줄 알다니 하방회네 집 종이라도 되나?
하방회賀方回는 북송의 가객인 하주賀鑄(1052~1125)를 가리킨다. 위주衛州 사람으로, '방회'는 그의 자이다. 송나라 황실의 외척 집안 출신으로 송나라 종실의 딸을 아내로 맞아들이는 등 쟁쟁한 집안 출신이었으나 성격이 괴팍하여 남들의 미움을 사는 바람에 사주통판泗州通判·태평주통판太平州通判 등 낮은 벼슬을 지내다가 말년에는 '경호유로慶湖遺老'를 자처하면서 소주·항주 일대에서 은거했다. 시문에 능했지만 가사에서 특히 재능을 보였는데 그의 가사는 호탕함과 부드러움을 겸비한 것이 특징이었다.

18) 풍도酆都: 중국 고대의 지명. 사천성에 있는 이 현의 평도산平都山은 도가道家의 72대 복지福地의 하나로, 민간에서는 저승이 있는 곳 또는 사람이 죽으면 돌아가는 곳으로 믿어서 저승 또는 내세의 대명사로 간주된다. 여기서도 사천성의 풍도현이 아니라 저승 또는 지옥을 뜻하는 말로 사용되었다.

전남 화순 쌍봉사의 발설지옥도. 한국콘텐츠진흥원

　사당 무당은 그가 기절해서 깨어나지 못하는 것을 보더니 아주 만
족스럽다는 듯이 급기야 큰소리를 치면서 으름장까지 놓는 것이 아닙
니까. 그의 처자식은 놀라고 당황했지만 방법이 없었지요. 그저 곽
장군의 신상을 바라보며 무작정 머리를 조아릴 뿐이었습니다. 그러더
니 다시 사당 무당에게 애걸복걸하는데 무당은 갈수록 무서운 소리만
늘어놓지 뭡니까요! 처자식은 시신을 어루만지면서 통곡을 하는 수밖
에 없었지요. 구경꾼은 점점 더 많아졌고[19] 다들 서로 몸을 사리면서
이렇게 말하는 것이었습니다.

　"신령님께서 이처럼 무서운데 함부로 놀리면 안 되지!"

　그러자 무당은 더더욱 기가 살아서 아주 의기가 양양했습니다. 그
런데 가만 보니 심휘가 땅바닥에서 튕기듯이 벌떡 일어서는 것이 아

---

19) 【즉공관 측비】 妙在人多。 일단 사람이 많아야 돼.

닙니까. 사람들은 다들 악귀 짓이라고 여기고 전부 다 놀라서 뒷걸음질을 쳤지요. 심휘는 군중 틈에서 뛰쳐나와 사당 무당의 멱살을 잡더니 따귀를 연거푸 몇 대나 때리면서 말했습니다.

"못된 소리나 늘어놓는 네놈의 요 조동아리 … 버릇 좀 들여야겠다! (…) 다들 겁먹지 마시오! 내가 풍도에 끌려가기는 왜 가?"

그래서 처자식이

"방금 전에는 어떻게 된 거였어요?"

하고 물었더니 심휘가 껄껄 웃으면서 말했습니다.

"여기 있는 사람들이 저놈 소리를 믿는 걸 보고 일부러 그런 척해서 놈을 좀 놀려준 거지. 신령은 무슨 신령!"[20]

무당은 한바탕 망신을 당하자 살그머니 사당을 빠져나와 줄행랑을 쳐버렸습니다. 사당 사람들은 사당 사람들대로 모두 다 뿔뿔이 흩어지고 말았지요. 그 후로 다시는 귀신을 믿는 사람이 없었답니다.

손님들, 이 두 이야기를 한번 보십시오. 무당 따위를 믿어야겠습니까, 말아야겠습니까? 똑똑하거나 올바른 사람들은 다시는 그런 작자들한테 홀리지 않으니, 그저 꽉 막힌 어리석은 남편이나 아내들만 골라서 속여먹는 것이올시다!
소생 이번에는 위세가 아주 대단하던 한 무당이 아주 똑똑한 관리

---

20) 【즉공관 미비】快絶, 快絶。眞是幹僕。정말 후련하다. 참으로 유능한 종복일세그려!

를 만나는 바람에 속이 다 후련한 일을 한바탕 벌인 이야기를 들려드
리겠습니다.21) 서문표西門豹가 무당을 강물에 밀어 넣은 이야기보다
더 희한하답니다. 그야말로

간사한 무리가 생사를 함부로 떠들지만,　　　　奸欺妄欲言生死,
바로 그 대목에서 속임 당한다는 걸 어찌 알까?　寧知受欺正於此。
세상 사람들은 살아 있는 신이라 여기지만,　　　世人認做活神明,
고작 마른 개똥이나 먹을 위인일 뿐이라네!　　　只合同嘗乾狗屎。

　그럼 이야기를 들려드리겠습니다. 당唐나라 무종武宗22) 회창會
昌23) 연간이었습니다. 진양현晉陽縣24)의 현령으로 성이 적狄, 이름이
유겸維謙인 사람이 살았습니다. 바로 주周나라를 당나라로 되돌려놓
은 유명한 신하인 양공梁公 적인걸狄仁傑25)의 후손이었지요. 벼슬을

----

21)　*본권의 몸 이야기는 이방李昉《태평광기太平廣記》권396의〈적유겸狄惟
　　謙〉에서 소재를 취했다.
22)　무종武宗: 당나라 제15대 황제인 이염李炎(814~846)의 묘호.
23)　회창會昌: 무종이 841년부터 846년까지 6년 동안 사용한 연호.
24)　진양현晉陽縣: 중국 고대의 지명. 춘추시대의 진양읍晉陽邑으로, 당대에는
　　태원군太原郡에 속했다.
25)　적인걸狄仁傑(607~700): 당대의 대신. 자는 회영懷英으로, 태원太原 사람이
　　다. 대리승大理丞으로 있을 때 산적한 현안 만여 건을 공정하고 현명하게
　　처리하여 주목을 받았다. 나중에 재상이 되자 당시 실질적인 황제로 권력을
　　휘두르던 무측천武則天(624~705)에게 상소하여 병역을 줄이고 형벌을 가볍
　　게 하여 선정을 베풀 것을 당부했다. 인재를 발탁하는 데에도 남다른 재능
　　을 보여 무측천의 신임을 얻으면서 승진에 승진을 거듭했다, 탐관오리인
　　내준신來俊臣의 무고로 감옥에 갇혔을 때에는 억울한 사정을 상소하여 내
　　준신의 음해 사실이 드러나자 더욱 무측천의 신임을 받았다. 무측천이 유명
　　무실한 당나라의 명맥을 끊고 자신을 포함한 무 씨가 황제가 되는 주나라

살면서 청렴함을 지켰고 뜻을 세우고 강직하고 바르게 처신하면서 매사를 정도正道에 따라 처리했습니다. 여러분이 아무리 성화를 부려도 그는 끄떡도 하지 않을 정도여서 상관조차 그에게는 공손하게 대할 정도였지요. 그래서 적유겸이 진양을 다스리는 동안에는 밤에도 대문을 잠그지 않고 길에서는 흘린 물건을 주워가지 않을 정도였답니다. 백성들은 집집마다 그의 은덕에 감동하고 찬탄하지 않는 사람이 없었지요. 그러나 하필 천재지변이 발생할 줄 누가 알았겠습니까! 진양 지역이 지지리도 운이 나빴나 봅니다. 아무리 그런 훌륭한 관리가 있어도 날이 순식간에 가무는 바람에 봄부터 여름까지 너덧 달 동안 비가 한 방울도 내리지 않았으니까요! 그 상황을 볼작시면

밭의 땅은 주름처럼 쩍쩍 갈라지고,	田中紋坼,
우물 바닥에서는 먼지가 풀풀 생겨나네.	井底塵生。
모락모락 연기라도 피어오르나 했더니,	滚滚烟飛,
넘실거리는 것 하나같이 햇빛뿐이요.	盡是晴光浮動。
산들산들 바람이라도 부나 했더니,	微微風撼,
알고 보니 타고 찌는 더운 공기구나.	元來煖氣薰蒸。
도르래 소리 그치지 않는다 했더니,	轆轤不絶聲,
올라오는 건 반 두레박의 진흙탕뿐,	止得泥漿半杓。
용두레 쉴 틈조차 없다 했건만,	借戽無虛刻,
어디 맑은 물 한 통인들 끌어올렸나?	何來活水一泓。
비 내린다는	供養着

를 세우려 하자 목숨을 걸고 직간하여 겨우 그 결정을 취소하게 했다고 한다. 재직 중에 세상을 떠나자 무측천은 국정 처리를 멈추고 그의 죽음을 애도했다고 한다.

온 세상 호수 바다 용왕 다 받들고,	五湖四海行雨龍王,
바람 부른다는	急迫煞
한 집 여덟 식구 구명 다 불러도,	八口一家喝風狗命。
그저 이글이글 타오르는 붉은 태양뿐,	止有一輪紅日炎炎照,
사방 들판 어디 꾸물꾸물 솟는 먹구름 보이더냐!	那見四野陰雲敹敹興。

이렇게 해서 저 진양의 수백 리나 되는 땅이 다 가물어서 흙은 메마
르고 산은 타들어갔으며 항구는 물이 마르고 샘은 바닥을 다 드러내
니 풀과 나무는 살아남지 못하고 벼이삭도 죄다 말라비틀어지고 말았
습니다. 당황한 적 현령은 시종과 호위병들을 다 물리치고 성황묘城隍
廟26)에서 맨발로 걸으며 기도를 올렸지만 조금도 효험이 보이지 않는
것이었습니다. 한편으로는 음식을 절반으로 줄이고 가축 도살을 금하
는가 하면, 날마다 향을 피우고 밤마다 야외에서 기도를 올렸습니
다.27) 가뭄을 극복할 수 있는 방법이라는 방법은 하나도 빠짐없이 다
시도했지요.

이야기를 다른 쪽으로 돌려보겠습니다. 이 고을에는 불한당이 하나
살았는데 성이 곽郭, 이름이 새박賽璞이었습니다. 어려서부터 주술과
부적 배우기를 즐겼는데, 병주幷州28)에서 온 여자 무당을 찾아가 동
업자가 되었습니다. 겉으로는 서로를 '사형師兄'과 '사매師妹'로 불렀

---

26) 성황묘城隍廟: 중국 고대에 각 지역을 지키는 수호신인 성황신城隍神을 모
시고 제사를 지내던 사당.
27) 【즉공관 미비】惟其有此等, 所以此輩行得去。 이런 식으로 하니까 그 패거리들 수
법이 먹혀드는 게지.
28) 병주幷州: 중국 고대의 지역명. 지금의 산서성 행정 중심지인 태원시太原市
일대에 해당한다.

지만 사실은 몰래 내연관계를 맺고 있었지요. 이 둘은 한쪽이 주역, 다른 한쪽은 조역을 맡아 현란한 말재주로 시골 사람들을 현혹한 것은 말할 필요도 없었습니다. 더욱이 사내가 바깥에서 바람을 잡으면 여자는 안에서 그들을 현혹했지요. 그래서 관리나 대갓집들조차 치성을 드려 재앙을 없애려 하기도 하고 액땜을 해서 질병을 없애려 하기도 했습니다. 또 부부 금슬이 좋지 않으면 그에게 굿을 부탁했는데, 처첩이 서로 투기를 하면 각자 제웅을 찌르게 하는 등 가지가지 수법을 다 쓰는 바람에 온 태원 고을이 다 엉망진창이 돼버렸지 뭡니까, 글쎄!

이 고을의 감군사監軍使[29]는 다름 아닌 내감內監[30] 출신이었습니다. 이 태감太監들이라는 것이 속성이 그래서인지 오히려 한술 더 떠서 대단하게 떠받들지 뭡니까. 감군사는 마침 도성에 입조하려던 참이었습니다. 그런데 당시 조정에서도 이 같은 사교邪敎의 기이한 도술들을 중요하게 여기던 참이었지요. 그래서 곽새박과 여 무당은 감군사의 인맥으로 그를 따라 서울을 좀 둘러보고 요행수를 노리기로 했답니다. 감군사는 감군사대로 두 사람을 떠받들던 참인지라 자진해서 이들을 데리고 가기로 했답니다.

두 사람이 서울에 도착해서 보니 그야말로 온 나라 사람들이 다

---

29) 감군사監軍使: 중국 고대의 관직명. 당대에는 지방 군벌들의 무장을 감시할 목적으로 감군원監軍院을 설치하고 감군사·감군부사監軍副使·감군판관監軍判官을 두었다. 오대 시기에는 당대의 제도를 인습하되 감군사만 남겨서 시행했다.

30) 내감內監: 중국 고대에 환관宦官들을 두루 일컫던 이름. 당대에는 내시감內侍監을, 명대에는 내관감內官監을 설치했는데 둘 다 주로 거세된 환관들로 충당되었다. 환관은 때로는 '태감太監'이라는 존칭으로 불리기도 했다.

몰려드는 곳이었습니다. 별별 악당들이 다 숨기 쉽고 온갖 사악한 주장들을 다 퍼뜨리기 수월해 보였지요. 두 사람은 부적을 쓰고 주문을 팔기도 하고 병을 낫게 해줍네, 요괴를 없애줍네 하며 굿을 해주었지요. 그러다가 용케 조금이라도 효험을 보기라도 하면 당장 이 사람에게서 저 사람에게로, 저 사람에게서 여럿에게로 곳곳마다 입소문이 나서

"기이한 분이 기이한 도술을 쓰신다더라. 살아 있는 신선 두 분이 서울에 오신 것이 분명해!"[31]

하고 떠들어댔습니다. 그렇게 해서 누가 자신들을 보러 오기라도 하면 둘은 과장되고 민망스러운 소리를 흉내 내어 신령님을 볼 수 있느니 귀신을 볼 수 있느니 하면서 아주 대단한 신통력을 가진 것처럼 둘러대는 것이었습니다. 게다가 둘이 하나는 북을 치고 하나는 딱따기를 놀리면서 한쪽은 허풍을 떨고 한쪽은 푸닥거리를 했습니다. 물론 똑바로 된 군자들이야 현혹되지 않고 '대단하고 똑똑한 당신 마음대로 하셔' 하고 무시하곤 했지요. 그러나 일심으로 귀신을 떠받드는 사람들은 누구 하나 그 수법에 넘어가지 않은 경우가 없었지 뭡니까, 글쎄! 바깥에서는 오래전부터 그 명성이 자자하게 퍼진 데다가, 이제는 감군사까지 북사北司[32]로 와서 여기저기 하도 나발

---

31) 【즉공관 미비】 亦必小有伎倆動人。 역시 분명히 사람을 움직일 만한 기량이 조금이라도 있는 게야.

32) 북사北司: 당대의 내시성內侍省에 대한 속칭. 내시성은 환관들로 구성되었으며 궁정에서의 각종 업무를 담당했다. 재상의 집무 장소가 황궁의 남쪽에 자리 잡고 있었던 것과는 반대로 황궁의 북쪽에 배치되었기 때문에 북쪽의

을 불어대는 통에 태감들까지 제법 많이 드나들었지요. 그 덕에 여무당은 마침내 궁궐을 드나들 수 있게 되었고 더러는 황제가 내리는 하사품까지 받았답니다. 거기다가 태감들이 거들어준 덕분에 용케 줄이 닿아 칙명으로 두 무당 모두 "천사天師"의 존호를 받기에 이르렀습니다.

그러나 알고 보면 당나라 때에는 도교를 숭상했으니 도사를 '천사'로 높여 부르거나 중에게 가사袈裟를 내리는 것도 대수롭지 않은 일로 여겼습니다.[33] 그렇다고 무슨 소관 업무나 소속 관청이 있는 것도 아니고 무슨 그럴듯한 품급이나 직함도 아니었지요. 그저 그럴듯한 명성이나 얻어서 시골 바닥이나 들썩거리게 만들 뿐이었지요. 곽새박은 이 존호를 얻고 나자 바로 금의환향할 생각을 하고 여 무당을 데리고 원래대로 태원주太原州로 돌아왔습니다. 이쯤 되자 나이야 많든 적든 지체야 높든 낮든 모조리 그 둘을 '천사'라고 불렀지요. 둘은 둘대로 허세를 떨면서 서울에 가기 전과는 그 기세가 상당히 달라져 있었습니다.

때는 바야흐로 진양에 큰 가뭄이 기승을 부리고 있었습니다. 그러나 조정에는 이렇다 할 대책이 없었지요. 그러자 적현령은 포고문을 냈습니다.

"관리·군인·백성을 막론하고 구름과 비를 일으킬 수 있는 자가 있다면 본 현에서 후한 보상으로 사례하겠다."

관청이라는 뜻에서 '북사'로 불렸다.
33) 【즉공관 미비】唐政可知。당나라 때의 정치 상황을 알 만하구나.

포고문이 나오자마자 현의 원로들은 백성들 몇을 데리고 와서 현령에게 고했습니다.

"우리 고을의 곽 천사는 부적과 도술이 출중합니다. 그 명성이 도성까지 자자해서 천자께옵서조차 예의를 갖추셨지요. 만약 그분이 우리 현 사당에 오시면 비를 비는 일은 손바닥 뒤집듯이 쉬울 것입니다. 다만, … 그분은 하도 존귀한 분이어서 모셔 오기가 힘들지 않을까 싶군요. 그러니 나리께서 경건한 마음으로 간곡하게 요청하셔야 되겠습니다. 반드시 그분이 오셔서 백성들을 구해주시도록 부탁하시면 백성들도 다시 살아날 수 있다는 희망을 갖게 될 것입니다!"

그러자 적 현령이 말하는 것이었습니다.

"정말 그자의 도술이 신통하다면 내 어찌 백성들을 위하여 몸을 낮추어 부탁하지 않을 리가 있겠소? 허나 그 패는 매우 교활하여 헛된 명성을 떠들고 다니지만 진짜 실력은 없을 것이오. 더욱이 거창한 명성을 빌려 안하무인으로 처신하고 있소. 그러니 그자를 초빙해 왔다가는 괜히 그대들에 대한 민폐만 늘고 보탬이 되는 일은 없을 것 같구려.[34] (…) 차라리 부근에서 정말 수도를 즐기고 수양에 전념하는 이들을 구해보는 편이 낫겠소. 사람이 없지는 않을 테니 혹시라도 세간으로 나와 응모해준다면 헛된 명성만 요란한 그 패보다 갑절이나 뛰어날 것이 분명하오! 본관도 그래서 여태껏 헛된 명성만 믿고 그 같은 망령된 짓에 앞장을 서지 않았던 게요!"

---

34) 【즉공관 미비】大是正論眞見。 정말 맞는 말씀이다.

"나리 생각도 물론 옳습니다! 다만, … 세상에 이름이 났다면 다 그럴 만한 이유가 반드시 있기 마련이지요. 조야에서 명성이 자자한 천사님을 그냥 내버려두고 모셔 오지 않는다면 또 어디 가서 무슨 도를 터득한 자를 찾는단 말씀입니까! 이거야말로 '멀쩡히 있는 종은 치지 않고 새로 구리를 녹이려 드는 꼴'35)이지요. (…) 만약 나리께서 공금을 당장 집행하기 곤란하시다면 차라리 저희 백성들이 동리마다 장정들에게 분담시켜 경비를 모으겠습니다. 그러니 … 나리께서 도맡아 천사를 모셔 오신다면 그보다 큰 은혜는 없을 것입니다요!"

원로들이 이렇게 말하자 현령이 말했습니다.

"그대들 생각이 벌써 정해졌다니 나야 아까울 것이 뭐가 있겠소."

이렇게 해서 현령은 예물과 비단을 준비하고 두 무당을 초빙하는 서신을 작성한 다음 상황을 잘 아는 서리를 보내서 현령 대신 직접 예의를 표하고 방문한 이유를 자세히 밝혔습니다. 그러자 천사는 아주 거만한 태도로 한동안 듣더니 느긋하게 대답하는 것이었지요.

"기우제를 … 지내겠다고?"

사람들이 머리를 조아리면서

---

35) 멀쩡히 있는 종은 치지 않고~[現鐘不打, 又去煉銅]: 원·명대의 속담. 눈앞의 것은 안중에도 두지 않고 엉뚱한 것에만 매달려 사서 고생을 한다는 뜻이다. 이보다 이른 원대 극작가 마치원馬致遠의 잡극 희곡《청삼루青衫淚》에는 "종을 보고도 치지 않고 구리부터 녹이려 든다見鐘不打, 更去煉銅"로 나와 있다.

"그렇습니다요!"

하고 말하자 천사는 웃으면서 말하는 것이었습니다.

"큰 가뭄이 생긴 것은 하늘의 뜻이니라. 분명히 이 지역 백성들의 죄업이 깊고도 무거워서일 테지. 게다가 … 이 현 관리들이 탐욕스럽고 도리에 어긋나 하늘께서 벌을 내리셔서 이런 꼴을 보게 된 게야! 우리는 하늘의 뜻을 받자와 천도를 실천하느니라. 그런데 어찌 하늘의 뜻을 저버리고 너희에게 기우제를 지내주겠느냐!"[36]

그래서 사람들은 다시 머리를 조아리면서 말했지요.

"저희 현의 나리로 말할 것 같으면 매우 청렴하고 공정하신 분입니다요! 저희 어리석은 백성들이 죄업을 지은 탓에 하늘께서 재앙을 내리셨나 봅니다. 현령 나리께서는 이를 참지 못하고 특별히 천사님의 큰 명성을 흠모하시어 이렇게 예의를 갖추고 모시려는 것입니다. 저희 현에 행차하셔서 단비를 내려주십사 치성을 드려주십시오. 절대로 물리치지 말아주십시오! 그렇게만 해주시면 온 백성이 감동해마지 않을 것입니다요!"

그러자 천사는 또 웃으면서

"우리가 어찌 너희 볼품없는 현에서 사정한다고 호락호락 가겠느냐!"

---

36) 【즉공관 미비】先開求雨不來的後路。기우제를 지내도 비가 오지 않을 때를 대비해 미리 포석을 까는 게지.

하고 거듭 거절하는 것이었습니다.

서리 등은 현으로 돌아와 적 현령에게 그대로 고했습니다. 그러자 원로와 백성들은 모두 울면서 말하는 것이었지요.

"천사께서 오지 않으려 하시니 우리는 살아남기 어렵겠군요. (…) 아무래도 현령 나리께서 다시 간곡하게 부탁하셔서 그분께서 꼭 좀 오게 해주십시오!"[37]

현령은 어쩔 도리가 없었습니다. 예물을 추가하고 인원을 추가하는 한편, 초청장도 아주 간곡하게 작성하는 수밖에 없었지요. 그리고 공문을 상급 관청인 주州에 상신하고 '주장州將[38]'의 체면을 봐서라도 꼭 좀 와주십사' 간청해주기를 빌었습니다. 주장은 현의 민심이 이처럼 애절한 것을 보고 별 수 없이 직접 가서 천사를 예방하고 그가 행차해줄 것을 요청하는 수밖에 없었습니다.

천사는 주장이 자진해서 찾아온 것을 보고 그제야 마지못한 척 허락하는 것이었지요. 사람들은 천사가 오기로 결정하자 온 땅이 다 울릴 정도로 환성을 내질렀습니다. 자기 몸이라도 그에게 갖다 바치지 못해 안달복달하면서 말이지요. 천사는 남녀가 각자 탈 가마를 두 대 준비해서 여 무당과 함께 갈 수 있도록 해달라고 요구했습니다. 이쪽 서리와 원로들은 그저 명령대로 따를 뿐 어디 감히 거역할 수가 있었겠습니까. 남녀가 탈 가마 두 대를 준비하고 둘 다 유난히 눈에 돋보이게 꾸몄습니다. 도중에는 향을 사르고 촛불을 붙이는 한편 당

---

37) 【즉공관 미비】愚民難論。어리석은 백성들과 무슨 말을 한단 말인가.
38) 주장州將: 주의 행정 수장인 자사刺史에 대한 별칭.

번幢幡39)과 보개寶蓋40)를 앞세우는 등 그야말로 생불이라도 맞이하는 것처럼 법석을 떨어대는 것이었지요.

행렬이 진양 땅에 이르자 적 현령은 앞장서서 그들을 맞이했습니다. 두 사람은 가마에서 내려 현령과 인사를 마쳤지요. 현령은 술잔을 들고 그 두 사람을 위해 예물과 비단을 바치고 말을 준비해 가마를 대신하게 했습니다. 그러고는 직접 말을 끌고 악대를 앞장세워 사당 안까지 영접하고 하마연下馬宴41)을 열어주었는데 음식이 무척 풍성했지요.42) 이어서 늘어놓은 행장들을 사당 뒤꼍 깨끗한 방에 부려놓았습니다. 현령은 두 사람에게 휴식을 취하도록 당부하고 작별한 뒤에 혼자 그 자리를 떠났지요. 그리고 다음 날 둘이 자기 일을 해주기만 기다린 것은 말할 필요도 없었습니다.

당번(상)과 보개(하)

계속 이야기를 들려드리지요. 천사는 방으로 가서 여 무당을 보고 말했습니다.

---

39) 당번幢幡: 불교 행사에서 장대 끝의 고리에 걸어 드리우는 화려한 장식. 주로 사찰이나 도량 앞에 세워 놓았다고 한다.

40) 보개寶蓋: 불교 행사에 사용되는 일산의 일종.

41) 하마연下馬宴: 먼 길을 온 사신이나 손님을 위로하고 그 노고를 치하하기 위해 베풀던 잔치. 명대에는 조선 등 외국 사신을 영접하기 위해 베푸는 잔치에서 비롯되었다고 한다.

42) 【즉공관 미비】折盡菜傭村嫗之福。安得不敗。요리를 준비하는 시골 할멈들 고생을 사서 시켜 놓았으니 어떻게 낭패를 보지 않을 수가 있겠나!

"이 현에서 우리더러 기우제를 지내달라고 하는데 … 그 정성이 갸륵하고 대접 역시 후하니 그렇게 해주는 수밖에 없군. 허나 온 현의 관리와 사람들이 저마다 비가 내리기만 애타게 바라고 있으니, … 만약에 우리가 기도를 합네, 푸닥거리를 합네 해서 운 좋게도 비가 내리면 좋지만 혹시라도 그렇지 않으면 뭐라고 둘러대야 좋을까?"

그러자 여 무당이 말하는 것이었습니다.

"당신은 요 몇 년 동안 헛짓만 한 거예요? 이렇게 하찮은 일까지 고민이 필요하냐고요! 내일 우리가 비 올 날을 좀 멀게 잡으면 그만이에요. 날이 쨍쨍한 지가 오래됐으니 어쨌든 조금이라도 내리긴 내리겠지. 한두 방울만 뿌려줘도 우리 공덕인 셈이지요. (…) 만에 하나 그래도 내리지 않으면 무조건 그들한테 책임을 뒤집어씌워야죠. 이래도 그들 탓, 저래도 그들 탓 하면서 그자들을 달달 볶는 거지. 우리는 고압적인 태도로 무조건 떠나겠다고 고집을 부리면서 더 있을 수 없다고 버티면 돼요. 그렇게 하면 우리 성미를 건드릴까봐 더 이상 붙잡을 수는 없을 걸요? 자기들도 가뜩이나 경황이 없는 판인데 누가 우리를 갖고 뒷공론을 벌이겠어요?"[43]

"그럴듯하구먼, 그럴듯해! 그자가 우리를 아주 존경하고 있는 이상 감히 우리 기분을 상하게 만들지는 못할 게야.[44] 무조건 얼굴에 철판을 깔고 밀어붙이자구!"

---

43) 【즉공관 미비】女巫更是老奸。 여무당이 더 파렴치하고 간악하군.
44) 【즉공관 미비】所恃在此。 내세울 것이라고는 그것뿐이지.

기세등등한 천사가 가뭄에 굿을 하다.

천사는 그렇게 하기로 하고 의논을 마치는 것이었습니다.

이튿날, 현령은 사당에 와서 기우제를 지내줄 것을 요청했습니다. 그러자 천사는 사당 앞에 작은 제단을 잘 세우라는 명령을 내리는 것이었지요. 천사는 여 무당과 함께 성황신 앞에 서더니 입으로 되지도 않는 온갖 요상한 소리를 다 지껄인 다음 함께 제단으로 올라갔습니다. 천사가 자기 자리로 올라가서 영패令牌45)를 탁탁 두들기자 여 무당이 고리가 아홉 개 달린 북46)을 동동 울리면서 부적을 잔뜩 태웠습니다. 그러고는 천사가 높은 곳에 서서 사방을 둘러보니 동북쪽에서 구름기가 조금 보이는 것이 아닙니까.

'여름비는 북풍이 만들어내지. 며칠 안에 비가 내리는 게 아닐까? (…) 일단 일러줘서 내 덕분임을 일깨워줘야겠다.'

이렇게 생각한 천사는 제단을 내려오더니 현령을 보고 말했습니다.

"내가 너희를 위해 부적을 천상까지 날려 보내 비를 내려주십사 빌었더니 옥황상제께옵서 명령을 내리셨다. 너희의 정성이 지극하면 사흘 후에 비가 너희 발을 적실 것이니라!"

이 말이 전해지자 현의 백성들은 저마다 팔짝거리면서 기뻐하는 것이었습니다. 이어서 주변의 관리며 백성들은 모조리 몰려들어 비가

---

45) 영패令牌: 중국 고대에 군령을 적은 나무 패. 여기서는 도교 의식에서 천지 신명의 명령을 전하거나 접신接神의 용도로 사용하는 도구를 가리킨다.
46) 북[單皮鼓]: '단피고單皮鼓'는 가죽을 한쪽에만 씌운 북을 말한다. 편의상 여기서는 '북'으로 번역했다.

내릴 때까지 기다렸습니다. 간절한 마음으로 사흘을 기다렸는데 가만
보니 날이 가면 갈수록 쨍쨍해지지 뭡니까!

이글거리는 해가 허공에 떠 있을 뿐,	烈日當空,
떠가는 구름조차 싹 다 사라져버렸네.	浮雲掃净。
메뚜기며 풀벌레들만 때를 만났는지,	蝗蝻得意,
열기 타고 날아오르고,	乘熱氣以飛揚。
물고기 자라들은 모습을 감추느라,	魚鱉潛踪,
뜨거운 못에서 뒤뚱거리누나.	在湯池而跛踏。
산들바람조차 볼 수 없는데,	輕風罕見,
오방기47)는 꼿꼿이 선 채 미동도 없고,	直挺挺不動五方旗。
비 한 방울조차 기미가 없이,	點雨無徵,
길에는 애달프게도 우는 소리만 들리누나!	苦哀哀只聞一路哭。

현령은 백성들 몇 명을 대동하고 와서 천사에게 물었습니다.

"사흘 기한이 벌써 다 찼는데 … 어째서 조금도 효과가 없습니까?"

"재앙이 괜히 생긴 것이 아니다. 사실은 현령에게 덕이 없어서 하늘
께서 반응을 보이지 않으신 게야! 내 지금 그대를 어여삐 여겨 정성을
다해 다시 고해보려 한다."

---

47) 오방기五方旗: 중국 고대에 도교 행사에 걸던 깃발의 일종. 동·서·남·북
·중의 다섯 방향을 상징하는 청·홍·백·흑·황의 다섯 색깔로 만들어졌다.
정의의 기운을 드날리고 사악한 기운을 물리치기 위하여 도교 행사 장소나
군영에 내걸었다고 한다.

적 현령은 자신이 부덕한 탓이라는 소리에 자책했습니다.

"소관이 부덕한 탓이니 벌을 받아도 제가 받아야 마땅합니다. 어찌 백성들이 고통을 당하는 것을 견딜 수 있겠습니까! (…) 바라건대 천사께서 두루 살펴주십시오! 차라리 소관의 복을 다 거두어 가실지언정 단비를 내리시어 만백성을 구해주시면 그보다 큰 은혜는 없을 것입니다!"

"큰 가뭄에는 반드시 한발旱魃48)이 버티고 있기 마련이다. 내 오늘 그대를 어여삐 여겨 비를 내려주시기를 빌면서 한편으로는 한발을 찾아내도록 하겠다.49) 그렇게 하면 이레째 되는 날 저절로 비가 내린다고 약속하지."

그러자 현령이 말했습니다.

"한발에 관한 이야기는 《시경》50)과 《서경》51)에도 있소이다만 …

---

48) 한발旱魃: 중국의 고대 전설에 등장하는 신. 《산해경山海經》〈대황북경大荒北經〉에 따르면, 황제黃帝와 전쟁을 벌인 "치우가 풍백과 우사를 불러 큰 바람과 비가 한없이 쏟아지게 하자 황제가 '발'이라는 천녀를 내려 보냈더니 비가 그쳐서 치우를 죽일 수 있었다. 그러나 발은 다시 천상으로 올라갈 수 없어서 그가 머무는 곳에는 비가 내리지 않게 되었다蚩尤請風伯雨師, 縱大風雨。黃帝乃下天女曰魃, 雨止, 遂殺蚩尤。魃不得復上, 所居不雨"고 한다. 또, 당대의 학자 공영달孔穎達이 인용한 동방삭東方朔의 《신이경神異經》〈남황경南荒經〉에 따르면, 남방에 사는 이 신은 "길이가 두세 자에 맨몸으로 지내는데, 눈이 정수리에 붙어 있고 걸을 때는 바람처럼 빠르다. 이름은 '발'인데 그가 보이는 나라에는 큰 가뭄이 들어서 [초목이 다 말라 죽은] 붉은 땅이 천리나 이어지게 변했다長二三尺, 袒身而目在頂上, 走行如風, 名曰魃, 所見之國大旱, 赤土千里"고 한다.

49) 【즉공관 미비】又生出詐錢題目來。또 돈을 뜯을 핑계거리를 꾸며냈군그래.

대체 어디서 어떻게 찾는다는 말씀이십니까!"

"그놈은 민간에 숨어 있는 것뿐이다. 그대는 상관하지 말라!"

천사가 이렇게 말하니 현령이 또 말했습니다.

"정말 찾아낼 수 있고, 비만 내려준다면야 천사께서 하시는 대로
따를 수밖에요."

천사는 즉시 여 무당에게 명령을 내려 민간의 각지를 돌아다니면서
한발을 찾게 했습니다. 그리고 민간에서 임신하고 곧 열 달이 차는
임부만 보이면 '한발이 뱃속에 있다'고 하면서 극약으로 낙태시키려
들었습니다. 그러자 민간에서는 다들 술렁이기 시작했습니다. 그녀는
또 자신이 여자라는 것만 믿고 집집마다 안방까지 쳐들어갔습니다.
그러다 보니 아이를 밴 여자는 누구랄 것 없이 모두 그녀를 속일 재간
이 없었지요. 부잣집들은 못 볼 꼴을 당할 것이 두려워서 재물로 그녀
를 매수하는 수밖에 없었습니다. 둘이 그렇게 챙기는 뇌물은 이루 셀
수조차 없이 많았지요. 무당은 기껏 한다는 짓이 가난한 집안의 임부

---

50) 《시경詩經》: 중국 고대의 대표적인 유가 경전. 예로부터 전해지던 시와 민
   요를 모아 놓은 시가집으로, 크게 각 나라의 민요들을 모아 놓은 풍風, 주나
   라 궁중에 사용되는 노래들을 모아 놓은 아雅, 제사에 사용되는 노래들을
   모아 놓은 송頌의 세 부분으로 이루어져 있다.
51) 《서경書經》: 중국 고대의 대표적인 유가 경전. 우서虞書·하서夏書·상서商
   書·주서周書 등, 당우唐虞 이래로 하·상·주 세 나라의 역사·사상·사건
   등을 비교적 자세하고 소개한 사서의 일종으로, 일설에는 당시의 사관史官
   들이 기록한 것을 공자孔子가 정리해 편찬했다고 한다. 때로는 상고시대의
   책을 숭상한다는 뜻에서 《상서尙書》로 부르기도 한다.

한두 명을 관아로 끌고 와서 한발을 밴 어미라고 뒤집어씌워 그들에게 물을 끼얹는 것뿐이었습니다. 현령은 그녀들이 아무 상관이 없다는 사실을 잘 알고 있었습니다. 그러면서도 성만 낼 뿐 감히 한마디 말도 못 하고 그저 정성껏 그 비위나 맞출 뿐이었습니다. 그렇게 이레가 되었지만 하늘은 그래도 전과 같이 전혀 효험이 없었지요. 그것을 증명해주는 시가 있습니다.

한발이 어째서 임신부 뱃속에 있겠나?	旱魃如何在婦胎,
교활한 것들이 꾀를 써서 남 재물 노린 게지.	奸徒設計詐人財。
아무리 제대로 된 푸닥거리 아니라지만,	雖然不是祈禳法,
벼락 소리가 머리 위에 나야 옳겠네!	只合雷聲頭上來。

그렇게 하기를 열흘 넘게 했는데도 하늘은 끄떡도 하지 않았습니다. 만약 슬쩍 몇 방울이라도 뿌려주기만 하면 자신들의 공로로 삼아 가는 곳마다 자기 재주를 떠들면서 사례를 챙겨 갈 텐데 말입니다. 그런데 마른천둥 한번 치지 않으니 어쩌겠습니까? 둘은 '틀렸다' 싶었는지

"이 고을은 아직 비가 내려서는 안 되는 곳이야. 여기서 시간 낭비해 봤자 아무 쓸모가 없겠어!"52)

하고 구차한 핑계를 대면서 한편으로는 짐을 챙겨 당장 자기 고을로 돌아가려고 하는 것이 아닙니까. 어리석은 백성들은 더더욱 어쩔 줄 몰라 하면서

---

52)【즉공관 미비】好談話。말 참 잘하는군.

"천사께서 여기 계신데도 비를 내릴 수가 없었는데 천사께서 떠나시면 이 비는 더더욱 내릴 가망이 없습니다요. (…) 우리 고을 백성들은 다 죽어도 싸다는 겁니까?"[53]

하고 아우성을 치면서 모두 몰려와 현령에게 꼭 좀 말려달라고 애걸하는 것이었습니다. 현령은 백성들을 너무도 사랑한 나머지 민심을 따라서 하는 수 없이 둘을 찾아가 남아달라고 간청했습니다.

"천사께서 만백성을 위하여 특별히 여기까지 왕림하셨고, 거기다 지극한 정성으로 기도까지 올리셨으니 … 계속 정성을 다해 기도해주시기 바랍니다. 꼭 효험을 봐서 이 고을을 구해주셔야지요. 어째서 수고만 하고 공도 없이 떠난다는 말씀입니까!"[54]

천사는 현령이 예를 갖추어 부탁을 하고 백성들까지 애걸하자 아무 대답도 하지 못했습니다.

'인상을 쓰고 성을 내면 지들이 어떻게 우리를 붙잡을 수 있겠어?'

이렇게 생각한 그는 발끈해서 표정을 바꾸더니 대뜸 현령에게 욕을 퍼부었습니다.

"한심한 벼슬아치가 하늘의 뜻도 모르고 감히! (…) 네놈이 벼슬살

---

53) 【즉공관 미비】 下愚不移。백성들의 어리석음은 구제할 도리가 없군.
54) 【즉공관 미비】 縣令若亦爲其所惑, 苦求不足道也。惟明知其誣而肯爲百姓屈, 所以爲賢。현령이 만약 덩달아 무당에게 현혹된 것이었다면 애걸하는 것도 대단한 일이 아니겠지. 허나 무당들이 허튼소리를 하는 것을 분명히 알면서도 선뜻 백성들 걱정에 몸을 낮춘 것이다. 그러니 현명하다고 하는 게지.

이를 그 따위로 하니 이 고을이 망해도 싼 것이다! 하늘에 때가 오지 않아서 비를 내리지 않으시는데 나를 여기에 붙잡아놓고 무엇을 어쩌겠다는 거야!"

현령은 감히 말대답도 못 하고 연신 사죄하기에 바빴습니다.

"이 고을에 죄가 있다면 천벌을 받아야 옳지요. 감히 천사님을 또 귀찮게 할 생각은 아니었습니다. 허나 … 기왕에 천사께서도 여기까지 행차하시지 않았습니까. (…) 내일 꼭 술을 장만하고 돈도 드릴 테니 하룻밤만 더 머물러주십시오!"

천사는 그제야 표정이 누그러지더니 말하는 것이었습니다.

"내일까지라면 늦지는 않을 테지."

현령은 둘과 작별하고 나서 혼자 관아로 돌아왔습니다. 그리고 관아 사람들을 소집하더니 그들을 보고 말했지요.

"교활한 것들 같으니! 나는 그것들이 사람들을 속이고 아무 보탬도 되지 않는다는 것을 잘 안다. 그러면서도 어리석은 백성들이 맹신하면서 벼슬아치인 내가 뜻을 굽히지 않는 바람에 비가 내리지 않았다고 여긴다. 그러나 지금 나는 이번 일을 진행하고 간절한 기도를 드리는 등, 예법과 정성을 이미 들일 만큼은 들였느니라! (…) 그렇게 할 수밖에 없었기 때문이다. 그런데도 그놈은 자신이 요망하고 무능한 것을 인정하기는커녕 온갖 악담으로 내게 욕을 퍼붓는구나! (…) 내가 외람되게도 남들 위에 있기는 하다마는 지금 무당 따위에게 모욕을 당했으니 어찌 벼슬살이를 하겠다고 다시 말할 수가 있겠는가!
(…) 내일 내가 만약 지휘할 일이 생기면 너희는 하나하나 내 명령을
따라 시행해야 한다. 무슨 좋고 나쁘거나 옳고 그른 구석이 있더라도
내가 알아서 짊어질 테니 너희는 절대로 뒤에서 머뭇거려서는 안 될
것이다!"

적 현령은 지금까지 내내 위엄을 잃지 않았고 거기다 사람들에게도
덕정을 베풀어 저마다 믿고 따르던 참이었습니다. 그러니 그가 내린
분부를 어느 누가 따르지 않을 리가 있겠습니까. 그날 관아의 사람들
은 모두가 각자 명령을 받들고 흩어졌답니다.

이튿날 아침, 현 관아의 대문이 열리기도 전에 벌써 천사가 귀환할
마필을 준비해서 출발을 재촉하고 있다는 보고가 들어왔습니다.[55] 그
러자 관판리管辦吏[56]가 와서 물었습니다.

"오늘 나리께서 천사를 전별하실 때 술자리는 관아에 마련할까요,
사당 안에 마련할까요? 미리 준비해야 합니다. 현장에서 준비하면 늦
을까 걱정입니다."

그러자 현령은 코웃음을 치면서

"늦을 것이 뭐가 있는가?"

하더니 길잡이들을 앞세워 사당으로 가서 천사를 전송하게 했습니

---

55) 【즉공관 미비】走爲上着。 내빼는 것이 상책이겠지.
56) 관판리管辦吏: 해당 업무를 담당·처리하는 관리.

다. 그러자 수행 인원들은 모두 의아하게 여기면서 말하는 것이었습니다.

"술자리도 미처 준비되지 않았는데 어떻게 배웅을 하려고 그러시는지 ….."

사당 천사 쪽에서도

'현령이 송별연을 베푼다더니 관아에서 연다는 건지 사당에서 연다는 건지 모르겠군. (…) 어째서 아무 동정도 없는 게야?'

하면서 기다리느라 애를 태우는 것이었지요.

"현령이 이렇게 게을러터졌으니 하늘께서 비를 내리실 턱이 있나!"

사당에서 이렇게 불만을 터뜨리고 있는데 이윽고 현령이 당도했습니다. 그러자 천사는 여전히 성난 표정을 지으면서 여 무당과 동시에 고함을 지르는 것이었습니다.

"우리가 돌아가려 하는데 어째서 아무 이유도 없이 시간을 낭비하게 만드는 게야! 이게 무슨 경우냐 말이야! 배웅을 하겠다고 했으면 좀 서두르지 않고!"

그러자 현령은 표정을 바꾸고

"간악한 놈, 간덩이가 부었구나! (…) 네놈이 미신과 여 무당을 앞세워 오랫동안 요망스럽게 백성들을 홀렸겠다? 내 손에 걸린 이상 오늘이 네놈 제삿날이거늘 그래도 감히 돌아간다는 소리를 늘어놓는 게냐!"

그러더니 바로 호령했습니다.

"여봐라, 붙잡아라!"

현령이 명령을 내리는데 부하들이 어떻게 감히 따르지 않을 수가 있겠습니까? 아전들은 천둥과도 같은 소리로 대답하더니 쇠사슬을 들고 매가 제비와 참새를 낚아채듯이 두 사람 목에 채워 끌어내리는 것이었습니다! 현령은 먼저 성황신에게 고했습니다.

"비열한 것들이 순진한 백성들을 현혹하고 천지신명을 모독해왔나이다. 오늘 천지신명들께서 이것들을 없애주시기를 비나이다!"

그다음에는 아전들에게 둘을 성황신 앞에 쓰러뜨리게 호령하는 것이었지요.

"내 이제 너희 둘에게 전변연을 베풀어주마!"[57]

하더니 각자 등에 스무 번씩 채찍질을 하게 하는 것이 아닙니까. 그 매질에 살갗이 터지고 살이 찢어져 재판정 계단까지 피가 튀었습니다. 현령은 채찍질이 끝나자 둘을 결박해 빨래를 하는 사당 앞 빨래 웅덩이에 밀어 넣게 했습니다. 가소로운 곽새박과 병주의 여 무당은

---

57) 【즉공관 미비】 卽此創快, 便當大雨如注。 이렇게 후련할 수가! 마치 큰비가 쏟아붓는 것 같군 그래!

평생 못된 짓만 벌이더니 오늘 이렇게 비명非命에 죽고 만 것입니다!

강직한 관리는 좌절할 줄 모르고,   強項官人不受挫,
망령된 요망한 무당은 떠세를 부리네.   妄作妖巫干托大。
신 앞에서 매질해도 신통력 드러내지 않으니,   神前杖背神不靈,
'옹기는 우물가에서 깨지기 마련'이라던가58)!   瓦罐不離井上破。

 적 현령이 순식간에 두 천사를 제거하자 곁에 있던 사람들은 모두
아연실색하고 말았습니다. 그나마 제법 세상 물정에 밝은 자가 다가
오더니 이렇게 고했습니다.

 "기망하는 것들을 나리께서 제거하신 것은 지당하신 처사이십니다.
다만, … '천사'라는 호칭은 조정에서 내리신 것인데 … 만에 하나라도
상급 관청에서 추궁을 하고 조정에서도 문책하면 어떻게 하시려고요?"

 그러자 현령이 말했습니다.

 "그 패거리는 거리낌이 없는 데다가 권모술수까지 부렸다. 만약 그
것들을 내버려두었더라면 원수를 풀 길이 없으니 분명히 그것들의
중상모략을 당했을 테지. 그러나 이미 죽어버린 이상 꺾인 쑥대나 부
러진 갈대 꼴과 같다. 무슨 지인이나 친구가 있다고 나서서 그것들을

---

58) 옹기는 우물가에서 깨지기 마련~[瓦罐不離井上破]: 명대의 속담. 사람이나
   사물은 언젠가는 돌발적인 위기에 직면하게 되어 있다는 뜻으로 한 말이다.
   원래는 "물 긷는 옹기는 우물가에서 깨지기 마련이고, 싸우는 장군은 전장
   에서 죽기 마련瓦罐不離井上破, 將軍必在陣中亡"의 두 구절로 주로 사용된
   다. 굳이 비슷한 용례를 우리 속담에서 찾아본다면 '원숭이도 나무에서 떨
   어질 때가 있다'와 그 의미가 유사하다고 할 수 있다.

비호하겠느냐?[59] 설사 조정에서 두 연놈을 함부로 죽인 것을 문책한다고 하더라도 나는 벼슬을 버리면 그만이니라. 큰일 날 것 없다!"

현령이 이렇게까지 말하자 사람들은 모두 그의 담력에 탄복해마지 않는 것이었습니다. 현령은 이어서 이렇게 생각했습니다.

'내가 천사를 제거했는데 그래도 비가 내리지 않는다면 아무것도 모르는 순진한 백성들은 더더욱 내 탓을 하면서 천지신명께 죄를 지었다고 말들 하겠지. (…) 내 생각에는 천지신명께서 하늘에서 굽어보고 계시니 감정을 갖고 계시다면 분명히 마음이 통하실 게다. 망령되고 어리석은 그 둘은 애초부터 감화를 내릴 부류가 아니었다. 만약 당당한 내가 백성들을 위해 그들의 고통을 고한다면 어찌 일심으로 정성을 다하는데도 하늘의 보살핌을 입지 못할 리가 있겠는가?'

그러고는 신 앞에 머리를 조아리며 경건하게 기도했습니다.

"망령된 짓을 일삼는 간악한 것들이 추악한 짓을 일삼고 허튼소리를 내뱉어 천지신명의 높은 덕을 더럽혔기에 이미 없애버렸나이다. 하늘께서 비를 내리심에 있어 요망한 것들을 가볍게 따르지 않으셨으니 기필코 정직한 이들을 헤아려주실 것입니다! 그래도 아무 감응이 없다면 천지신명께서 영험하지 못하신 것이요 선악을 분간조차 못하시는 격이옵니다. 만약 정말 소관이 부덕해서라면 그 죄를 저에게만 물으시고 백성들까지 해치지는 말아주소서! 지금 천지신명께 머리를 조아리고 겸허하게 비나이다. 이제부터 사당 뒤 높은 산 뙤약볕 아래

----

59) 【즉공관 미비】 大識見, 不止膽量。 대단한 식견이다. 간만 큰 것이 아니었군!

에 이 몸을 두겠사옵니다. 그래도 비가 내릴 기미가 없으면 말라죽을 지언정 결코 멈추지 않을 것이옵니다!"[60]

말을 마친 현령은 두 번 절을 하고 그 자리를 나왔습니다. 그 사당 뒤에는 산이 있는데, 높이가 열 장[61]은 족히 돼 보였지요. 현령은 바로 자리를 펴고 향을 피우도록 명령했습니다. 그러고는 비녀와 관모를 착용하고 홀을 들고 조복朝服 차림으로 혼자 그 산 위에 섰습니다.[62] 그러고는 아전들에게는 모두

당대의 조복

물러가서 명령을 기다리도록 분부하는 것이었습니다.

온 고을의 관리와 백성들은 현령이 그렇게 일을 벌였다는 소리를 듣고 전부 깜짝 놀라면서 말했습니다.

"천사를 어떻게 때려죽일 수가 있단 말인가? 천사는 절대로 죽을 리가 없어! (…) 현령이 그의 심기를 건드렸으니 분명히 엄청난 재앙이 내릴 텐데 어쩌면 좋단 말인가!"

---

60) 【즉공관 미비】愚公移山, 精衛塡海, 同此一念耳。우공이 산을 옮긴 일과 정위가 바다를 메운 일이 이 생각과 같은 경우이겠지.

61) 장丈: 10척尺인데, 1척이 33센티미터 정도이므로 1장은 3.3미터 정도에 해당한다. "열 장"이라면 대략 33미터 정도 되는 셈이다.

62) 【즉공관 미비】好看。경치 좋다!

정성 지극한 현령이 단비를 불러오다.

그러고 나서

"현령님이 사당 뒤 높은 산에 서서 이글거리는 태양 아래에서 뙤약볕을 참으며 하늘께 기도를 올리러 가셨단다."

하는 소리를 전해 들은 사람들이 너도 나도 뛰어나와 다들 구경하러 왔습니다. 그 바람에 서로 뒤섞여 인산인해를 이루면서 그 주위를 성벽과도 같이 빙 둘러싸는 것이 아닙니까.

그런데 참으로 괴이한 일도 다 있지요! 정말 현령은 정성이 지극하다 보니 거기에 감동하지 않는 사람이 없었습니다. 당초 현령이 걸어서 산 위로 올라갔을 때는 뜨거운 태양이 이글거려서 모래나 돌조차다 녹아내릴 지경이었지요. 그러다가 현령이 똑바로 서기가 무섭게별안간 웬 먹구름이 밀려드는데, 크기가 수레 덮개만 한 것이 공교롭게도 딱 현령이 서 있는 곳만 햇볕 한 줄기 없을 정도로 가려주는것이었습니다. 그 바람에 사방의 햇볕이 그의 몸을 태우려야 태울 수가 없었지요. 그런데 그렇게 하나만 밀려드나 싶었더니 사방에서 천천히 먹구름들이 꾸역꾸역 밀려들기 시작했습니다. 그러더니 현령의머리 위를 가리고 있던 아까 그 구름과 하나로 합쳐지자마자 벼락과천둥이 몇 차례 울리더니 아 글쎄 단비가 억수같이 퍼붓는 것이었습니다! 그 광경을 볼작시면

산이란 산마다 구름이 자욱하고,	千山靉靆,
곳이란 곳마다 하늘이 꾸물꾸물,	萬境昏霾。
빗방울이 허공에 흩날리고,	濺沫飛流,
허공을 뒤척이며 용들처럼 춤을 추고,	空中宛轉群龍舞。
성난 듯 소리치고 미친 듯 울부짖으니,	怒號狂嘯,

들판에서 만 마리 말 떼가 내닫는 듯!	野外奔騰萬騎來。
번쩍 번쩍	閃爍爍
두 줄기 흐르는 빛이 허공을 가로지르고,	曳兩道流光,
우르르 쾅쾅	鬧轟轟
뇌공63)의 북소리 몇 번이나 울리는구나!	鳴幾聲連鼓。
후둑후둑 그침 없이 쏟아지니,	淋漓無已,
농군들 마음이야 날아갈 듯하다마는,	只教農子心歡。
천둥소리 거듭되어 그치지 않으니,	震疊不停,
무엇보다 못된 놈들이야 간64)이 쪼그라들 테지.	最是惡人胆怯。

그 비는 족히 한 시진時辰은 넘게 쏟아졌습니다. 봇도랑이 다 차서 들판으로 넘쳐흐를 정도로 말입니다. 관리와 백성들은 다들 손뼉을 치면서 환호했습니다. 그리고 현령 나리가 백성들을 위해 그 고생을 하는 광경에 감격한 나머지, 무리를 지어 산 위로 뛰어 올라와 적 공을 에워싸고 산을 내려갔습니다. 그들은 두루마기를 벗어서 우산 삼아 빗방울을 막아주었습니다. 그리고 남녀노소 할 것 없이 흙탕물투성이가 되면서도 길가에서 너나 할 것 없이 머리를 조아리고 적 공의 공덕을 칭송하는 것이었지요. 오히려 적 공이 민망한 나머지

---

63) 뇌공雷公: 중국의 고대 전설에서 우레를 관장하는 신인 뇌신雷神에 대한 존칭. 《산해경山海經》〈해내동경海内東經〉에 따르면, 뇌신은 고뇌택老雷澤에서 용의 몸에 사람 머리를 하고 태어났는데 그 배를 두드려서 우레를 만들었다고 한다. 민간에서는 북을 쳐서 우레를 만든다고 전해졌다.

64) 【교정】간[胆]: 상우당본 원문(제1716쪽)에는 '어깨 벗을 단胆'으로 나와 있으나 전후 맥락상 '쓸개 담膽'으로 해석해야 옳다. '담'과 '단'의 명대 발음이 같은 '단dan'이어서 '단'을 차용한 것으로 보인다. 실제로 명대 이래로 '단'은 '담'의 속자로 자주 사용되었다.

"이러지들 마시오! 이는 하늘께서 여러분을 구하신 것이지 본관이 무슨 공덕이 있겠소?"

하고 말할 정도였지요. 그러나 사람들 중에 어리석고 미혹된 자들이 많다 보니 현령의 정성이 하늘을 감동시킨 줄은 모르고 그저 현령이 천사를 때려죽이는 광경만 보고 거기다 비까지 내리게 만든 것을 보고는 급기야 '현령이 신통력이 광대무변하고 수완 역시 천사보다 대단하다'고 여긴 나머지 지금까지 천사를 숭배했던 그 지극한 정성을 전부 현령에게로 옮긴 것뿐이었지요.[65] 현령은 관아에 도착하자 백성들에게 각자 돌아가도록 분부했습니다. 그러고는 각 마을이며 요새들로부터 올라온 강우량 보고서들을 모아 상급 관청에 보고했지요.

그때 주장은 주에 머무르고 있었지요. 그는 처음에 현령이 무당들을 때려죽였다는 소식을 들었을 때만 해도 '그가 경거망동했다'며 탓하는 마음이 없지 않았습니다. 오죽하면

'예의를 갖추어 모셔 갈 때는 언제였는가! (…) 아무리 비를 오게 하지 못했기로서니 그것이 어떻게 죽을죄란 말인가! 그렇게 했는데도 비가 내리지 않는다면 무고한 사람을 억울하게 죽인 것이 아니고 무엇이겠는가?'

하는 생각까지 했을 정도였지요. 그런데 지금은 올라오는 공문들마다 '고을에 비가 넉넉히 내렸다'고 보고해 오지 뭡니까. 백성들조차 쏟아지는 눈발과도 같이 너도나도 진정서를 올려 현령이 뙤약볕 속에

---

65) 【즉공관 미비】所以先聖每神道設教. 그래서 선대의 성인들께서도 신도(종교)로써 가르침을 베푸신 게지.

서도 비가 오기를 기도하는 등 좋은 일을 많이 한 것을 칭송하는 것이었습니다. 주장도 그제야 현령이 올바른 군자로 치적이 남다른 것을 깨닫고 몹시 감탄하고 놀라워하는 것이었습니다. 주장은 그를 표창할 마음이었습니다만 그가 무당들을 때려죽인 일을 조정에서 질책할까 두려웠지요. 그래서 상소를 올려 그 경위를 분명하게 고하는 정도에서 그칠 수밖에 없었습니다. 그 상소문은 대략 다음과 같았습니다.

"곽 무당 등의 하찮은 백성들이 요사스러운 언행으로 사람들을 홀렸으니 아무리 그럴싸한 직함을 훔쳤다고는 하나 따지고 보면 결국 인맥 덕을 본 것뿐이었나이다. 그러나 향리에 이르러서는 신을 모독하고 백성들을 해칠 뿐 아니라 현령을 능멸하기까지 하매 지방을 지키는 관리가 백성들을 위해 죽음을 내렸사오나 그 또한 지나친 처사는 아니었나이다. 적 아무개가 힘써 간교한 자를 처단했으니 그 정성이 만물을 감동시킬 정도요, 뙤약볕에서 기도로 비를 빌었으니 모두 놀라운 업적을 보기에 이르렀나이다. 참으로 태평성대의 유능한 신하요, 그 예의가 특히 남다르다 하겠사옵니다! (…)"

郭巫等偎瑣細民, 妖誣惑衆, 雖竊名號, 摠屬夤緣。及在鄕里, 瀆神害下, 淩轢邑長。守土之官, 爲民誅之, 亦不爲過。狄某力足除奸, 誠能動物, 曝軀致雨, 其見異績。聖世能臣, 禮宜優異。…

이때는 번진藩鎭이 권력을 쥐고 있었습니다. 그래서 주장이 상소를 올리면 조정에서도 함부로 토를 달지 못했지요. 더욱이 곽 무당 등은 원래 호적[66]조차 없는 불한당들이었습니다. 갑자기 서울에서 총애를

---

66) 호적戶籍: 중국 고대에 조정에서 징세·징병 등의 목적으로 주민의 상황을 파악하기 위하여 시행한 등기 제도. '호戶(세대)'를 단위로 삼아 주민의 성명·생일·주소·가족 및 혼인·생사 여부 등을 기재하고 관리했다.

입기는 했지만 시골에 오래 머무르는 바람에 서울에는 사실상 이들을 염두에 두는 붕당이나 심복조차 없었지요. 그러니 누가 때려 죽였다고 한들 아무도 원한을 품는 사람이 없었습니다. '천사'라는 존호를 달고는 있었지만 그저 일개 평민을 죽인 것 정도로 여길 뿐이었지요. 정말 적 현령이 당초 예상했던 그대로였습니다!

진양이라는 곳은 당시에는 북쪽의 도회지였습니다. 한 순간에 적 현령의 명성이 조야에 떠들썩하게 전해져서 누구라고 할 것 없이 모두가 그의 인품에 경의를 표하는 것이었지요. 그래서 얼마 뒤에는 황제까지 조서를 내려 그의 노고를 치하했답니다. 조서의 내용은 다음과 같았습니다.

"유겸은 큰 현[67]의 훌륭한 인재요, 충신의 후예이다. 이 같은 천재지변을 만나고 백성들이 피해를 입게 되자 즉시 진양 사당에 기도를 올리어 업현에서 무당 던진 전례를 따랐다. 산초를 드러내는 두려운 광경은 그 일이 마치 몸을 태우는 것 같았고 하늘가의 떠가는 구름을 일으킨 것은 상황이 손톱을 자르는 것과도 같았다. 결국 가뭄의 바람이 잦아들고 단비가 휘몰아치게 하였으니 하늘님께서 갸륵한 정성 굽어보신 셈인데 내 어찌 표창하기를 잊겠는가! 이에 특별히 붉은 인끈을 내려 청동 관인이 빛나게 하고자 하노니 짐의 명령과 그대 명성을 저버리지 말고 그 남다른 업적을 더더욱 빛내도록 하라!"

維謙劇邑良才, 忠臣華胄。覩玆天厲, 將瘁下民。當請禱于晉祠, 類投巫于鄴縣。曝山椒之畏景。事等焚軀。起天際之油雲, 情同剪爪。遂使旱風潛

---

67) 큰 현[劇縣]: 고대에 편찬된 중국 정사의 지리지에서 현縣은 적赤·기畿·번繁·극劇·망望·상上·중中·긴緊 등 여러 등급으로 분류·관리되었다. 그중에서 번이나 극은 규모가 큰 현에 해당했다.

息, 甘澤旋流。昊天猶鑒克誠, 予意豈忘襃善。特頒朱紱, 俾耀銅章。勿
替令名, 更昭殊績。

이와 함께 오십만 냥을 하사하여 그의 공로를 표창했습니다. 이렇
게 해서 적 현령은 마침내 당나라의 이름난 충신으로 떠오르기에 이
르렀지요. 나중에 승진해 그 고을을 떠나고 나서도 그 현의 백성들은
그의 은혜에 감동하여 생사生祠[68]를 세우고 제사를 멈추지 않았습니
다. 그리고 날이 개기를 빌거나 비가 오기를 빌면 효험을 보지 않는
경우가 없을 정도였답니다.[69] 그가 오로지 강직함으로 일관한 덕분에
이 같은 좋은 결과를 보기에 이르렀던 거지요. 이로써 사악한 세력은
정의를 이기지 못한다는 것을 알 수가 있는 셈입니다. 번드레하게 꾸
미고 거드름을 부리던 그 무당들은 물에 빠져 죽은 물귀신이 돼버렸
으니 얼마나 지나야 극락왕생할 수 있을지 모르겠습니다. 세상 사람
들 중에서 무당을 믿는 분들은 이 이야기를 잘 보셔야 하겠습니다!
이 이야기를 증명하는 시가 있습니다.

다들 천사의 도술 신통력 있다 하더니,	盡道天師術有靈,
어째서 물속에서는 부활하지 못했을꼬?	如何水底不廻生。
단비가 수레가 지나간 뒤 온 걸 보건대,	試看甘雨隨車後,
이제야 그 신통력 극진한 정성 덕분임을 알겠네!	始信如神是至誠。

---

68) 생사生祠: 살아 있는 인물을 신으로 받들어 제사를 지내는 사당.
69) 【즉공관 미비】比今有司生祠, 何如。지금 관련 관청이 '산 사람(위충현)을 신으로
떠받드는 사당[生祠]'과 견주어보면 어떠한가?

제40권

화음도에서 혼자 기이한 나그네를 만나고
강릉군에서 선인의 글을 세 번 열어보다
華陰道獨逢異客 江陵郡三拆仙書

卷之四十
華陰道獨逢異客　江陵郡三拆仙書　해제

　　이 작품은 과거시험에 지원한 선비를 도운 귀신들에 관한 이야기이다. 이야기꾼은 우선 왕동궤王同軌의 《이담耳談》·《이담유증耳談類增》에 소개된 호광湖廣 사람 하 거인何擧人 등 일곱 명의 선비의 이야기를 옴니버스 방식으로 차례로 앞 이야기로 들려주고, 이어서 이방李昉의 《태평광기太平廣記》에 소개된 강릉부사江陵副使 이 군李君의 이야기를 몸 이야기로 들려준다.

　　당대에 장안長安에서 과거에 낙방하고 귀향하던 낙양洛陽 사람 이李 선비는 화음도華陰道를 지나던 중 객줏집에서 웬 선인仙人을 만나자 그가 비범한 사람임을 눈치 채고 술을 대접하고 의형제를 맺는다. 이튿날, 날이 저물자 선인은 선비에게 서신을 세 통 주고 '어려움이 닥칠 때마다 적혀 있는 대로 하면 문제를 해결할 수 있을 것'이라고 일러준 후 사라진다. 그 후로도 연거푸 대여섯 번을 낙방한 이 선비는 노잣돈까지 떨어지자 당혹스러워하다가 불현듯 왕년에 선인이 건넨 서신을 뇌리에 떠올린다. 그 속의 작은 봉투 겉봉에 '모년 모월 모일, 곤경에 처해 쓸 돈이 없을 때 첫 통을 열라'라고 적혀 있는 것을 본 선비는 날짜를 정확히 맞힌 것을 보고 놀라면서 첫 번째 서신을 펼친다. 이어서 '청룡사 산문 앞에 앉아 있어라'라는 지시에 따라 청룡사 산문에 앉아 있다가 그를 눈여겨본 주지의 물음에 선친의 이름을 일러준다. 주지가 '과거에 선친이 절에 이천 관의 돈을 맡겨놓았다'면서 돈을 돌려주자 선비는 장안에 집을 사고 아내를 맞아들인 후 남은 돈을 굴려 부자가 된다. 그때까지도 벼슬에 미련을 버리지 못한 이 선비는 다시 열 번이나 낙방을 거듭하지만 그래도 포기하지 않고 선인의 서신을 떠올린다. 겉봉에 '곧 과거 응시를 포기하게 될 것'이라고 적혀 있고 날짜도 같은 것을 본 그는 두 번째 서신을 펼친다. 이번에도 '서시의 마구 가게 앞에 앉아 있으라'라는 지시대로 한 끝에 그해의 과거시험을 담당한 예부 시랑禮部侍郎의 조카의 도움 덕분에 마침내 강릉 부사江陵副使 벼슬을 얻는다. 그러던 어느 날, 가슴에 갑작스럽게 격심한 통증을 느낀 이 선비는 위기감을 느끼고 세 번째 서신을 펼친다. 그리고 '집안 일을 정리하라'라고 적혀 있는 것을 보고 수명이 다된 것을 깨닫고 아내에게 뒷수습을 당부하고 나서 웃으면서 세상을 떠난다.

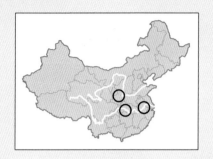

●서안　●화산
●소응현(화음현)

○양주부
○응천부(남경)

●송자현

산음(소흥)○

영파○

이런 시가 있습니다.

사람이 살다 보니 매사는 전생에 정해져 있고,	人生凡事有前期,
특히 부귀공명은 억지로 바꿀 수가 없더라.	尤是功名難强爲。
그 이치 모르는 영웅 그 얼마나 죽어갔던가?[1]	多少英雄埋沒殺,
그러니 사람들에게 잘못된 길 알려주지 마시라!	只因莫與指途迷。

이야기를 들려드리겠습니다. 사람이 살면서 과거시험에 관한 일 하나 만큼은 가장 흑막이 많아서 고정된 기준이란 것이 없습니다. 그렇다 보니 예로부터 이런 말이 있지요.

"글재주는 두루 갖출 수 있어도,	文齊,
복은 두루 갖출 수 없는 법."	福不齊。

---

1) 죽어갔던가[埋沒殺]: '매몰살埋沒殺'은 원·명대의 희곡이나 소설에서 주로 사용된 구어로, 제20권 '쾌살快殺' 등의 경우와 같은 「동사＋정도보어」 구조이다. 따라서 여기서의 '살殺'은 글자의 원래 의미인 '죽이다kill' 또는 '죽다dead'라는 의미로 사용된 것이 아니라 '몹시extremely' 또는 '완전히 absolutely'라는 어감을 나타내기 위해 동사 뒤에 보어로 사용된 것이며, 발음도 원래는 '살'이 아니라 '쇄'로 읽어야 옳다. 이는 일반적으로 널리 사용되는 '抹殺'가 죽음과는 무관한 '지우다erase'의 의미로 사용된 것이어서 '말살'이 아니라 '말쇄'로 읽어야 하는 것과 같은 경우이다.

여러분이 아무리 그 속에 비단 자수와도 같은 학문을 담고 있고 용이나 뱀과도 같은 필력을 지니고 있다 해도 시운을 만나지 못하면 젖비린내 나는 아이나 채소 파는 일꾼이 장원으로 급제하는 기현상이 벌어지게 됩니다.

당나라 때만 하더라도 시를 짓는 재주를 근거로 삼아 인재를 발탁했습니다. 저 이백李白이니 두보杜甫니 왕유王維2)니 맹호연孟浩然3)이니 하는 사람들은 만대에 걸쳐 떠받들어지는 당시唐詩의 거인들이 아닙니까? 그럼에도 불구하고 이백과 두보는 둘 다 진사進士가 되지 못했습니다. 맹호연은 아예 벼슬조차 지내지 못했지요. 딱 왕유 한 사람만 과거에 급제했습니다. 거기다 기왕岐王4)의 도움 덕분에 《울륜포鬱綸袍》5)로 구공주九公主에게 손을 쓰고 나서야 일등이 될 수가 있

---

2) 왕유王維(701~761): 당대의 유명한 화가이자 시인. 태원太原 기祁 사람으로, '마힐摩詰'은 자이다. 개원開元 연간 초기에 진사로 입신하여 벼슬이 상서 우승尙書右丞에 이르렀다. 그러나 오랫동안 남전藍田의 망천輞川에 은둔하면서 그림과 시 창작에 전념하여 남종파南宗派 산수화의 비조이자 전원파 시인의 대표적인 인물로 추앙되었다.

3) 맹호연孟浩然(689~740): 당대의 시인. 양주襄州 양양襄陽 사람으로, 이름은 호浩, 호는 맹산인孟山人이며 '호연'은 자이다. 초기에 녹문산鹿門山에 은거하다가 잠시 벼슬살이를 했지만 얼마 후 낙향하여 평생 은둔하면서 시 창작에 전념했다. 왕유와 함께 전원시에 뛰어나서 나란히 '왕·맹王孟'으로 일컬어졌다.

4) 기왕岐王: 당나라 제5대 황제 예종睿宗 이단李旦(662~716)의 아들이자 다음 황제 현종玄宗 이융기李隆基의 아우인 이융범李隆範(686~726)을 말한다. 학문을 즐기고 음악에 정통했으며 왕유 등 인재들을 아끼고 발탁한 것으로 유명하다. 나중에 이융기가 황제로 즉위하자 그 이름을 피하기 위하여 '범'으로 이름을 바꾸었다.

5) 《울륜포鬱綸袍》: 당대 시인 왕유가 지었다고 전해지는 악곡의 가사. 당대 초기의 소설가 설용약薛用弱이 지은 전기소설집 《집이기集異記》에 따르면,

왕유와 그의 일화를 담은 희곡 《울륜포》의 삽화. 《고금명극뇌강집》

었습니다. 만약 그렇게 청탁을 했어도 명함을 들이밀지 않았더라면 그런 명성을 얻기는 어려웠을 것입니다. 이 네 사람의 대가만 해도 이러할진대 하물며 다른 사람들의 경우야 어떻겠습니까? 시다운 시조차 짓지 못해서 지금 세상에 한 수도 작품이 전해지지 않는 사람들도 당시에는 과거에 급제한 경우가 수두룩했습니다. 손님들, 그 속에 어떤 곡절이 있는 걸까요? 그래서 이렇게들 이야기를 하나 봅니다.

"문장이란 것이 예로부터 기준이 없는 것이어서, 文章自古無憑據,
감독관[6]이 머리만 한 번 끄덕여주어도 되너라." 惟願朱衣一點頭。

글재주가 있고 음악에도 출중한 왕유가 과거시험이 임박해 자신을 아끼는 기왕岐王을 찾아가 도와줄 것을 부탁하매 기왕이 그를 구공주에게 소개해주었다. 그러자 왕유는 구공주 앞에서 새 악곡을 연주하고 '울륜포'로 명명하니 구공주가 그의 재능에 호감을 가져 왕유가 과거에 급제했다고 한다. 명대의 극작가 왕형王衡(1562~1609)은 이 이야기를 각색하여 같은 제목의 잡극雜劇 희곡을 창작하기도 했다.

6) 감독관[朱衣]: '주의朱衣'는 주의사자朱衣使者의 약칭으로, 과거시험 감독관을 말한다. 명대 후기의 진요문陳耀文이 《천중기天中記》에서 인용한 송대 소설가 조령치趙令畤(1064~1134)의 문언체 소설집 《후청록侯鯖錄》에 따르

"이야기꾼 양반! 당신 말대로라면 사람들 전부 글공부도 열심히 할 필요가 없구려? 무조건 팔자에 정해진 복만 믿으면 될 것 아니겠소!"

손님, 그런 이야기가 아니올시다! 이런 말도 있지요.

"노력을 다하는 것은 내 일이지만,　　　　　　　盡其在我,
결과를 결정하는 것은 하늘의 일."7)　　　　　聽其在天。

다만, 그 복이라는 것도 시운을 따라서 얻어지기 마련입니다. 끊임 없이 분발하는 사람이 아무래도 한결 수월할 것은 불변의 진리일 것입니다! 그래서 이렇게들 이야기를 하지요.

"하늘은 노력하는 사람을 저버리지 않는다."8)　　皇天不負苦心人。

언젠가는 '물이 모이면 저수지가 된다[水到渠成]'는 것처럼, 공을 이

　면, 북송의 정치가이자 학자인 구양수歐陽修는 지공거知貢舉를 맡아 과거
　시험에 응시한 수험자들의 답안지를 채점할 때 웬 붉은 옷을 입은 사람이
　뒤에 서서 자신이 급제자의 답안지를 채점할 때마다 고개를 끄덕이는 듯한
　느낌이 들었다고 한다. 나중에 확인해 보니 급제자의 답안지들은 모두 그
　사람이 고개를 끄덕였던 것이었다고 한다.
7) 노력을 다하는 것은~[盡其在我, 聽其在天]: 명대 말기의 학자 이진옥李陳玉
　(17세기)의 〈벗에게 보내는 답장復友人〉에 나오는 말. 자기 능력을 다 기울
　여 자신이 해야 할 일을 해낸다는 뜻으로 주로 사용된다. 지금도 널리 사용
　되는 "사람으로서 해야 할 일을 다하고 하늘의 명령(결정)을 기다린다盡人
　事以待天命"와도 같은 말이다.
8) 하늘은 노력하는 사람을 저버리지 않는다[皇天不負苦心人]: 명대의 속담.
　하늘은 노력하는 사람에게는 응분의 보답을 내린다는 뜻이다. 때로는 '하늘
　은 착한 마음을 가진 사람은 저버리지 않는다皇天不負好心人' 식으로 사용
　되기도 했다.

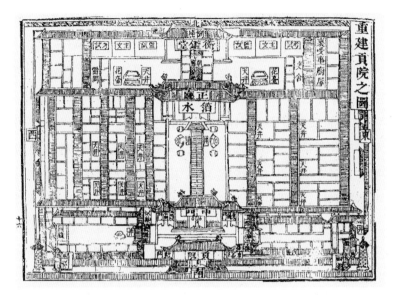

남경 강남공원江南貢院 평면도. 중간 부분에 좌우로 수험생들이 입실하는 시험장이 늘어서 있고 위로는 감독관들의 거처가 보인다.

루는 경우가 많은 것입니다. 그러나 과거 시험장9)에서는 귀신이 사람을 가지고 놀아서 그런지, 유독 운이 좋아야 할 사람만이 때가 되면 복을 받고, 좌절해야 할 사람만이 아무리 안간힘을 써도 뒤죽박죽인 이 두 경우만은 사람을 놀라게 만들곤 합니다. 먼저 소생이 시험장에서 벌어진 몇 가지 상황을 들려드리는 것으로 앞 이야기로 삼을까 합니다.10)

----

9) 과거 시험장[貢院]: 명대에 향시鄕試·회시會試를 치르던 시험장. 거인擧人들이 여기에서 과거를 보는 모습이 마치 전국의 토산물을 황제에게 바치는 것과 같다는 의미에서 '공원貢院'으로 불렸다고 한다.
10) *옴니버스 방식으로 소개되는 본권의 앞 이야기들은 왕동궤王同軌가 지은 《이담耳談》 권12 및 《이담유증耳談類增》 권12의 〈하진사현병何進士峴屏〉, 《이담》 권3 및 《이담유증》 권43의 〈흥화거자興化擧子〉, 《이담》 권8 및 《이담

급제해야 할 팔자인 사람은 도와주는 은인을 만나기 마련입니다.

호광湖廣[11] 땅에 하何 씨 성을 가진 거인擧人이 살았습니다. 서울에서 회시會試가 거행될 때였습니다. 그가 우연히 술집에 들어갔더니 검푸른 옷에 큰 모자를 쓴 웬 무리가 그 집에서 술을 마시고 있었습니다. 그런데 그 사람들이 하는 말을 들어보니 고급스럽기도 하고 투박하기도 한 말투였습니다. 그들의 기질 역시 고상한 척하지만 건달 말투가 완연했지요.[12] 하 거인은 따로 자리를 잡고 혼자서 술을 따라 마셨습니다. 그런데 이자들은 그가 혼자 외롭게 있는 것을 보자마자 그에게 합석할 것을 제안하는 것이었지요. 그래서 하 거인은 사양하지 않고 바로 그들과 어울려서 즐겁게 실컷 술을 마셨습니다. 이자들은 허세도 부리지 않고 격의도 없었습니다. 거기다가 남들과 어울리기도 좋아해서 즐거움을 만끽할 수 있었지요. 그렇게 술을 먹고 나서 각자 헤어졌답니다.

며칠 지나서 하 거인이 장안 거리[13]를 지날 때였습니다. 가만 보니 웬 사람이 술에 취해 길 옆에 누워 있는 것이 아닙니까. 그는 옷과 모자가 온통 흙먼지로 더럽혀져 있었습니다.[14] 그런데 자세히 보니

유증》 권13의 〈모주문열권某主文閱卷〉, 《이담》 권12 및 《이담유증》 권12의 〈부순관명부富順管明府〉, 《이담》 권1 및 《이담유증》 권30의 〈제갈일명諸葛一鳴〉 등에서 소재를 취했다.

11) 호광湖廣: 원·명대의 지역명. 원대에는 지금의 호남湖南·호북湖北과 광동廣東·광서廣西 두 지역을 아울러 불렀으나, 명대에는 이름은 그대로 유지하되 광동·광서를 제외한 호남·호북만 일컬었다.

12) 【즉공관 미비】衙胥眞容。 관아 서리의 진면목인 게지.

13) 장안 거리[長安街]: 명나라 도읍 북경의 중심가. 지금은 차로로 변했지만 지금의 북경 천안문天安門 좌우로 난 큰 거리에 해당한다.

지난번에 술집에서 같이 술을 먹은 무리 중의 한 사람이지 뭡니까. 하 거인은 성실하고 정이 많다 보니 그가 취해서 말이 아닌 꼴로 쓰러져 있는 것을 보고 가까이 다가가서 그를 부축해 일으켰지요. 그 사람은 술이 좀 깨서 눈을 뜨고 보니 하 거인이 자신을 부축하고 있는지라 손으로 팔을 툭툭 치더니 껄껄 웃으면서 말했습니다.

"나리, … 행운을 잡으셨구려!"

그러더니 손을 뻗어 소맷부리에서 땀수건을 하나 꺼내는 것이었습니다. 그 땀수건의 매듭 속에는 두 손가락 너비의 작은 봉투가 싸여 있었지요. 그는 하 거인을 보고 말했습니다.

"묵으시는 처소에 가져가서 보십시오!"

1950년대 북경의 장안 거리. 왼편에 천안문이 보인다.

14) 【즉공관 미비】長安街常有之景。장안 거리에는 늘 있는 풍경이지.

하 거인은 영문도 모른 채 그것을 소매 속에 넣고 처소로 갔습니다. 그의 처소에는 회시 동기가 여러 명 있었지요. 하 거인은 무슨 비밀을 담은 것인 줄도 모른 채 대수롭지 않게 여기고 바로 사람들 앞에서 그것을 뜯어보았습니다. 그랬더니 아 글쎄 '사서四書'에서 출제한 여섯 개와 다른 경전에서 출제한 여덟 개 등 모두 열네 개의 문제가 적혀 있는 것이 아닙니까! 같이 묵고 있는 사람이 그것을 보고 물었지요.

"이거 … 어디서 났습니까?"

그러자 하 거인은 지난번에 술집에서 같이 술을 마시고 오늘 길바닥에 쓰러져 있었던 사람 이야기를 자세하게 들려주고 말했지요.

"그 사람이 제게 준 것이올시다. 저야 … 어디서 났는지 모르지요!"

"이건 건달들이 이런 식으로 가짜를 만들어 남들을 속이려는 것이니 믿으시면 안 됩니다![15)"

그는 이렇게 말했지만 유독 안安 씨 성을 가진 한 사람만은 속으로 이렇게 생각했습니다.

'가짜면 또 어떤가? 연습 삼아 풀어보는 것도 나쁠 건 없지.'

그래서 바로 하 거인과 약속해서 문제별로 한 편씩 답안을 작성하고 거기다 서점16)에서 찍어낸 명문장들까지 구해 대조하면서 문구를

---

15) 【즉공관 미비】不信者多, 只因怕做文字耳。 믿지 않는 자가 많았던 것은 연습할 글을 짓기가 두려워서였을 테지.
16) 서점[書坊]: '서방書坊'은 명대의 서점으로, 오늘날처럼 도서를 판매하는 데

다듬었지요. 아 그런데 나중에 시험장에 들어갔더니 앞서의 일곱 문제가 몽땅 시험지에 나와 있는 것이 아닙니까, 글쎄! 두 사람은 그것들이 모두 한결같이 미리 연습한 내용이어서 둘 다 급제했습니다. 알고 보니 술에 취해 길바닥에 누워 있던 사람은 바로 총감독관의 서리였지요. 그는 총감독관의 서재에서 그 문제들을 베꼈는데, 거기에 원본과 초본이 같이 들어 있었던 거지요. 그런데 술에 취해 정신이 흐릿한 상황에서 하 거인이 자신을 부축해주는 것을 보고 기쁜 나머지 그것을 그에게 주었던 것입니다! 그에게 기회와 인연이 동시에 찾아올 팔자였던지 거기에 안 씨 성의 그 선비까지 가세했던 거지요. 한 처소에서 지내면서도 그것을 믿지 않은 그 사람들은 운명적으로 그 복을 누릴 팔자가 아니었던 것입니다. 그러니까 멀쩡히 보고서도 기회를 놓쳐버린 것이 아니겠습니까?

| 술 취해 누운 것은 사람이요, | 醉臥者人, |
| 그 사실을 밝힌 것은 신이렷다? | 吐露者神。 |

에서 그치는 것이 아니라 관청에 소장된 목판을 활용하거나 판각공을 고용해 자체적으로 목판을 만들어 새로운 도서를 출판하는 지금의 출판사의 기능까지 아우르고 있었다. 명대에는 관청에서 출판하는 도서를 관각본官刻本, 민간의 서방에서 출판하는 도서를 방각본坊刻本으로 구분해 불렀다. 명대 중기까지는 관각본이 독서시장을 주도했지만, 자본과 물산이 집중하며 강남 지역이 경제적으로 번성하고, 크고 작은 도시들이 발전하여 도시 주민들이 거대한 사회계층이자 소비자층으로 성장하자 그들의 취향에 영합하는 방각본이 압도했다. 제40권의 이야기에서도 소개되고 있지만 명대의 서방들은 매번 과거시험이 임박하면 당시의 사회·문화계의 명사들이 지은 글을 모아 엮은 명문장집이나 기출 모범 문제집을 경쟁적으로 출판했으며, 과거시험이 끝나고 급제자 명단이 발표되면 해당 문제들을 풀이하는 문제 해설서들을 출판하기도 했다.

믿은 자와 믿지 않은 자,   信與不信,
그 운명이 여기서 나누어졌구나!   命從此分。

어떤 사람은 급제해야 할 팔자여서 도와주는 귀신을 만나기도 했답니다.

양주揚州 흥화현興化縣17)의 거인은 응천부應天府18)에서 향시鄕試를 보게 되었습니다. 그는 과거 첫날 코를 골면서 단잠을 자는 바람에 하루 종일 깨지 못하고 있다가 호군號軍19)이 깨워준 덕분에 가까스로 잠자리에서 일어날 수 있었답니다. 그는 날이 벌써 저물자 속으로 어쩔 줄을 모르는 와중에도 일단 볼일부터 볼 요량으로

남경 강남공원과 호군들. 청대 말기

시험장 뒷간부터 갔습니다. 그런데 가만 보니 뒷간에 벌써 웬 거인이

17) 흥화현興化縣: 명대의 지명. 지금의 강소성 태주시泰州市 관할 아래 있는 흥화시興化市 일대에 해당한다.
18) 응천부應天府: 명대에 도읍인 남경南京을 부르던 이름. 명나라 건국 초기에는 정식 도읍이었지만 제3대 황제인 성조成祖 주체朱棣가 정변을 일으켜 제위를 찬탈한 후 자신의 본거지인 순천부順天府, 즉 지금의 북경을 정식 도읍으로 정하면서 비상시를 대비한 임시 도읍으로 격하되었다.
19) 호군號軍: 명대에 시험 감독 및 시험장 관리에 차출되었던 군인들. 명대의 시험장에 입장한 수험자들은 일인용 수험실인 호방號房에 입실해 시험을 치렀는데 이때 호방마다 수험자의 부정행위를 감시하거나 용무를 해결해주는 역할을 담당했다.

들어가 있지 뭡니까. 그 거인은 홍화현 거인에게 묻는 것이었지요.

"인형께서는 답안을 다 작성하셨습니까?"

"하도 곤하게 자다 보니 한 글자도 적지 못해서 여기서 망연자실해 있습니다!"

홍화현 거인이 이렇게 말하니 뒷간의 그 거인이 말하는 것이었습니다.

"나는 답안을 다 작성했습니다. 답안지[20]에 옮겨 적기만 하면 되는데 … 지금 갑자기 병이 나서 옮겨 적기는 글렀군요! (…) 인형께서 답안을 미처 작성하지 못하셨다니 … 제가 인형께 드리고 싶습니다. 나중에 급제하시면 저한테 사례로 일백 금만 주십시오!"

홍화현 거인이 기뻐서 어쩔 줄을 모르는데 뒷간의 그 거인이 바로 답안지 한 장을 건넸습니다. 그런데 정말로 답안 일곱 개가 전부 또박또박 답안지에 작성돼 있는 것이 아닙니까!

"소생은 성이 아무 씨, 이름이 아무개로, 응천부의 선비올시다. 집

---

20) 답안지[王諱紙]: '왕휘지王諱紙'란 명대에 과거시험에서 답안을 작성하는 데에 사용된 종이를 말한다. 종이 색깔이 붉은색이라 '붉은 종이'라는 뜻에서 '홍지紅紙'로 부르기도 했다. 그러나 태조 주원장朱元璋의 연호인 홍무洪武의 '홍洪'이 홍지의 '홍紅'과 발음이 같다고 해서 '왕의 이름(연호)과 같은 종이'라는 뜻에서 '왕휘지'라는 별칭으로 불리기도 했다고 한다. 중화서국中華書局에서 2014년에 출판한 《초각 박안경기》(제605쪽)에서는 이를 '화장지[手紙]'로 보았으나 두 선비의 대화 내용을 볼 때 잘못된 해석이다.

은 외진 시골에 있고, 성내에서 땔감 장사를 하는 아무개가 바로 제 조카입니다. 그 아이한테 한번 들르시면 제 집을 찾으실 수 있을 겁니다!"

홍화현 거인은 그렇게 하겠다고 약속하고 그 답안지를 받아서 수험실로 돌아왔습니다. 그리고 뒷간 거인이 작성한 대로 베껴서 겨우 답안지를 제출하는 데에 성공했지요. 그렇게 사흘 동안 과거를 보고 나서 급제자 명단을 적은 방이 붙었는데 정말로 급제했지 뭡니까, 글쎄! 그는 서둘러 일백 금을 가지고 땔감 장수를 찾아가서 그 숙부의 집을 물었지요. 그런데 그 땔감 장수가 이렇게 말하는 것이었습니다.

"숙부가 한 분 계시기는 했지요. 그렇기는 한데 … 지난번 과거시험 때 하필이면 이질을 앓는 중에 시험장에 들어가는 바람에 그 안에서 돌아가셨지 뭡니까![21] 헌데, … 이번 시험장에 또 무슨 숙부가 나타나셨다는 건지 모르겠습니다요?"

홍화현 거인은 깜짝 놀라고 말았습니다. 그는 귀신이 자신의 급제를 도왔음을 깨달았지요! 그래서 그 땔감 장수를 데리고 그길로 뒷간 거인의 집으로 가서 약속한 일백 금을 사례로 전달했습니다. 그 집은 몹시 가난한데 일백 금이나 되는 큰돈이 생길 줄은 꿈에서조차 생각하지 못하던 참이어서 온 가족이 몹시 반가워했지요. 이 거인은 겨우 일백 금으로 과거 급제의 영광을 산 셈이었습니다.

---

21) 【즉공관 미비】痴疾鬼有佳文耶。中正不必佳也。이질을 앓다 죽은 귀신이 명문장을 지어? 제대로 걸렸더라면 제대로는 못썼을 텐데?

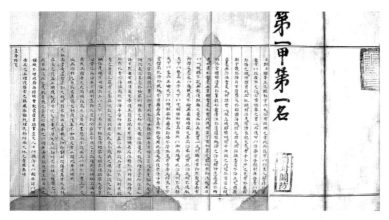

만력 연간에 장원으로 급제한 조병충趙秉忠의 답안지. 산동성 청주시 박물관 소장

한 조각 선비의 마음이,	一點文心,
죽어서도 사라지지 않아서	至死不磨。
지난번 과거 시험장 귀신이,	上科之鬼,
이번 과거를 도와주었구나!	能助今科。

과거에 급제할 팔자여서 신이 사람을 보내 돕게 한 경우도 있지요.
영파寧波22)에 두 선비가 살았는데, 두 사람 다 감호鑑湖23)의 육왕
사育王寺24)에서 글공부를 했습니다. 한 사람은 똑똑하고 한 사람은
성실했지요. 성실이는 불교를 믿어서 날마다 아침저녁으로 꼭 관세음
보살 상 앞에서 향을 피우고 기도를 하곤 했습니다. 시험에 나올 일곱

---

22) 영파寧波: 중국의 지명. 지금의 절강성 서남쪽의 영파시寧波市에 해당한다.
23) 감호鑑湖: 중국의 호수 이름. 절강성 소흥시紹興市 서남쪽에 위치해 있다.
24) 육왕사育王寺: 중국의 사찰 이름. 영파시 근주구鄞州區의 보당 태백산寶幢
　　太白山 화정봉華頂峰 아래에 있는 아육왕사阿育王寺를 말한다. 서진의 무
　　제武帝 태강太康 3년(282)에 조성된 이래 '동남불국東南佛國'으로 일컬어지
　　면서 1,700년의 역사를 가진 명찰이다.

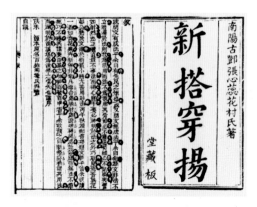

명대의 습작 시문과 방각 문제집

문제를 알려달라고 말이지요.[25] 반면에 똑똑이는 그가 쉴 새 없이 큰 절을 해대는 모습을 보고 속으로 그가 어리석다고 비웃었습니다. 그래서 그를 좀 곯려줄 생각으로 큰 종이에 직접 일곱 문제를 내고 불전의 향불로 그을려 글자를 써서 향탁 아래에 놓아두었습니다. 그런데 성실이가 이튿날 일찍 일어나 불공을 드리다가 그것을 발견하고 그것을 철석같이 믿어버렸지 뭡니까. 그는 '대사께서 영험하셔서 정말로 은밀히 비전의 답안을 알려주셨다'고 여겼지요. 그래서 그 문제마다 민간의 서점에서 펴낸 문제집의 명문장이나 지인들이 작성한 습작 시문[26]까지 샅샅이 찾아내서 모범 답안을 일곱 편 만들고 잊지 않도록 잘 암기했답니다. 똑똑이는 그가 정말로 믿고 그렇게 행동하는 것을 보더니 '걸려들었구나' 하고 여기고 그가 귀신에게 홀렸다며 몰래 비웃었답니다.[27] 그런데 시험장에 들어갔더니 뜻밖에도 바로 그 일곱

---

25) 【즉공관 측비】原癡呆。이제 보니 집착이 심하구먼.

26) 습작 시문[窓課]: '과목窓課'은 명대에 사설 학당에서 학생들이 습작으로 지은 시문을 말한다.

문제가 하나도 틀림이 없이 한꺼번에 출제되었지 뭡니까. 성실이는 그 덕분에 과거에 덜컥 급제해버렸지요. 이것이 관세음보살께서 똑똑이의 손을 빌려 문제를 그에게 알려 준 것이 아니고 무엇이겠습니까?

성실이가 정성껏 찾은 것을,	拙以誠求,
똑똑이가 가져다 썼으니,	巧者爲用。
귀신의 임기응변은,	鬼神機權,
어떻게 다루느냐에 묘미가 있다네.	妙于簸弄。

과거에 급제할 팔자인데 자신의 얼이 나타나 도와준 경우도 있습니다.

호광 땅에 향시[28]가 거행되는 날이었습니다. 아무개 공이 시험장에서 선비들이 작성한 답안지를 채점하다가 하도 피곤해서 의식이 몽롱해지는가 싶더니 꾸벅꾸벅 졸기 시작했습니다. 그런데 가만히 들어보니 귓전에서 누가 한숨을 쉬면서 말하는 것이었습니다.

"가난이가 죽는다, 가난이가! 가난이를 구해라, 가난이!"

놀라서 깬 그는 생각을 좀 하더니

'이건 어떤 선비가 중간에서 장난을 친 게 분명해!'

---

27) 【즉공관 미비】果可暗笑。 정말 몰래 비웃을 만하기는 하구먼.
28) 향시鄕試: 명대에 예부禮部에서 주관한 시험. 명대에는 북경北京과 남경南京에서 각각 시행되었는데, 전자를 '북경 향시[北闈]', 후자를 '남경 향시[南闈]'라고 불렀다. 이처럼 북경과 남경에서 동시에 향시를 실시하는 과거제도는 청대까지 이어졌다.

하면서 좀 더 자세히 들어보았지요. 그랬더니 그 소리가 어떤 상자에서 들리는 것이 아닙니까. 그래서 손을 뻗어 답안지를 가져오는데 한 부를 집을 때마다 귓가에서 나지막하게

“아냐!”

하는 소리가 들리는 것이었습니다. 그런 식으로 몇 번이나 같은 소리가 들리다가 마지막 한 부를 집자 귓가에서

“그렇지!”

하는 소리가 들리지 뭡니까. 아무개 공이 그 답안지를 훑어보니 문장이 정말 훌륭했습니다. 그래서 그것을 가져다 급제 판정을 내렸더니 그제야 그 소리가 멎는 것이었습니다. 나중에 급제자를 알리는 방이 붙고 당사자가 인사를 하러 왔길래 아무개 공이 물었지요.

“과거를 보고 나서 무슨 기이한 일이라도 있었소?”

“아니요.”

“시험장에서는 무슨 동정이라도 있었소? (…) 평소 어떤 이야기를 즐기시오?”

아무개 공이 물었더니 당사자가 말하는 것이었습니다.

“소생29)은 집안이 가난하기 짝이 없습니다. 그래서 창가에서 예상 답안을 한 편 작성할 때마다 그냥 ‘가난이가 죽으니 가난이를 구해주

시오' 하고 외쳤지요. 그 말을 습관처럼 했을 뿐 따로 한 이야기는 없습니다!30)"

아무개 공은 그제야 답안지를 채점할 때 자신이 그런 소리를 들은 일을 이야기했지요. 그리고나서 두 사람은 서로 신기하다며 감탄했습니다. 그러나 당사자조차 그 소리가 어떻게 감독관 귀로 들어갔는지는 영문을 알지 못했답니다. 이거야말로 자신의 의지가 하도 굳고 간절하다 보니 그 자신의 얼이 산 채로 모습을 드러낸 경우가 아니겠습니까?

정성이 지극하면,	精誠所至,
쇠나 바위조차 자르는 법.	金石爲開。
정말 용맹정진하다 보니,	果然勇猛,
저절로 신께서 와서 도우셨구나!	自有神來。

과거에 급제할 팔자인데 사람과 귀신이 함께 힘을 모아서 도와준 경우도 있습니다.

절강浙江의 시험장에 어떤 선비가 응시했습니다. 그는 젊어서부터 박학다식했지만 몇 번이나 과거시험을 보고도 번번이 급제하지 못했

---

29) 소생[門生]: 명대에 과거시험 감독관은 자신이 감독한 시험에서 급제한 사람들과 사제師弟의 인연을 맺고 벼슬살이를 하는 동안 상부상조하는 공생 관계를 유지하곤 했다. 이때 급제자들은 감독관으로부터 직접 가르침을 받은 적이 없더라도 그를 '노사老師·은사恩師'라고 부르면서 존대하고, 자신들은 '문생門生·학생學生' 식으로 일컬었다.

30) 【즉공관 미비】如此精靈現者亦多不盡驗, 何也。 이렇게 얼이 모습을 드러내고도 영험하지 못한 경우가 많은 것은 어째서인고.

지 뭡니까. 마지막 과거 때에는 나이가 들대로 들어서 기대조차 하지 않았지요. 그런데 다행스럽게도 과거가 열리자 '시험장에 들어가 최선이나 다해보자'는 생각뿐이었답니다. 그런데 시험장에 들어간 날 밤이었습니다. 문득 꿈에서 웬 사람이 나타나 그를 보고 말하는 것이었습니다.

"당신은 금년에 반드시 급제할 거요. 다만, … 답안지에는 한 글자도 쓰면 안 되오! 썼다가는 낙방하고 말 테니 꼭 백지를 내야 합니다!"

꿈을 깬 그 선비는

"꿈도 참 요상하기도 하지! (…) 세상에 그럴 리가 있나!"

하면서 대수롭지 않게 넘겼지요. 그런데 시험장에 들어가 시험지를 받은 뒤에 막 생각을 정리해 답안을 작성하려는 찰나였습니다. 가만

강남공원 내부와 시험을 보는 선비들. 나무판을 위에 걸고 밤새워 시험을 본 후 아래에 걸고 잠을 청하기도 했다.

히 듣자니 귓가에서 이번에는 이런 말이 들리는 것이었습니다.

"절대로 쓰면 안 되오!"

그는 속으로 이상하게 여겼습니다.

'참 이상도 하구나!'

그는 출제된 문제를 생각하고 또 생각해 보았습니다. 그런데 머리만 벌게지고 얼굴만 화끈거릴 뿐 한 글자도 떠오르지 않지 뭡니까, 글쎄! 그러자 부아가 나서

'이번에도 급제하기는 글렀구나. 그러니 이 꼴이지!'

하더니 울적한 마음을 안고 아예 잠을 청했습니다. 그런데 가만 보니 조부와 부친이 꿈에 나타나

"절대로 한 글자도 써서는 안 되느니라. 그렇게만 하면 급제는 떼어 놓은 당상이다!"[31]

하고 신신당부를 하지 뭡니까. 꿈에서 깬 그는 한숨을 쉬고는

"이걸 어떻게 이해해야 할지 … 돌아가신 분들이 꿈에까지 몰려와서 매달리시다니 … 좋은 생각도 나지 않는 판에 뭐 하려고 고생을 해? 차라리 아무것도 하지 말고 그냥 백지나 내고 나가자!"

---

31) 【즉공관 미비】 要知寫了便中不得的。 쓰기만 하면 급제하지 못한다는 것을 명심해야지!

하면서 시험장을 나와버렸습니다. 그는 '낙방 일등이 바로 본인이니 두 번째 날에는 시험장에 들어오지도 못하게 하겠구나' 하고 여겼습니다. 그런데 가만 보니 시험장의 대문이 열리고 잘못 작성한 답안들을 줄줄이 본보기로 붙이는 것이었습니다. 낙방 답안들 중에는 미처 다 쓰지 못한 것도 있고, 일부를 빼먹고 작성한 것도 있고, 문제를 잘못 적은 것도 있는 등, 불합격 답안지들이 이루 셀 수조차 없을 지경이었지요. 그런데 한 글자도 쓰지 않은 자신의 답안지는 그 속에 없지 뭡니까. 그는 껄껄 웃으면서 말했습니다.

"답안지를 밀봉하고 채점하는 감독관들이 내 답안지를 보고 다들 기가 막혔나 보군!"

그러고 이틀이 지났을 때였습니다. 그래도 아무 동정이 없길래 다른 사람들을 따라 다시 두 번째 시험을 치러 들어갔는데 그때까지도 자신의 답안지는 붙어 있지 않은 것이 아닙니까! 그는 '사람들 눈을 속이고 시험장에 들어가 놀면서 시간이나 때우자' 하는 생각뿐이었습니다. 게다가 붓만 잡기만 하면 귓가에서 또 그날의 그 소리가 들리지 뭡니까, 글쎄! 그러자 그는 웃으면서

"아이구, 당부하실 것도 없습니다! 첫 번째 시험에서 백지를 내버렸는데 두 번째 시험에서 답안을 쓰면 뭐 하겠어요? 세상에 그런 바보는 없을 겁니다!"

하더니 반나절 동안 빈둥거리다가 또 백지를 내고 나왔습니다.

"이번에는 진짜 볼 장 다 봤네그려!"

그러고는 가만 보니 두 번째 시험장에서도 불합격 답안들을 수두룩하게 붙이는데 이번에도 자기 이름이 보이지 않는 것이었습니다. 그러자 자신조차 몹시 이상하게 여겼습니다. 다음 차례에도 사람들을 따라 세 번째 시험장에 들어가서 또 백지를 낸 것은 말할 필요도 없었지요.

그의 친구들은 그가 세 번째 시험장까지 들어온 것을 보더니 다들 다가와서 답안 작성 요령을 가르쳐달라고 성화였습니다. 그러나 그는 남몰래 쓸쓸하게 웃기만 할 뿐 말조차 꺼내기 민망하게 여겼지요. 그런데 급제자 이름을 적은 방이 붙을 때 보니 아 글쎄, 그 방에 급제한 자기 이름이 보란 듯이 들어 있는 것이 아닙니까!32) 그는 '이게 꿈인가' 싶은 생각뿐이었습니다. 자신이 어째서 급제했는지 당최 영문을 알 수가 없었지요. 어쨌든 다른 급제자들을 따라서 녹명연鹿鳴宴33)에까지 참석하니 마음이 뿌듯하기는 했습니다. 정말 대단한 행운이 아닐 수 없었으니까요. 그런데 시험 감독관이 급제자들의 답안지를 내주어서 보니 자신의 답안지가 세 차례의 시험 모두 빠짐없이 정상적으로 작성되어 있는 게 아닙니까! 거기다 박학다식을 뽐내듯이 온갖 미사여구로 빽빽하게 답안지가 채워져 있었지요. 그는 하도 놀라서 눈을 부릅뜨고 입까지 벌린 채 도무지 그 영문을 알 수가 없었지요.

---

32) 【즉공관 미비】奇幻極矣。신기하기도 하지.

33) 녹명연鹿鳴宴: 명대에 향시가 끝나고 새로 급제한 거인들을 경축하기 위하여 관학의 명륜당明倫堂에서 마련하던 연회. 급제자 명단을 적은 방이 붙은 다음 날 거행되었으며, 시험 감독관은 이 연회에서 급제자들과 인사를 나누고 사제 관계를 맺곤 했다. 당대부터 이 연회가 열리면 《시경詩經》〈소아小雅 · 녹명鹿鳴〉 장구를 부르면서 연회를 진행했다고 하여 '녹명연'으로 불렸다고 한다.

나중에 알고 보니 이번 과거 시험에서 미봉소彌封所[34]의 일을 진사 출신의 지현 두 명이 맡았다는 것이었습니다. 그 두 사람은 다 젊어서 과거에 급제한 자들로, 나름대로는 포부를 가지고 있었습니다. 그런데 내렴[內廉][35]에 들지 못한 것을 두고 내심 못마땅하게 여기던 참이었지요. 그러다가 이번에 출제된 문제들을 보고 나니 손이 근질거렸던 것입니다. 그래서 두 사람은 답안을 작성해서 실력을 뽐내 '이래도 급제할지 두고 보자' 하고 무언의 시위를 할 작정이었습니다. 다만 감독관의 확인 도장이 찍힌 적당한 답안지를 구할 수가 없었지요. 다 채우지 못한 답안지가 있다고는 해도 넘어온 것들을 보면 전부이든

---

34) 미봉소彌封所: 명대의 관서 이름. 수험자의 답안지를 담당 관리가 검사한 후 정해진 격식에 맞지 않게 작성된 것들은 시험장에 게시하여 수험자들에게 공지하고 다른 답안지들은 채점 과정의 부정행위를 방지하기 위하여 해당 수험자의 이름을 가린 채 전문을 베낀 다음 채점을 위하여 시험 감독관에게 넘겼다. 원래는 북송대 순화淳化 3년(992) 전시殿試에서 봉미법封彌法을 시행하면서 비롯되었으며, 과거시험이 진행될 때 수험자나 감독관의 부정행위를 방지하기 위하여 수험자가 제출한 답안지를 밀봉하는 업무를 담당했다고 한다. 때로는 봉미소封彌所·봉미원封彌院·봉인원封印院 등으로 부르기도 했다.

35) 내렴內廉: 명대에 시험 감독관에 대한 별칭인 내렴內簾을 말한다. 명대의 시험 감독관은 좌장 격인 주고관主考官과 그를 보좌하는 동고관同考官을 말하는데, 두 감독관은 수험자들의 답안지를 채점하고 급제 여부를 결정하는 권한을 가지고 있었다. 반면에 미봉소의 관리는 답안지의 검사, 시험 감독, 답안지 회수 및 등사 등의 단순한 사무만 담당할 뿐 당락의 결정권은 없었다. 시험 감독관은 일반적으로 방에 발을 내리고 그 안에서 수험자들의 답안지를 채점했기 때문에 '발 안에 있는 사람'이라는 뜻에서 '내렴'이라고 불렸다고 한다. 여기서 "내렴에 들지 못했다"는 것은 두 지현이 답안지를 채점하는 시험 감독관으로 선정되지 못하고 답안지 밀봉 등 단순한 사무 처리에 투입된 것을 두고 한 말이다.

일부이든 거기에는 어김없이 벌써 답안이 작성되어 있어서 실력을 발휘할 수가 없었습니다. 그러다가 문제의 그 백지 답안지를 발견했으니 속으로 몹시 반가워할 수밖에요! 두 사람은 백지를 낸 선비의 이름을 기억해두고 '너 한 부 나 한 부' 하는 식으로 둘이 함께 의논도 하고 수정도 하면서 완벽한 답안지를 작성했지요. 그리고 나서 잘 밀봉한 다음 감독관에게 등사해 보내게 했던 것입니다. 그렇게 세 차례의 시험을 매번 그런 식으로 답안지를 제출했는데 정말로 덜컥 급제해버렸던 거지요.

두 진사는 속으로 의기양양해하면서 '답안지 주인이 하늘이 내린 행운을 얻었다'고 여겼습니다. 그러면서도 사람을 시켜 당사자를 찾아내서 백지를 낸 이유를 물었지요. 그러자 그 선비는 꿈속에서 몇 번이나 신신당부를 들은 일과 시험장에서 귓가의 목소리가 한 말을 낱낱이 다 고했답니다. 그러자 두 진사가 말하는 것이었습니다.

"우리 둘이 무심코 신바람이 나서 한 일이었소. 그런데 그 모두가 하늘께서 귀하 대신 답안을 작성하게 하신 것이었구려!"

그 말에 그 선비는 감격해마지않았습니다. 두 진사는 똑같이 그를 문하생으로 거두었지요.

장 공이 술을 마셨는데,	張公喫酒,
이 공이 취한 격이로구나!	李公却醉。
팔자에 급제할 때가 되면,	命若該時,
한 글자도 쓸 필요가 없구나.	一字不費。

지금까지는 급제할 팔자였던 사람들의 이야기였습니다마는, 급제

하지 못할 팔자였던 사람들의 경우에도 별의별 기이한 이야기들이
다 있답니다!

급제해서는 안 될 팔자인데 귀신이 외려 당사자를 가지고 논 경우
도 있습니다.

만력萬曆 계미년癸未年36)에 관구고管九皐라는 거인이 회시에 응시
했습니다. 그는 시험장에 들어가기 전에 신인神人이 일곱 문제를 가
르쳐주는 꿈을 꾸었습니다. 그런데 깨고 보니 하나하나 다 기억이 나
지 뭡니까. 그래서 이튿날, 민간의 서점에서 찍어낸 모범 문제집을
구해서 개중에 잘된 것들만 골라 잘 외웠지요. 그러고 나서 시험장에
들어갔는데 아 글쎄, 일곱 문제가 다 나왔지 뭡니까!37) 그는 신바람이
나서 붓 가는 대로 잘 외워둔 것을 썼습니다. 굳이 머리를 쥐어짤 필
요도 전혀 없었지요. 그래서 '내가 신의 도움을 받았다'고 여기면서
급제를 전혀 의심하지 않았습니다. 그런데 뜻밖에도 이 해의 시험 감
독관은 당시 유행하던 문체38)를 싫어했지 뭡니까. 그 감독관은 모범

---

36) 만력萬曆 계미년癸未年: 만력 11년으로 서기로는 1583년에 해당한다. '만력'
    은 명나라 제14대 황제 신종神宗 주익균朱翊鈞이 사용한 연호이다.

37) 【즉공관 미비】只是抄舊, 原有蠹氣, 可爲生吞活剝者戒。 이전 것을 무조건 베끼
    는 것부터가 사실 아둔한 짓이다. 날로 먹으려 드는 자들이 경계로 삼을 만하다.

38) 당시 유행하던 문체[時文]: 명대에 유행하던 팔고문八股文을 말한다. 처음
    에는 특별한 격식이 없었으나, 시간이 흐르면서 파제破題·승제承題·기강
    起講·입제入題·기고起股·허고虛股·중고中股·후고後股·결속結束의 여덟
    부분으로 굳어졌다. 여기서 기고·허고·중고·후고의 '고股'가 긴 대구對句
    를 이룬 것이 마치 여덟 개의 '기둥'을 세운 것 같다고 해서 '팔고문'으로
    불리기 시작했다. 처음부터 과거시험을 겨냥해 고안된 문체였기 때문에 명
    대 중기 이후로는 팔고문 참고서가 많이 출판되었으며, 과거시험에 응시하
    는 수험자들은 참고서에 제시된 예문의 자구만 암기해 답안을 작성하는 폐
    해가 늘어났다.

문제집에 소개된 같은 유형의 문제들을 모조리 찾아내 시험장으로 들여와 비교·검토하고는 똑같이 작성된 답안은 보이는 족족 다 덧칠을 해서 지워버렸답니다. 관 거인은 그렇게 해서 결국 급제하지 못하고 하는 수 없이 벼슬을 골라서 가야 했지요. 만약 앞서 일곱 문제를 보는 꿈을 꾸지만 않았더라면 스스로의 노력으로 답안을 작성했을 테지요. 그랬더라면 성적이 나쁘지만은 않았을 것입니다. 이 경우가 분명히 귀신이 그를 농락한 경우가 아니겠습니까?

꿈은 미리 예측하는 기회가 되었지만,	夢是先機,
거꾸로 불운이 되어버릴 줄이야!	番成悔氣。
귀신이 사람 가지고 놀기를 즐기는 것이,	鬼善揶揄,
그야말로 아이들 장난과도 같구나!	直同兒戲。

급제해서는 안 될 팔자인데 억지로 급제시키느라 귀신이 당사자를 조종한 경우도 있습니다.

절강 땅 산음山陰39)의 선비 제갈일명諸葛一鳴은 현지의 산속에서 모진 마음을 먹고 글공부를 하느라 남들이 설을 쇨 때에도 집에 돌아가지 않을 정도였지요. 융경隆慶 경오년庚午年40)의 첫날이 밝기도 전에 잠자리에서 일어나 머리를 빗고 얼굴을 씻은 다음 신을 모신 사당에 기도를 하러 갔지요. 길을 가는 도중에 벽제소리를 하면서 오는

---

39) 산음山陰: 중국 고대의 지명. 지금의 절강성 소흥시 일대에 해당한다. 진秦나라 때 회계군會稽郡의 26개 현의 하나로 설치되었는데, 회계산 북쪽에 자리 잡아 '산의 북쪽'이라는 뜻에서 '산음'으로 일컫기 시작했다.

40) 융경隆慶 경오년庚午年: 융경 4년으로, 서기 1570년에 해당한다. '융경'은 명나라 목종穆宗 주재후朱載垕가 1567년부터 1572년까지 사용한 연호이다.

길잡이들과 마주쳤습니다. 그는 속으로

'산속에서도 저런 걸 다 하는군?'

하고 이상하게 생각하면서 길가에 비켜서서 자세히 쳐다보았습니다. 그런데 가만 보니 악대가 앞장을 서고 바로 웬 물건을 둘러싸고 있었습니다. 그 뒤에는 귀인이 행렬을 따르는데 바로 황금 갑옷을 입은 웬 신이었지요. 일명은 그가 저승의 신이라는 것을 알아차리고 다가가 절을 하고 물었습니다.

벽제소리를 하는 길잡이들

"존경하옵는 신이시여, … 어떤 것을 맞이하러 가시나이까?

그래서 신이 말했지요.

"이번 과거의 급제자 방을 가지러 가느니라!"

"소생 아무개는 수재이온데 … 방에 혹시 제 이름도 있는지요?"

"없느니라! 그대 이름은 다음번 과거의 방에 있다."[41]

그 소리를 듣고 일명이 말했습니다.

"소생은 집안 형편이 가난해서 더는 기다리지 못합니다! (…) 존경하옵는 신이시여, 이번으로 앞당겨주실 수는 없는지요?"[42]

그러자 신이 말하는 것이었습니다.

"그건 매우 어렵느니라. 허나, … 그대와 길에서 마주친 것도 인연이 있어서일 테지. 어디 시험 삼아 그대가 시도라도 해보게. 만일 급제한다면 지전을 좀 더 많이 태우도록 하게. 나도 그 돈을 써야지 편안할 수가 있으니! 그렇게 하지 않으면 나도 죄인이 될 수밖에 없어!"

일명은 그렇게 하겠다고 약속했지요. 나중에 방이 붙었는데 일명의 이름이 맨 마지막 줄에 있고 그 위에 붉은 도장이 찍혀 있었습니다. 급제자 인원이 다 찼는데 웬 교관敎官이 일명의 답안지를 들고 적극적으로 추천했기 때문이었지요. 그의 말과 표정이 하도 간곡해서 총감독관은 하는 수 없이 방 맨 끝에 적혀 있던 급제자 이름을 잘라내고 일명을 끼워 넣은 것이었답니다. 이 경우는 귀신이 막후에서 손을 쓴 덕분이었지요.[43] 일명은 급제하자 몹시 기뻤습니다만 워낙 경황이 없다 보니 지전을 태우는 일을 깜빡 잊어버렸지 뭡니까. 그가 급제자들을 축하하는 연회에 갔다가 처소로 돌아왔더니 웬 귀신이 머리를 늘어뜨린 채 그의 말 앞에서 통곡을 하면서 말하는 것이었습니다.

---

41) 【즉공관 측비】 足矣。 그걸로 충분하지.

42) 【즉공관 미비】 亦是躁急薄福人。 역시 조급하고 박복한 자로군.

43) 【즉공관 미비】 彼人何罪。作弊鬼亦可恨。 [맨 끝에 이름이 적혔던] 그 사람이 무슨 죄람? 부정을 저지른 그 귀신도 참 고약하군!

"내가 네놈 때문에 화를 당했구나!"

일명이 그를 보니 지난번에 황금 갑옷을 입었던 바로 그 신이었습니다. 그래서 무척 미안해하면서 말했지요.

"이제라도 지전을 태우면 구해드릴 수 있겠지요?"

"이미 늦었다! (…) 허나, 그래도 도움이 되기는 하겠지."

귀신의 그 말에 일명은 지전을 좀 사서 태웠지요. 그런데 회시를 치를 때가 되자 귀신이 다시 와서 말하는 것이었습니다.

"그대가 급제하도록 돕겠네. 미리 일곱 문제를 알려주지!"

그래서 일명이 그렇게 준비해서 시험장에 들어갔더니 정말 한 문제도 틀림이 없지 뭡니까. 일명은 무척 기뻐했지요. 그러고는 두 번째 날 시험장에 들어가려 할 때였습니다. 귀신이 그제야 나타나 문제를 가르쳐주려고 하는 것이 아닙니까.

"벌써 늦었습니다!"

일명이 이렇게 말하자 귀신이 말했습니다.

"일단 이 답안을 두건 속에 넣어서 들어가게. 내가 그대를 지켜주면 될 것 아닌가!"

일명은 그가 말하는 대로 따랐지요. 그런데 감독관 앞에까지 왔을 때였습니다. 미처 몸을 뒤지기도 전에 두건 속에 넣어두었던 답안이

손톱 크기의 **부정행위용 미니북**. 명대에는 이런 미니북을 전문적으로 찍는 출판사까지
있을 정도였다.

툭 떨어지는 것이 아닙니까, 글쎄! 그 바람에 쪽지를 숨겨서 부정행위
를 저지르려 시도한 것으로 간주하여 그길로 바로 칼을 차고 사람들
에게 조리돌림을 당했습니다. 그의 장래도 끝장나고 말았지요. 이것
이 바로 귀신이 전날의 원한을 갚으려고 당사자를 농락한 사례입니
다.[44] 이를 통해 팔자에 급제할 때가 되지 않았다면 한 기期라도 앞당
기려고 아무리 무리를 해도 소원을 이룰 수 없다는 것을 알 수 있는
셈입니다.

공명을 얻겠다고 안달복달하다가,　　　躁于求售,
앞서 얻은 명예까지 망치고 말았네.　　并喪厥有。
사람도 귀신도,　　　　　　　　　　人耶鬼耶,
각자 그 벌을 받았구나!　　　　　　各任其咎。

손님들, 소생이 들려드린 이상의 몇 가지 이야기들만 보더라도 부

---

44) 【즉공관 미비】鬼何至懷恨狠于報復如此。亦是强旱三年, 冥罰重故。귀신이 어
째서 한을 품고 이토록 보복에 기를 썼을꼬? 아마 삼 년 동안 고생한 탓에 저승에서
의 죄가 무거워졌기 때문일 테지.

귀공명에는 다 정해진 운명이 있어서 절대로 무리하면 안 된다는 것을 알 수가 있습니다. 그래서

> "글공부 할 때에는 팔자타령 하지 말고,   窓下莫言命,
> 시험장에 가서는 글타령 하지 말라!"   場中不論文。

라고 하는 것이겠지요. 세상 사람들은 늘 이 '정해진 운명' 때문에 귀신에게 농락당해 분별력이 흐려지곤 합니다.

소생이 이번에는 부귀공명에는 정해진 때가 있음을 일깨우는 이야기를 하나 들려드려서 이번의 몸 이야기로 삼을까 합니다.[45]

당나라 때 강릉 부사江陵副使[46]로 이李 군君[47]이라는 사람이 있었습니다. 그는 젊어서 급제하기 전에 낙양洛陽에서 장안長安으로 진사進士 시험을 보러 가게 되었지요. 그가 화음도華陰道를 거쳐 객줏집을 잡고 묵을 때였습니다. 가만 보니 그보다 앞서 웬 흰 옷을 입은

---

45) *본권의 몸 이야기는 이방李昉 《태평광기太平廣記》 권157의 〈이군李君〉에서 소재를 취했다.

46) 강릉 부사江陵副使: 당대의 형남 절도부사荊南節度副使를 말한다. 당나라 숙종肅宗 지덕至德 2년(757)에 형남 절도사荊南節度使를 두고 10개 주州를 다스리게 했다. '강릉 부사'로 불리게 된 것은 그 절도사 치소가 강릉부江陵府에 있었기 때문이다. 강릉부는 장강 연안에 자리 잡은 지금의 호북성 형사시荊沙市 형주구荊州區 일대에 해당한다.

47) 군君: 중국 고대에 주州의 행정장관 자사刺史나 군郡의 행정장관 태수太守에 대한 존칭인 사군使君의 약칭. 우리나라에서는 현재 본인보다 나이가 어린 상대를 높여 부르는 호칭으로 사용되지만 중국에서는 고대부터 자신보다 지체가 높은 사람에 대한 존칭이었다. 여기서의 "이 군"도 이 사군李使君의 뜻이지만 편의상 그대로 "이 군"으로 번역했다.

화음도에서 혼자 기이한 나그네를 만나다.

사람이 묵고 있었습니다. 그 사람은 온몸에 흰 옷을 두르기는 했지만 기골이 수려하고 정신이 맑은데다가 풍채와 인품도 남달랐습니다. 객줏집에는 사람이 무척 많다 보니 아무도 그를 눈여겨보는 사람이 없었지요.[48] 그러나 이 군은 총명한데다가 재치도 있어서 진작부터 그에게 주목했습니다.

'이분은 비범한 사람임에 틀림이 없다!'

이 군은 즉시 자리를 그 가까이로 옮기고 그에게 몇 마디를 물었습니다. 그런데 가만 보니 언변이 청산유수 같고 묻는 족족 거침없이 대답을 하는 것이 아닙니까. 이 군은 더더욱 그를 존경하는 마음가짐으로 화로 곁에서 같이 술을 마시면서 그를 각별하게 환대했습니다. 이튿날에는 길동무가 되어 함께 길을 나섰지요. 그런데 소응昭應[49] 땅에 이르렀을 때였습니다. 이 군이 이렇게 말하는 것이었습니다.

"소생은 선생의 예사롭지 않은 모습을 흠모합니다! 의형제를 맺고 싶으니 괜찮으시다면 함자와 연세를 일러주시지요. 부르기 수월하게 말씀입니다"

"나는 성도 없고 이름도 없소. 나이랄 것도 없지. (…) 그대는 나를 '형'이라고 부르고 형으로 대해 주면 되오!"[50]

---

48) 【즉공관 미비】能從俗中識潑, 卽神仙亦感知己。 속인들 속에서 자기 신분을 알아챘으니 신선조차 자신을 알아봐준 그에게 감동한 게지.
49) 소응昭應: 중국 고대의 지명. 지금의 섬서성 화음현華陰縣 일대에 해당한다.
50) 【즉공관 측비】奇矣。 기이하기도 하지.

이 군은 그의 말을 따라 그 자리에서 절을 하고 그를 형으로 대했습니다. 그런데 저녁이 되자 그 사람이 이 군을 보고 말하는 것이었습니다.

"나는 서악西嶽[51])에 은거하고 있소. 우연히 나들이를 나왔다가 선생의 후덕을 입었구려. 나는 일이 있어서 내일 먼저 성으로 가야 하외다. 더 이상 함께 할 수 없으니 어쩌지요?"

"다행스럽게도 훌륭하신 분을 뵙고 의형제까지 맺었는데 이제 갑자기 이별이로군요. (…) 이 아우한테 가르침 주실 말씀이라도 있는지요?"

"선생, … 장래의 일을 알고 싶으시오?"

그 말에 이 군은 다시 절을 하면서 간곡하게 부탁했습니다.

"나중의 일을 미리 안다면 대처할 수가 있겠지요. 그러면 어두움 속을 걷는 것 같은 위험을 피할 수 있을 테니 진심으로 바라는 바입니다!"

"천기를 누설할 수는 없고 … 글 세 통을 밀봉해 선생에게 드리리다. 그러면 훗날 효험을 보게 될 게요!"

---

51) 서악西嶽: 중국 서부의 산인 화산華山의 다른 이름. 중국의 5대 명산의 하나로, 섬서성 동쪽 진령秦嶺 산맥 동단에 자리 잡고 있으며 산세가 높고 험준하기로 유명하다.

그러자 이 군이 말했지요.

"그렇기 때문에 간곡하게 부탁드리는 것입니다! 나중의 일을 미리 아는 것이 중요하지, 만약에 일이 다 벌어지고 나서야 효험을 본다면 그런 것을 알아서 무슨 소용이 있겠습니까?"

"그렇게 말씀하지 마시오. (…) 무릇 사람의 공명과 부귀라는 것에 정해진 때가 있다고는 해도 내 미리 알 수만 있다면 선생을 위해 이끌어드릴 수는 있지. (…) 그때가 닥쳤을 때 그것들을 열면 자연히 쓸모가 있어서 선생의 부귀를 보전할 수가 있을 게요."

이 군은 그 소리를 듣고 반가운 표정으로 도움을 부탁했습니다. 그러자 흰 옷 입은 사람은 즉시 종이와 붓을 가져다 달 아래에서 무엇인가를 썼습니다. 그러더니 그것을 세 개의 쪽지로 접고 겉에다 봉투를 씌운 다음 이 군에게 주면서 말했습니다.

"이 세 통은 선생의 일생에서 아주 중요한 일들을 적은 것이외다. 이 글들에는 순서가 있고 안에는 비밀스러운 말이 담겨 있소. 그러니 아주 다급한 상황이 닥쳤을 때 차례로 펴보도록 하시오. 열어보면 자연히 효험을 보게 될 것이외다. 그 주문대로만 하면 편의를 볼 수가 있을 겝니다. 허나 급한 일이 없는데도 공연히 그것을 열면 전혀 보탬이 되지 않으니 명심하고 또 명심하시오!"

이 군은 다시 절을 하고 그것을 받아 작은 상자에 소중하게 간수했습니다. 이튿날, 두 사람은 각자 작별을 하고 길을 떠났지요. 이 군은 장안에 와서 진사 시험을 보았으나 낙방하고 말았습니다.

이 군의 아버지는 생시에 송자현松滋縣[52])의 현령이었습니다. 가정 형편이 제법 넉넉했지요. 그러나 재임하는 동안 모은 재물을 가지고 서울에 와서 승진할 길을 찾다가 객사에서 병으로 죽는 바람에 그 재산이 바닥나고 말았지 뭡니까.

이 군은 아버지의 병사와 가문의 몰락을 애통하게 여기고 과거에 급제하면 금의환향해서 가문을 다시 일으킬 생각이었지요. 그래서 그는 집에서 노잣돈을 좀 많이 챙겨 와 서울에서 끝까지 버티면서 낙방하고서도 멈추지 않았습니다. 그는 자신의 재능이 탁월한 것만 믿고 벼슬을 마치 땅바닥에서 풀을 줍는 것만큼이나 쉽게 얻을 수 있다고 여겼습니다.[53]) 그러나 운이 따르지 않아서 연거푸 대여섯 번이나 시험을 보았지만 번번이 낙방하는 바람에 노잣돈만 다 탕진하고 말았지 뭡니까! 결국 고향으로 돌아가려고 해도 노잣돈이 없고, 그렇다고 계속 머무르며 다음 번 과거시험 때까지 기다리려고 해도 집세를 낼 돈이 없다 보니 발 하나 들여놓을 땅조차 구할 수가 없었답니다. 이것도 틀렸고 저것도 글러서 가망이라고는 없었지요. 그렇게 속이 타고 마음이 급한데 갑자기 뇌리에 어떤 생각이 스쳤습니다.

'의형께서 남기신 글이 있지! 급할 때 열어서 보라고 당부하셨던. (…) 오늘 막다른 골목에 이르렀으니 지금이 급한 때가 아니면 언제가 급한 때이겠는가? 첫 번째 봉함을 열어보아야겠다. 뭐라고 하셨는지 …. 그러나 성스러운 글이니 경거망동해서는 안 되지!"

---

52) 송자현松滋縣: 중국 고대의 지명. 지금의 호북성 형주시荊州市 관할에 속한 송자시松滋市 일대에 해당한다.
53) 【즉공관 미비】專是此等誤事。늘 이런 식으로 일을 그르치곤 하지!

이날 밤, 그는 목욕재계를 하고 이튿날 이른 아침에 향로에 향을 피우더니 두 번 절을 하고 기도했습니다.

"소생 가난한 탓에 망령되이 의형께서 남기신 첫 번째 글을 여오니 그저 올바른 길로 이끌어주시기 바랍니다!"

기도를 끝낸 그는 겉봉을 뜯었습니다. 그러자 그 안에서 또 작은 봉함이 나왔는데 그 겉면에는 이렇게 쓰여 있었지요.

"모년 모월 모일, 쓸 돈이 다 떨어졌을 때 첫 번째 봉함을 여시오"
某年月日, 以困迫無資用, 開第一封。

이 군은 깜짝 놀라면서 말했습니다.

"정말 신선이로구나! (…) 오늘 지금의 상황을 어떻게 바로 아셨단 말인가? (…) 거기다 개봉하는 달과 날이 모두 한 치도 틀림이 없지 않은가! 오늘 여는 것이 맞나 보군. (…) 이 안에 묘책이 있는 것이 분명해!"

그래서 즉시 봉함을 뜯고 보니 그 안에 또 다른 종이가 한 장 들었는데 거기에는 몇 글자만 이렇게 적혀 있었습니다.

"청룡사 문 앞에 앉아 있으시오." 可靑龍寺門前坐。

이 군은 그것을 보고 뭔가 좀 이상하다는 생각이 들었습니다. 그러나 어떻게 그 말대로 따르지 않을 수가 있겠습니까? 그렇기는 해도

이상한 것은 이상한 것인지라

"거기에 가서 어쩌라는 걸까?"

하면서 청룡사가 얼마나 먼지 수소문해보았습니다. 그런데 알고 보니 자신의 처소에서 오십 리 넘게 떨어진 곳이었지요. 이 군은 어쩔 수 없이 노쇠한 나귀를 타고 느릿느릿 절 앞까지 갔습니다. 그런데 날이 벌써 저물려는 것이었습니다. 그래서 정말 글에서 당부한 대로 문턱에 한동안 우두커니 앉아 있었지만 별다른 동정이 없었지요. 이윽고 날이 어두워지자 그는 마음이 좀 다급해진 나머지 또 그 글을 떠올렸습니다. 그런데 자신이 생각해도 그 꼴이 가관이지 뭡니까.

"나도 참 미쳤지! (…) 여기 앉아 있는다고 돈이라도 생긴다던가? (…) 돈은 됐고 … 오늘밤 당장 묵을 곳조차 없으니 어쩐담?"

이렇게 한참동안 망설이고 있을 때였습니다. 가만 보니 절 안에서 걸음 소리가 들리는 것이 아닙니까. 그 소리는 차츰 가까워지는데 알고 보니 절의 주지와 행자가 앞문을 잠그러 나온 길이었지요. 두 사람은 이 군을 발견하고 물었습니다.

"손님은 뉘신데 여기에 앉아 계십니까?"

"나귀는 허약한데 거처도 멀고 … 거기다 날까지 벌써 저물어서 길을 갈 수가 없길래 여기서 자고 가려던 참입니다만 …"

그러자 주지는 이렇게 말하는 것이었습니다.

"문 밖은 바람이 찬데 어떻게 주무신단 말씀입니까! (…) 일단 경내로 들어오시지요."54)

그래도 이 군은 일단 사양부터 했습니다.

"갑자기 들이닥쳐서 폐를 끼쳐서야 … 되겠습니까!"

주지가 그래도 몇 번이나 권하자 이 군은 하는 수 없이 노쇠한 나귀를 끌고 두 사람을 따라 절 안으로 들어갔습니다. 주지는 상대가 선비인 것을 보고 음식을 차립네, 차를 끓입네 하며 대접을 소홀히 하지 않았지요. 그렇게 차를 마시고 있을 때였습니다. 주지가 이 군을 찬찬히 살피고 위아래를 훑으면서 한동안 보는 것이었습니다. 그러더니 고개를 돌려 행자와 이야기를 나누다가 웃다가 하는 짓이 아닙니까. 이 군은 영문을 알 수가 없었지만 그렇다고 따져 묻기도 민망했습니다. 그런데 가만 보니 주지가 한동안 참다가 뜬금없이 묻는 것이었습니다.

"선생께서는 … 성이 어떻게 되시는지요."

"이 가올습니다만."

그 말에 주지는 놀라면서 말했습니다.

"정말 이 씨이군요!"

---

54) 【즉공관 미비】有人招攬, 便生意動了。 누가 불러주니 바로 생기가 넘치는군.

"제 성을 듣고 그렇게 놀라시니 … 무슨 까닭이라도 있습니까?"

"송자의 이 장관長官55)께서 선생과 같은 집안이신데 … 아는 사이 인지요?"

그러자 이 군은 자리에서 일어나 침울한 표정으로 말했습니다.

"바로 저희 선친이십니다!"

그러자 주지는 흐르는 눈물을 주체하지 못하면서 말하는 것이었습니다.

"노승은 춘부장 어른과 오랜 벗으로 … 가깝게 내왕하던 사이였습니다. 방금 선생을 보니 풍채며 외모가 이 장관님을 빼닮으셨더군요. 그래서 놀라고 이상하게 여겼는데 정말 그런 사이일 줄이야! (…) 노승이 진작부터 뵙고 싶었는데 이제라도 뵈었으니 참으로 큰 다행이올시다!"

이 군은 부친 이야기가 나오자 내심 착잡해져서 눈물을 비 오듯이 흘리면서 말했습니다.

"스님께서 선친과 오랜 벗인 줄도 모르고 방금 전에는 경솔하게도 실례를 범했습니다! 그런데 … 조금 전에 듣자니 소생을 오래전부터

---

55) 장관長官: 지위가 높은 관리에 대한 존칭. 때로는 같은 관리 사이에서 자신 보다 품급이나 직급이 높은 쪽을 높여 부르는 호칭으로 사용되기도 한다. 여기서는 주지가 송자현의 현령이었던 이 군의 선친을 높여 부른 말이다.

찾았다고 하신 것 같은데 … 어째서인지요?"

"이 장관께서는 왕년에 재물을 지니고 이곳에 벼슬을 구하러 오셨다가 병을 앓는 낭패를 당하셨습니다. 그 돈은 이천 꿰미나 되는데 노승이 지내는 이 절 곳간에 맡겨 놓으셨지요. 나중에는 그 병으로 몸져누우시는 바람에 그 돈을 처치할 데가 없었습니다. 해서 노승은 그때부터 마음속에 늘 무거운 짐을 진 것처럼 당최 개운치가 않았지요. 헌데, … 오늘 선생이 이곳까지 왕림하셨으니 이 숙제도 마침내 마무리하게 되었습니다그려! 노승 이제 죽어도 여한이 없습니다!"56)

주지가 이렇게 말하자 이 군이 말했습니다.

"그동안 선친께서 객사하신 일만 알고, 지닌 재물에 대해서는 그 행방을 몰랐습니다. 그런데 스님 처소에 맡기셨던 게로군요. (…) 그렇기는 해도 이 일은 증인조차 없습니다. 옛 성현들과도 같은 스님의 높은 뜻이 아니었더라면 어떻게 그 사실을 숨기지 않고 자진해서 알려줄 리가 있었겠습니까? 오랫동안 기억하시고 다시 일깨워주셨으니 그 은덕 결코 잊지 않겠습니다!"

그러자 주지가 말하는 것이었습니다.

"노승은 속세 너머에 있는 몸이올시다. 그 돈이 무슨 쓸모가 있겠습니까? 게다가 남의 재물인데 그것을 어떻게 자기 것인 양 가로채서

---

56) 【즉공관 미비】 好僧家。李公所托得人, 識鑒可知。훌륭한 승려로군. 이 공이 남에게 부탁하면서 사람 보는 눈이 남달랐음을 알 수가 있군.

죄업을 늘린단 말입니까! (…) 노승은 그저 선친의 부탁을 마무리하지 못한 채 전생의 빚을 져서 내세에까지 누가 미칠까 걱정하던 참이었습니다. 그런데 오늘 다행스럽게도 이 걱정거리를 해결하게 되었으니 이젠 마음도 잠도 편하게 되었습니다그려![57] (…) 노승이 보아하니 선생은 객지에서 형편이 여의치 않으신 것 같군요. 내일 문서 한 장만 증거 삼아 남기시고 전부 다 싣고 가십시오. 객지에서 생활비로 쓰시면 지내기에 충분하실 겁니다. (…) 이제야 춘부장 이 장관께서도 눈을 감으시겠군요!"

이 군은 슬픔과 기쁨이 교차했습니다. 선친의 유지를 생각하면 슬펐지만 갑자기 큰돈이 생겼으니 기쁘지 않을 리가 있겠습니까? 그는 주지에게 거듭 고맙다고 인사를 했습니다. 한편으로는 흰 옷 입은 사람이 남긴 그 글이 이토록 영험한 것을 생각하니 참으로 희한한 일이 아닐 수 없었지요.

청룡사 주지는 옛 선현을 따르는 사람이었던가,　靑龍寺主古人徒,
남이 맡긴 재물을 의리 지켜 속이지 않았으니!　受托錢財誼不誣。
가난한 아들 위한 재산 그대로 남아 있었다지만,　貧子衣珠雖故在,
신선의 글 아니었더라면 되찾을 수 있었겠나?　若非仙訣可能符。

이날 밤, 주지는 이 군을 붙들어놓고 재우면서 정성껏 대접했습니다. 그리고 이튿날, 당초 맡았던 이천 꿰미를 모두 꺼내 이 군에게 인계했지요. 이 군은 수령장을 쓰고 마침내 노새를 빌려 그 돈 꾸러미

---

57) 【즉공관 미비】彌見其高, 不止有義。 그의 고고함이 더더욱 드러나는구나. 의리만 지닌 것이 아니다.

를 싣고 하직인사를 고한 다음 헤어졌답니다.

이 군은 이렇게 해서 장안에서 집을 사고 갑자기 부자가 되었습니다. 이 군은 예전에는 집안이 존귀했습니다만 생계가 안정되지 않은 탓에 아내조차 얻지 못한 상태였지요. 그런데 이번에 장안에서는 다들 그가 부유해진 데다가 예전의 명문가인 것을 보더니 벌써부터 중매인이 찾아와 그에게 혼담을 넣는 것이었습니다. 그렇게 해서 그는 아내를 맞아들여 혼례를 치르고 오랫동안 지낼 수 있는 대책을 세웠답니다. 그러고 나서 과거시험을 두 차례 더 보았는데 계속 낙방하는 것이 아닙니까. 나이는 나이대로 갈수록 많아졌지요. 그러자 친척은 물론 친구와 종복들까지 다들 이렇게 설득했지요.

"일단 벼슬을 하나 얻어서 평생의 대책으로 삼도록 하십시오. 어떻게 과거급제에만 집착하면서 나이만 먹고 계시겠습니까!"

이 군은 자기 재능이 남다르다고 자부하던 참이었습니다. 그런데다가 집안에 재산도 넉넉하게 있어서 입고 먹는 것 걱정이 없다 보니 이런 생각이 들었지요.

"그저 그 길에만 집착하느라 그렇게 많은 세월을 허송했다. 그런데 어떻게 그리 쉽게 단념할 수가 있겠나? 나보다 재주가 없는 놈들도 뜻을 이루고 온갖 떠세를 다 부리지 않는가!58) (…) 일단 좀 더 지켜보면서 차근차근 진행하도록 해야겠다!"

그래서 그해에 다시 한 차례 시험에 응시했습니다마는 이번에도

---

58) 【즉공관 측비】 可傷。속상하지!

낙방하고 말았습니다. 이전까지 합쳐서 꼬박 열 번을 채운 것이었지
요.59) 물론 속으로야 승복할 수가 없었습니다. 그러나 해마다 낙방주
만 마시다 보니60) 이제는 더 이상 견딜 수가 없었지요.

"이보슈, 이야기꾼 양반! '낙방주만 마신다'는 것이 무슨 소리요?"

손님, 제 이야기를 좀 들어보십시오. 당나라 때에는 방이 붙고 나
면 낙방한 거인들에게 '상한 속을 푸는 술'을 대접했는데 그것을 두
고 '낙방주'라고 불렀답니다. 그런 술자리에 열 번 가까이 참석했던
거지요.

이 군은 여기서 포기하자니 미련을 떨칠 수가 없었습니다. 그렇다
고 느긋하게 기다리자니 바람을 넣는 이들이 많은 데다가 스스로도
여간 자존심이 상하는 노릇이 아니었지요. 더욱이 아내까지 그에게
'미관말직이라도 얼마나 영예롭냐'며 귓전에서 날마다 턱도 없는 말
을 떠들어댔습니다. 그 바람에 더더욱 어쩔 줄을 모르던 그는 급기야
풀이 죽은 채61) 눈물을 잔뜩 머금고 말했지요.

---

59) 【즉공관 미비】 還有不止十來番者。열 번으로 끝나지 않는 이들도 있는 것을.
60) 낙방주만 마시다 보니[打罷觚]: '타모소打罷觚'는 당대의 풍습으로, 과거시
   험에 낙방한 수험자들이 술을 마시고 우울한 속을 달래던 것을 말한다. 여
   기서 '모소罷觚'는 '번민·시름'을 뜻하는 명사이며, '타打'는 동사로서 전후
   맥락을 볼 때 의미상으로 '떨치다throw' 또는 '풀다quench'의 의미로 해석된
   다. 당대 후기의 학자 이조李肇(9세기)의《국사보國史補》에 따르면 "[과거
   에] 급제하면 수험자의 이름을 자은사 탑에 열거하고 '제명회'라고 불렀다.
   … 낙방하면 술을 취하도록 마시고 '번민을 떨친다'고 불렀다". 여기서는
   편의상 '낙방주를 마시다'로 번역했다. 이 풍습에 관해서는 제27권 주석에
   서 비교적 자세하게 소개해놓았다.

"여기서 포기하면 평생 낙방한 거인으로 남게 되겠지. (…) 그렇다고 높은 벼슬을 바란다는 것도[62] 말이 되지 않고 ….."

그는 이렇게 몇 번이나 망설이더니 갑자기 생각했습니다.

'의형께서 급할 때 열어보라던 글이 있었지! (…) 지금 긴급한 일이 생긴 것은 아니다. 그러나 여기서 멈추느냐 마느냐는 내 일생에서 중대한 일이니 중요한 고비라고 하지 않을 수 없지. (…) 그러니 두 번째 글을 열어서 보고 결정하는 것이 좋겠다!'

이렇게 결정한 그는 이번에도 목욕재계를 하고 이튿날 이른 아침에 겉봉을 열었지요. 그런데 가만 보니 그 안에 이렇게 적혀 있는 것이었습니다.

"모년 모월 모일 응시 포기를 고민할 때 두 번째 글을 여시오."
某年月日, 以將罷擧, 開第二封。

이 군은 몹시 기뻐하면서 말했지요.

"알고 보니 애초부터 오늘 열기로 되어 있었군! (…) 여는 날짜가 확실한 이상 이 속에 분명히 결단을 내려놓으셨겠지. (…) 내 평생의 중대사가 이로써 결정되겠구나!"

그가 서둘러 다시 봉함을 열어서 보니 이번에도 몇 글자 되지 않았

---

61) 【즉공관 미비】失路英雄, 異世同感。 길 잃은 영웅이요 딴 세상의 동지로세.
62) 【즉공관 측비】今世幷此不可望。 이번 세상에서는 이 역시 기대할 수조차 없지.

습니다.

"서쪽 저잣거리에 있는 마구 가게 어귀에 가서 앉아 있으시오!"
可西市鞦轡行頭坐。

이 군은 그것을 보고 말했습니다.

"이건 또 무슨 뜻일까? (…) 과거를 보아야 하나 말아야 하나를 분명하게 밝혀 놓은 줄로만 알았더니 이번에도 스무고개 놀이라니 …. 전에 청룡사에서는 절의 스님이 빚을 지셨지. 이번에 서쪽 저잣거리 마구 가게 어귀에서는 혹시 … 누가 나한테 급제 빚이라도 졌다는 소리일까?63) (…) 그러나 의형의 말씀에는 조금도 착오가 없었다. 말씀대로 가서 무슨 영문인지 확인하는 수밖에 없지! (…) 그렇기는 하지만 솔직히 좀 우습기는 하구나!"

그는 이렇게 한동안 혼잣말을 중얼거리면서도 하는 수 없이 그 말대로 당장 길을 나서는 수밖에 없었습니다. 목적지에 도착한 그가

'도대체 어디에 앉아야 된담?'

하고 생각하면서 먼 데 있는 한 곳을 바라보는데 그곳의 광경을 볼작시면

| 술집 광고판은 높이 달려 있고, | 望子高挑, |
| 술 항아리는 잔뜩 늘어서 있는데, | 坩頭廣架。 |

---

63) 【즉공관 측비】也說不定。알 수 없지.

명대의 술집. 구영, 〈소주청명상하도〉

문 앞 양쪽에 붙은 대련은,	門前對子,
얼치기 선비가 술김에 엉터리로 지은 것이요	强斯文帶醉歪題。
벽에 적힌 시구는,	壁上詩篇,
시골 길손이 바쁜 와중에 멋대로 떠든 것이로다.	村過客乘忙謅下。
문을 들어서니 한 줄기 비린내가 밀려오는데,	入門一陣腥膻氣,
탁자에는 맛난 요리는 드물고,	案上原少佳殽。
자리에 앉자 몇 차례 외치는 소리만 들리고,	到坐幾番吆喝聲,
눈앞에는 그래도 음식 차리러 오지 않누나.	面前未來供饌。
음식 내음 맡으면 말을 내려야 한다고만 하지 말고,	謾說聞香須下馬,
맛 알면 말 멈춘단 자랑도 괜히 하지 마시라!	枉誇知味且停驂。
그저 길 가다가 허기나 달래거나,	無非行路救饑,
사람들 모여 의논하는 자리일 뿐이라니!	或是邀人議事。

알고 보니 큰 술집이지 뭡니까. 이 군은 혼자 앉아 있자니 심심하길래

'나도 일단 술 한 주전자 사서 먹으면서 앉아 있자.'

생각하고는 걸어서 술집 안으로 들어갔지요. 술집 주인은 선비가 들어오는 것을 보더니 두 손을 모으고 말했습니다.

"위층에 깨끗한 자리가 있습니다. 나리께서는 위층으로 가시지요."

그래서 이 군이 위층으로 올라가 앉아서 그 층 동쪽 끄트머리를 보니 깨끗한 작은 다락방이 한 칸 보이지 뭡니까. 그 방은 문이 닫혀 있는데 누가 안에 앉아 있는지는 모르지만 안이 쥐 죽은 듯이 조용했지요.

이 군이 앉은 자리 바로 밑은 술집 주인이 있는 방이었습니다. 그 바닥의 널판에 구멍이 하나 나 있길래 그 안을 훔쳐보니 정통으로 보이는 것이었지요. 그런데 이 군이 혼자서 위층에 있는데도 점원이 내내 술과 안주를 가져다줄 생각을 하지 않지 뭡니까. 그래서 혼자 앉아 심심해하고 있는데 들어보니 발아래의 그 방에서 두런두런 이야기를 나누는 소리가 들렸습니다. 그래서 그가 널판 구멍을 통해 그 안의 동정을 살필 때였습니다. 가만 보니 웬 사람이 나가려고 몸을 일으키고 다른 한 사람은 어깨를 두드리면서 당부를 하는 참이었지요. 그런데 마지막에 이런 말을 하는 것이었습니다.

"그 댁 선생한테 내일 아침에 꼭 여기서 보자고 말씀드려 주시게. 만약에 그래도 돈이 없다고 하면 '처음부터 돈을 요구하지는 않으니 기회를 놓치면 안 된다. 하루만 늦어져도 허사가 돼버린다'고 이르게!"[64]

그러자 나가던 그 사람이 말했습니다.

"그분은 그래도 불확실하다며 걱정을 하고 있으니 … 안 오겠다고 하면 어쩌지요?"

이 군은 그 대화를 듣다 보니 좀 이상해서

'의형의 말씀은 저 방 사람들을 두고 하신 것이 아닐까?'

하는 생각으로 당장 아래층으로 뛰어내려 가다가 마침 그 두 사람과 정면으로 딱 마주쳤습니다. 알고 보니 바로 술집 주인과 웬 낯선 사람이지 뭡니까. 그래서 이 군은 주인을 붙잡고 물었습니다.

"두 분 … 방금 나눈 것이 무슨 이야기요?"

"시랑侍郎 댁 도령께서 긴요한 일을 하셔야 되는데 천 꿰미나 돈이 든답니다. 해서 … 우리한테 사람을 찾아보라고 부탁하셔서 전주를 구하려고 상의하던 참이었지요."

주인이 이렇게 말하길래 이 군이 말했습니다.

"돈이 천 꿰미라면 적은 액수가 아닌데 … 어디 가서 그런 큰돈을 빌릴 전주를 찾는단 말이요?"

"빌리는 것이 아니라 … 일만 성사되면 천 꿰미나 되는 그 큰돈조차

---

64) 【즉공관 미비】正是賣的沒處賣, 買的沒處買。그야말로 파는 쪽은 팔 데가 없고 사는 쪽은 살 데가 없는 격이로군.

제값을 하는 셈일 걸요?"

그래서 이 군이 그 일을 자세하게 물었더니 주인이 말했습니다.

"당신하고 무슨 상관이요? 뭘 이렇게 꼬치꼬치 캐어묻는담?"

그런데 가만 보니 아까 나가던 그 사람이 걸음을 멈추더니 이 군이 다급하게 묻는 모습을 보고 되돌아와서 말하는 것이었습니다.

"이분한테 … 사실대로 이야기해드립시다. 어쨌거나 저쪽에서 일이 성사되지 않으면 따로 전주를 찾아나서야 할지도 모를 판인데! (…) 다 같이 상의를 좀 해보는 것도 좋지요."

술집 주인은 그제야 이 군의 귀에 대고

"내년에 급제할 양반들을 물색하는 중이랍니다!"

하고 말하는 것이 아닙니까. 이 군은 자신이 짐작한 일이 맞는데다가 의형이 당부한 일과도 부합하는지라 깜짝 놀라서 서둘러 물었습니다.

"그 일 … 정말입니까?"

"시랑 댁 도령이 위층 방에 계신데 정말이 아니고 뭐요!"

하고 주인이 말하길래 이 군이 말했습니다.

"방금 두 분 나누는 이야기를 들었소이다마는 … 지금 찾으러 가는 그분이 누구입니까?"

그 말에 주인은 이렇게 말하는 것이었습니다.

"어떤 거인이 이 일에 끼기로 하고 어제 와서 결정하기로 약속했었지요. 그런데 여태까지 기다렸는데도 당최 나타나지를 않는군요! 돈을 다 모으지 못해서 그런 건지, 속임수라고 의심해서 그런 건지는 몰라도 말입니다. (…) 그렇다고 해서 도령님이 처음부터 돈을 달라고 한 것도 아니고 … 급제하고 나서 액수를 맞추어달라는 건데도 말이지요. 그 거인이 돈이 없다고 안 올까 봐서 일을 주선한 이 친구분한테 부탁해서 그분과 약속을 다시 잡으려던 참이올시다. 만약에 내일도 오지 않으면 시랑댁 도령은 바로 가버릴 텐데 … 참 아깝네요, 이게 얼마나 좋은 기회인데!"

"솔직히 말씀드리자면 … 소생도 거인이올시다! (…) 돈이 필요하다시면 소생에게도 있습니다. 그러니 … 소생이 그 도령을 좀 뵙고 그 일에 낄 수 있게 해주시오! 그렇게 … 해주실 수 있겠소이까?"

"나리, … 진심이십니까요?"

주인이 말하자 이 군이 말했지요.

"진심이 아닐 리가 있소이까!"

그러자 주인이 말했습니다.

"이 일이야 … 애초부터 사람을 가리지는 않습지요.65) 만약에 …

정말로 낄 요량이시라면 안 될 것도 없습니다!"

"예로부터 '젖을 주는 쪽을 어미로 여긴다'[66]고 합디다. 아, 우리가 왜 멀쩡히 있는 종은 치지 않고 굳이 구리를 주우러 다닌답니까?[67] (…) 나리, 만약에 정말 낄 작정이시라면 저도 굳이 그쪽에 갈 필요가 없으니 괜한 헛걸음을 안 해서 좋지요, 뭘!"

아까 그 사람이 이렇게 맞장구를 치자 주인이 말하는 것이었습니다.

"그렇다면 지금 당장 위층으로 올라가서 도령님을 만나 면담을 해 보시지요. (…) 어떻습니까?"

그러면서 두 사람은 이 군을 끌고 같이 위층으로 올라갔습니다. 두 사람이 동쪽 끄트머리 다락방으로 가서 한동안 이야기를 나누는가 싶더니 가만 보니 웬 사람이 느릿느릿 걸어 나오는 것이 아닙니까. 그가 어떻게 생겼는지 볼작시면

---

65) 【즉공관 미비】着意種花花不活, 無心揷柳柳成蔭. 정성을 들여 꽃을 심었더니 그 꽃은 죽어버리고 무심코 버들가지를 꽂았더니 그 버들가지가 그늘을 이룰 정도로 크게 자란 셈이로군.

66) 젖을 주는 쪽을 어미로 여긴다[有奶便爲娘]: 명대의 속담. 사람은 이득이 생기는 쪽에 모이고 도움을 주는 사람을 편들기 마련이라는 뜻이다. "돈이 없으면 조상을 자랑하지 말라, 젖을 주면 바로 어미로 여긴다無錢休誇祖, 有奶便認娘" 식으로 두 구절로 사용되기도 했다. 때로는 의리를 저버리고 이익만 탐낸다는 부정적인 의미로 사용되기도 한다.

67) 멀쩡히 있는 종은 치지 않고~[見鐘不打, 倒去斂銅]: 원·명대의 속담. 눈앞의 것은 안중에도 두지 않고 엉뚱한 것에만 매달려 사서 고생을 한다는 뜻이다. 제39권에서는 "멀쩡히 있는 종은 치지 않고 굳이 구리를 녹이려 든다現鐘不打, 又去煉銅" 식으로 사용되었다.

뽀얗고 통통한 얼굴에,	白胖面龐,
둔하고 뚱뚱한 몸통,	癡肥身體。
거동은 무척 진중한데,	行動許多珍重,
응대는 꽤나 겸손이 부족하네.	周旋頗少謙恭。
눈 들어 사람 볼 때는,	撞眼看人,
매번 좀 어릿해 보이고,	常帶幾分蒙昧。
말하며 사람들 마주할 때는,	出言對衆,
때때로 몇 마디 끌며 얼버무리누나.	時牽數字含糊。
지금의 일가를 이룬 그 조상 덕분에,	頂着祖父現成家,
자손으로서 편안하게 그 복을 누리네.[68]	享這兒孫自在福。

그 사람이 다락방을 나오자 주인은 서둘러 이 군을 데리고 다가가더니 손으로 가리키면서 이 군에게 말했습니다.

"이분이 시랑 댁 도령님이십니다. 예의를 갖추어 절을 드리십시오!"

이 군은 절을 하고 나서 간단히 인사를 나눈 다음 자리에 앉았습니다. 그러자 그 도령은 손을 들더니 말했습니다.

"공은 … 거인이시오?"[69]

그러자 이 군은 자기 성과 이름을 밝히고 나서 말했지요.

"방금 전에 … 이 집 주인이 이야기한 내년의 그 일 … 잘 좀 이끌어

---

68) 【즉공관 미비】白肚公子像贊。 뽀얗고 뚱뚱한 도령 모습을 예찬한 시로구먼.
69) 【즉공관 측비】做態。 작위적이군.

주십시오!"

그러자 도령은 고개를 끄덕이더니 대답을 하기 전에 일단 눈으로 주인과 그 사람을 보고 손짓을 하면서 말하는 것이었습니다.

"이건 … 무슨 말인고?"

그래서 주인이 설명을 했습니다.

"액수는 … 벌써 말씀드렸습니다. (…) 어제 한 분이 약속을 해놓고 안 왔는데 돈이 없다고 하더군요. (…) 오늘 이쪽 나리께서 돈을 가지고 계신데 … 진심으로 끼고 싶다고 하십니다. 해서 … 일부러 이분을 안내해 도령님께 인사를 시킨 것입니다요!"

"내가 요구한 돈은 많지도 않은데 … 어째서 이제야 전주가 나타났을꼬?"[70][71]

"거인들이야 다 가난합지요. 아무래도 … 당장 적임자를 구하기는 어렵습니다요!"

주인이 이렇게 말하니 그 도령이 말하는 것이었지요.

"잘사는 부자를 골라서 하나만 데려오면 되지."

"부자도 필요하긴 하지만 … 이렇게 안성맞춤인 분을 쉽게 찾을

---

70) 【즉공관 측비】不知痛癢話。물정도 모르는 소리 한다!
71) 【즉공관 미비】俱是不知稼穡艱難氣質。죄다 상황 판단이 안 되는 성격을 보여주는 구먼!

수 있는 게 아닌지라 …"

주인이 말하자 도령이 다시 이 군에게 두 손을 모으면서 주인에게
묻는 것이었습니다.

"이쪽 … 은 … 어떠신가?"

이 군은 주인이 대답을 하기도 전에 다짜고짜 입부터 열었습니다.

"소생은 장안에 정착한 사람이온데 재산이 모두 이곳에 있습니다!
(…) 일만 성사된다면야 천 꿰미 정도는 문제없지요! 절대로 허튼소리
가 아닙니다!"

그러자 도령이 말하는 것이었습니다.

"좋아요, 아주 좋아! 명년의 주사主司 시랑侍郎은 바로 내 친숙부이
올시다. 절대로 형씨 일을 그르칠 염려가 없지. (…) 오늘도 당장 돈을
낼 것은 없소. 그냥 계약서만 쓰시고 … 급제하면 그때 가서 바로 이쪽
주인한테 와서 돈을 내라고 연락을 드리리다. (…) 아마 밑지지는 않
으실 게요!"

이 군은 상대가 제법 그럴싸하게 말하는 데다가, 일단 의형의 글
내용과도 맞아떨어지자 그 일이 확실히 성사될 것이라고 확신했습니
다. 그래서 거리낌 없이 나서서 더 이상 의심하지 않았지요. 그는 즉시
소맷부리에서 두 꿰미의 돈을 꺼내 주인에게 먹을 술을 준비해줄 것
을 부탁하더니 술을 먹으면서 계약서를 작성했습니다. 내년에 일이
이루어지면 돈을 지불하는 것으로 말이지요. 그렇게 하고 나서 이 군

은 또 돈을 두 꿰미 꺼내서 주인과 아까 그 사람에게 사례하고 각자 기쁜 마음으로 작별했습니다.[72)

이듬해가 되어 진사 시험을 보았더니 이 군이 정말 그날의 청탁 덕분에 급제했지 뭡니까! 그가 급제하고 나서 천 꿰미를 내고 전날의 약속을 지킨 것은 말할 필요도 없었지요. 그러고 보면 의형의 두 번째 글이 이 군의 평생소원을 이루도록 일러준 셈입니다.

훌륭한 인재 매번 좌절해 장래를 그르치더니,	眞才屢挫悞前程,
오히려 황금으로 입신하기는 성공했구나.	不若黃金立可成。
이제 이끌어준 신선의 글 보고 나서야,	今看仙書能指引,
돈 역시 하늘이 내리시는 것임을 알겠구나!	方知銅臭亦天生。

이 군은 급제해 벼슬을 제수 받고 그 부귀공명이라는 것을 따져보니 모두가 의형이 은밀히 전수해준 스무고개 글 덕분이었지요. 그래서 그를 한번 만나 그 은덕에 고맙다고 인사를 하고 또 자신의 삶을 정리하는 일을 자세히 문의하고 싶은 생각이 들었습니다.[73) 그래서 사람을 화음華陰[74)의 서악으로 보내 각지를 다니면서 수소문하게 했답니다. 그러나 그 누구도 그 흰 옷 입은 사람의 행방을 아는 이가 없었습니다. 그러니 중단하는 수밖에요.

---

72) 【즉공관 미비】 錢神有靈, 幷才士亦須之。彼才而貧者何處生活。재물의 신이 영험하시군. 재능 있는 선비도 그래야 한다. 재능은 있는데 가난한 사람들이 어떻게 살겠나?

73) 【즉공관 측비】 不必。그럴 필요까지야.

74) 화음華陰: 중국 고대의 화음현華陰縣을 말한다. '중국 5대 명산' 중의 하나인 화산華山의 북쪽에 있다고 해서 '화음'으로 일컬어졌다. 지금은 섬서성 위남시渭南市의 관할 아래에 있다.

강릉군에서 선인의 글을 세 번 열어 보았다.

그 후로는 벼슬살이도 순탄하고, 급하게 문의할 일도 전혀 일어나지 않았습니다. 그래서 그 세 번째 글은 열어볼 일이 없었지요. 그런데 벼슬이 강릉 부사에 이르렀을 때였습니다. 재임할 때 하루는 갑자기 가슴에 통증이 생기더니 잠깐 사이에도 몇 번이나 의식을 잃는 것이 아닙니까. 이렇게 상황이 무척 위급해지자 그제야 세 번째 글이 생각났습니다. 그래서 아내를 보고 말했지요.

"이제 목숨이 경각에 달렸으니 아주 위급하다 하겠소. (…) 의형의 세 번째 글을 열어 볼 때가 된 것 같아. 분명히 그 속에 해결책이 있을 게요!"

그는 침상에서 스스로 몸을 일으킬 수가 없자 당장 아내에게 목욕재계를 하고 경건한 마음으로 대신 봉함을 열게 했지요. 그런데 겉봉을 열었더니 과거의 두 번과 마찬가지 방식으로 그 속에 이렇게 쓰여 있었습니다.

> "모년 모월 모일, 강릉 부사가 갑자기 가슴에 통증을 느끼면 세 번째 봉함을 여시오!"
>
> 某年月日, 江陵副使忽患心痛, 開第三封。

그것을 보고 아내도 반가워하면서

"날짜가 일치하는 건 물론이고 병명까지 미리 아셨던 것을 보니 분명히 해결책이 있을 겁니다!"

하고는 서둘러 봉함을 열고 허둥지둥 글을 읽더니만 아 글쎄, 죽는 소리를 하는 것이 아닙니까! 알고 보니 지난번 두 통보다 글자가 더

줄어서

　"집안 일을 정리하시오."
　可處置家事。

　하는 말만 달랑 적혀 있지 뭡니까! 아내는 그것을 보더니 '이제는
틀렸다' 싶어서 소리 놓아 통곡을 하는 것이었습니다. 그러자 이 군은
웃으면서 이렇게 말했습니다.

　"의형께서 예언하신 운명이 됐나 보군. 그러니 울면 무엇 하겠
소?75) (…) 내가 가난할 때 의형께서 나를 부유해지도록 이끌어주셨
소. 내가 미천할 때 의형께서는 나를 존귀해지도록 잘 이끌어주셨지.
그렇게 하셨는데 막상 내가 죽게 된 판국에 의형께서 설마 나를 살도
록 이끌어 주시지 않을 리가 있소? (…) 아마도 운명이 다 되어서 그렇
게 할 수 없었던 게지. (…) 아닌 게 아니라 애초에 나를 부유해지고
존귀해지게 만드신 것도 사실은 내 운명에 들어 있는 것들이었을 게
야! 이전부터 분명하게 정해진 것을 의형께서 먼저 아시고 나를 이끌
어주는 수고를 하신 게요! (…) 내 이제 생각해보니, 평생 동안 과거시
험을 치러봤지만 아무리 훌륭한 인재라도 단번에 급제할 수는 없습디
다. 때가 올 때까지 기다려야 하고, 거기다가 우연한 인연으로 남의
손을 빌려야만 이름을 이룰 수가 있더구려! 이것이 운명에 미리 정해
진 것이 아니고 무엇이겠소? 세상일이라는 것이 대체로 무리해서 구
한다고 해서 이루어지는 것이 아닙디다. (…) 이제 벼슬도 여기까지

---

75)【즉공관 미비】李君亦達, 然不達亦何益。이 군도 인생에 달관한 게지. 그러나 달관
　하지 않으면 무슨 보탬이 되겠는가?

이르렀고, 의형의 판단도 이미 정해졌소. 내 어찌 만족할 줄 모르고 끝까지 여한을 품는다는 말인가!"

이 군은 마침내 집안 일을 잘 정리하고 이틀이 지나자 웃는 모습으로 세상을 하직했다고 합니다.

이 이야기는 제목이 〈신령스러운 글을 세 통 열어 보다三拆仙書〉인데, 세상 사람들께 꼭 보시라고 권해드립니다. 사람 운명이라는 것은 모두 이렇게 미리 정해져 있는 것입니다. 그러니 망령된 생각일랑 가질 필요가 없지요. 재능을 지녔으면서도 때를 만나지 못한 분들도 무조건 자신의 운명을 받아들이고 마음을 편안히 가지도록 하십시오. 우울하고 언짢게 여길 필요가 없으니까요!76)

사람이 살다 보면 안 풀릴 때도 있는 법,	人生自合有窮時,
신선이라 한들 어찌 사사롭게 봐줄 수 있겠나.	縱是仙家詎得私。
부귀란 다 때를 잘 만나 그렇게 된 것일 뿐,	富貴只緣乘巧湊,
관 뚜껑 덮는 날은 바꿀 수 없음을 명심하시라!	應知難改蓋棺期。

---

76) 【즉공관 미비】本旨。 이 이야기의 주제인 셈이다.

《박안경기》
해제

I

　중국 문학사에서 소설이라는 장르는 고대에 민간에서 전승되어 온 신화나 전설들에서 비롯되었다. 그 후로 위·진대에 이르러 지식인들 사이에서 당시 민간에 전승되던 신화·전설들을 토대로 서면체 중국어인 문언文言으로 기록·각색·개작 등의 작업이 이루어졌는데, 이것이 이른바 '지괴志怪' 소설과 '지인志人' 소설이다. 이 같은 소설 창작의 전통은 당대의 전기傳奇 소설로 이어졌다. 이와 함께 당대에는 불경이 번역되는 과정에서 이야기의 구연과 시가의 가창을 조화시킨 서역西域의 서사 예술敍事藝術, narative arts이 도입되면서 구어체 중국어인 백화白話로 지어진 당대의 변문變文을 거쳐 송대의 '화본話本'으로 진화한다. 송대에는 직업적인 이야기꾼인 '설화인說話人'이 불특정 다수의 관중을 대상으로 이야기를 들려주는 공연 행위를 '설화說話'라고 불렀는데, 여기서 '설'은 들려주기telling, '화'는 이야기story라는 뜻이다. 설화는 시각적인 효과도 중시했지만 주로 청각에 호소하는 서사 예술이었다. 그렇다 보니 단시간 내에 생생하고 명쾌한 서사를 통하여 관중에게 흥미를 유발하여 좌중을 휘어잡자면 추임새의 과장, 인물 형상의 만화화, 줄거리의 참신성, 구성의 치밀성은 흥행의 성패에 대단히 중요한 요소로 간주되었다.

명대 화가 구영이 그린 《소주 청명상하도》 속에 묘사된 설서 장면

'화본'은 '이야기 대본story script'이라는 뜻으로, 이야기꾼이 공연장에서 손님들(관중)에게 들려주는 이야기의 줄거리를 적은 일종의 공연 비망록narrative script이었다. 서사 예술로서의 화본은 송대에 몇 가지 유형이 있었는데, 그중에서 가장 대표적인 것이 길이가 짧은 '소설小說'과 역사 이야기를 다룬 '강사講史'였다. 이 두 가지 화본은 소재나 체제가 서로 달랐는데, 당시의 이야기꾼들에게는 상대적으로 길이가 짧고 짜임새가 있는 소설이 강사보다 더 많이 선호되었다. 송대 이래의 이야기꾼들이 가장 선호한 소재는 불·도佛道와 신·귀神鬼에 관한 내용이었으며, 남녀의 사랑이나 법정의 재판을 다룬 이야기는 관중에게서 큰 인기를 끌었다.

이렇게 해서 저잣거리에서 연행되던 송·원대 화본이 목판에 인쇄

되어 독서를 위한 통속적인 소설로 선보이기 시작한 것은 그로부터 삼사백 년 후인 명대부터이다. 명대에는 가정嘉靖 연간부터 상업 경제가 발달하고 크고 작은 도시들이 도처에 형성되면서 글자를 읽을 줄 알고 적당한 구매력을 갖춘 도시인들이 신흥 사회계층으로 급부상하였다. 당시 출판과 판매를 겸하는 서점인 '서방書坊'을 운영하는 출판업자였던 서상書商들은 대량 출판을 가능하게 하는 목판 인쇄술의 발달에 힘입어 새로운, 그러면서도 엄청난 소비력을 가진 도시민들의 문화 취향에 영합할 수 있는 소설·희곡·민요 등의 통속적인 도서들을 경쟁적으로 선보였다. 그 과정에서 내용이 통속적이면서도 가격도 현실적인 화본소설들이 독서시장에서 각광 받고 그에 따라 다양한 아류작들이 잇따라 등장한 것은 자연스러운 현상이었다.1) 특히, 일정 수준의 경제력과 문자 해독 능력을 갖춘 시민이 무시할 수 없는 사회계층으로 자리 잡은 강남江南 지역에서는 지식인들이 이 같은 추세에 발맞추어 당시 민간에 전해지던 화본들을 수집해 책으로 엮고 거기에 자신들의 의견이나 해설을 붙여 판매하기도 했다.

원래는 이야기꾼들이 '손님들'에게 이야기를 들려줄 때 쓰던 투박한 비망록이 어느 사이에 '독서 감상의 용도를 충족시키는' 고상한 문학 작품으로 그 성격이 격상된 것이다. 이렇게 탄생한 화본소설집들 중에서 가장 오래된 것이 가정 연간에 홍편洪楩이 간행한 《육십가소설六十家小說》이다.2) 그 뒤를 이어서 간행된 화본소설집들 중 가장

---

1) 명대의 소설·희곡과 독서시장의 관계에 관해서는 문성재, 〈명말 희곡의 출판과 유통 - 강남지역의 독서시장을 중심으로〉(《중국문학》제41집, 제147~164쪽, 2004)를 참조하기 바란다.
2) 과거에는 중국에서 가장 오래된 송·원대 화본소설집으로 《경본통속소설》을 꼽는 경우가 많았으며, 루쉰魯迅(1881~1936)도 이에 대하여 호평한 바 있다.

유명한 것이 천계天啓 연간에 풍몽룡馮夢龍이 간행한 '삼언三言'으로 통칭되는 《유세명언喩世明言》·《경세통언警世通言》·《성세항언醒世恒言》이다. 권마다 40편씩 모두 120편의 화본소설을 수록한 이 소설집들은 송·원대에 지어진 화본들을 적당히 교열해 출판한 것이었다. 그 후로 독서시장의 규모가 점점 커지고 소설에 대한 소비자들의 구매력이 커지면서 지식인이 송·원대 화본의 틀을 모방하여 비슷한 성격의 소설을 짓는 풍조가 유행하게 된다. 그리고 그 서막을 연 것이 바로 '즉공관주인卽空觀主人'이었다.

II

근대의 학자인 왕국유王國維(1877~1927)는 《송원희곡고宋元戲曲考》에서 '즉공관주인'이 17세기의 출판가이자 소설가·극작가인 능몽초凌濛初(1580~1644)임을 처음으로 밝혀냈다. 능몽초는 자가 현방玄房 또는 원방元方, 호가 초성初成·아성雅成·적지자迪知子·즉공관주인卽空觀主人으로, 절강浙江 오정烏程 인사仁舍 사람이다. 관료 집안에서 태어나 12살 때 관학官學에 입학하고, 18살 때 늠선생廩膳生이 되었으며 문학적인 재능도 출중했던 것 같다. 그러나 시험 운이 좋지 않아 번번

그러나 《경본통속소설》이 1915년에 소장가인 무전孫繆荃孫(1844~1919)이 1915년에 기존의 복수의 화본소설집에 수록된 작품들을 임의로 선별하여 《경본통속소설》로 새로 엮은 위작이라는 주장이 지난 세기부터 일본과 대만의 학자들을 중심으로 제기되면서 현재는 잠정적으로 위작이라는 결론이 난 상태이다. 위작 논란에 관해서는 문성재 역, 《경본통속소설》(문학과 지성사, 2013)의 후기를 참조하기 바란다.

이 과거에서 낙방하자 결국 〈절교거자서絶交擧子書〉를 쓰고 글공부를 접는다.

능몽초는 30살 때인 만력萬曆 37년(1609)부터 남경南京 진주교珍珠 橋에 머무르며 선대부터 가업으로 이어진 출판업에 종사하면서 다수의 도서들을 간행했다. 그 뒤로 49살 되던 숭정 원년(1628)에 향시에서 낙방한 뒤 남경에서 1년 만에《박안경기》를 완성했으며, 5년 후인 숭정 5년에는《이각 박안경기》를 선보였다. 55살 되던 숭정 7년(1634), 과거에서 정원 외의 추가 임용으로 상해현上海縣의 현승縣丞에 제수된 그는 그간의 창작·출판 활동을 모두 접고 관리의 길을 간다.

그 후로 8년 동안 염전의 적폐를 바로잡으면서 명망을 쌓던 그는 63살 되던 숭정 15년(1642)에 서주徐州의 통판通判으로 발탁되어 황하黃河 치수 사업에 매진하던 중 회서 병비도淮徐兵備道 하등교何騰蛟 (1592~1649)의 눈에 띄어 참모로 초빙된다. 그 무렵 각지에서 농민들이 봉기하자 그는 '도적들을 진압하기 위한 열 가지 대책', 즉 〈초구 10책剿寇十策〉을 조정에 건의하는가 하면 봉기한 농민들을 설득해 투항시

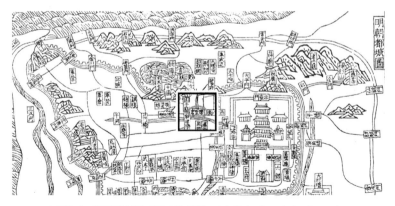

능몽초가 머물렀던 남경 진주교의 위치. 가운데의 네모 부분. 명조도성도

킨 공으로 초중 감군첨사楚中監軍僉事에 제수되었다. 그러나 임지에 부임하기 전인 숭정 17년(1644), 이자성李自成이 이끄는 농민군이 서주성徐州城을 포위하자 투항을 거부하고 맞서 싸우다가 피를 토하고 65살의 나이로 세상을 떠났다.

능몽초는 생전에 시문·경학·역사 등의 분야에서 다양한 저술을 남겼다. 그 중에서 능몽초가 열정을 가지고 가장 두각을 나타낸 분야는 소설·희곡·가요 등의 통속문학이었다. 동시대의 정치가이자 학자인 사조제謝肇淛(1567~1624)는 자신의 수필집《오잡조五雜俎》에서 그에 대하여 이렇게 언급한 바 있다.

> "오흥의 능 씨가 간행한 책들은 책을 만들어 이익을 노리는 데에 급급한 데다가, 사람을 부리는 데에도 인색하여, 그 사이에서 엮고 다듬느라 오자가 빈번하게 나오니 이 얼마나 해괴한 일인지 모른다. 그러면서도《수호전》·《서상기》·《비파기》니《묵보》·《묵원》이니 하는 책들은 거꾸로 온 정신을 집중하여 정성과 심혈을 기울이면서 천의무봉의 태세로, 쓸데없이 희곡을 눈과 귀의 놀잇감으로 꾸미는 데에만 몰두하니, 이 또한 안타까울 따름이다."3)

《오잡조》는 만력 병진년(1616)에 완성되었으니 여기에 언급된 것은 능몽초가 한창 출판 사업에 전념하던 30대 시절의 상황일 것이다. 시가나 산문 같은 정통문학을 중시하던 사제조로서는 능몽초가 소설

---

3) 《오잡조》권13〈사부1事部一〉: "吳興凌氏諸刻, 急於成書射利, 又慳於倩人編摩其間, 亥豕相望, 何怪其然. 至於水滸西廂琵琶及墨譜墨苑等書, 反覃精聚神, 窮極要眇, 以天巧人工, 徒爲傳奇, 耳目之玩, 亦可惜也."

·희곡·서화첩 같은 통속서들에만 지나친 정성과 투자를 집중하는 행태가 상당히 불만스러웠을 것이다. 어쨌든 이를 통하여 독서시장의 동향에 촉각을 곤두세우고 있던 능몽초가 정통파 지식인들의 애독서인 경·사·자·집經史子集보다는 소설·희곡 등 통속서에 훨씬 더 애정을 가지고 있었음을 확인할 수 있다.4)

번호	부문	제목	권수	비고
01	소설	박안경기	40	
02	소설	이각 박안경기	40	제23권 자리에 초각 제40권을, 제40권 자리에 〈송공명요원소〉를 수록
03	소설	초정 세설신어初訂世說新語		교정
04	소설	개정 세설신어改訂世說新語		교정
05	희곡	규염옹정본부여국虯髥翁正本扶餘國		《성명잡극盛明雜劇》에 수록
06	희곡	식영웅홍불망택배識英雄紅拂莽擇配		
07	희곡	맥홀인연驀忽姻緣		
08	희곡	송공명요원소잡극宋公明鬧元宵雜劇		이각 박안경기에 수록
09	희곡	교합삼금기喬合衫襟記		고렴高濂 《옥잠기玉簪記》의 개작
10	희곡	혈지보구穴地報仇		

---

4) 문성재, 〈명말 희곡의 출판과 유통 – 강남지역의 독서시장을 중심으로〉, 제156쪽. 물론, 능몽초가 이처럼 통속문학의 창작과 출판에 몰두한 것은 해당 분야에 대한 개인적인 관심이 결정적인 요인으로 작용했을 것이다. 그러나 여기에는 당시 독자들의 성격이나 독서시장의 추세에 민감한 출판가로서의 그의 판단력도 한몫 했다고 보아야 옳다.

번호	부문	제목	권수	비고
11	희곡	예정평豫正平		
12	희곡	유백륜劉伯倫		
13	희곡	합검기合劍記		전기
14	희곡	설하기雪荷記		전기
15	가요	남음삼뢰南音三籟		
16	연극론	담곡잡차譚曲雜箚		
17	연극론	곡률曲律		
18	학술	시경인물고詩經人物考		
19	학술	좌전합청左傳合鯖		
20	학술	예사사한이동보평兒思史漢異同補評	32	
21	학술	후한서찬평後漢書纂評	12	만력 34년
22	학술	산정 송사보유刪定宋史補遺		
23	학술	시역詩逆	4	
24	학술	언시이言詩異	6	
25	시문	성문전시적총聖門傳詩嫡冢 + 부록	17	숭정 연간
26	시문	국문집國門集	1	
27	시문	국문을집國門乙集	1	
28	시문	계강재시문雜講齊時文		
29	시문	을편두연乙編蠹涎		
30	시문	동파선희집東坡禪喜集	14	천계 연간
31	시문	합평선시合評選詩(일명 합평시선)	7	주비朱批
32	시문	도·위 합집陶韋合集	18	
33	문장	국책개國策槪		
34	문장	혹익공惑溺供	1	
35	문장	탕즐후록蕩櫛後錄		
36	문장	영등삼차嬴縢衫箚		
37	문장	초구십책剿寇十策		

자신의 습작 희곡을 당시의 유명한 극작가이던 탕현조湯顯祖(1550~1616)에게 보여주며 자문을 요청한 일이나, 당시 강남에서 연극 담론을 주도하던 또 다른 극작가 심경沈璟(1553~1610)의 연출 스타일을 비판한 일, 또 연극에 삽입되고 당시 사람들 사이에서 널리 유행하던 애창곡들을 모아 놓은 가요집인 《남음삼뢰南音三籟》를 펴낸 일 등은 능몽초가 통속문학에 얼마나 지대한 관심을 가졌는지 잘 보여준다. 그런 의미에서 본다면, 그의 최고의 성공작이라고 할 수 있는 저술이 의화본소설을 소개한 《박안경기》라는 사실이 전혀 이상한 일이 아닌 셈이다. 《박안경기》는 그 뒤에 새로 선보인 《이각 박안경기》와 함께 '이박二拍'으로 일컬어지면서 독자들로부터 오랜 동안 큰 호평을 받게 된다.

능몽초가 엮은 가요집 《남음삼뢰》의 본문과 삽화

III

능몽초의 《박안경기》는 "중국 소설사에서 작자가 독자적으로 창작한 최초의 화본소설집"이라는 높은 평가를 받고 있다.[5] 그러나 엄밀하게 말하면 《태평광기太平廣記》·《이견지夷堅志》·《전등신화剪燈新話》·《전등여화剪燈餘話》 등, 과거에 서면체 중국어인 문언文言으로 지어진 단편 소설들을 구어체 중국어인 백화白話로 새로 "부연하고 쉽게 풀이한 것"이다.[6] 능몽초가 순수한 독창보다는 기존 소설들의 개작에 무게중심을 둔 데에는 그럴 만한 이유가 있었다. 물론 가장 결정적인 이유는 아마도 시간적인 제약 때문이었을 것이다. 능몽초가 《박안경기》의 집필을 시작한 것은 향시에서 낙방한 후인 천계 6년(1627) 가을이었다.

> "정묘년(1627) 가을의 일은 뜻을 이루는가 싶었으나 급제하지 못하고 말았다. [그래서] 미련을 떨치지 못하고 남경으로 돌아와 전해 들은 고금의 신기한 이야기들 중 특기할 만한 것들을 우연히 재미

---

5) 석창유石昌渝,〈《박안경기》 전언拍案驚奇前言〉,《초각 박안경기初刻拍案驚奇》, 강소고적 출판사, 제1쪽, 1990.a

6) 일부 작품은 출처가 확인되지 않았지만,《박안경기》에 소개된 총 40편의 화본소설은 《태평광기太平廣記》·《이견지夷堅志》·《궁사亘史》·《지낭智囊》·《정사情史》·《고금담개古今譚槪》·《청니연화기青泥蓮花記》·《이담耳談》·《이담유증耳談類增》 등과 같이 대부분 송·원·명대 사람들이 지은 소설·희곡·정사에서 소재를 차용해 재창작되었다. 그래서 몸 이야기만 놓고 본다면 《박안경기》에 소개된 40편의 의화본은 능몽초 당시인 명대를 배경으로 한 이야기가 13편으로 가장 많지만, 당대가 9편, 송대가 7편, 원대가 6편 등, 다양한 시대를 아우르고 있다.

삼아 골라 살을 붙이고 이야기로 만들어 잠시나마 마음속의 응어리를 풀고자 했다. [애초에는] 널리 전하려고 한 것이 아니라 잠시나마 장난삼아 마음이나마 후련하게 풀자는 생각이었던 것이다. [그런데] 지인들 중 내왕하던 이들이 한 편을 받아서 읽고 나면 으레 책상을 치면서 '참 기이하기도 하구려 이 이야기는!' 하는 것이 아닌가. [그 일이] 세상의 귀에까지 들어가고, 그것이 계기가 되어 '정식으로 출판하자'며 알음알음 사람을 통해 요청해왔다. 그래서 그 이야기들을 베끼고 모아 책으로 엮으니 마흔 편이나 되었다."[7]

이렇게 시작한 집필 작업이 완성된 것은 숭정 원년(1628) 10월(양력 11~12월)이었다. 《박안경기》의 집필기간이 향시에서 낙방하고 집필을 시작한 날로부터 1년 남짓밖에 지나지 않은 셈이다. 미국의 패트릭 해넌Patrick Hanan(중국 구어소설, 제296쪽) 등 많은 학자는 능몽초의 지인들이 그 처소에 들렀을 때 이미 《박안경기》가 완성되어 있었던 것처럼 주장한다. 그러나 능몽초가 출판업에 종사하면서 남들보다 다양한 자료를 풍부하게 확보하고 있었다고 하더라도 그 짧은 기간에 40편이나 되는 소설을 자력으로 창작한다는 것은 현실적으로 불가능에 가깝다. 그는 서문에서 소주의 서상 안소운安少雲에게서 출판 제안을 받은 후로 〈다른 책들에서〉 베끼고[鈔] 〈새로운 소재들을〉 끌어모아[攝] 책으로 엮는 작업을 진행했다고 스스로 밝히고 있다. 그렇다면 그가 안소운과 출판 계약을 맺을 당시에는 총 40편

---

7) 《이각 박안경기》 서문: "丁卯之秋事, 附膚落毛, 失諸正鵠, 遲回白門. 偶戱取古今所聞一二奇局可紀者, 演而成說, 聊舒胸中磊塊. 非曰行之可遠, 姑以游戱爲快意耳. 同儕過從者索閱一篇竟, 必拍案曰, "奇哉所聞乎!" 爲賈書賈所偵, 因以梓傳請, 遂爲鈔撮成編, 得四十種." (숭정 임신년 1632년 겨울)

중에서 일부만 완성되었을 가능성이 높은 것이다.

문제는 그때는 기존의 화본소설들을 거의 모두 풍몽룡 등에게 선점당한 뒤였다는 데에 있다. 1년이라는 짧은 기간에 40편의 소설을 완성한다는 것은 물리적으로도 무리였을 것이라는 뜻이다. 그렇다 보니 능몽초의 입장에서는 다른 언어(문언)로 지어진 기존의 소설을 '활용'하는 것이 유일하고 현실적인 대안이었으리라. 물론, 기존 소설들을 재활용한다는 것도 말처럼 그렇게 간단한 일이 아니다. 풍몽룡이야 애초부터 '송·원대 화본소설의 소개'를 표방했었다. 별다른 수정 없이 원본의 오자·탈자 정도만 바로잡고 출판해도 상관이 없었다는 뜻이다. 그러나 능몽초의 경우는 상황이 완전히 달랐다. 그의 입장에서는 소설의 소재가 모두 고갈된 상태에서 무無에서 유有를 만들어내야 했기 때문이다. 그렇다 보니 여러 면에서 적지 않은 노력이 요구될 수밖에 없었다.

IV

능몽초의 《박안경기》가 중국 문학사에서 가지는 가장 큰 의의는 물론 중국 고대의 백화소설이 집단 창작의 단계에서 개인 창작의 단계로 진입하고, 저잣거리 이야기꾼의 서사 예술이 문학 창작물로서의 소설로 전환하는 단계를 상징하는 이정표와도 같은 작품이라는 데에 있다. 그리고 또 하나 중요한 의의가 있다면 그것은 바로 지식인의 언어인 문언으로 지어진 소설들을 당시 실정에 맞게 시민들의 언어인 백화로 환골탈태換骨奪胎시켰다는 점일 것이다.

문언은 글자 수를 최대한 줄여 함축적인 표현을 하는 데에 유용한데

다가 시대마다 용법의 편차가 극심해서 문자 해독 능력을 일종의 특권으로 여기던 지식인들에게서 대대로 선호되었다. 그러나 생계 때문에 교육을 받지 못한 농민·장인·시민들은 문언은커녕 한자조차 깨우치지 못한 사람이 많았다. 게다가 수백 년이 흐르는 동안 한 글자로만 사용되던 동사나 형용사가 두세 글자로 늘어나고, 문언과는 달리 개수를 세는 단위사(양사)가 추가된 데다가, 방향·정도·범위 등을 나타내는 부사나 보어들이 발달되는 등, 명대의 백화는 이미 화석화된 문언과는 매우 판이한 방향으로 진화해 있었다. 그렇다 보니 같은 구어라고는 하지만 '삼언'의 송·원대 백화들도 더러 그 뜻을 알 수 없는 경우가 많았다. 능몽초가 살던 17세기의 백화와는 그 의미나 문법에서 적지 않은 차이가 존재하는 것이다. 따라서 상당한 수준의 한자 독해 능력과 인문학적 소양을 갖추지 않고서는 그 내용을 제대로 이해할 수가 없었다.

능몽초는 수백 년 전의 문언과 백화를 동시대의 통용어로 현대적으로 번역해서 이야기 내용을 누구나 큰 무리 없이 이해할 수 있도록 풀어 놓았다. 설사 본인이 까막눈이더라도 글자를 아는 사람이 곁에서 내용을 읽어주기만 하면 금세 이해할 수 있을 정도로 가독성이 높은 쉽고 익숙한 표현들이었던 것이다. 간단히 제40권의 경우를 예로 들어보자.

태평광기 권157 이군	박안경기 제40권 정화	정화 번역문 (괄호 부분은 추가 내용)
遂	(是夜)	(이날 밤)
沐浴	沐浴(齋素)	목욕(재계)하고
淸旦	(到第二天)淸旦	(이튿날) 새벽이 되자
焚香啓之	焚香(一爐) … 拆開(外封),	(향로에) 향을 피우고 … (겉봉을) 열자
-	(裏面又有一小封,	(안에 또 작은 봉함이 들어 있는데,
	面上寫着)	겉에 쓰여 있는 글에)
曰	道	이르기를
'某年月日	'某年月日	'모년 모월 모일에
以困迫	以困迫	어려움에 처해
無資	無資	노자가 떨어지면
用開一封'	用開一封'	봉투 하나를 여시오.'
-	(就拆開小封來看,	(그래서 작은 봉함을 열어서 보니,
-	封內另有一紙,	봉투 안에 또 종이 한 장이 들어 있고,
-	寫着不多幾個字)	이렇게 몇 글자만 적혀 있는 것이었다.)
'可靑龍寺門前坐'	'可靑龍寺門前坐'	'청룡사 산문 앞에 앉아 있게.'

　맨 왼쪽 줄에서 확인할 수 있듯이 이 이야기의 원작인《태평광기》〈이군李君〉에서는 이야기를 문언으로 난해하고 함축적으로 묘사했다. 그런데 《박안경기》에서는 능몽초 당시인 17세기 명대 백화로 거의 의역 수준으로 상당히 쉽고 친절하게 풀이해 놓은 것이다.8)

8) 진동유陳東有,《인간 본능의 해방人慾的解放》, 강서고교江西高校출판사, 제 275~ 277쪽, 1996.

능몽초는 심지어 위의 괄호 표시 부분에서 볼 수 있는 것처럼, 언어적인 손질로만 끝낸 것이 아니라, 때로는 작품마다 독자들이 줄거리나 맥락을 이해하는 데에 지장이 없도록 시대·장소·인물에 관한 정보들을 추가로 제시하거나 17세기 당시의 실정에 맞추어 특정 상황이나 줄거리, 인물 사이의 대화나 내면 심리의 묘사 등의 부연 사항들까지 새로 추가하여 독자들이 이야기를 보다 재미있게 즐길 수 있도록 처리했다. 《전등여화剪燈餘話》 권4의 〈부용병기芙蓉屛記〉를 개작한 제27권의 경우를 예로 들어보자.

전등여화 권4 부용병기	박안경기 제27권 정화	정화 번역문 (괄호 부분은 추가 내용)
稍頃	須臾之間	얼마 후에
-	(只聽得裏頭托的門栓響處)	(가만 들어보니 안에서 '달깍' 빗장 소리가 들리더니)
開關	開將出來	열고 나온 것은
乃	乃是	바로
一尼院	一個女僮	웬 계집아이인데
-	(出文擔水)	(문을 나와 물을 길으려 하는 참이었다.)
王氏	王氏	왕 씨는
-	(心中喜道, 元來是個尼庵)	(속으로 기뻐하며 '이제 보니 비구니였네' 하고 생각하고)
徑入	一徑的走將進去	곧바로 걸어 들어가는 것이었다.

여기서 능몽초는 원작의 언어와 맥락을 적절하게 손질하는 동시에 새로운 상황과 심리 묘사를 추가함으로써 원작에서는 단조롭고 심심하던 내용을 더욱 입체적이고 생생하게 손질해 놓았다.

물론, 능몽초는 자신의 철학이나 메시지를 작품 속에 반영하는 것도 잊지 않았다.

녹창신어 왕윤판도사범간	박안경기 제17권 정화 번역문
이걸은	(부윤은)
그 아들을 풀어주고	유달생을 풀어주었다.
-	(가만 보니 부윤이 호통 치기를, "황묘수를 끌고 가 엎어놓고)
도사와 과부를	매우 쳐라!" 하는 것이었다.
곤장을 쳐서 죽이고	(곤장을 맞아 살이 터지고 금방이라도 숨이 넘어 갈 참인데)
-	(옥졸 몇 명을) 시켜서
한 관에 둘을 담게 했다.	그를 데려가 산 채로 관 속에 집어넣게 한 후
-	(관에 못을 박아버리는 것이 아닌가)
부윤은	-
달생은 석방하고	-
국법에 따라	-
도사를 엄히 다스린 것이다.	-

　제17권의 경우 원작인 《녹창신화綠窓新話》〈왕윤판도사범간王尹判道士犯奸〉에서는 부윤 이걸李傑이 불륜을 저지른 과부와 도사를 곤장을 쳐서 죽인 후 두 시신을 관에 넣고 못을 박는 극단적인 장면으로 묘사되어 있다. 그러나 능몽초는 이 대목을 개작할 때 황묘수는 원작대로 곤장을 쳐서 관에 넣고 못을 박는 반면, 과부(오 씨)는 아들(달생)의 간청에 따라 석방하는 것으로 순화시켰다. 여성의 희생과 가정의 파괴라는 극단적인 파국을 피하기 위한 처치였던 것으로 보인다. 이 같은 순화된 처리 방식은 대민 교화라는 《박안경기》 창작의 목적을 충족시키면서 작위적이고 극단적인 내용을 절제하는 동시에 가정을 지켜야 하는 여성의 입장을 동정한 처치로 해석할 수 있다. 이처럼 원작에는 없는 줄거리나 상황을 새로 추가함으로써 독자들에게 작자

의 철학이나 메시지를 전달·부각시키려 한 장면은《박안경기》에 적지 않다. 기존 소설들에서 소재를 빌리기는 했지만, 그 언어와 줄거리를 동시대 독자들에게 맞게 재가공하고 자신만의 정신과 색깔을 입힌 새로운 차원의 통속소설이었던 셈이다.

V

《박안경기》서문에서 술회한 바에 따르면, 능몽초는 화본소설을 통하여 당시 사람들의 땅에 떨어진 도덕관념에 경종을 울리는 한편 잘못된 가치관을 바로잡기 위하여 풍몽룡의 '삼언'에서 영감을 얻어《박안경기》집필에 나섰던 것이다. 이 같은 그의 의지는 사실주의적인 창작 방법을 지향하는 방식으로 구현되었다. 그는 창작 과정에서 "사건의 진실과 허구, 이름의 사실과 거짓이 각각 반씩 섞이게其事之眞與飾, 名之實與贗, 各參半" 함으로써 인물과 줄거리의 사실성과 허구성을 서로 조화시킬 것을 요구했다. 그리고 "황당무계해서 믿을 수 없고荒誕不足信", "외설스러워 차마 들을 수 없는褻穢不忍聞" 귀신 이야기나 음담패설이 횡행하는 당시 문학계의 풍조를 비판하면서 "보고 듣는 범위 안에서 일상에서 생활하는 과정耳目之內, 日用起居"의 생생하고 익숙한 소재를 새로 발굴하는 것이야말로 소설가와 독자들이 흥미를 느끼는 소설 창작의 정도正道라고 지적했다. 그가 지인인 수향거사睡鄕居士에게 "세상에서 내 이야기를 구할 수 있는 이들이 충신이나 효자가 되는 데에 어려움이 없게 해줄 것이고, 그렇게 되지 못하는 자들이라도 음행을 일삼지는 않게 될 것입니다使世有能得吾說者, 以爲忠臣孝子無難, 而不能者, 不至爲宣淫而已矣"라고 단호한 어조로 잘라 말한 일이나, 《박안경기》의 서문·범례와 상우당의 패기牌記 등을 통하여 "교화의 죄인이 되지 않겠다"고 여러 차례 공언한 것은 그가 사실주의적 창작과 소설의 교화 기능을 얼마나 철저하게 관철하려 했는지 잘 보여준다.

이 과정에서 능몽초는 고대에는 소설 속에서 독자적인 목소리를 내던 서사 장치이던 이야기꾼이 《박안경기》에서는 일종의 내포작가로 작품 속에 개입하면서 자신이 강조하는 주제나 메시지를 독자(관중)에게 전달하는 역할에 집중하도록 손질을 가했다. 아울러 독자와의 의사소통 방식의 일종으로 당시 희곡·소설 독서시장에서 시도되던 '평점評點'도 활용했다. 중국 고전소설에서 '평評'이란 작품의 특정한 대목에 다는 작자의 소감이나 논평을 가리키는데, 그 위치에 따라 각 쪽의 꼭지에 다는 미비眉批, 본문 행간에 다는 방비旁批(또는 행측비行側批) 등이 있었다. 또, '점點'은 마침표처럼 구문이 끝나는 곳을 표시하거나, 독자들에게 환기시키고자 하는 대목이나 구절을 부각시키는 역할을 하는 것으로, '●·、·。' 등으로 표시했다.

평점은 능몽초 이전만 해도 초보적인 수준으로 간단하게 이따금 사용하는 것이 보통이었다. 그런데 능몽초는 이 같은 평점을

상우당본 《박안경기》의 평점
능몽초가 미비와 방비, 권점(동그라미와 땡땡이)등 다양한 방식을 이용해 자신의 의견을 개진한 것을 볼 수 있다.

《박안경기》에 천 군데 넘게 달아서 작품마다 자신이 강조하고자 하는 내용이나 전달하려 하는 메시지를 독자들이 쉽게 파악할 수 있도록 안배했다. 《박안경기》에 설정된 이야기꾼이 공연장의 관중을 염두에 둔 서사 장치라면, 평점은 서재에서 책으로 이야기를 읽는 독자들을 배려한 소통 장치였던 셈이다. "작품 전체가 각각의 논설과도 같은 성격을 지니고 있는 것은 《박안경기》 서사의 가장 큰 특징"이라고 할 수 있다.[9]

VI

《박안경기》 창작 과정에서 능몽초는 중국 고전 소설의 새로운 소재를 많이 발굴했다. 당·송대 문언 소설의 경우 이야기 속에 등장해 줄거리 전개에 중요한 역할을 담당한 인물들은 대부분 고귀한 가문 출신의 왕후장상들이었다. 이에 비하여 《박안경기》에서는 그 역할이 주인공이든 악역이든 간에 왕후장상이나 권문세족은 물론이고 지식인·상인·도사·비구니·도적·동자·농민·기생·인신매매범 등 다양한 모습의 소시민들까지 등장하여 이야기 전개 과정에서 중요한 역할을 수행한다.

소설집의 유용한 소재인 송·원대 화본이 거의 모두 '삼언'을 낸 풍몽룡에게 선점된 상황에서 그가 또 다른 소설집을 낼 수 있는 유일한

---

9) 카사미 야요이笠見弥生, 〈『초·이각 박안경기』의 언어에 관하여『初·二刻拍案驚奇の語りについて〉, 《도쿄대학 중국어중국문학연구실기요東京大學中國語中國文學硏究室紀要》, 제18호, 2015호.

길은 기존 화본소설들과는 결이 다른 전대나 동시대의 문언 소설에서 소재를 찾는 길뿐이었다. 그렇다고 해서, 누구보다도 투철한 유가 가치관을 가진 그가 공자 때부터 부정했던 "괴력난신怪力亂神"의 괴이하고 황당무계한 이야기들을 소재로 사용할 수는 없었다. 능몽초가 주목하는 소재가 '듣고 보는 영역 안에서 펼쳐지는 일상사'들로 집중되는 상황에서 그가 들려주는 이야기들의 주인공들 역시 상인·농부·시민·기생·도적 등 이름 없는 소시민들로 그 외연을 확장시키는 것은 어떻게 보면 너무도 자연스러운 행보였다. 그렇다 보니 ① 문실文實(제1권)·장진경蔣震卿(제12권)처럼 상인이나 상행위의 사회적 가치를 긍정적으로 다루거나, ② 위십일낭韋十一娘(제4권) 등과 같이 정의를 구현하는 협객의 이야기를 다루기도 하고, ③ 곽사군郭使君(제22권) 등과 같이 관계의 부정부패를 고발하기도 했다. 또 ④ 당새아唐賽兒(제31권) 등과 같은 민란 지도자의 이야기를 다루거나 ⑤ 오장군烏將軍(제8권) 등과 같이 도적을 중요한 인물로 등장시키기도 했다. ⑥ 나석석羅惜惜과 장유겸張維謙(제29권)의 경우처럼 남녀 간의 순수한 사랑 이야기, ⑦ 정월아鄭月娥(제2권)나 적狄 씨(제6권)와 같이 사회적 약자인 여성의 억울한 처지, ⑧ 황도관黃道觀(제31권)이나 조니고趙尼姑(제34권) 등 종교인들의 엽색 행각을 다루기도 했다. 또 ⑨ 적狄 씨(제32권)나 오吳 씨(제17권) 등 부녀자들의 분방한 연애 이야기를 편견 없이 다룬 것 역시 아주 좋은 사례들이다. 이처럼 각계각층의 다양한 인물을 주인공으로 내세워 그 소재를 일상에서 구한 것은 아무래도 공자를 본받아 "다룬 일들은 사람들의 정서나 일상과 가까운 것들이 많은 반면, 귀신·괴물 같은 허황한 것들은 그다지 다루지 않는다事類多近人情日用, 不甚及鬼怪虛誕"라는 평소의 철학과 "의도를 사람들을 설득하고 경계하는 데에 두어 교화의 죄인이 되지 않겠다意存勸戒, 不爲風雅罪人"(이각 소인二刻小引)라는 의지에서 비롯되었음은 물론이다. 결과적으로, 그리고 역설적이게도 능몽초의 이 같은 궁여지책은《박안경기》를 '삼언' 등 기존의 화본소설들과 차별화하는 '신의 한 수'로 작용하였다.

VII

중국의 저명한 현대소설가이자 저널리스트인 노신魯迅은 1930년에 《중국소설사략中國小說史略》에서 이렇게 말했다.

> '삼언'이라는 것은 하나는《유세명언》, 하나는《경세통언》인데, 지금까지 둘 다 여태 확인된 바 없이 그 서문과 목차만 알려져 있을 뿐이다. 三言云者, 一曰喻世明言, 二曰警世通言, 今皆未見, 僅知其序目."10)

풍몽룡의 '삼언'조차 그 실물을 보기 어려웠으니 그로부터 직접적인 영향을 받은《박안경기》의 존재가 까맣게 잊혔던 것도 어쩌면 당연한 일이라고 하겠다.

그런《박안경기》의 실체가 확인된 것은 1930년대 이후였다. 1941년에 일본을 찾은 중국의 서지학자 왕고로王古魯(1901~1958)는 만주 태생으로 당시 일본 해군 항공대航空隊에서 복무하고 있던 도요타 미노

---

10) 노신魯迅, 《중국소설사략中國小說史略》, 제21편.

루펑田穰(1920~1994)의 안내를 받아 도쿄 인근 닛코日光의 사찰인 린노지輪王寺의 자안당慈眼堂 법고法庫에서《박안경기》를 발견하고 그것이 상우당에서 간행된 초간본(이하 '닛코본')임을 확인했다. 이 판본은 표지 정중앙에 책 제목인 '박안경기' 네 글자가 세로로 적혀 있다(초판본의 표지와 패기는 본서의 맨 앞의 사진을 참조하기 바란다). 그 오른편에는 "즉공관주인이 평론하며 읽은 삽화가 있는 소설卽空觀主人評閱出像小說"이라는 한 줄의 광고 문구가 적혀 있다. 그리고 그 왼편에는 발행인 안소운安小雲이 쓴 패기牌記(발간사)가 다음과 같이 적혀 있다.

　　"즉공관주인에게는 가슴 속에 진 응어리가 있어서 말술을 기울여야 했습니다. 뱃속에는 향기가 넘치건만 이따금 고기 맛을 드러내곤 했지요. 그는 온 세상에 소설이 성행하는 것을 보고 붓을 들어 자신만의 참신한 구상을 독창적으로 발휘하여 기이한 사연들을 모으고 [그것들을] 살을 붙여 시원하게 설파했습니다. 원래 교훈을 주는 좋은 읽을거리를 지으려 한 것뿐으로, 끝까지 교화를 방해하는 죄인이 되기는 원치 않았지요. [그래서] 우리 서방에서 [그의 원고를] 사들였는데 [그 가치가] 귀한 옥벽과도 같았습니다. 독자들께서 구해 감상하신다면 귀한 진주를 소장하는 것과 다를 바가 없을 것입니다. 금창의 안소운이 간행하다."[11]

---

11)《박안경기》초간본 상우당본 패기牌記: "卽空觀主人胸中疊塊, 故須斗酒之澆. 腹底芳腴, 時露一臠之味. 見擧世盛行小說, 遂寸管獨發新裁, 撫拾奇衺, 演敷快暢. 原欲作規箴之善物, 矢不爲風雅之罪人. 本坊購求, 不啻拱璧; 覽者賞鑒, 何異藏珠. 金閶安少雲梓行."

《박안경기》 초간본을 발견한 왕고로와 도요타 미노루

이 닛코본은 원문에서 두 쪽이 결락된 상태였지만[12] 현재까지 확인
된 《박안경기》 판본들 중 보존 상태가 가장 양호하다.[13]

그 후로 역시 일본에서 《박안경기》의 또 다른 판본이 추가로 발견
되었다. 히로시마廣島대학에 소장된 이 판본(이하 '히로시마본')은 닛
코본과 마찬가지로 상우당에서 출판된 것이지만, 표지 구성에는 다소
차이가 있다(중판본의 표지는 본서 각권 맨 앞의 자료 사진을 참조하
기 바란다). 정중앙의 제목은 '박안경기' 네 글자 위에 간행 후에 적어
넣은 것으로 보이는 '초각初刻' 두 글자가 추가되어 있다. 그리고 그
오른편에는 "즉공관주인이 직접 선정即空觀主人手定"이라는 광고 문
구가, 그 왼편에는 "본 관아에 소장된 목판이므로, 복제하면 반드시
책임을 따질 것本衙藏板翻刻必究"이라는 경고문이 각각 붙어 있다. 이
를 통해 이 판본이 《박안경기》의 초판본이 최초로 출판된 후, 더 정확
하게는 이각 《박안경기》가 창작된 후에 다시 중판되었으며, 이각 《박

---

12) 채해운蔡海雲, 〈《박안경기》 신탐拍案驚奇新探〉, 《중국중세문학연구中國中世
   文學硏究》제28호, 제77쪽, 히로시마대학 문학부廣島大學文學部 중국중세문
   학연구회, 1995.
13) 채해운, 같은 글, 제77쪽.

안경기》와 구분하기 위해 '초각' 두 글자를 새로 추가해 넣은 것임을 알 수가 있다. 특히 경고문은 숭정 원년에 처음 출판된 후로《박안경기》가 독서시장에서 큰 인기를 끌면서 다른 서상들까지《박안경기》의 해적판을 찍어내는 일이 빈번해지자 그 같은 불법 행위를 막고자 작성한 것이었다. 중국에서 이때부터 이미 초보적인 저작권 개념이 존재하고 있었던 셈이다.

히로시마본은, 닛코본과는 달리 ① 제23권 자리에 제40권이 들어가 있고, ② 목판에 책 제목이 '초각《박안경기》'로 새겨져 있으며, ③ 문제의 제40권 부분 역시 초판본 당시의 원본이 아니라 중판본의 일부인 것으로 확인되었다. 이를 통하여 해당 판본이 초판본이 독서시장에 선보인 후에 새로 출판된 것임을 알 수 있다. 다만 ④ 이 판본은 한 편이 누락되고 총 39편만 수록된 데다가 ⑤ 삽화 역시 닛코본보다 10장이 적고, 그중 2장은 전혀 엉뚱한 이각《박안경기》의 제3권과 제7권의 삽화가 끼어 들어가 있는 등 크고 작은 결함들을 안고 있다. 그나마 불행 중 다행인 것은 이 히로시마본을 발견한 덕분에 두 판본을 비교·검토하여 당초 두 쪽이 결락되어 있던 닛코본이 초판본의 진면목을 되찾을 수 있게 되었다는 사실이다.[14]

일본에서《박안경기》의 초판본과 중판본이 차례로 발견된 후로 중국에서는 상우당에서 나중에 출판한 복각본覆刻本(재판본)과 함께 소한거본消閑居本·송학재본松鶴齋本·만원루본萬元樓本·경업당본敬業堂本 등의 번각본翻刻本(해적판)들이 차례로 확인되었다. 대부분 청대에 간행된 이 판본들은 한결같이《박안경기》의 뒤쪽 네 편이 누락된

---

14) 채해운, 제77쪽.

채 총 서른여섯 편만 수록된 데다가 오자·탈자가 다수 발견되었다. 청대의 복각본들이 공통적으로 서른 여섯 편으로 줄어든 것은 청대에 《박안경기》가 '음서淫書'로 분류되어 여러 차례 금서 목록에 올라 판매를 금지당하면서 판로가 막힌 서상들이 궁여지책으로 초판본에서 선정적인 묘사가 많은 작품 네 편을 추려내고 나머지 서른여섯 편만 따로 엮어서 간행했기 때문이다.15)

---

15) 카라시마 타케시의 《전역 박안경기》 서문에 따르면, 이 36회본은 일본 토쿄의 제국도서관帝國圖書館에도 1부가 소장되어 있다고 한다.

부록

1. 《박안경기》 권별 원작 일람표
2. 능몽초 연보

1. 《박안경기》 권별 원작 일람표

	박안경기 작품		소재 출처				
	제목	분류	왕조	저자	서명	차례	편명
1	轉運漢遇巧洞庭紅, 波斯胡指破鼉龍殼	입화	명	周暉	金陵鎖事	권3	銀走
		정화	명	周玄暉	涇林續記	권38	
2	姚滴珠避羞惹羞, 鄭月娥將錯就錯	입화	명	潘之恒	亘史	外紀10	兩滴珠
		정화					
3	劉東山誇技順城門, 十八兄奇蹤村酒肆	입화	명	胡應麟	少室山房筆叢	권35	二酉綴遺
		입화	송	李昉	太平廣記	권4	月支使者
		정화	명	潘之恒	亘史	外篇1	劉東山遇俠事
4	程元玉店肆代償錢, 十一娘雲岡縱譚俠	입화	명	潘之恒	亘史	外紀1	女俠
		정화				外篇9	韋十一娘傳
5	感神媒張德容遇虎, 湊吉日裴越客乘龍	입화	송	李昉	太平廣記	권159	盧生
		정화				권428	裴越客
6	酒下酒趙尼媼迷花, 機中機賈秀才報怨	입화	명	馮夢龍	情史	권3	狄氏
		정화	출처 미상				
7	唐明皇好道集奇人, 武惠妃崇禪鬥異法	입화					
		정화	송	李昉	太平廣記	권31	李遐周
						권22	羅公遠
						권26	葉法善
						권72	葉靜能
						권77	葉法善
						권285	葉法善
						권30	張果
8	烏將軍一飯必酬, 陳大郎三人重會	입화	출처 미상				
		정화	명	馮夢龍	情史	권18	邵御史
9	宣徽院仕女鞦韆會, 清安寺夫婦笑啼緣	입화	송	李昉	太平廣記	권386	劉氏子妻
		정화	명	李昌祺	剪燈餘話	권4	秋千會記
10	韓秀才乘亂聘嬌妻, 吳太守憐才主姻簿	입화			春秋經傳集解	昭元20	
		정화	명	李詡	戒庵老人漫筆	권5	訛言取秀女

박안경기 작품			소재 출처				
	제목	분류	왕조	저자	서명	차례	편명
11	惡船家計賺假屍銀, 狠僕人誤投真命狀	입화	명	馮夢龍	智囊	권27	鄒老人
		정화			夷堅志補	권5	湖州姜客
12	陶家翁大雨留賓, 蔣震卿片言得婦	입화	명	馮夢龍	情史 (說郛?)	권3 (권11?)	王生 (淸尊錄?)
		정화		祝枝山	九朝野記	권4	
13	趙六老舐犢喪殘生, 張知縣誅梟成鐵案	입화	명	馮夢龍	智囊	권27	嚙耳訟師
		정화				권7	張晉
14	酒謀對於郊肆惡, 鬼對案楊化借屍	입화	명	王同軌	耳談 (耳談類增?)	권11 (권48?)	丁戌冤報 (丁戌?)
		정화			耳談類增	권48	楊化冤獄案
15	衛朝奉狠心盤貴産, 陳秀才巧計賺原房	입화	명	馮夢龍	智囊 (古今譚槪?)	권28 (권22?)	石子 (石䂖子?)
		정화				권27	文科
16	張溜兒熟布迷魂局, 陸蕙娘立決到頭緣	입화	명	馮夢龍	智囊	권27	老嫗騙局
		정화		王同軌	耳談	권1	某孝廉
17	西山觀設輂度亡魂, 開封府備棺迫活命	입화	송	李昉	太平廣記	권171	李傑
					夷堅志戊	권5	任道元
		정화	송	皇都風月主人	綠窗新話	권상	王尹判道士犯奸
18	丹客半黍九還, 富翁千金一笑	입화			唐伯虎全集	부록	遺事
		정화	명	馮夢龍	智囊 (古今譚槪?)	권27 (권21?)	丹客 (丹客?)
19	李公佐巧解夢中言, 謝小娥智擒船上盜	정화	송	李昉	太平廣記	권491	謝小娥傳
20	李克讓竟達空函, 劉元普雙生貴子	입화			夷堅丙志	권1	神乞籤
		정화			空緘記戲文		
21	袁尚寶相術動名卿, 鄭舍人陰功叨世爵	입화	명	洪楩	六十家小說	권3	陰騭積善
		정화		陸粲	庚巳編	권제3	還金童子

박안경기 작품		소재 출처				
제목	분류	왕조	저자	서명	차례	편면
22 錢多處白丁橫帶, 運退時刺史當艄	입화	송		新唐書	권208	田令孜
	정화		李 昉	太平廣記	권499	郭使君
23 大姊魂游完宿願, 小姨病起續前緣	입화	송	李 昉	太平廣記	권160	李行修
	정화	명	瞿 佑	剪燈新話	권1	金鳳釵記
24 鹽官邑老魔魅色, 會骸山大士誅邪	입화	명	王同軌	耳談 (耳談類增?)	권9 (권49?)	燕子磯僧商 (燕子磯僧商?)
	정화		무명씨	續艶異編	권12	大士誅邪記
25 趙司戶千里遺音, 蘇小娟一詩正果	입화	명	梅鼎祚	青泥蓮花記	권2	曹文姬
	정화				권8	蘇小娟
26 奪風情村婦捐軀, 假天語幕僚斷獄	입화	명	馮夢龍	智囊	권16	倉卒治盜
			王同軌	耳談 (耳談類增?)	권7 (권54?)	臨安寺僧 (臨安僧?)
	정화		王同軌	耳談 (耳談類增?)	권15 (권6?)	林公大合決獄
27 顧阿秀喜舍檀那物, 崔俊臣巧會芙蓉屏	입화			夷堅丁志	권11	王從事妻
	정화	명	李昌祺	剪燈餘話	권4	芙蓉屏記
28 金光洞主談舊變, 玉虛尊者悟前身	입화	송	李 昉	太平廣記	권48	白樂天
	정화	원		宋史 (三元記?)	권317	馮京傳
29 通閨闥堅心燈火, 鬧囹圄捷報旗鈴	입화	송	李 昉	太平廣記	권182	趙琮
	정화	명	馮夢龍	情史	권3	張幼謙
30 王大使威行部下, 李參軍冤報生前	입화			夷堅支戊	권4	吳雲郎
		송	李 昉	太平廣記	권125	盧叔倫女
	정화	송	李 昉	太平廣記	권125	李生
31 何道士因術成姦, 周經歷因姦破賊	입화	송	李 昉	太平廣記	권287	侯元
	정화	명	祝允明	九朝野記	권2	
32 喬兌換鬍子宣淫, 顯報施臥師入定	입화	명	馮夢龍	情史	권3	劉堯舉
	정화		邵景詹	剪燈因話	권2	臥法師入定錄

박안경기 작품		소재 출처				
제목	분류	왕조	저자	서명	차례	편명
33 張員外義撫螟蛉子, 包尤圖智賺合同文	입화	명	馮夢龍	智囊	권9	奉使者
	정화	원	무명씨	合同文字雜劇		
34 聞人生野戰翠浮庵, 靜觀尼晝錦黃沙巷	입화	출처 미상				
	정화					
35 訴窮漢暫掌別人錢, 看財奴刁買冤家主	입화	원	무명씨	張善友雜劇		
	정화	원	鄭廷玉	看錢奴買冤家債主雜劇		
36 東廊僧怠招魔, 黑衣盜姦生殺	입화	송	李昉	太平廣記	권357	東洛張生
	정화				권365	宮山僧
37 屈突仲任酷殺衆生, 郿州司令冥全內侄	입화	출처 미상				
	정화	송	李昉	太平廣記	권100	屈突仲任
38 占家財狠婿妒侄, 廷親脈孝女藏兒	입화	명	陶宗儀	輟耕錄	권22	算命得子
	정화	원	武漢臣	散家財天賜老生兒雜劇		
39 喬勢天師禳旱魃, 秉誠縣令召甘霖	입화	출처 미상				
	정화	송	李昉	太平廣記	권396	狄惟謙
40 華陰道獨逢異客, 江陵郡三拆仙書	입화	명	王同軌	耳談 (耳談類增?)	권12 (권12?)	何進士峴屛
					권3 (권43?)	興化擧子
					권8 (권13?)	某主文閣卷
					권12 (권12?)	富順管明府
					권1 (권30?)	諸葛一鳴
	정화	송	李昉	太平廣記	권157	李君

2. 능몽초 연보

1세 만력 8년 5월 7일 (1580.6.18)
- 절강浙江 호주부湖州府 오정현烏程縣 동성사포東晟舍鋪¹⁾에서 부친 능적지凌迪知와 생모 장씨蔣氏 사이에서 태어남.
- 조부 능약언凌約言은 가정嘉靖 경자년庚子年 거인擧人 출신으로 벼슬이 남경南京의 형부刑部 원외랑員外郞에 이르렀고, 가정 병진년丙辰年 진사進士 출신인 부친은 당시 52세, 생모는 21세였다.

2세 만력 9년 (1581)
- 아우 능준초凌濬初가 태어남.

12세 만력 19년 (1591)
- 관학官學에 입학함.

18세 만력 25년 (1597)
- 늠선생廩膳生으로 편입됨.

21세 만력 28년 12월 5일 (1600)
- 부친 능적지가 72세로 사망함. 그 고을의 진사 주국정朱國禎이 조문을 옴.

23세 만력 30년 (1602)
- 딸을 항주杭州에 머물던 가흥嘉興 출신 문인 풍몽정馮夢禎의 손자 풍

---

1) 동성사포東晟舍鋪: 지금의 중국 절강성 호주시 직리진織里鎭.

연생馮延生에게 출가시킴.

- 11월 8일, 풍몽정이 혼인 예물을 지참하고 방문하자 외숙 오몽양吳夢陽과 함께 극단인 여삼반呂三班을 불러 《향낭기香囊記》를 무대에 올리고 한밤중까지 접대함.

24세 만력 31년 (1603)

- 정월 25일, 사돈 풍몽정이 덕청德淸의 산소에서 차례를 지낸다는 소식을 듣고 호주에서 지인 송종헌宋宗獻·장염군張髥君과 함께 현지로 가서 술을 마시며 이경二更까지 담소를 나눔. 26일, 일행은 호주의 청산菁山으로 자리를 옮겨 나들이를 하고 수암상인守庵上人을 만남.
- 2월, 풍몽정·복원상인復元上人·송종헌과 함께 소주蘇州 나들이를 하면서 배에서 시를 짓고 글을 논함. 이 자리에서 풍몽정은 능몽초가 입수한 원대에 출판된 《경덕전등록景德傳燈錄》의 발문跋文을 쓰는 동시에 《동파선희집東坡禪喜集》과 《산곡선희집山谷禪喜集》에 평점評點을 붙임.
- 8월 5일, 항주의 풍몽정을 방문하러 갔다가 그 자리에 있던 복원상인과 상봉함.
- 이 해에 왕서등王樨燈이 호주에 나들이를 왔다가 능몽초와 그 형 함초涵初, 아우 준초의 융숭한 대접을 받고 병중에도 그길로 능씨네 차적원旦適園을 방문함. 얼마 후, 형 함초가 45세의 나이로 사망함.

26세 만력 33년 (1605)

- 6월, 아내 심씨沈氏가 장자 침琛을 낳음.
- 9월 6일, 생모 장씨가 남경에서 사망함.
- 10월, 생모의 관을 고향으로 운구하고 풍몽정이 부고를 듣고 와서 조문함.

27세 만력 34년 (1606)

- 국자감國子監 제주祭酒 유왈영劉曰寧에게 글을 올림. 유왈영이 그 글을 병부兵部 우시랑右侍郎이던 경정력耿定力에게 보이자, 경정력이 말하기를, 자신의 형 경정향耿定向의 진사 동기인 능적지의 아들이 바로 능몽초이며, 경정향이 평소 능몽초의 글재주를 칭찬했다고 밝힘.
- 이 해에 선친의 지인인 남경 국자감 사업司業 주국정朱國禎과 인연을 맺음. 외숙부 오윤조吳允兆가 남경 처소를 방문하자 정담을 나누고 도서들을 감상한 후 자신이 지은 희곡의 서문을 써줄 것을 부탁함.
- 같은 해에 첫 번째 학술저서인 《후한서찬後漢書纂》을 남경에서 출판하는 한편 선친의 지인 왕서등에게 서문을 써줄 것을 부탁함. 이 해부터 남경에 장기 체류함.

29세 만력 36년 (1608)

- 자신의 희곡 다섯 편을 당시 극작가로 명성을 날리던 탕현조湯顯祖에게 보냄. 탕현조는 답장에서 그의 희곡을 극찬함.

30세 만력 37년 (1609)

- 3~7월, 내방한 원중도袁中道를 남경 진주교珍珠橋 처소에서 접대함.
- 가을에서 겨울, 주무하朱無瑕·종성鍾惺·임고도林古度·한상계韓上桂·반지항潘之恒 등과 진회하秦淮河에서 모임을 가지고 시를 지음.

37세 만력 44년 (1616)

- 12월, 첩 탁씨卓氏가 차남 보葆를 낳음.

40세 만력 47년 (1619)

- 탁씨가 삼남 초楚를 낳음.

42세 천계天啓 원년 (1621)

- 다색 인쇄 기법[套版]으로 《동파 선희집東坡禪喜集》과 《산곡 선희집山谷禪喜集》을 판각하는 한편 진계유陳繼儒에게 《동파선희집》의 서문을 써줄 것을 요청함.

43세 천계 2년 (1622)

- 가을, 학술 저서인 《시역詩逆》을 간행하면서 〈시경인물고詩經人物考〉라는 글을 부록으로 삽입함. 이 저술의 교정은 능서삼淩瑞森 등이 맡고 자신이 직접 서문을 씀.

44세 천계 3년 (1623)

- 4월, 상경하여 알선謁選에 참여함. 이때 마침 예부 상서禮部尙書 겸 동각 대학사東閣大學士에 배수된 지인 주국정도 능몽초와 같은 배로 상경함.
- 6월, 주국정과 함께 북경에 도착함.

45세 천계 4년 (1624)

- 계속 북경에 체류함. 이 해 중양절에 모유茅維 · 담원춘譚元春 · 갈일룡葛一龍 · 왕가언王家彦 · 주영년周永年 · 정도수程道壽 · 장이보張爾葆 등과 함께 가희인 학월미郝月媚의 집에 모여 술을 마시고 시를 지음.

47세 천계 6년 (1626)

- 《규염옹虯髯翁》 등 열세 편의 잡극雜劇 희곡, 《교합삼금기喬合衫襟記》 등 세 편의 전기傳奇 희곡 및 남곡南曲 선집인 《남음삼뢰南音三籟》를 완성한 것으로 보임.

48세 천계 7년 (1627)

- 가을, 남경에서 응천부應天府 향시鄕試에 응시했으나 낙방한 후 《박안

경기》 집필을 시작함.

49세 숭정崇禎 원년 (1628)
- 10월, 소주蘇州의 상우당尙友堂에서 《박안경기》를 정식으로 출판함.
- 11월, 첩 탁씨가 사남 고囊를 낳음.

50세 숭정 2년 (1629)
- 심태沈泰가 자신이 엮어 간행하는 《성명잡극 이집盛明雜劇二集》에 능
  몽초가 지은 잡극 《규염옹》을 수록함.

51세 숭정 3년 (1630)
- 자신의 학술저서인 《공문양제자언시익孔門兩弟子言詩翼》을 간행하면
  서 아우 능영초에게 교정을 맡기고 자신은 직접 서문을 씀.

52세 숭정 4년 (1631)
- 복건福建에서 벼슬을 사는 친척 반증굉潘曾紘의 도움으로 복건 제학提
  學 부사副使 하만화何萬化를 초청해 자신의 학술저서 《성문전시적총聖
  門傳詩嫡冢》 16권에 대한 서문을 부탁함. 같은 해에, 책이 간행되자 뒤
  에 〈신공시설申公詩說〉 1권을 부록으로 수록함.

53세 숭정 5년 (1632)
- 10월, 첩 탁씨가 오남 목桼을 낳음.
- 겨울, 《이각 박안경기二刻拍案驚奇》를 완성함.

54세 숭정 6년 (1633)
- 봄, 강서 포정사江西布政使로 있는 반증굉의 남창南昌 관아에 머무름.
- 5월, 반증굉과 작별하고 복건 지역을 편력함. … 복건에서 조학전

曹學佺·이서화李瑞和 등과 교류함. … 이서화의 글을 읽고 그의 급제를 예견함.

55세 숭정 7년 (1634)

• 강서江西 남부를 순무巡撫하던 반증굉에 의해 그 막부에 초빙됨.

57세 숭정 9년 (1636)

• 반증굉이 군사를 거느리고 근왕勤王에 나서자 … 다시 상경해 과거에 응시하지만 이번에도 낙방함.
• 9월, 사촌형 반담潘湛의 초청으로 호주湖州 성 남쪽의 저산杼山에 올랐다가 〈유저산부遊杼山賦〉를 지어 낙심한 자신의 소회를 토로함.

58세 숭정 10년 (1637)

• 장욱초張旭初가 〈오소합편吳騷合編〉을 엮으면서 능몽초의 산곡散曲 〈상서傷逝〉·〈석별惜別〉·〈야창화구夜窓話舊〉 등 세 편을 소개함.

60세 숭정 12년 (1639)

• 다시 향시에 응시했으나 이번에도 낙방함. 마지막으로 부공副貢의 자격으로 상해上海 현승縣丞으로 발탁된 것으로 보임(*시점에 논란이 있음). … 그 사이에 8개월 간 현령의 업무를 대리함.
• 왕년에 복건에서 알게 된 이서화가 송강부松江府의 추관推官이 되어 인사를 옴.
• 상해 현지 사대부들의 도움으로 조운漕運의 임무를 맡아 조[粟]를 북경까지 원만히 수송하고 귀환한 후 〈북수 전부北輸前賦〉와 〈북수 후부北輸後賦〉를 지음.
• 해상 방위 관련 업무를 담당함. 당시 적폐가 극심하던 염전에서 '정자법井字法'을 추진하여 적폐를 해소하고 연해 지역에서 그대로 적용하

면서 여러 차례 상사의 칭찬을 받음.

63세 숭정 15년 (1642)

• 서주徐州의 통판通判으로 승진함. 이임할 때 상해의 백성들이 통곡하고 눈물을 흘리며 전송함. 서주에 도착해 황하黃河가 메말라 거마가 다닐 수 있을 정도인 광경을 보고 세상에 우환이 생길까 우려하며 한숨지음. 부임과 동시에 방촌房村에 배치된 후 방하 주사防河主事 방윤립方允立과 황하 치수의 묘책을 궁리한 끝에 좋은 효과를 얻어 우첨도어사右僉都御史로 총독조운總督漕運·순무유양巡撫維揚을 겸한 노진비路振飛로부터 여러 차례 칭찬을 받음.

64세 숭정 16년 (1643)

• 병비유서兵備維徐의 임무를 맡은 하등교何騰蛟가 황제의 명령을 받들어 유적流賊 진소을陳小乙을 토벌하고자 여량홍呂梁洪의 한협제漢協帝·당악공唐鄂公의 사당에서 출진을 선포함. 공교롭게도 큰 바람이 불어 모래가 날리면서 관군에게 불리해져 하등교가 대책을 구하자 와불사臥佛寺에서 한밤중에 〈초구 십책剿寇十策〉을 작성해 바침. … 하등교가 그 건의를 받아들이고 그를 '십구형十九兄'이라고 존대하자 감격해 성공을 위해 최선을 다할 것을 맹세함. … 하등교가 감기監紀의 소임을 맡기려 하자 사양한 후 혼자 말을 타고 적진으로 뛰어들어 조정에 귀순하도록 설득해 다음 날 진소을 등이 무리를 이끌고 와서 투항함. … 하등교가 연자루燕子樓에서 고을의 문무 관리들을 위해 잔치를 베풀고 능몽초에게 술을 내리자 즉석에서 〈탕산 개가碭山凱歌〉·〈연자루 공연燕子樓公讌〉을 지음.

• 얼마 후 호광순무湖廣巡撫로 승진한 하등교가 능몽초를 감군첨사監軍僉事로 천거하고 휘하에 두려 했으나 그대로 방촌에 남아 치수에 전념함.

65세 숭정 17년 (1644)

- 〈별가초성공 묘지명別駕初成公墓誌銘〉에 따르면, 정월 7일 밤, (이자성의) 유적이 서주 성을 공격하면서 일단의 군사를 나누어 방촌을 약탈하자 백성들을 지휘해 성을 굳게 지킴. (원래 현지 민병을 훈련시키고 유적이 공격해 오면 근방의 병력이 지원에 나서고 유적이 대거 공격해 오면 봉화를 올리고 모두가 지원에 나서기로 약속했으나 유적이 서주 성을 거세게 공격하자 각지의 민병들은 그 서슬에 두려움을 느끼고 아무도 지원에 나서지 않아 혼자 고군분투함)

- 9일 동이 틀 때까지 사수하던 중 적진에서 투항을 제안하자 성루에서 그들을 꾸짖고 조총으로 몇 명을 쏘아죽임. 격노한 유적들이 맹공을 퍼부어 함락을 눈앞에 두자 백성들의 목숨을 지키기 위해 자결하려 했으나 백성들도 통곡하며 사수를 맹세하자 그때부터 단식에 돌입함. … 종복이 벼슬이 낮은데 굳이 죽을 필요가 있느냐고 반문하자 "나는 내 절개를 지키려 하는 것이다. 어찌 벼슬이 높고 낮음을 따지겠느냐" 하고 말하고 몇 되나 되는 피를 토함. … 적진에 자신은 죽을 목숨이니 백성들은 다치게 하지 말라고 부탁하고 12일 아침 "우리 백성들을 다치게 하지 말라"고 세 번 외친 후 세상을 떠나니 사람들이 모두 통곡하고 자결로 충성심을 보인 자가 열 명 넘게 있었음. 다음 날, 성루로 진입한 적군은 죽은 능몽초의 안색이 살아 있는 것 같은 것을 보고 놀라면서 약속대로 한 사람의 목을 베고 세 사람을 창으로 꿴 후 나머지는 모두 살려줌. 얼마 후 관군이 도착하자 유적은 도주하고 하등교는 능몽초의 죽음을 전해 듣고 비통해하며 관리를 보내 제사를 지낸 후 그의 시신을 담은 관을 호주로 옮겨 대산戴山 남쪽에 안장함.

| 저자 소개 |

능몽초凌濛初(1580~1644)

명대의 소설가·극작가이자 출판가. 절강浙江 오정현烏程縣 사람으로, 자는 현방
玄房이며, 호로는 초성初成·능파凌波·현관玄觀·즉공관주인卽空觀主人 등을 사
용하였다. 문예를 중시한 가정환경과 당시 번창하던 강남 출판업의 영향을 받아
어려서부터 남다른 재능을 발휘하였다. 그러나 과거와는 인연이 없어서 매번 뜻
을 이루지 못 하자 그 열정을 가업(출판업)에 쏟아 부어 각종 도서의 창작·출판
에 매진하였다. 생전에 시문·경학·역사 등 다방면에서 다양한 저술·창작을 남
겼으며, 가장 두각을 나타낸 분야는 소설·희곡·가요집·문예이론 등의 통속문학
이었다. 대표작으로 꼽히는 의화본소설집 《박안경기拍案驚奇》와 후속작 《이각
박안경기二刻拍案驚奇》는 나중에 '이박二拍'으로 일컬어지면서 강남의 독서시장
에서 큰 인기와 반향을 불러 일으켰다. 55살 때에 상해현승上海縣丞으로 기용된
것을 계기로 출판업을 접고 서주통판徐州通判·초중감군첨사楚中監軍僉事를 거
치며 선정을 베푸는 등 유가의 정통파 경륜가로서도 큰 족적을 남겼다.

| 역자 소개 |

문성재文盛哉

우리역사연구재단 책임연구원, 국제PEN 한국본부 번역원 중국어권 번역위원장.
고려대학교 중어중문학과를 졸업하고 남경대학교(중국)와 서울대학교에서 문학
과 어학으로 각각 박사 학위를 받았다. 그동안 옮기거나 지은 책으로는 《중국고
전희곡 10선》·《고우영 일지매》(4권, 중역)·《도화선》(2권)·《진시황은 몽골어를
하는 여진족이었다》·《조선사연구》(2권)·《경본통속소설》·《한국의 전통연희》(중
역)·《처음부터 새로 읽는 노자 도덕경》·《루쉰의 사람들》·《한사군은 중국에 있
었다》·《한국고대사와 한중일의 역사왜곡》·《정역 중국정사 조선·동이전》(1~3)
등이 있다. 2012년에는 케이블 T채널이 기획한 고대사 다큐멘터리 《북방대기행》
(5부작)에 학술자문으로 출연했으며, 2014년에는 현대어로 쉽게 풀이한 정인보
《조선사연구》가 대한민국학술원 '2014년 우수학술도서'(한국학 부문 1위), 2017년
에는 《루쉰의 사람들》이 한국출판문화산업진흥원 '2017년 세종도서'(교양 부문),
2019년에는 《한국고대사와 한중일의 역사왜곡》이 롯데장학재단의 '2019년도 롯
데출판문화대상'(일반출판 부문 본상)을 각각 수상하였다. 현재는 한국연구재단
의 지원으로 번역을 마친 후속작 《이각 박안경기》(6권)과 함께 《금관총의 주인공
이사지왕은 누구인가》의 출판을 앞두고 있다.

한국연구재단
학술명저번역총서
[동양편] 625

박안경기 ❻
拍案驚奇

초판 인쇄 2023년 2월 15일
초판 발행 2023년 2월 28일

저   자ㅣ능몽초
역   자ㅣ문성재
펴 낸 이ㅣ하운근
펴 낸 곳ㅣ學古房

주   소ㅣ경기도 고양시 덕양구 통일로 140 삼송테크노밸리 A동 B224
전   화ㅣ(02)353-9908 편집부(02)356-9903
팩   스ㅣ(02)6959-8234
홈페이지ㅣwww.hakgobang.co.kr
전자우편ㅣhakgobang@naver.com, hakgobang@chol.com
등록번호ㅣ제311-1994-000001호

ISBN   979-11-6995-356-6 93820
        978-89-6071-287-4 (세트)

값 : 39,000원

이 책은 2016년도 정부재원(교육부)으로 한국연구재단의 지원을 받아 연구되었음
(NRF-2016S1A5A7022115).
This work was supported by National Research Foundation of Korea Grant funded
by the Korean Government(NRF-2016S1A5A7022115).